听得到噪声的房间

A ROOM WITH NOISE

阿番——著　　阿番——绘

民主与建设出版社
·北京·

博集天卷
CS-BOOKY

© 民主与建设出版社，2023

图书在版编目 (CIP) 数据

听得到噪声的房间 / 阿番著 . –– 北京 : 民主与建
设出版社 , 2023.6

ISBN 978-7-5139-4276-8

Ⅰ . ① 听⋯ Ⅱ . ① 阿⋯ Ⅲ . ① 杂文集 – 中国 – 当代
Ⅳ . ① I267.1

中国国家版本馆 CIP 数据核字 (2023) 第 119566 号

听得到噪声的房间

TING DE DAO ZAOSHENG DE FANGJIAN

著　者	阿　番	
责任编辑	刘树民	
封面设计	几木艺创	
出版发行	民主与建设出版社有限责任公司	
电　话	（010）59417747 59419778	
社　址	北京市海淀区西三环中路 10 号望海楼 E 座 7 层	
邮　编	100142	
印　刷	北京九天鸿程印刷有限责任公司	
版　次	2023 年 6 月第 1 版	
印　次	2023 年 12 月第 1 次印刷	
开　本	710 毫米 ×1000 毫米　　1/16	
印　张	22	
字　数	280 千字	
书　号	ISBN 978-7-5139-4276-8	
定　价	80.00 元	

注：如有印、装质量问题，请与出版社联系。

自 序

————

从 2011 年到 2022 年，这是我十多年来一些文字的集结。

回想起来，我的写作生涯是和我的从艺生涯同时开始的。高中时，在经历了一次严重的心理危机之后，我转学到一所艺术高中，开始学画画。艺校的生活是散漫的，这让我有了更多的时间观察世界和自己，然后将相关的思考写下来。从那时起，我开始把写作当成一种习惯。身为一个敏感且有强烈表达欲，但又常常无人倾诉或无人理解的人，写作成了我的出口。

由于是情绪化体质，我很难有平静的时刻，常常在大喜大悲间坐过山车（随着年龄的增长，这几年似乎变得平和了一些）。这也是本书叫《听得到噪声的房间》的原因——我的心房中，常常有噪声出现，打乱脉搏既定的节奏。尽管我时常因情绪的飘忽而感到困扰，但不得不承认，这对写作来说很有帮助。是的，我是一个情绪性的写作者，这让我的写作具有两种特质：一是风格的不统一（主要分为内省和外放两种风格），这是由我写下文字时的情绪状态所决定的；二是即便在阐述观点，我也不愿让它显得过分客观，我的个人经历或立足点会十分鲜明地在场。

由于某些篇章的内容和我的个人经历密切相关，我有必要交代一下我这些年的人生轨迹。2011 年我在北京师范大学上本科二年级，学习画画。之所以以此为起始点，一是因为我是从这个时间开始密集地创作的，二是因为在此之前也没写出几篇我现在能看得上的文章。2013 年我本科毕业，考进清华大学美术学院读艺术史，这段求学生涯持续了 3 年。我在这段时间开始将文章发到公众平台，供自己和朋友交流。2016 年硕士毕业后，我先在《中国美术报》做记者，后在东方出版社做编辑。2020 年灾变之年，我又返回了校园，来到中央美术学院攻读艺术史的博士学位，课余时间仍在东方出版社做兼职编辑。心境的变化和阅历的增加会影响写作的方式，我已经觉察自己的文风将要发生变化了。

由于我写东西常常是根据当下的心情和语境来的，因此，按时间顺序来排列这些文章倒显得有些无序了，于是我将这些文字归了类。第一篇"我激动的豆腐脑子"中的文章主要是以较为活泼的语调书写我的生活和个人特质。我的生活，围绕我的学业、我的家人和我的亲密关系发展情况等；个人特质则既包括物理层面的特质（体貌特征），也包括精神层面的特质（奇葩习惯和讲究）。第二篇"孤独患者的颅内低潮"主要收录了我在具体的时空环境中写下的悲伤或内省的文字，虽然也跟个人生活非常相关，但整体风格和第一篇有所区别。第三篇"一个讲道理的人"主要是针对当下社会现象的一些评论和反思，有些比较"毒舌"，有些则偏沉思。第四篇"万物思考练习"是对习以为常的现象和物品的重新观察，剖析它们鲜被人关注的一面，以及它们在当下产生的新的生活和文化意义。

　　部分文章配有我的绘画作品。虽然我个人觉得自己的文字并不枯燥，但为了让此书更具吸引力并让我的另一项专长有所发挥，我在交稿之前绘制了几十幅插图。这形成了一个鲜明的对比：这些文字耗费了我十几年的时间，而四十来幅插图却是在两三个月内一鼓作气完成的。

　　写作是我最大的乐趣。这些零碎的文字，今朝能够正式结集出版，也算了结了一桩心愿。

　　是为序。

目 录

第一篇 | **我激动的豆腐脑子**

第二篇 | 孤独患者的颅内低潮

第三篇 | **一个讲道理的人**

第四篇 | 万物思考练习

我激动的

豆腐脑子

暗战

————

　　这只死蚊子一直搅得我不得安宁——当然，这个"死"表达的是我对它的厌恶程度，而并非她本身的存在状态。哦，我为什么要用"她"呢？是这样的，首先，吸血的蚊子都是母的。其次，在我眼里，蚊子就只有一种性别——蚊子那纤细的腰肢，跟男性气质没有任何关系；蚊子那震动频率很高、声音很尖的嗡嗡声，真的非常娘娘腔。

　　在这无尽的黑暗里，只有这蚊子的嗡嗡声清晰可辨，连象征着秋天的蟋蟀的叫声都变成了微弱的背景音乐。她的呼唤声忽近，忽远，张弛无度地牵引着我的神经。许是因为我的大脑在不停运转，想着如何消灭她的缘故，不断有新鲜血液涌上来，她就愈加肆无忌惮地

阿番，《暗中较量》，2022 年

在我的脑门盘旋，图谋不轨。我听到她落在我的头发上，我的头皮变得紧致而发麻；有一次超低空飞行，她轻轻地掠过我的睫毛，我感到轻如鸿毛的震颤。

我多想睁大眼睛，捕捉到她暗夜飞侠的魅影，甚至让眼睛跟她做一次亲密接触，说不定她一脚就陷进了我眼睛这摊沼泽里——像在路上骑车时，很多小飞虫做的那样。虽然，我的眼睛明显不够她施展拳脚，她未见得不能逃脱掉，但我可以找准时机，用上眼皮和下眼皮夹死她——腰斩——说这些又有什么用呢？她不会再回来了，机会只有一次。

我不断拍打着，显得狂躁而不可理喻，然而她的振翅声总在拍打的两秒之后重新响起，紧接着又是收翼着陆的声音。我不断地滚动着眼球——比我打连连看时转动得还要快——想要找到她的藏身之所，可惜总是失败，于是只能靠持续地翻身来抵抗侵略。

我采取了大马趴的姿势，全身捂上毛巾被，只露出脚后跟——如果你的吸管比我的脚后跟还硬，那就放马过来吧！吸管折断了可不要怪我，这是我全身最不怕打针的地方，小心针头插进去拔不出来！

然而她并未对我的脚后跟产生兴趣，难道我没有把脚洗干净，她嫌不卫生？或者她是个高傲的蚊子，宁为鸡口，无为牛后？当然，最重要的原因，可能是脚后跟太厚实，没有见缝插针的可能。总之，耳边的嗡嗡声并未减弱，而我也不能马趴得太久——你非要亲我的脸不可吗？！

我打开电扇——虽然扇叶转动的声音比她振翅的声音大得多，然而我就是能够忍受——我想，她现在不能再作怪了吧。然而她是一只坚强的蚊子，知难而上越挫越勇的品质在她身上闪烁着永恒的光芒。更重要的是，她能够乘风破浪，是一只防风的蚊子，若她吸食了我的血液，无疑会让她无可救药地走向堕落。

我无计可施，痛苦地闭上双眼，猛拍脑门，心中呐喊："这日子没法过了！"抬起手来，隐约可以辨别手心有一只干瘪的蚊子——oh, my lady 嗡嗡，您一点我的血都还没吸到哪！

2011 年 8 月

数羊攻略

睡不着，就数羊。

通常情况下，刚开始都是履行数羊的典型程序，在心中默念 1 只羊、2 只羊、3 只羊……但是这样既不奏效，又没意思，还没数到 20 只，就不想再数了。

于是加进形象—— 羊羊运动会。第一只跑过来的是喜羊羊—— 一定要具体，再具体！这样才会有梦境的感觉。喜羊羊的头上戴着"必胜"的红色标语，眉毛呈坚毅的倒八字状，嘴巴歪到一边，两条没有任何肌肉的面条小腿弹蹬着向终点逼近；第二只是沸羊羊，沸羊羊大概是在路上跌了一跤，才会跑到了喜羊羊的后面，他的头上冒着烟，像亢奋的世界杯足球运动员，身后的风都打起旋来；再后来是班长、美羊羊、村长，等等，最后还有第六只，懒羊羊，他嘴里还叼着一把青草。这部动画片没劲就没劲在，就这么几只羊，不够数的—— 只有一只糟老头羊加上几只没爹没妈的羔羊。不过这种设定还隐含着一种残酷—— 羔羊们的爸爸妈妈成年羊们，可能都已经成了烤全羊、羊杂汤或者羊肉泡馍之类的东西。

还是变身草原英雄小姐妹！为了保护羊群—— 羊群，至少有 3000 只羊吧，够我数了！因为是赶羊的，所以就数羊的屁股。羊的屁股跟女人的一样，有丰满的有干瘪的。羊走路的姿势也跟女人的一样，有风骚的有豪迈的。有的羊蹄子像穿了高跟鞋，有的就跟平底鞋没两样。因为他们走的是泥泞的路，所以地上有脚印—— 不对不对，草原上哪里有泥路，都是草，所以没有脚印，只有被蹬倒的青草。年老的羊走路颤颤巍巍，有一只羊的腿瘸了，撅着那条残腿，以狗撒尿的架势赶路。大部分羊的尾巴是耷拉着的，偶尔有几只的高高挺起——那是他们在拉羊屎蛋蛋—— 你说他们是不是便秘啊，我反正是只有便秘的时候屎才有可能呈这种形状。数了有 30 多只，由于赶羊没戴眼镜，前面的羊看不清了，数着太困难，一会儿暴风雪也要来了，我可不想真像小姐妹一样把脚冻掉，还是换份工作吧。

变身德伯家的苔丝。话说这是初中时读的名著，大概内容快忘光了，只记得老是有大段大段的风景描写，打断我看故事的思路。就说苔丝到牧场当挤奶工的那段吧，牧场的里里外外、大大小小都写了个遍，真是讨厌这种啰唆。开始挤奶，都是一桶一桶地挤，羊妈妈甚是丰满，4只奶子，6只？不知道，这不重要。我的手被羊奶浸得白白嫩嫩的，老糙手立马变成削葱根。挤着挤着，脑袋里又浮现了管虎电影《斗牛》里的场景，黄渤对着奶子开始了十八摸（具体可能有出入，可能不是这部电影，可能不是黄渤，还可能是牛奶子…… 这不重要），摸人的不让拍，摸羊的不行吗？由于我一起邪念就兴奋，兴奋就可能睡不着，所以这个场景可以 pass 掉了。

我开始学白云薅羊毛，准备给我们家黑土织一件羊毛大衣——鬼才知道怎么织（当然，也只有鬼才知道，我们家根本就没有黑土，我只是一朵寂寞的白云），先薅了羊毛再说吧，巧妇难为无米之炊！绵羊的毛固然穿着暖和，可是卷卷的比较难打理，所以我薅的是山羊的羊毛。薅羊毛可是一件技术活，因为还得让剩下的羊毛形成一个造型，让山羊们高兴，否则他们下次就不让我薅了。所幸的是他们都很满意，薅完以走 T 台的步调向前踱去，俨然成为羊模特界新秀。最后来了一只想成为童星的小山羊，身上还带着奶味。我不忍心，于是与他进行了一番情深义重的谈话，后来他就含泪不情愿地低着头走了。这是第 20 只羊，想象力就要用完了。突然一只羊又跑了过来，这只羊的体形很丰满，看上去有点怪。我刚打算把手伸进他的身体里，突然发现有几根羊毛有点卷——浑蛋！这只绵羊为了成名，竟然不择手段，把自己的卷毛给拉直了！我对准他的屁股踹了一脚，他撒了几滴羊尿，就灰溜溜地跑走了。好累，休息一会儿。

睡完一觉，一睁眼，什么玩意儿！我竟然在呷哺呷哺吃羊肉火锅！新上的羊肉卷还坚挺着，冰凌渣子闪烁着光芒。第一排有 1 圈，第二排 2 圈，第三排 3 圈，第四排 4 圈，第五排 5 圈，总共 15 圈。丫这摆羊肉卷的一定特爱打台球。不一会儿，这羊肉卷又变成小时候用麻将摆成的形式类似的城堡。我跟哥哥一人一面，我抽出一个八万，他抽出一个五条，看看谁抽出来后城堡会倒塌。羊肉卷只能从第三排开始抽，但是，还没开始，羊肉就开始坍塌了，它们上面的冰化了。

但是上面一段是个梦！我还在牧场，手里残存着乱七八糟的羊毛。数一数羊，少了一只——难道是呷哺呷哺里面的那只？！牧场的栅栏果然破了个洞，我要开始亡羊补牢。老子这么爱给你做造型，你们还跑，跑个羊毛线！一只羊叼着木条朝我努嘴，让我把栅栏给补上，同时表明自己的忠心。其他羊看我很感动，也都排队站好，一羊一嘴小木条，等待我将栅栏补好。我浑身加满了劲儿，钉得飞快，钉上一个又一个，羊们也跟跑接力似的一个接一个把木条递给我。

1只、2只、3只、4只、5只……

2014 年 7 月

我的牙齿

我的六官里面，长得最好的就是我的牙了。

昨天晚上做了一个梦，左门牙碎成了俄罗斯方块，一点一点地脱落了。新的门牙拱了出来，冒的尖儿还跟小孩子的一样呈波浪线型。我用手去摸了摸，不料竟然被揪掉了。我照了照镜子，天哪，好大一个窟窿，透过这个窗口就能看到（我也不知道舌头干什么去了，大概因为我话太多而被施了截舌刑）。后来长没长新牙，没有印象了，大概觉得这个梦不好玩，转而去做别的梦了。

曾经看过一部电影《爱情的牙齿》，里面女主角的牙齿有特异功能，那就是比天气预报还准地预测下雨的时间——一到快下雨，她的牙齿就疼得厉害，这特异功能大概跟她的爱情有关。我的牙没这种特异功能，也不想有，但有另外一种——上门牙跟下门牙摩擦，可以发出很尖锐的声音。普通的磨牙，都是嚼牙在后面咯咯吱吱的，听着都瘆得慌。再加上后来听说磨牙是因为肚子里有蛔虫，蛔虫要在身体里迁徙，还要经过喉咙，磨牙的声音就变得更加恐怖起来。自然，我要把我的特异功能和磨牙撇清关系，就叫作"牙齿在唱歌"好了。每当得意的时候，我就夸张地张大嘴巴，故意磨两下给别人听。但这让我妈对我产生了深深的误解。有时候我跟她一起睡，第二天早晨她说："昨天晚上我听见有鸟叫的声音，以为屋子里飞进一只鸟，找了半天，后来才发现是你在叫！哎哟我的天哪，你到底是什么鸟转的？"我随便说"百灵鸟"，心想不是小鸡鸡就行——另外，我觉得"我的青春小鸟一去不回来"的歌词，一定是个小太监写的。

可是这一口牙齿，明明就是我妈遗传的。它们质量上乘：砌得齐整，严丝合缝，没有蛀牙，加上不爱嗑瓜子，门牙上也没有小坑。奶奶的牙齿老早就掉差不多了，一颗不老松坚持了5年；爷爷连门牙都是假的，有次摔了一跤，把牙里的钢丝都摔了出来；我爸更别说，40岁的时候都满嘴银牙了，嚼牙还有大窟窿，是小时候吃糖吃的。我坚信我的牙像我妈，而我妈像我姥姥。我姥姥75岁去世的时候，一颗牙也没掉，连晃都不晃。不过她倒是老掉下巴，

阿番,《俄罗斯方块》,2022 年

吃着吃着饭下巴突然就掉了，等一等或揉一揉，就又上去了。我虽然没有见过这种景象，但想到竟然有这种事，便忍俊不禁，再想想姥姥张大嘴巴保持惊讶的表情动不了，便更是要笑出声。这样做好像挺不孝的，我老了如果发生这种事情，我一定要站出来揍这个孙子。

前天晚上在浴室洗澡的时候，我一国画系的同学跟我讲了一件事情（我们总是喜欢开澡堂会议）—— 她去北京画院看齐白石的展览时，本来看得挺开心的，最后突然冒出一颗齐白石93岁时掉的牙齿。需要说明的是，齐白石这个迷信的老头，虽然只活了93岁，但号称活了97岁。首先中国的算法会虚2岁，接着因为算命的说他75岁的时候命里有劫，于是他就把75、76跳过去了。所以这个93岁，说的是去世的那一年，还是去世的前4年，我就不知道了。我同学的意思是，这颗牙齿很恶心，败坏了她看画的兴致。想想一颗经历了93年沧桑的牙齿（没有93年啊白痴，你一生下来就长牙，而且你不换乳牙吗？），加上幼年吃糖早年不刷牙中年抽烟晚年磨损什么的，确实卖相不会太好看。但是，当成一颗化石来欣赏也不错啊。

最后再为我的牙齿抱个不平。我不是个吃货，不太爱吃零食，对美食也没有那么强烈的欲望，也不太爱去细嚼慢咽，吃饭时总是如狼似虎，嚼到它们能下食道的大小就行了。如此一来，我的牙齿实在太寂寞了。大概是为了排解寂寞，我的门牙才学会了唱歌。

2015 年 1 月

豆豆大作战

我的脸最近在勤奋地长豆。大概，你觉得我用了错别字，应该是"长痘"才是。可是"痘"这个字真的是一点也不可爱，一加上病字旁，就和"痔疮"同一级别。想象我的脸上长了一堆跟痔疮一样的东西，我是断然不能接受的。它们虽然并不美观，可依旧是青春的标志、朝气的象征。这么有"面子"的东西，怎么能和那生长在阴暗潮湿、不见天日的苟且之物相提并论呢？

每天每天，早上起来的第一件事，就是数脸上的豆子（其实在这里用了夸张的写法，第一件事其实是摸手机，第二件事是睁眼睛，第三件事是赖床……第 n 件事才是数豆子）。虽然我盼望它们尽快地消失，但每次照镜子前，又会隐隐地觉得，一个都不能少。1、2、3……20，还好，很棒，依旧是团结的班集体。可是到了晚上，睡觉前拿出镜子再看看，满目疮痍，又要痛哭流涕：你们怎么都还在啊？一天的课上完了，解散，解散！都给我滚！

我并不是油性皮肤（要不然脸上也不会有这么多褶了），但由于爱吃辣，还是会长豆。其实这些豆豆并没有什么危害性，通常很小颗，要是不管它们，很快也就下去了。问题是，我无法坐视不管，我的手贱得要命。在我身体的所有器官里，脑子动得最多，其次就是手了。我的手要去碰豆豆的愿望，大概跟男生的手要去打飞机的愿望一样强烈。新鲜出炉的豆子，等着我去采摘呢！我等不到它们成熟，通常是刚刚发芽，我就要揠苗助长。两个中指甲对好，一起压迫那个红色的毛孔，就像济公夹死身上的虱子那样。小火山，赶紧爆发吧！让岩浆滚滚而出吧！但有时候它们是死火山或休眠火山，怎么刺激都不顶用，这让人很失落，非常没有成就感。挨个地挤完，脸上充斥着大大小小的月牙形指甲印儿，一张小红脸，就这样哀怨地浮现在镜子里。

这就完了吗？不，游戏才刚刚开始。我是一个屎壳郎，要把它们做大做臭。实际上，每周我也就冒一两个豆——关键在于，保持，要保持。它们一两个月都下不去，因为我会在愈合的时候把痂抠掉。一次一次，直到有一天它们不再结痂，变成一片暗红色，长久地待在我的脸上，不知道在几个月后的哪一天静悄悄地消失（还好，不管时间多长，它们都不会变成坑）。其实我的脑袋根本不想这样，它曾多次呼吁，拒绝非法入侵！拒绝红色暴力！然而手依旧是我行我素，根本奈何不了。就像我经常不想吃饭，但胃一直在呼叫我吃饭一样；就像我想去运动，却一直瘫软在椅子上一样。我的灵魂和身体是不配套的，这是我的局限性，矛盾的根源。

然而我妈并不明白这个道理。她总是叮嘱我，不要再抠啦！好像事情有这么简单似的。以前每次回家，我都战战兢兢，脸上涂上 BB 霜，涂上粉底，涂上遮瑕膏，好将这责骂推迟到第二天。现在可好，每每视频聊天，她都要把这件事情拿到台面上来说一说：你看看你的脸，还能看吗？豆豆、色斑、小时候抠的水痘印儿，什么东西都有。还吃辣，你就接着吃吧！毁得血肉模糊面目全非你才甘心呢！我还喜欢嘴硬：我灵魂的丰富性，全都写在脸上了，就是这么表里如一。不过不管她怎么责骂我，都不会说我丑。倒不是因为母不嫌子丑，她的理论是这样的：我觉得你长得挺好看的啊——多像我小时候。可是亲爱的妈妈，你不知道，不是一个品位的东西，照样可以有相似性。小沈阳有时候看上去也挺像金秀贤的，而罗玉凤看上去，不也挺像蔡依林的吗？

最近嘴巴的左右两侧对称着长了两个豆，好像古代一种奇异的妆容。然而，摆在我的脸上一点也不美观。我知道这样下去不是办法。虽然无法控制自己的双手，但依旧有其他的事情可以做。上学期，我妈给我炒了一大桶红豆薏米，泡水喝，据说可以除湿祛豆。起初挺管用的，但不知是否身体过于叛逆产生了抗体，一段时间后就不奏效了。这学期我妈又有了新的招数，发酵了一桶跟尿液颜色近似的"神仙水"，让我用来洗脸，因为据我婶婶说超级管用，她忍痛割爱地分给我半桶。效果怎么样，拭目以待。对于我脸上的不治之症，也只好死马当活马医了。

最后，想起了我写的一个动画剧本（实际上，我也就构思过这一个剧本，画过一次分镜头），跟豆豆有关，但跟本文的中心思想无关，但还是忍不住分享一下。剧本的名字是《红豆》，以红豆为线索，讲述一个人的一生。影片刚开始是一个新生儿，他被蚊子叮了一下，"红豆"出现；继而长大一些，开始学走路，摔了一跤，膝盖磕肿了，"红豆"出现；上了小学，因顽皮而捅马蜂窝，蜇了一个大包，"红豆"出现；青春期，长了满脸的豆豆（就是我咯），"红豆"出现；工作后开始跟朋友胡吃海喝，嘴边长口疮，"红豆"出现；中年时期，抽烟酗酒，痔疮萌生，"红豆"出现；晚年病危，输液时身上被扎了很多针眼儿，"红豆"出现；死亡的时候比较有戏剧性，女儿喂红豆粥给他喝，给噎死了；最后一幕是，儿女们抱着小孙子参加他的葬礼，而小孙子手上也有一个被蚊子叮的包，红豆出现在新一代的身上，暗示生死轮回和不可逃脱的命运吧。

2015 年 7 月

我的名字

我的名字是我奶奶起的，确切地说，我们家我这代的名字都是我奶奶起的。

我不知道这起名的大权为什么会交给受教育水平最低的奶奶（尽管她自己倒是有着一个颇为书卷气的名字，叫康藏书），这或许代表的是她的家庭地位。

我叫王家欢。

我不喜欢我的名字。

我本来想写的更决绝一点，"我从小就不喜欢我的名字"，但是，好像事情并不是这样——至少，在幼儿时期，我应该还没对这个名字有意见。上育红班时留下的记忆并不多，但我却牢牢地记着和某个小伙伴钻进学校庞大的冬青丛中——如同猫狗的习惯一样（可见我们也是很小只）——一起讨论给将来的孩子起名字的问题。我想了两个女孩的名字，一个是彩莲，一个是彩霞，那是凭我当时的文化程度所能想出的最好听的名字（没想过生男孩，如果追生的话或许会叫——彩蛋？）。我甚至还有点沾沾自喜，觉得自己特别有水平，以至于小伙伴想出了什么名字，我根本就不记得——反正没我闺女的名字好听。

但现在看来，这两个名字还不如王家欢。

在对名字的偏好上，我经历了很多时期。一个是鸳鸯蝴蝶派期，那就跟现在的妈妈们起名的思路一样，喜欢言情剧中的名字。当然，这个时期具有普适性，青春期稍微有些文艺爱好的中二少年，大概都会经历这个阶段（有些人长成大人都还没走出，要在自己孩子身上实现当主角的愿望）。这个阶段嫌弃的不仅是名字，姓氏也是要一并被嫌弃的。王，这个姓氏多普通啊，姓"顾""萧""蓝"什么才好听。另一个是生僻字阶段。生僻字不光会显得有文化，还能体现家人对你的殷切期望，而这种期望不是宽泛地希望你聪明、健康、快乐或成功，他们选择的生僻字里面隐藏了实现这种期望的具体方面、实现路径或要求。比如，我还记得小时候看的一档智力节目，一个名牌大学的学生叫作"秦彧"，她的大学教授父母希望她"趣味高雅，谈吐斯文，有教养还茂盛生长"，这样的名字看上去很棒，不是吗？由此，生僻字不光体现教育程度，还体现了起名字的人对新生儿的态度。

从这点上看，我奶奶对我这个新生儿的态度并不咋地。我爸妈可能更不咋地，他们都懒得给我起名字，至少是懒得争夺冠名权。

我嫌弃自己名字的简单俗气，甚至在多次的默念后，觉得连发音都不是很顺口。"huan"这个音，放在名字的末尾并不掷地有声，以"ing"或"i"结尾好像更好。以至于，当有些人在公众场合大喊我的名字时，我的心都会惊一下。不值得，在公众场合呼唤这个名字不值得。

于是，当我在某些情况下不必须使用真名时，我便开启了自己的化名之路。我的第一个化名是核桃。小时候也不知道是在什么契机下开始看毕淑敏的。毕淑敏说，她没有笔名，但是如果起的话，会是一种金属的名字。顺着这个思路也不是不可以，但我还是比较喜欢活的东西，于是就选了一种植物。那时我的强迫症症状有点严重，核桃更能体现我脑袋千沟万壑的状态（且，我认为自己相当沧桑），此外，由于我还要向别人隐藏我真正的心理活动，当别人问起时，我便可以用"核桃代表着聪明智慧啊"来隐藏真正的含义。之后，网络上的诸多账号名，都是以此名衍生而来。

后来，我的强迫症症状好多了，这个名字就显得不合时宜了。加之，有次我在家用这个名字登录一个网站账号，我一个大婶子看见了，跟我说："哎呀，叫'hai'桃啊，哎呀呀，怎么是个这样的名字……"我被一个初中文化的妇人嫌弃了，这个化名顿时显得特别土炮。我也嫌弃起来了。

其实，当我将化名改成"阿番"的时候，我就和我的 birth name 和解了（阿番是"家欢"的口齿不清版）。我的想法产生了变化：名字就是一个代号，机关算尽、堆满寓意，就变得没有那么轻快和天真。现在看到名字复杂的人，我脑中冒出的第一个词就是"苦大仇深"，他肩负着家人多大的期望啊，那条期望中的路径，或许根本就非他所爱。而我的名字，以及类似的王思聪啊，李佳琦啊，则显示出了既朴素又轻松的愿望。我现在有点理解了，为什么外国电影里会有这样的桥段："你家孩子叫什么名字？""Susan.""That's a good name."之前想，good 尼玛啊，这么简单的名字；现在想，简单的名字啊，挺尼玛 good。

当然，我现在最喜欢的称呼，还是欢欢阿姨，我觉得这个叫法无比可爱。这不是孩子们嘴里的叫法，而是我的朋友对他们的孩子讲到我时的称呼。不是"欢姨""欢欢姨""家欢姨"或"家欢阿姨"，而是一字不差的"欢欢阿姨"。不加"阿"字的姨像是有血缘关系的姨，这没有更普遍的适应性；而对孩子讲话（这些孩子现在还是娃娃）是要讲叠字的，所以必须是欢欢阿姨。我不是个温柔的人，但是这个称呼击中了我心中柔软的部分。

等我再老一点，大概会被叫作欢欢奶奶。当然，你要是叫我欢欢姑奶奶，我也很乐意接受。

2020 年 11 月

咖啡之后

　　我喜欢在安静的地方折腾，只有热闹可以使我平静。这件事情是客观的，并不是出于我的主观意愿：身为一个乖乖女，我并不想作为世界的对立面出现——那对我没有好处——虽然我并不知道"好处"究竟指的是什么（经历了怀疑人生，传统定义中的"好处"和"坏处"已经在我这里失效，它们有时恰代表着反面）。对于这种无法改变的现象，可以有两种解读的方式：一种是我是一个调和主义者，世界过于阴郁，我得让它乐观一点；世界过于阳光灿烂时，我要打击一下它，以此达到一种平衡。另一种解读就是我是一个反叛者，或者说出逃者，不要替天行道，而要逆天而行。假如世界在东，我可能就要一路向西；假如世界就是地狱，我偏要向着天堂行驶（然而，并不存在世界是天堂这种假设）。

　　虽然上一段充满了对立思维和辩证精神，但实际上只是为了解释我为什么会在咖啡馆学习。因为家里太安静了，那种安静会让我全身的关节噼啪作响、屎尿交替登场、头皮发麻眼睛发昏牙齿发痒心里发毛，所有的这一切都意味着，学习不能填满环境带给我的空虚，我会感到生无可恋，接下来肯定要去磨刀或者找绳子了。但是身为一个警惕的怕死者，我绝不会允许自己如此任性。在这一点上，我将永远清醒。我的左手颤抖地握住右手，提醒着对方不要想不开。然后我就以抱拳之势走出了家门。

　　很多艺术思想都是在咖啡馆诞生的，作为经常把"为艺术而生"当作生存借口的人，去咖啡馆是我的不二之选。唯一美中不足的是，我根本不爱喝咖啡。

　　去咖啡馆不喝咖啡，似乎十分不道德。身为经常道德绑架自己的人，我不会允许自己做这么丧尽天良人神共愤禽兽不如的事情。我推开门，优雅地点了一杯摩卡，用支付宝付了钱，抱着小熊上楼去了。

　　咖啡是提神的，在我这里并没有区别。只不过，大概因为我的"神"天生比别人多一点，稍微提一点就会爆表，超出正常范围。摩卡涌入胃里的那一刻，左心室的马力瞬间开到最大，突突突地跳跃起来。心脏里的血被煮沸，咕嘟咕嘟冒泡。血蒸汽在身体里循环，血液的汽化使密度减小，体积增大，血脉贲张起来，青筋开始凸起，像怪兽要变身的预热阶段一样。而并发症则是脑细胞瞬间性成熟，互相交配起来，甚至临近的不同品种的脑细胞都开始饥不择食地杂交。它们的效率如此之高，脑子里盛不下就飘浮在咖啡馆的上空，我看见它们像蒲公英一样从太阳穴飞出，就像舞台前涌起的肥皂泡。灯光因分离而变得五光十色，人们的声音也时空错位，变得像无线电一样飘满雪花。但我能够将它们重新排序还原出本来的信息。

因为之前就有过这种超验的精神，虽然兴奋，却依旧可以克制自己，甚至还能保持相当的理性。因对刺激物有着非同一般的反应，所以日常过的是苦行僧般的生活：烟不抽，酒不喝，毒不吸，春药更是不能吃！我想象不出平时就像磕了药的自己，真的嗑药的话，会达到怎样一种状态（或许会以毒攻毒，从此变得正常起来）；我想象不出平时就表现得很饥渴的自己，吃了春药的话，会不会延伸出雌雄同体的功能，开始自给自足（因为我大概怎么都找不到一个肯为我献身的男人）。这些都让人后怕，然而在咖啡的刺激下，连后怕都变得有了生动的意味。

喝完咖啡的第四个小时，血液的温度开始降了下来，暴起的青筋开始回缩，我的相对理性开始向绝对理性恢复。空气中的脑细胞开始互相残杀，地上落了一堆只有我能看到的尸体，有一些甚至落进了旁边正在讨论股票的男人的咖啡杯里，我看到其中一个人将还没有消失的尸体喝了下去，他的嘴角没有意识地抽搐了一下。灯光也随着我的冷血过程聚焦成本来的面目。

一场神经一场梦。这是一次精神实验。我看了上文才知道发生了些什么，方才我一定是用极大的毅力才能用文字记下这过程。但这真实性我无法考证，甚至第一段和第二段对自己的描述—— 因为那时候我已经喝下了咖啡。我可能不是为了学习来到咖啡馆的。可能是为了艳遇，也可能是为了别的什么。刚才的神经错乱让我短期失忆了。我想，除了这最后一段，你可能对我一无所知。然而这一段其实也没说些什么。不管怎么样，我都要回家了。天还早，不晚安。

2016 年 7 月

不好意思

———————

我最近好像特别喜欢用有歧义的词当题目，大概是为了在开篇前啰唆一阵子。这里的不好意思不是指"不好意思，这事儿我办不了"的不好意思，而是"这么做我有点不好意思"的不好意思。

今天中午要吃昨天才买的苹果，随便拿出一个，揭掉网套，上面竟然腐烂出一个大洞。需要说明的是，这并不是水果店老板故意要用鱼龙混杂的障眼法，水果都是我自己挑的。所以你也明白了我的挑法，连网罩都不摘下来看看，抓住就往塑料袋里塞。因为我老是觉得挑挑拣拣的很不好意思，多么不大气啊。每当我和同学们去买水果时，都会觉得她们贼拉慢。一个几乎要将半个箱子的苹果捅出来，就觉得店家黑心，埋在下面的才是最好的，于是变成黄金矿工，专注于探索宝藏；另一个买点桂圆都要一颗颗仔细端详，欣赏夜明珠似的，还要将所有的连理枝都拔掉，"占秤啊"，恨不得把皮儿全都剥了再称。与她们相比，我根本不是个会过日子的人。

当然，这事出有因，完全来自我爸的遗传。记得上小学的时候，我想在集市上买一本作文书。那本书还是盗版的，书摊老板说 10 块钱，我爸二话不说就交钱了。回来后发现，就算是正版的标价，也没有 10 块钱。这当然遭到了我妈的数落，而这种数落更常见于过年买菜时。因为过年很多人要来家里走亲戚，要买很多菜作招待之用。我妈年底的时候工作最忙，所以买菜的任务就落在了我爸身上。这个时候他的豪迈劲儿又上来了，什么蘑菇、青椒一箱箱的买（然而很多该买的东西都没有买），不顾及我们爱不爱吃和食用量，就是觉得这样买很方便，省得跟他们废话，回来时就只有一个理由"慢慢吃呗"，好像冰箱里都能装下似的，好像永远都不会腐烂似的。我妈年年叮嘱，我爸年年不改，甚至写了清单都会有意外的情况发生（比如，清单上的蔬菜卖完啦，他就私自做主狂买一个根本吃不到的菜；又或者，清单上某样菜不太重要今年却贵到令人发指，他还是照单全收。总之，不能令我妈满意）。每到买菜这一天，我跟我哥都会有不祥的预感：咱爸回来后咱妈肯定又会喊叫了（"喊叫"就是"数

阿番,《挑苹果者》,2022 年

落"的意思）。而喊叫的结局总是我爸甩袖子说："明年你去，我不管了。费劲不落好！"而我妈就会说："我说你是为了让你进步。但是你看看一年年的，你进步了吗？"不过我是没有资格嘲笑我爸的，等我要经常买菜的时候⋯⋯走着瞧吧。

除了各种买买买的场所，另外一个让我感到不好意思的地方是理发馆。那是一个被符咒控制的地区，一旦进入，平时膨胀的自我就躲在墙角瑟瑟发抖。要不是没型加开叉的头发硬拉着头皮把我拽进去，我一定掉头就跑。

迷茫。没有其他词更适合我在理发馆里的心境了。本来已经决定好做什么样的发型，怕自己嘴笨说不清道不明，特地搜了一堆明星同款，打算上去言简意赅："就是这种。"可是，几乎每次，发型师好像都会否定我的想法："她那个啊，是吹出来的，你要是想成这个样子你得每天早上起来吹。哎那个是喷了啫喱水的，你看不出来吗？再说了你这脸型不合适，还有你那个⋯⋯所以我看这个发型还有这个发型比较适合你，来来你看看⋯⋯"之前下的"一定要做这个发型"的决心瞬间崩塌了，还会用理发师的立场来数落自己：你懂不懂时尚有没有审美你刚才的要求特别蠢就像从来没理过发似的你不知道吗？瞬间没了脾气，像个待宰的羔羊一样，对理发师的所有建议言听计从，又战战兢兢地闭着眼睛听他在我头上咔嚓咔嚓（反正没戴眼镜也看不清）。但是每当剪完头发出了理发馆，又瞬间清醒了似的：他是不是做不了那个发型才说人家是吹出来的？还有我不是打算不再留刘海了吗，为什么又剪了？

所以，那些老说我很凶的朋友们，其实我是个窝里横，很多时候都会不好意思的。你要是非要想看我怂的样子，我给你出个主意：和我一起去理发，我准备剪成短发了。

2016 年 4 月

絮叨

"絮叨"这个词，仔细研究一下，也是挺有意思的。"絮"让人联想到春天烦人的柳絮，表明了人们对这个词的思想感情，大概是名词作形容词用；不过"絮"虽柔软，"叨"却口吐刀片，又硬得紧——软硬兼施、反反复复的絮叨，真是可能将倾听者的一个脑袋说到两个大。

虽然有人在解释"絮叨"的时候使用了"唠叨"这个词，但嘴巴发出的这两种行为有着细微的差别。絮叨是很多很多的话，更像一个神经质患者或者语言细胞不发达者的一种习惯；唠叨也是很多很多的话，但它指向的目标是让倾听者听从训诫，痛改前非，回头是岸。一旦达成目的，唠叨的行为也就终止了——或者，内容改变，开始下一轮唠叨。因此，唠叨的对象仅限于身边的软柿子，不亲近的人根本就唠叨不着；相比之下，絮叨的对象范围可以扩大一点。另外，絮叨是所有年龄层的人都可能有的行为，而唠叨大概是老年人的行为，尤其是中老年妇女的行为。

虽然我马上就变成一位中年妇女了，但我还不至于唠叨。不过我现在开始絮叨了。我是"絮叨"这个词频繁的执行者。鉴于我自以为是一位语言细胞发达者，根据我自己给"絮叨"下的定义，剩下的可能就只有我是个神经质了。但再仔细一想，这种推论我并不能同意。凡事总有例外，更何况我是个超凡脱俗之人。

"絮叨"是我的主动选择，它现在是我的社交利器。我现在每天做的事情，就是出门上班和回家睡觉，偶尔和朋友们出去吃个饭 social 一下。那么问题来了：现在的 social，除了讲八卦就没别的——这是维系我和朋友良好关系的重要纽带——一帮八婆聚在一起不讲八卦，是不是有点不务正业了？但是，八卦总是有限的，更何况对于我这个信奉"人生即体验"信条的人来说，这些八卦总是要和我有点关系才行——跟我没个五毛钱关系的，我通常不予录用。这导致我的八卦谈资的资本积累有些缓慢。

现在朋友们聚会，不就是聊天吗？想来小时候可以一起做作业，可以一起玩游戏，可以一起看热播剧，现在的聚会可做的事情太单一了。当然也可以一起去玩个桌游，唱个 K，开个 party，但是这些活动总是需要很多人，而我的朋友，大多数情况下彼此又不是朋友，强行约到一起，又实在怕怠慢了她们——至少，我和不熟的人在一起会感到拘束。

终于要说到正题了。我的八卦素材现在就像中小学老师的教案一样，要给不同班级的同学们讲一遍，根据不同的人稍稍做出点修改，以增加彼此的联系。就拿最近和 A 师姐闹矛盾的事情而言，最开始，出于真正要倾诉的原因，我和 B、C 两位同学分别谈论了这件事情，并给出我自己的观点。后来，这件事情慢慢淡出情绪，我对它没有感觉了。但是，我在和 D、E、F 分别吃饭的时候，又将这件事情絮叨了一遍。我讲这件事情的性质变了，它不再是我内心的感触，而是变成了我社交的一种手段——饭还热着呢，场不能冷了吧——在我这里，尬聊不可怕，不聊才可怕——况且况且，身为一个语言细胞发达者，尽管有时事情与她们毫无关联，我也会从事件中提取一些鸡汤，让她们心满意足地喝下去。

在做这件事情的时候，我是秉着奉献的精神的。因为从我的角度看，这些事情讲一遍，我就已经消化掉了，剩下的那些遍或许会巩固我的记忆，或许会增加我叙事的多样性，但总体来说，对我而言剩余价值已经不大。对于一个实用主义者来说，这还不算奉献吗？假如有个人只能感受到我的存在，他看到我连续几天里，不断地张牙舞爪地讲述同一件事情，一定会觉得我精神有问题。——但是，别人是第一次知道这件事情啊。可是奇怪的是，明明是一件"奉献"的事，假如让别人知道我跟所有人都讲了同样的话，我又会感到羞赧，尽管我并没有承诺"这件事情我只告诉你一个人了哦"。倒不是因为这样显得我像祥林嫂，而是别人会洞察到，原来啊原来，她不是只向我抖了一个小包袱，而是把所有的包袱都抖干净了。她的世界原来是这么狭窄的啊。

是的，她的世界就是这么狭窄。我感到羞赧的原因，就是不想承认这一点。作为社会你番姐，一个自称"超凡脱俗"的人，这一点也不符合我的人设。

2017 年 12 月

听得到噪声的房间

下午两点钟。起床要凑个整点，睡觉也应该是这样，人就应该过如此有规律的生活。

可是窗外的噪声破坏了我的这个计划。隔壁的隔壁，就是那个妈了隔壁的隔壁，不知序号是三十几号楼的楼，吱吱扭扭地聒噪个不停。那些声音在我的眉骨上耕田，在我的耳朵里蹦迪，又在我的脑仁儿里见缝插针。明明就是装个修，为什么要搞出大卸八块五马分尸的动静？一会儿是电钻进入墙壁时的突突突，一会儿是电锯切割木板时的嗡嗡嗡，一会儿是大锤压迫钉子时的乒乒乓，一会儿是工人从六层往下扔玻璃时的啪啪啪（这三个字前面一定要有说明情况的定语，要不然很可能被误会），音量有高低之分，频率有轻重缓急，嘈嘈切切错杂弹，大珠小珠落玉盘，好一场噪声音乐会，达达主义的那些 noise，恐怕也不会有新的花样了吧！

即便在这种情况下，窗户也是打开着的。因为总是感觉，这样燥热的夏天，不开窗子会被闷死，就像小时候将头伸进哥哥被窝里体验臭脚丫的味道一样不能呼吸（他总是埋在被窝里睡，日积月累，学习不好不是没有原因的）。可是，除了外面蚊子的嗡嗡声听不到之外，所有微小的声音都会被塞到耳孔里。晚上蟋蟀的蝉鸣（我只是想用一句话表达两个意思，这样真的不好吗？），早晨倒垃圾大爷半导体里播放的京剧，受到灵异事件惊吓的电车，都会使我的耳朵迫不及待地长出新的耳屎，以作驴毛之用。我不知道这是中了什么邪，因为在长年累月的入耳式听歌的过程中，我耳朵的灵敏度已经减弱，所以我总是大嗓门，而朋友们也把我当作耄耋老人对待，他们总是对我说：重要的事情说三遍！你听清了吗你记住了吗？然而这对于噪声来说并没有什么作用。比如每到晚上入睡时，操场里的谈笑声都像闹钟一样准时响起。寝室距离地面的垂直距离大概有 10 米，距离操场的水平距离大概有 150 米，根据勾股定理，我们之间的直线距离至少有 150.33 米。可是依然人声鼎沸。为此我专门滚下床观测他们的方位，走到阳台更受不了，连说什么都能听得一清二楚。这是见了鬼的节奏吗？

虽然总是有噪声从外面传来，但阳台上的风景还是非常美丽。看得到天空、大地和屋

阿番,《听得到噪声的房间》, 2022 年

檐下同学们的日常生活。除了晾衣服，我也经常伏在栏杆上瞧瞧看看。可惜，总也没有发现其他的人像我一样。如果有人一起，隔着好远我也要跟她打一个小小的招呼。昨天晚上我又在阳台上待了会儿，因为雷雨正在酝酿，它们总是让我兴奋。彼时风起，云聚，地上的电车们也开始了合唱（清华校园很大，自行车已经满足不了同学们了）。雷声闷闷的，它们躲在压境黑云的后面，闪电从云层后面探出头来。抓不到闪电的脉络，不知道后面是怎样激烈的交织，只看得到近地平线处缠绵的余光。我期待着雷电千军万马地奔袭而来，雨水噼里啪啦地从天而降，车辆从地面上疾驰而过。可是它们远远地叫嚣了一段时间后，挤了几滴眼泪，就鸣锣收兵了。

2015 年 6 月

噪音免疫

————

前两天，住在楼下的两个妹妹在午夜 12 点来临之际，叩响了我们宿舍的门。

她们表示，过了午夜 12 点之后，灰姑娘都不掉水晶鞋了，我们宿舍竟然还有人在地板上拖东西，影响她们休息。

拖东西？谁大晚上还拖地？

经历了一番思索和勘察，发现她们说的是椅子。就是在离席时拖的一下椅子。"我们睡觉比较轻，其实你们开水龙头的声音我们都能听到。主要是这栋建筑隔音不好，麻烦注意一些。"

她们唤醒了我的耳朵。我本来什么都听不见，经她们一提醒，不仅楼上的地板在吱呀作响，下水管道的声音、窗外汽车驶过的声音、走廊里人走过的声音、电梯到达四层的提示音，都被左耳朵收进，但并未像往常一样直接经右耳流出，而是被送到了中央处理器。假如时时如此的话，恐怕要被逼出神经官能症。可是，我对声音的感觉终究已经在日积月累的刺激中涣散，不一会儿，我便又听不到了。

其实她们找上门来，我稍稍有些委屈。又没有晚上故意蹦迪，挪一下椅子不是常有的事，总不能每次把椅子都抬起来，抬 8 次都凑够坐一次八抬大轿了。更何况，"开水龙头的声音都能听到"，那便确实是建筑的问题，请找建筑师说理去。我多么想拍拍她们的肩膀，对她们说："事已至此，要适应。你们看我，inner peace。"但是，由于她们两个人高马大（为什么现在的孩子都这么高！），肩膀我碰不到，人我也打不过，我只能表示，好的好的，我们注意，然后给所有椅子贴上脚垫。

等哪天我不爽了，我也要找楼上说理去。这个事情，要么解决到底层，要么解决到顶楼，卡在我们这层算怎么回事啊？

我这么怂，我就是说说。卡在我们这儿挺好的。

但是，这件事仍给我沧海桑田的感觉。曾几何时，我也有噪音狂躁症。本科的时候，北师大的宿舍是上下铺，睡六七个人，我总是觉得好吵，睡觉时要是别人不睡，就得戴着耳塞才行。按理说，我应该在那时就对噪音产生了免疫力才是。但是并没有，因为硕士生涯让我产生了返祖现象。清华的硕士两人一间（也有三人的，但我们是两人），我舍友还经常不在，此外，宿舍区基本没有汽车，非常安静。因此，我对噪音的免疫，只能追溯到我工作以后。

首先，我的租房史就是一部噪音适应史。我和同事第一次合租房子，由于没有任何经验，我们租在了一个十字路口的旁边。我的房间便正对红心——没错，不是对着十字路口的哪个边边，而是对着中心，因为这栋楼是随着路口弯曲的。也就是说，我至少能听到两条路上汽车的鸣叫。那真是我极其不舒适的一段时间，因为关上窗户、戴上耳塞还是很聒噪，搞到我一度想退租（后来因为某种原因，也确实退了）。另外一次，房间的门隔音太差，又住了好几户人，我不仅要听各位室友的各地方言（真遗憾，虽然住着情侣，但是没有听到过那种事情），还要听窗外的邻居骂孩子。我从最开始的苦大仇深，已经变得可以适应，偶尔还可以找到乐趣。

工作史也是一部噪音适应史。虽然我工作过的两个单位都不是严格意义上的开放式办公（工位上还有挡板，不至于和别人都能手拉手肩并肩），但一堆人挤在一个办公室，商议、训话、讲八卦，各方声音也都是不绝于耳的。刚开始参加工作时，我都要戴上我的大耳机，音乐从早播到晚，播到我脑袋发蒙。但是现在，我基本很少戴耳机了。尤其是，当中午吃完饭，要在工位上趴着睡会儿时，即便周围有很多人在讲话，你也顾不得了，胃对血液的剥夺和缺觉的疲累会让你呼呼大睡。

所以，我的听觉涣散了。以前我某任舍友天天开外放看《甄嬛传》我会跟她大吵一架，现在我们宿舍的小妹妹（央美奇葩大赏：不同专业的硕博混住，基本上是闭着眼安排的住宿）天天开外放看耽美剧，我也没脾气。靠，实在无聊的时候，陪她们一起看吧。

实际上，我非常珍惜我各项知觉的灵敏性，我的眼睛、我的耳朵、我的触觉，都异常敏锐，它们偶尔的超常发挥会让我觉得世界突然不一样。但是，过了 30 岁，因为这样或那样的原因，这些知觉都开始钝化，连脑袋好像都不那么灵光了。不过，也不必那么悲观，这或许是为了保全核心力量而出现的一种进化现象。

2021 年 4 月

最好的前提

身为一个女人，我不光会月经来潮，还总是会心血来潮。人们说，三个女人一台戏，实际上，光我自己一个，就能想一出唱一出了。（叫我独角戏女王！）

这集中反映在我的兴趣爱好上——好奇心泛滥，感觉什么东西有意思，就要像个臭流氓一样上去抓一把。但是无奈，手只有两只，拿起这个就注定要放下那个。我时常认为自己大概是跟别人不一样，能够长出三头六臂的，但一个人不管再怎么不清醒，时间久了也能察觉出什么来——生长发育的年龄已过，好像三头六臂千里眼或者招风耳（顺风耳？）再也不会长出来了。那么，根据一万小时定律，成为一个方面的专家至少需要 5 年，这就意味着，假如我活到 60 岁（啊已经很长啦虽然有时候我想活很久但是我现在不想活那么久），紧追慢追，我也才能练就七项本领，离十项全能的目标还远着呢。可是，即便认清了现实，见什么都要摸一把的毛病还是改不了。

比如说吧！如果没有预热，在绘画材料用品店里，我对任何绘画材料都没有特殊的感情。但有种契机，每当这些材料被某些画家制造出惊人的效果时，我总会冲动：看上去也不难学嘛，我也要试验这种画法！继而想到巧妇难为无米之炊，于是就开始"买买买"，还都要买好一点的，买颜色齐全一点的——我可是要憋大招的——现在想来，可真是热爱那三分钟雄心勃勃的状态啊。这非常像早泄的男人，见到性感女郎垂涎三尺，准备旷日持久大干一场，谁知计划赶不上变化，现实赶不上梦想，战争打响没多久，就和平休战了。实际上，这些材料被我用一次就不错了，很多买了好几年都还没有开封——尽管在读绘画专业的时候即是如此，这也并没有让我在毕业之后萌生悔过之情，材料还在时不时地增加之中——彩铅、水彩笔、针管笔、马克笔、毛笔、油画棒、水彩颜料、国画颜料、毛边纸、生宣、熟宣、绢布……样样不能落下！虽然每种只买了那么一点点，但实际情况是，一不小心买了一辈子的。像我这样每当想要丢掉的时候，又会觉得自己以后肯定会用到，一定会让它们随着我漂来漂去的——兴许，还能当个陪嫁——甚至，还能当个陪葬。

（要是我投资的是酒该多好，自己不喝，到时候就给子孙们留着卖钱花。）

　　拥有这些东西，让我觉得心安，好像梦想已经不远了，随时都可以开始，所以随时都不开始—— 以后，以后，以后吧。就像收藏后的书单永远不看，光放在收藏栏里，就感觉它们已经属于自己了，反正想读的时候随时可以读；就像一定要配齐电脑、平板、电子书阅读器、手机、相机，总会用到的！其实有的真正也用不了几回；就像找工作时要买正装，出席宴会要买礼服（anyway，这一条是意淫的，我并没有什么出席宴会的机会，就是借来讲个道理），实际都当了摆设，借一借别人的也未尝不可。但是，不行，以后怎么用是我的自由，但一开始就不是最好的，怎么会有最好的结果？想到这里，尽管还没什么行动，脑袋就像戴了紧箍一般，我的想法化身人形，前后左右都有墙面压过来，要把它挤成肉饼，魂飞魄散。

　　另有一个现象可以阐释我这种完美主义前提的心理。我在报考大学的时候，选的学校都是北京的，理由是，这里有很多好吃的、好玩的、好逛的、好学的；而报考的大学都是综合性的大学，理由是，在学习专业之余，我可以到其他专业学文学、学历史、学心理、学外语。而实际情况是，我很宅，在北京待了快 7 年也没交过多少朋友，尝过多少美食，逛过多少古迹；别说学那么多科目，连辅修都没有，安慰自己真正的兴趣旁听就行了，而又功利主义地没有学分便不去旁听，以至于很多时候在跟其他专业同学探讨问题时，想要装逼都无从下口。

　　归根结底，都是因为对自己太不了解，又对自己抱了太多无端的希望。人的本性是不会变的—— 当然，有一部分确实会变，且影响到实际行动—— 然而，又怎么能把握，就是在朝好的方向发展呢？

　　未雨绸缪固然是好事，但也要想到，今后，可能都不再会下雨了。

2015 年 11 月

运动的纠结

运动这件事情，最能体现我的意志力。

有句雅俗共赏的朋友圈鸡汤怎么说来着？（ ）岁前的容貌是父母给的，（ ）岁之后的容貌是自己给的（括弧内的数字可根据投放微信群的年龄层适当修改，20、30、40皆可）。由于我现在30岁，我就相信这个数字是30岁。再说了，三十年河东，三十年河西，我丑了30年了，是时候逆袭了！

跟大部分人相比，我读书不算少，但容貌并没有因知识的增长而有所提升，所以，我断定"腹有诗书"并不能"气自华"，甚至还有可能让人成为黄脸婆。而你看那些明星，虽然没读过几本书，都挺"气自华"的。除了因为她们本来就好看，还因为她们驻颜有钱（"有术"基本＝"有钱"），另外就是爱运动，马甲线和小腹肌是她们常晒的项目。第一点我无法做到回炉再造，第二点我买不起做不起，所以，我能让自己变好看（或者变难看的速度慢一点，慢过其他人，我也就相对"好看"了）的方法，也就剩下了运动。

但是，这件事我总是坚持不了太久。

但是的又但是，这我已经是进步了。从常态性胡吃海喝躺床上等死，到间歇性奋发图强滚去跑步，不算一种进步吗？青春期连跑个八百都能跑吐的我，现在慢跑可以跑五公里，并且也不再认为跑步是一项傻乎乎的运动（对，我以前就是觉得跑步贼无聊），不是一种进步吗？

可是，不进则退啊，拼命奔跑才能留在原地（可做两种意思理解）。

上次体检，我心率过缓，五十几次每分钟。我上网查了查原因，一种是常年锻炼，一种是有病，一种是老年人。我心里有数肯定不是第一种情况，我虔诚祈祷不要是第二种情况，现在只剩下了第三种情况：我是个老年人。其实是老年人也没有关系，谁说迈进三十大关了还不能成为老年人了，但关键是，我应该老当益壮啊！

虽然并没有常年锻炼，但我还是有些肌肉：跳高跳远都还可以，证明我的象腿不是白长的；撩起肚皮照镜子，像生孩子那样用力，虽然挤不出孩子，但能挤出马甲线。但是，只要我放松下来，肚子上的肉就显形了。它从我超过 100 斤的时候出现，自此便再也没有消失过（毕竟，我也再没下过 100 斤）。不过，虽然我跑步伊始的愿望是减肥，但在发现这和金婧的吐槽一样，根本行不通之后，我便只是为了健康和容光。

当我跑进去（对应"学进去"）的时候，过了十几分钟或者二十分钟时，我会非常喜欢身体的状态：心脏好像更有力了，血液也被激活成了鲜红色。我感觉到一种坚强，那是平时虚弱或疲惫的我所没有的舒畅感觉。

但是，即便知道十几分钟后会有这样的巅峰时刻，我还是会找很多借口不去跑步——一跑就跑四五十分钟，还得换鞋换衣服，多浪费时间啊（虽然我浪费在打游戏和玩手机上的时间更多）；也会在例假来临时松一口气——不是我不去，是天时地利人不和，大姨妈不让；还会庆幸今年雨水多——下雨或地上有积水，都会凌乱我的脚步。于是，今年夏天，在我断断续续跑了三个星期的步之后（每个星期大概有 4 天锻炼），我又迎来了长期性胡吃海喝躺床上等死的状态。

不知道是心虚还是什么缘故，我发现自己不仅长胖了，脸上的细纹还更多了。不行，我应该老当益壮啊！于是，对着镜子鹿小葵般大喊：为了"三十年河西"，加油哦阿番！

2020 年 8 月

我有多八卦

疫情原因，我最近在线上上课。

作为一个当代路德派（对，我就是想要回去过野人的日子），我对会议软件并不精通，有些功能还并不知晓。当我发现一门课上的年轻女教师和另一门课上的男同学（和老师年纪相仿）家的"书房背景"一模一样时，我自认为发现了个秘密：他们俩是两口子（毕竟艺术圈还蛮小的）。

凡走过必留下痕迹，他们一定在某处合体过。我在网上同时搜两个人的名字，却一无所获。直到一堂课上，任课老师跟某位同学说：你们家竟然挂了这么大一幅《富春山居图》。同学：哦不是的，这是我设置的背景。咦，是背景吗？还好我没有将这个"发现"告诉其他同学。不过，从另外一种角度讲，我也安心了些——毕竟，很少有我搜不到的东西（喏，很多禁片都能搜到，时不时有人让我帮忙找资源），搜不到，证明这个东西本就不存在。

你看到了，我是一个有求知欲的人，但遗憾的是，这份求知欲总是跑偏到其他地方。尽管我已经是一名在读博士了，这份肥水也总是往浪费里流，堵也堵不住。我没想着要跟老师同学怎么好好学习，却总是要看看人家有没有传绯闻。

前些日子，我想找某位教授为我正在做的一本书写推荐语——由于可能会引起不必要的误会，我先不写真名了，先代称李教授。反正该教授五十多岁，颇有声望。在前边的同事有渠道能找到他，便把他的微信推给了我。有点激动！他可是我很敬佩的一个学者。当我跟他沟通完，他也答应帮忙看看这本书之后，我又向同事打听起了八卦："哎，李××有老婆吗？"毕竟，因为种种原因，他研究的名人，好多都没有结过婚。

"你是想要嫁给他！"我的同事也好像发现个大秘密似的，在办公室里惊呼道。

李教授和我的两位导师都认识，这是什么乱了辈分的猜想？我当时立马矢口否认，没有不是别瞎说！后来想想，说不定我潜意识里就是这样想的——反正我想嫁的人也挺多的。而且，从另一个角度讲，要是那啥，我不就和导师们平起平坐了吗？想想也不赖。

假如我以后交了男朋友（没错，我依旧是那个死单身，我跑回学校读博不就是为了给单身找个正当的理由吗？），我一定会把他的情史翻个底儿朝天。其实，他交过几个女朋友我根本不在乎，我就是比较好奇。这种好奇，跟我和老同学们凑在一起聊其他同学的八卦并无本质上的不同。

像网红李雪琴参加脱口秀大会的理由一样，"我就是来进货的"，我跟老同学的聚会，通常也都是去"进货的"。身为一个不生产故事的人，和别人社交时就一定要学会搬运故事，这样才能在 social 的时候，不会被众人所抛弃。于是，在和不同的同学一年一度的聚会上，我的精力都会高度集中，搜集素材的时刻到了，打起鼓来敲起锣！谁谁谁和谁谁谁，他们两个竟然搞在一起了？谁谁谁还在走网红名媛路线吗？谁谁谁和谁谁谁分手了吗？离婚了吗？哦没有吗那也快了。每到这个时候，不管我是不是读过 Top2 是不是立志搞学问，我的小镇青年气质都暴露无遗。（打脸：不，你已经不是青年了。）

在无聊的时候，我还会经常翻翻被我屏蔽了的朋友圈，视奸一下他们的生活。有人会说，屏蔽人家又跑去翻人家，这不是犯贱吗？不，不是的。他们平时发朋友圈的时间，并不是我想看这些八卦的时间。在那些时间我不想看，我只有在想看的时候才愿意去看。这跟我每次回家都会将衣服随便乱扔是一个道理：疲惫了一天，我就想放松，衣服要等我休息够了才整理。要不然，回到家还要小心翼翼，那可一点也不爽。

前两天，我刷微博看到有人写道：凌晨两点突发奇想，百度一下耶稣有多高。是谁在窥视我的生活！你都不知道我半夜睡不着，经常会搜些什么（我也不列举了，免得再次强化自己的小镇中年气质）。要说半夜刷手机，我倒是有很多公众号文章可以看，但实际上，我只有对八卦号才是 true love。电视剧和电影我是很少看了，八卦里讲的人，其实有时候我都不认识，但我就是非要硬看。好几次取关了这些号，说删了吧删了吧，该务点正业了，天天娘们叨叨的干什么玩意儿。但是不行，我总是还会把它们加回来，然后给自己想一个能够接受的理由：八卦里面见众生啊。

是呢，八卦里面见众生。我这么一个心怀天下的人，怎么能不关心八卦呢？

2020 年 9 月

我不能认真吃饭的理由

我的身体最不喜欢做的事情之一，就是认真吃饭。

这个"认真吃饭"不是指用餐规律或者不去节食，而是指一心一意地吃饭，全神贯注地吃饭，是那种周围的一切都暗下去，漂浮在宇宙中的闪着光亮的，只有我和我眼前的食物，且还要细嚼慢咽的那种认真吃饭。—— 世界上还有比这更寂寞的事情吗？

我不讨厌吃饭，从我日渐发福的中年身材便可以看出。当然，在浩瀚的可以做的事情中（假装凡尔赛，其实我的生活很无聊，可以做的事情非常有限），我也没有那么享受吃饭。因为我总觉得，相比于视觉与听觉，未经符号化的味觉和嗅觉是次一等的感官。一个没有civilized 的人，也能分辨出什么是好吃和难吃，好闻和难闻，并且，这些结论总是和思想无涉。所以，尽管事前夹杂着一小小点"吃什么"的思想活动，事后会得出好吃或者难吃的结论，但总体来说，吃饭于我只是一种生理需求。

于我而言（我习惯于加这个限定短语，以免像哲人王一样坚定地给出普世的结论），认真吃饭和认真跑步一样，都是让人难以忍受的活动——所有的感觉都集中在身体重复的程序性变化中，总会让我对人的物理性进行确证，同时对思想的自由产生怀疑。假如我认真吃饭，那么我的注意力会都集中在夹菜—张嘴—咀嚼—吞咽这一流程上。我的嘴原来是这么张的，原来舌头喜欢将食物推给左边的嚼牙，原来我通常只嚼 3 下……和将注意力放在呼吸上一样，我只会发现自己是个肉体机器。

所以，我必须三心二意地吃饭。这可以是和别人边聊边吃，也可以是看着什么或者听着什么吃。写到这儿，我想到小的时候，为了让我在吃饭时闭嘴，我爸总会说："吃饭就认真吃，别老说话。"由于我并没有边吃边喷，所以他并不是 don't talk with your mouth full 的意思。但是一家人在一起吃饭就默默吃，这不光没有其乐融融的氛围，甚至还有一种吃牢饭的感觉？而且，要是吃饭真的不能说话，饭局就没有了意义。

是的，和别人边吃边聊，吃饭就显得没那么枯燥了。当然，这不仅中和了吃饭的无聊，也

阿番，《我不能认真吃饭的理由》，2022 年

中和了讲话的无聊。身体接近静止状态的对话像在进行咨询或审判。在一些必须这么对话的场合，我要么是在抠手，要么是在抖腿，要么是在用脚趾默默地抠三室一厅。就像僵直着身体拍照很尬一样，僵直着身体说话也很尬啊。有饭局就不一样了，夹菜、转桌、开瓶、斟酒、盛汤，多么鲜活的人啊。此外，遇到需要细想一下的问题时还可以用进食来缓冲，谈到想回避的内容时便可以埋头苦吃，真是一个绝佳的谈话场合。

但是，并不是所有的吃饭都是和别人一起吃饭，独自吃饭才是我的日常。因为疫情，自上个学期开始，学校食堂可以打包带走了，我对这点很是满意。独自坐在食堂里吃饭很蠢，不得已绝不可为之。带回宿舍，可以边看视频边吃，眼睛和耳朵都可以被安放。所以，尽管有人告诉我三食堂的自助小火锅还不错，但我一次也没有去吃过。因为再好吃，也不过是吃个寂寞。我可不要做一个孤独的美食家。

《天下无贼》里刘若英的表演，生动地诠释了认真吃饭是多么寂寞。她狼吞虎咽地吃着面前的烤鸭，眼泪却吧嗒吧嗒地往下掉。掉眼泪是否另有隐情我可不管，反正光独自吃饭就值得掉这么多眼泪了。

2021 年 1 月

外号的历史

很明显，我已经老到可以回忆峥嵘岁月的年纪了。随随便便地，我也可以像爷爷那样说，20多年前，我在哪儿怎么怎么样；也可以像某些电视电影里的人物一样，跟朋友追溯友谊史的时候说"我们可是十几年的老朋友了！"而对我来说，被人起外号的历史，大概也快有20年了吧。

小学的时候，外号最多。所有的外号都是男生起的，就像大部分男生的外号都是我起的一样。而假若在上学或放学路上碰见，互骂外号的场景，大概也可以拍成一部公路片。大部分外号都是阶段性的，叫着叫着就没有了意思，大多也都忘记了。然而，我最臭名昭著的外号"屁崩豆"，即便这么多年了，大家也还记得。

谁起的我记不明朗，但他的"灵机一动"得到了全班男生的拥护。可是苍天在上，日月可鉴，我在班上可没有那么爱放屁，简直是栽赃陷害。然而，事实并不胜于雄辩，这个称呼还是一天天叫得响亮起来，从小学一年级，叫到初中二年级，叫到重新分班不再朝夕相处。在这个漫长的时光里，外号也发生了种种变化，他们嫌三个字太麻烦，还不够朗朗上口，就改作"屁崩""崩豆"，或者更简单"崩儿"（注意这是儿化音，你要念成两个字成了类似"灵儿"之类的爱称我会想死的好吗？）。女生都是叫我的名字，毕竟我们是同一战线的。不过偶尔她们也会开开我的玩笑，叫称呼的另外一个变体——"豆豆"。不明情况的人总会问：哇，你的小名这么可爱，竟然叫豆豆，我们家的狗也叫这个名字……我不想去解释，这画面太美我不忍心破坏，唯有无语凝噎。

有一段时间，我的外号是"二代"。跟现在的"官二代""富二代"没有任何关系，是"老王二代"的简称。而老王二代跟我爸也没有什么关系，"老王"是班上的一个男生的绰号。确切的意思是，老王二代等于老王媳妇（从这个外号你们就能看出，男权社会甚至从儿童时期就开始对人的意识产生影响。我为什么是"老王二代"，而不是"老王祖奶奶"呢？）。我总是会被他们随随便便指婚给某个默默无闻的男同学，一会儿是这个人的媳妇，一会儿是那个人的媳妇——当然，谁都不想娶我，于是他们互相就骂了起来，根本不用我挑拨离间，而我就像现在的股票一样被抛来抛去，我都不知道自己什么时候就又改嫁了。对于这一点，我有话要讲，尽管我嫁不出去，也不会插到你们这帮狗屎身上好吗？

再有叫得长久的外号，就是大学了，更多是昵称的意味。智慧叫我阿妈（"妈"读四声，请参照韩剧读法，她是韩剧控），因为我是个事儿逼。中午，记得帮苏女神取个快递；晚上，要给孙小妍生病的后背抹药；张孟孟电脑有点问题？你们起开让我来；作业的要求是这个这个这个！不要等到最后才写啊。同学里面，我的性子最急，总是皇上不急急死太监的样子，还爱多管闲事，于是智慧就叫我这个，是那个什么事情都要插上一脚的老妈子。洪妍叫我"小欢欢"，有时候用港台腔，听起来像"嫂欢欢"，我就说不敢当不敢当，你嫂子得打死我。有一次，她给我们的一个师兄打电话，说我跟小欢欢在一起。师兄都不知道这是谁，解释半天才说那么彪悍为什么叫小欢欢？对于"彪悍"的指控，我是承认的。我在男生面前，要么很彪悍，要么很寡言，大概是小时候跟男同学对立惯了，没有学会男女友谊的正确打开方式。而关系好一点的男性好友，也都是极其温柔的性格，更像好姐妹。

说完别人起的，再说说我自己起的吧。现在 QQ 的昵称是阿弥，是"阿弥陀佛"的简称。微信名兼笔名是"阿番"，都比较简单。敏敏爱叫我阿番，是"家欢"的口齿不清版。但她写起来是"阿蕃"，理由是加个草字头比较萌，但我总觉得这样更像草泥马。她还说，等她以后专职做服装设计师的时候，每年会给我设计春夏秋冬四套衣服（以此为证！）。都以"阿"字开头，还动了一个小心眼，那就是不改备注的情况下，我总能位居联系人的顶端，傲视群雄（所以你们都不要改备注！）。

我有一方印章，文字是"王二"，本科毕业前舍友田园给刻的。王二之意，是我本就排行老二，又热爱王小波（他以自己为原型的小说也总是叫这个名字），所以就留个纪念。但别人总是歪曲，要不就叫我王小二，我说我不是店小二；要不就叫我王二小，我说我不是放牛娃。我还有个曾用的笔名，叫"花核桃"，花木兰和核桃的结合体。毕淑敏说，如果自己取笔名，会用一种金属的名字，而我会用植物的名字。取这个名字的时候，正是强迫症很严重的时期，我总在想，拿什么来愈合自己千沟万壑的脑袋呢？又有时自诩聪明，觉得"没有华丽的外表但有深刻的大脑"。现在再来看, 这个名字, 寓意肤浅, 而读起来, 好像又过于乡土, 便弃之不用了。

2015 年 7 月

头像心态变迁史

一个艺术从业者首先得有品味，而挑剔是一个有品味的人应该具有的素质。

但是有品味的挑剔的艺术从业者不应该只是挑剔别人，还要从自身抓起，做到严于律己严于待人。很显然，我就是有品味的挑剔的严于律己严于待人的艺术从业者的表率。我的挑剔是方方面面、从头到脚的—— 先从头说起—— 不是讲故事娓娓道来的从头说起，而是从"头"说起，确切地说，从"头像"说起。（虽说是从头像"说起"，但并没有写后续的打算。）

现在的网络上，有账号的地方就有头像。QQ、微博、微信、豆瓣、人人、陌陌、世纪佳缘等等等等（好像暴露了什么），头像图片的选择直接决定了你给别人的第一印象—— 在一个虚拟社会的存在感比现实社会还要强烈的世界里，第一印象早就不再只是 face to face 这一种可能性了。而头像的选择会有意无意地暴露你的性格、心境、志向等内容。根据我在朋友圈的观察，一些心境淡泊的老画家，经常用大山大水大天大地的照片来做头像；没有受过大学教育又不是很自恋的非老年人，爱用类似视频截图那种渣像素渣表情的"直男"自拍来做头像（"直男"是形容词，这其中包括女性；另，他们用自拍的理由很简单，就是让人立马认出"我"是谁）；一些拿着微薄工资生无可恋的苦逼博士们，爱用《活着》《乔布斯传》等书的封皮、"Stay hungry, stay foolish"等励志名言做头像；用搞笑图片做头像的人，搞笑水平往往比较有限；用毕业照做头像且头像中有学校标志性建筑的人，一定是觉得自己学校特牛逼；用结婚照做头像的人，一定是觉得自己结婚照照得特好看；用孩子照片做头像的人，眼里除了孩子基本没别人；还有一个重大发现就是，用猫或狗做头像的人，通常都特别喜欢猫或狗（是不是很有洞察力）。

一个头像可以看透一个人，是不是需要特别谨慎哪！

于是每次微信换头像的时候，我都要精挑细选，机关算尽。然而这也有一个否定之否定之否定之否定的过程。

我刚开始用微信的时候延续了QQ头像的风格，用的是飞天小女警里的"花花"。我要表现点啥呢？首先，"花花"和"欢欢"的音相近，其次，我自认为像飞天小女警一样脾气火暴，有正义感，要除暴安良。但是，安得广厦千万间，使我不得开心颜！所以我愤怒，我生气，我哭泣。但是我又是昆德拉所说的那般媚俗："媚俗以极快的速度引起了两滴眼泪。第一滴眼泪说：看到小孩子们在草地上奔跑是多么美好啊！第二滴眼泪接着说：被感动是多么美好！"我的媚俗在于，即便我愤怒，我生气，我哭泣，这个头像也要显得比较萌。

左边：曾用微信头像　右边：QQ 头像

后来我的头像换成了茨威格为《爱丽丝梦游奇境》画的爱丽丝。这出于两方面的考量。第一是表明自己爱幻想的特征——但是爱幻想的人往往比较外向，比较活泼——虽然我有时会显出这样的表象，但内心完全不是这样。而这个爱丽丝却有一种克制的静观色彩。还有什么比这个更能表现出我的两面派——不不，两面性吗？

再换头像是因为越发觉得这个头像"女孩子气"。"女孩子气"和"女性化"不同，代表女性化的是"妖艳贱货"风格；而女孩子气的东西会让人觉得清纯、怜惜，再带些许幼稚。用可爱的漫画少女做头像，则会给人这种感觉。另外给人这种感觉的还有抱鲜花的头像、和动物亲密互动的头像，以及可爱小孩儿的头像。我并不喜欢让自己显得"女孩子气"，虽然我的内心确实是女孩子（虽然我年纪大了）和女汉子的混合体。

接下来的头像是个人的真实照片。因为突然觉得：头像就应该有头像的样子啊，拿别的东西作代替是怎么一回子事情呢？也是时候让别人面对惨淡的自己了！但是用真实照片做头像，往往也是冒一定风险的。不要用艺术照，不要刻意地打扮，不要刻意地摆动作，不要刻意地做表情，甚至，不要用力地看镜头（当然，也不要假装不看镜头，这个火候你体会一下。比如说，你浓妆艳抹姿势僵硬地摆好了，但硬是不看镜头假装云淡风轻）。因为以上任意一个，都可能给人造成你很自恋的印象。虽然人人一定程度上都自恋，但表现得太明显并不会给人你很真诚的印象，反而会使人觉得不舒服。你不觉得嘟嘴卖萌、强扯嘴角、手持单反、浓妆艳抹非主流都太用力了吗？会心微笑是可以的，会显得很大方；大笑也是可以的，如果是抓拍—— 哭是不可以的，摆拍抓拍都不行（请参见姜潮的哭泣九连拍以及林妙可妈妈抓拍林妙可感动落泪）。总之，你当时的状态应该是没有相机的参与也会是那样状态的状态，相机只不过是恰好捕捉到了那时的你。

茨威格作品，《爱丽丝梦游奇境》封面，头像仅为爱丽丝部分

然而不管是怎样的真实照片，用其做头像都是一种"向外"的表现，有一点求关注的意思（至少做着被别人关注的准备），表明这个人的内心是会随着外界的眼光起伏的。我现在年纪大了，虽然这种毛病还不能完全克服，但已经有要克服的打算—— 当然，这种打算说不定是心情造成的，而并非境界造成的。在这种情况下，再看用真实照片制成的头像，简直就是自己修炼不够的明证。于是现在的头像是一只极简主义风格的蛋。你没有觉得它有一种木鱼青灯的寂寥淡泊感吗？

Susana Reisman,《One and the Same, after Hilla and Bernd Becher (F)》, 2010 年

下一张头像已经准备换成如下图片了。第一眼就喜欢，还没有分析出喜欢的特别原因。大概是既有淡泊感，又有在红尘扎根的意思吧。

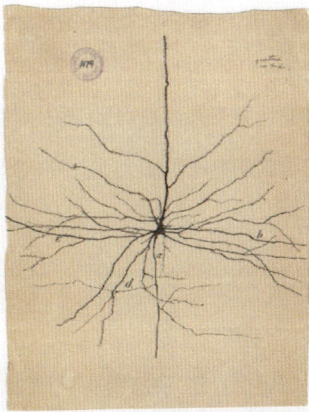

Santiago Ramóny Cajal,《The Pyramidal Neuron of the Cerebral Cortex》, 1904 年

不过勤换头像以明志，本来就是一种不够成熟、不够淡泊的表现。反正我生活在挣扎和悖论里，也不是一两天了。

2017 年 3 月

霜降后，立冬前

夏秋的余温最终散去，冬日的暖流还未供应，中国北方最冷的时节到来了。

这个时候，阴面的宿舍就像一个地下室，至阴至寒，连放在窗台上的橘子皮的腐烂都变得缓慢。好多天了，霉菌还没有爬上来。

我坐在软软的旋转椅上，把双脚压在屁股下面，摆出母鸡孵蛋的姿势，准备写这篇文章。虽然每只脚上都穿了两只袜子，但它们还是需要向屁股借温。这样来看，两条腿只有大腿上部直面冷空气的侵袭，虽然它们粗壮，但表面积也大，丝丝的寒意穿过衣物的纤维渗进来，我的血液由蹦蹦跳跳的鲜红被打击成萎靡颓丧的暗红，继而在经过被按压的小腿时严重受阻。哎哟，腿麻了。

那就换一种姿势，莲花盘腿坐，这样左脚会放进右腿大小腿之间的缝隙里，右脚会压在左小腿的下面，双脚依旧可以得到一定的保护。这个姿势虽然可以坚持时间长一点，但也不是长久之计。实在不行就只能把腿拿下来，靠抖腿来保持体温——所以，不是所有的抖腿都是"男抖穷，女抖骚"，还有可能是因为脚太冷了——我跟他们不一样，我是两条腿一起抖的，就像以地板为键盘在打字一样。也就是，在敲这行字的时候，我四肢的末端是全部在动的，这种感觉有点怪，好像变成了一只爬行动物，你也可以知道"手舞足蹈"到底是怎样一种状态。

三种姿势交替进行，腿部的体温搞定了。通常情况下，要上半身不感到冷，得穿得比下半身厚，这种情况尤其适用于女生。今天出门去图书馆上自习，看到一个女生上面围着只露出眼睛的长围巾，脚底踩着厚厚的雪地靴，唯有双腿光溜溜地袒露着，比冬天的树枝还要一丝不挂。别的地方都符合情境，唯有双腿好像从夏天借来的。但仔细瞧瞧，人家好像确实不冷，那腿上没有鸡皮疙瘩突出，汗毛也没有竖起来，走路的姿势也坦然、自信、从容，丝毫没有被冻得抠抠搜搜的意味。在"要想美，露大腿"这条路上，我还有很长的路要走，尤其是要说服身体服从我。

对不起我又跑题了，本来要说自己的上半身，结果又去谈了别人的下半身。我穿了两件秋衣，一件毛衣，还有一个外套，这使我打字的行动非常不便。因为外套很厚，袖口跟我的手一起摩挲着键盘，手肘也只能弯曲到 50 度。于是我果断地抛弃外套，抱了一床薄被子下来，告诫它说"抱紧我"（我跟你们讲你们不要羡慕它），然而它只能搂住我的后背，因为只要伸手打字，它就放开了我的胸怀。这种披风的姿势，让我有一种"周总理寒夜还在批改文件"的莫名其妙的代入感。

因为脸皮厚，如果不是严寒，我的脸是不会轻易感到冷的。但脖子不行，它有一点长，还是热血涌向脑部的必经之路。我感受了一下，它和脸的温差大概有三度，而手掌的温度在二者之间。于是，我经常让手掌在脖子里吸取一些能量，再一巴掌呼到脸上捂一会儿。这时候手掌就特自豪，好像是玄幻小说里可以传送内功的侠士。为了不至于让温度在这个地方损失太多，我拿了条围巾将脖子裹上了。每当脖子特别冷的时候，我就无比羡慕刘欢和高晓松。

怕冷的只有手了。它们冷的时候，手背的纹路变得僵硬而清晰。这时需要的只是一杯热水。对，就是那万能的、包治百病的热水，停下来的时候就去握一握，它的温度会迅速传遍十个指尖，而十指连心，瞬间就感到无比温暖，而那飘出来的丝丝热气，也好像都被鼻孔吸进了身体里。

把自己进行了重重改造，并且五花大绑之后，我已经不冷了。当然，这些温暖都是由外而内的。要想由内而外感到温暖，有条件的人，就多去听一点情话。

2015 年 10 月

舒适的姿势

写在前面：我脑海中闪现的第一个题目是"舒服的姿势"。但是，身为一个公认的想法超"污"的人（虽然这个字已经随着污妖王费玉清的退隐而过时），我的第一个反应便是反侦察的——这个题目太容易引起关于另一种生活（"xing"生活）的联想了。在那一种生活中，温柔的主动方有时会问被动方"舒服吗？"（虽然这种问法真的蛮骚的。不要巧言令色了，做个实干家不好吗！），而姿势（posture）一词，在中文里又可以等同于"体位"（position）。不行不行，我得打消读者们的这种期待，毕竟我的用意并不是标题党。"舒适"一词的色欲指数为零，可以替换掉暧昧的"舒服"；但姿势一词，实在是找不到合适的替代品了。好了，该澄清的都已澄清完，想看小黄文的也可以满怀失望地离开了，毕竟这是一篇毫无限制级内容的坦白文。

我成功路上最大的拦路虎之一，大概是我总找不到一个舒适的前行姿势。在上一句中，"成功路"一词的后半部分"路"是一种比喻的说法，而"前行姿势"一词前半部分"前行"取比喻义，"姿势"则 literally 指姿势。我的读者们都知道，身为一个没有什么其他本事的人，我的成功路大概只能靠盯着书本或者屏幕来铺就了（假如我有时还画画，也是盯着屏幕的，我已经抛弃架上绘画了）。而盯着书本或者屏幕的理想姿势，就是坐在书桌前。

但是，和我精神上总不能集中精力做一件事一样，我的身体也不能老坚持同一种姿势（失去意识后的躺平不算）。

在学校与我同住的是两个硕士妹妹。一个妹妹呢，她特别喜欢蹲着。不是蹲在地上的陕北吃饭蹲（她是重庆人），而是等同于坐姿的蹲着——蹲在床边看电脑，或者蹲在椅子上吃饭——尽管卫生间里是坐便器，我猜她也是采用亚洲蹲的姿势。这些都让我怀疑，她前世可能是个蛤蟆精（一定要加个"精"字，因为她长得还蛮好看的）。另外一个小妹妹，则是雷打不动地在书桌前坐着（做作业、刷视频、打游戏），中午不睡觉，中间也不会伸伸懒腰什么的，一直从天亮坐到天黑——从天亮坐到天黑这一点，让我想到我那不爱动弹的奶奶。

阿番,《学习的姿势》, 2022 年

　　我就不一样了, 我到处乱窜。别看就是小小的宿舍, 我都能找到三个根据地（我前世大概是个狡兔, 三窟, 这三窟的构造还必须不一样）。在可以正襟危坐的时候, 我就会跑到小房间的书桌前。虽然标准的姿势是坐好, 但我中间也会伸伸懒腰剪剪指甲抠抠脚什么的; 厌烦了, 便会抱着电脑或书本斜躺到床上, 虽然其中还牵扯到要把台灯、电源什么的都拿来, 跑好几趟, 但是乐此不疲; 偶尔还会跑到阳台上。尽管阳台很局促, 坐下来朝向操场和南湖公园的视线也会被遮挡, 但我还是买了个折叠躺椅, 在夏日傍晚有微风的时候在这里阅读。

　　坦白讲, 坐姿并不是一个让人十分舒适的姿势。更何况, 在不改变总体姿态的情况下, 我还可以拓展出歪头、托腮、跷二郎腿甚至蹬墙等变种姿势。归根结底, 在于我是个扭 piu 虫子（"piu" 在我们方言里是屁股的意思, 我们的中小学老师总会这样骂那些搞小动作的人）,

根本坐不住。悲哀的地方在于，坐不住的原因不在于我有多动症，而在于我不爱学习。但是，我和我的分裂人格已经形成了一种爹妈与孩子的关系，一定要鸡娃才行。一方面，爹妈人格强硬地告诉我不努力不行，内卷的社会啊朋友，人生的价值啊朋友；另一方面，孩子人格又劝慰我，老换姿势并不是不爱学习的表现，而是，你在进行创造性的工作，理应用创造性的姿势，老呆板地坐着可不妙（在小时候还跳舞时，我还会边压腿边做作业）。

　　但是，我是真的对知识没有热爱吗？也并不是。深刻想来，我的人格里除了有爹妈型超我人格，从世俗的角度而言，更灾难的是有与之对抗的"反成功学"叛逆人格。你要告诉我打游戏能让我获得成功，那游戏就突然变得索然无味了；正是因为知道游戏没用，我才控制不住地玩好几个小时，并与鸡娃人格进行着痛苦的博弈。有时候明明看书看得兴高采烈的，却非要劝自己去干点别的，刷刷微博朋友圈什么的（美其名曰：别把自己累着，你已经看了十分钟了。……真不要脸）。很多时候，这种叛逆压过了我对知识的渴望。根据我自己的判断，这种叛逆人格并不是我的本我（要比我的本我恶劣许多，是一种强化了的本我），它只是在我后天奇形怪状的生长过程中突然杀进来，然后再也抹不掉的一重阴影。在超我和叛逆人格的对抗中，要从中劝架的自我也觉醒了，经常替博弈的两位做深刻的检讨。我并不想要这层覆盖在我身上的阴影，但客观上，这种强迫性对立思维为我带来了反省精神。

　　敲下这最后一段文字的时候，我斜躺着，双腿是蜷起来的，笔记本底板儿的支点一边在蜷起的大腿的半山腰，另一边在胸腹中间，悬空的部分形成三角区。我写前面几段的时候还扭来扭去的，一会儿在桌前，一会儿趴着的，但现在已经保持着这个姿势，平静一段时间了。我说过，我进入状态很困难，但往往刚进入状态，有些事情却该结束了。

2021 年 7 月

在归家的列车上

回家的列车开了不到 5 分钟，我打开电脑准备写下这周的文章。

这是一辆定义上属于"春运"的列车，我还是第一次在人口密度如此大的地方尝试此种脑力劳动。这也是对平日里习惯的一种挑战——这句话有两种意思。第一种意思是：我平时写文章，都喜欢找一个安静人少的地方。因为人一多，嘴一杂，我不是出汗，就是出戏，很难集中精神。又觉得，在想法还正在酝酿的时候，最好不要被别人知道——其实别人也没法知道，只是在人多的时候，总觉得周围有一些类似间谍的人物，他们会穿过头骨进入我的脑中，迂回到脑路的深处，窃取正在形成中的劳动果实。劳动果实一定是要在成熟了之后才能分享给他人。这样你既做好了被赞美或被指责的准备，又可避免让他们分析你现在的花花肠子——anyway，那些都是老子玩儿剩下的，新的疆土早已开辟。（就在刚才，我用余光看到坐在旁边的女生，脑袋一直朝向屏幕。我是否轻易地让陌生人窥探到了内心？心中忐忑不安。于是，我鼓起勇气正眼看了她一眼，原来是歪在那儿睡觉。）我想这也是很多写东西的人的习惯。所以有人指责某些作家代笔，用的是"有谁看见你写了"这一理由时，才会遭到众多写作者的讨伐，因为大部分人是无法自证的。

不好意思又跑题了。第二种意思是：我在火车上最常做的事情就是睡觉，而不是写东西。虽然在静止的地方我喜欢张牙舞爪地乱动，时时暗示别人"只有我最摇摆"；但是在摇摆的地方，我就喜欢睡觉，就是喜欢这种动静结合的生活方式。在坐公车的时候，我也喜欢睡觉，跟我经常一起出门的人，一看到我摆出低头认罪的架势时，就知道我又要睡了。而且入睡的速度总是让她们惊讶。在长久的锻炼中，我已经练就了不管车辆多么颠簸，睡得又是多么深沉，绝不会往别人身上乱靠或乱蹭，更别说流哈喇子。因为我深知凭自己的颜值，一定会被周围的人打醒——一个人如果优秀，那绝对是因为周围的环境逼他优秀的，我就是个活生生的例子。有人要出一本《论在公车上睡觉的自我修养》时，可以来找我。因为我不仅可以提供正面案例，还可以提供反面教材。我有一个朋友是把公车座位当床的。她平时会克制着自己，不在公车上睡。但事情总有例外。而她不在公车上睡觉就属于"事情"这一范畴，也就是她偶尔的偶尔也会克制不住自己。到那时，你不仅会看到她仰面朝车顶，微张着嘴巴，一副很享受的样子（具体请参见《圣德列萨祭坛》里面德列萨的表情，不知道她是否同样也在梦着什么），还会看到她放肆地岔开大腿，摆出要生产的姿势。由此我们可以知道，她平时睡觉的时候一定是摆出一个"大"字的。一般情况下我都不会提醒她，除非她穿了超短裙。而如果你恰巧在乘车时看到并排坐着的两人同时入睡（尽管概率比较低，但也不是为零），一婉约一豪放，那可能就是我们俩。

刚才列车大叔给车厢里的人推荐了一款毛巾，由于我塞着耳机听着歌，并没有听清他说的是什么，只是见到他将粉红色的毛巾裹在头上，引起我对面刚刚还在电话里讲上亿项目的阿姨的大笑，也让我想起了才几个月的小侄子头戴小奶帽的样子。列车上总是有这样操着各式口音的列车推销员，虽然我从来没有买过他们的东西，但内心对他们是非常佩服的。因为不管他们的文化程度怎样，做这份工作，已经让他们掌握了巡回演讲的要领（每个车厢都要生动地讲一遍，有时嗓子都是哑的），也一遍一遍地增强了他们在或鄙夷或冷漠的或好奇的人群面前讲话的勇气。假若他们中一些人有着明星梦，假若实现了，一定会非常大方不怯场。

保定车站过了，对面新上来一对夫妻。女士的风格很像我妈。她现在拿着一副扑克牌在算命，我一会儿大抵会让她帮我算一卦。

2016 年 1 月

小时候

————

每到过年的时候，家里人总要提提我的小时候。

首先其实这没有什么，因为又不光是提我的小时候，我家这辈人的小时候他们都要提；其次这依然没有什么，因为我把高中之前都统称为小时候，高中之后很少有共同的记忆，也就寒暑假在家吃喝拉撒睡，他们也只能提我小时候；再次这仍然没有什么，因为不提我的小时候，他们就要提我的未来，什么时候搞对象啊，什么时候结婚啊——什么时候生小孩这件事暂时还不敢问，怕我破坏流程，毕竟在他们的认知里，正常的顺序是要走的——一谈到这些事情我就头大，还不如提我小时候。

别人被提到童年的时候，总会参照现在，从而得出"自己长大了"的结论。而我则不然，我总是会有一种还处在童年后期的错觉。家里还是多年前那样的环境，一回到家，我就自动变成幼儿模式。没有下死命令，早上绝对不起床；没有下死命令，家务活永远不干。有一天我照例趴在床上打游戏，把我妈逼急了："我说闺女，你这样已经快30年了！"这句话的确惊到我，因为这就是一个晴天霹雳的事实。大我两岁的哥哥早已成家，大我半岁的嫂子，都当妈了。

我们家现在是四世同堂。有一天，每一代各有一个男代表坐在我家堂屋里。东边，爸爸搂着爷爷的脚，在给他剪趾甲（我爸在家庭事务上很少做贡献，唯一的爱好是"捧臭脚"——给我爷爷和我妈剪趾甲）；西边，我哥在伺候我侄儿拉屎（侄儿岔着双腿一脸不情愿地卡在我哥的双臂间）。我侄儿才4个月大，但已经是公认的淘气：白天睡黑夜玩儿，醒着的时候从来不躺，就是要辗转在众人的怀抱里。多人评语："咱们家我从小看大的孩子中，就数他最淘气了！"

其实我是喜欢淘气的小孩儿的，人就要从刚生下来就不驯服，然后桀骜一辈子。什么时候都听话，那活着还有什么意思？何况小时候是可以名正言顺淘气的。前些年爷爷叔叔们还在说我小时候如何淘气，多年不见淘气小孩儿，今年很多人都改口了："我欢欢小时候可听话了。""跟着她哥哥什么时候也不哭。"这简直就是造谣。我不是像小蝌蚪一样老爱"找妈妈"了?而且自有记忆以来,我跟我哥玩儿的时候哭得最多(因为我们总是打架,我打不过就哭,以博取同情)。大人们总是健忘的。——说这句话的时候,我又把自己归到了小孩儿的行列(我妈的嘶吼又在耳边响起:"你这样已经快 30 年了!")。

我在家,除了打游戏,就是逗小孩儿玩。也就只有在这个时候,我情愿降低智商,做一个傻姑("傻傻的姑姑"解)。在世近 26 年,深谙如何逗笑其他人,但逗笑一个婴儿,又有新的难度——因为我的语言艺术用不上了,他还听不懂。这时候我得动用肢体语言和面部语言,必要时还要对他动手动脚。每当我哥在把他尿的时候,就会召唤我:快过来转移注意力!然后我就过来手舞足蹈,或者启用童声唱法。我哥说:快点尿姑姑一身。我边跳边附和:快点尿姑姑一身。不管他尿与不尿,我都要累个半死。有时候歪打正着,他会咧开没牙的嘴笑,有时候他就被我吓哭了。这个时候真的会有得失心。因为有时你使尽浑身解数只为博他一笑,结果还比不上一个拨浪鼓。小孩子真是蠢啊。

所以,当多年不见的朋友跟我说"你还是跟小时候一样,一点没变"的时候,我总觉得是说我跟小时候一样蠢,或者和小时候一样血肉模糊没长开,尽管他们可能是在夸我身上某些率真的部分。一个人一成不变是不可能的,我当然是变了的。现在说很多话,做很多事,尽管有小时候的影子,但那已经不仅仅是天性使然,从某些层面上讲,更是一种主动选择,来源于热爱孩童眼里的理想世界。我确信不变的事情是,依旧那么善于隐藏,因为无论是小时候还是现在,我都没有真正地无忧无虑过。

2016 年 2 月

一切从简

一切都听从简的。—— 罗切斯特先生如是说。

上面这段"一切从简"的《简·爱》版解释跟这篇文章的主要内容实际上没有半点关系，主要是打出这四个字以后，我讲尴尬段子的毛病又犯了，不吐不快而已。后文的风格与此处呈断裂状态，请注意转换心理期待。

这次春节的假期，我终于记得带上了自己的牙刷。

往年，我妈一般都会给所有人买一支新的牙刷。由于我只刷几天，等我下次回来时，它可能丢了，也可能和其他的旧牙刷混在了一起，我也早分辨不出哪个是我的。然后便再新买一个。我又想着下次回来还可以用，结局又是找不见。这件事总会被我妈埋怨，而我也因此端正了自己的态度—— 在居住这件事情上，我确实是家里的旅客，带上洗漱用品，是每一个出行的人的本分。

回家第一天的晚上，我总有一句话是："我的拖鞋呢？"我指的是那双从中学时候穿起的、又旧又土的棉拖鞋。它可能是这个家里最高寿的一双鞋了。我从来没有想过要换新的：对于一个只在家待几天的人来说，不让你脚底沾地，不让你露脚趾头，就已经满足功能需求了。你还要指望什么呢？毕竟它走几百米路，就走过了十来个冬夏。

我睡觉的房间，现在已经变成了一座巨大的拼贴。爷爷奶奶去世之前住在这里，书柜上还留有他们的一些物品；衣柜里我的旧物被包袱包着，上面悬挂的是爸妈的衣服；我妈有时候会和我侄子在后屋里玩（后屋当然就是我的房间，这是一个未出嫁的女儿，一个小姑子最适合待的地方），书柜上方是他的充气玩具。书桌上，是我爸潦草的账本，还有我大学时拍的照片。我妈常将我不在家时的情景演绎给我看：指着照片，问我侄子，这是谁呀？他就会答，这是姑姑！—— 就好像我已经死了，需要以这种方式提醒生者一样（天知道，我不在的时候，她将我作为一个符号，多少次这样重复地训练我侄子）。好吧，也没错，三百五十几天的缺席，

阿番,《刷牙》, 2022 年

就是三百五十几天的死亡。我和家人某些态度、观念上的不统一，不得不说，是我数千日的家庭死亡造成的。我并不想反省我的"家庭死亡"，因为通向独立的过程也是"家庭死亡"的过程，是大部分人都要面临的现实。

上班的时候，我一周大概会换四到五套衣服。在家的一周，一般是一套到两套——虽说是过年，但我可没有力气带那么多套衣服回家。我带的大部分衣服都是黑色的，还带了那件两面都能穿的棉袄，我可真是个老聪明鬼。

不光是穿衣居住方面从简了，我的社交也变得简约。以前春节回家，每天都像赶场子，除了走亲戚，还要和各个时期的朋友聚会，出去玩。今年我见的朋友没几个。这和前面提到的原因没有太大关系。我是突然感觉到了女性黄金生育期的可怕：她们几乎都在怀孕生孩子。本来大家的人生轨迹都不太一样，但在这几年，突然又变得差不多。生活重心都在怀孕、哺育、带娃，好没意思的样子。跟同龄人玩的局限立马就凸显了——我是应该发展一些不同年龄层的朋友，比如什么小鲜肉、居委会大妈和糟老头子之类的。

一般而言，虽然我不太喜欢小孩，但是逗小孩还是很有一手的，他们也都蛮喜欢我。但是，我在我侄子这里遭遇了滑铁卢，他总是对我充满嫌弃。他不想看见我时，就会朝我喊：姑姑走！我有时会说："你才来我家几年？我比你早来二十几年呢！到底是谁该走？"

虽然说这句话的时候，我有点心虚——毕竟大年初一这天，我妈跟我压马路，她都要如此担忧：街上的人看见了肯定会想，这姑娘怎么还没嫁出去？

2019 年 2 月

言说与陪伴

今天是父亲节，像去年一样，我只是给爸爸发了条短信。

除了祝福语之外，不知道再说些什么。关心的话在我们家一点也不流行——如果有，也是以念叨或责怪的方式。所以，若在电话里用小棉袄的语气表示关心，反而显得客套且虚假，而我爸似乎也害怕听到这样的话，每次说完要紧的事，不是将电话给我妈，就是匆匆挂掉——大概是觉得自己无法接招。爸爸是铁汉的那种，不善于或许也不情愿，表现柔情的一面。令他们遗憾的是，身为一个女生，我继承了爸爸的性格，我也并不知道如何去表现柔情——连这个词，我看到都会有肉麻的感觉。虽然我知道，我内心的确有柔软的部分。

关心的话语没有，表扬也是不会的，一切皆在行动上。从小到大，我听到的来自他们的表扬屈指可数，并不是对我要求高，只是因为不善此类言辞——我爸贫起来可是别人把话压扁了也塞不进去的，我妈念叨起来就像机关枪扫射，枪枪打在我的胸口上，巨大的冲击力还得让我抖三抖。对于你取得的成绩或者荣耀，他们不会说"真争气""为你骄傲"之类的话，也没有相应的奖励，听到最多的是"恭喜你""祝贺你"——现在想来，我不知道他们是有意或者无意，但"祝贺你"等说法无疑是最恰当的，因为所做的努力都是为了自己的将来，并不是为了他们。为自己负责，不是每个人的本分吗？而"争气"什么的话，也不过是为了自己的面子，他们从来不说。比如我在清华读硕士，按说也是一件荣耀的事，但他们也没有跟什么人宣扬过。不过我觉得他们也确实太淡泊了，别人问我在哪儿，他们就说在北京。人家接着问：哦，在北京干活儿呢？

在这样的环境下成长起来，我也真心不会表扬别人。我知道人都有优点，事情也不总是最坏。但一个人的功劳或者优点，受益者都是自己，假如没有在这些优点的影响下获得启发，或者表扬的内容能让他人的心灵受益，就不具备非要口头说出来的价值（当然，一些鼓励是十分必要的）。而有些"功劳"或"优点"，实际上不过是一种应该。只是很多人连基本的要求都达不到，这些特点就因稀缺而优秀。别人总是说我太苛刻犀利，因为我总是在纠错和批评。比如我对生活的态度。其实我对生活充满感激，但与此同时，我也永不满足。因为生活啊，它有太多上升的空间了。

除却言语上没有对父母表达过爱，行动上也是很少。很多人都在说：最好的爱是陪伴。或者：陪伴是最长情的告白。这些话总是触目惊心，因为若以此为标准，我实在是不孝。我极其不恋家，并且如果条件允许，我还想浪迹天涯，到处去闯一闯。或许是自己的虚伪心理作祟，想要为自己的不孝找一个合理的解释，我一直在思考：是不是如人们所说，最好的爱即为陪伴。若真为此，我将永远为此感到罪孽深重。幸好我得出的结论为：不一定。还是要看他们最需要的是什么。正如我一个常年在外，只有过年才回家的朋友总结她家的情况："他们最需要的不是陪伴，他们最需要钱。最好的尽孝方式就是给他们汇款。"如果父母衣食无忧，万事俱备只欠一个你，生活的孤独与无望皆因你不在身边尽孝，那陪伴无疑是最重要的。如果不是，你的离开与独立甚至所从事的事业能使他们更欣慰，那长久的陪伴对他们来说或许是一种折磨（比如某些啃老族）。很多人都在用孔子的话强调陪伴的重要性："父母在，不远游。"却总是忘记后面还有一句"游必有方"。我想，以后尽孝的方式，就是尽量做到"游必有方"吧。

祝全天下的父亲节日快乐。

2016 年 6 月

省钱的乐趣

退休后的爷爷，假如他在家，每天必需的任务就是逛超市——不仅仅是其中的一家。

他的手里有各大超市的会员卡，各大超市的促销广告，哪里促销去哪里——不是要紧的东西也不要紧（顺口溜？），囤着呗。大米啊油啊豆子等食用品，反正早晚要吃到；卫生纸啊肥皂啊，反正早晚要用到；手套啊盆子啊，反正家里的早晚要坏掉。By the way，我要告诉你，我妈是开商店的，他买的东西店里都有。

我爷爷经常风尘仆仆回来后，就拿出手中的促销广告对我妈说：你看这大米降了两块钱呢，便宜坏了，又好吃，比你们店里的强多了吧？我妈说：是，好像我们的进价就比这个贵。我爷爷又说：我货比三家，才买到这桶油。同样的牌子，北国比保龙仓便宜好几块！但是每个人只限买一瓶，你看那老长的队啊，明天是星期天，带着孩子们一起去。这油我吃过，可香了。我妈说：噢，那就去吧。

平心而论，我爷爷是一个挺大气的人，不会为这些小钱斤斤计较。出门主要是在家里憋得慌，但不是每天都有理由，于是就变得好像比我妈还精打细算。每当家里真的有事要出门，他总是最踊跃的：让我来！不明真相的人有时会对我爸他们说：你爹年纪都那么大了，还让他出去跑。爷爷若听见了，总会很凝重地说：这事儿他们还真办不了，离了我不行。所以他出门买东西也是个借口。但我也有点怀疑我的理论，因为每当他淘到东西时，都要跟我们炫耀一番，好像米是他种的，油是他榨的，价钱也是他减的，显得那么真诚。但也有可能是障眼法——我出去一趟这么有用，你们真得鼓励我。

马上毕业，我从学校搬出来了。交完房租就没钱了，还跟家里要了几千。所以再买东西也是 real 没钱。我在淘二手货的时候，看到一个只用过一两次的闲置豆浆机卖 50 块钱，就咨询了下。当时没人回我，我就买了别人的。后来那人上线，说不远可以给我送来。我说明了情况。他说：没关系，我们退休老人就是想找个借口活动活动。我觉得这个理由有点可爱，但也后患无穷。我看他在闲鱼上已经挂了不少东西，万一借口找多了走火入魔，把家全卖干净了怎么办？希望最后挂出来的不是一个卖干净了的毛坯房……

在我新的卧室里，书桌放在电源的另一侧。这边只有上面空调的电源。想要用，还得买一个专门插空调的插线板。去超市买，只有一个头的公牛竟然要 50 块钱。我三个头的才二三十，一个头就 50（这么说好像是要去杀人，按人头交杀手费），简直是欺负我们穷人。我拒绝接受。于是，我跑遍了附近所有的五金店，花了将近一个小时，终于买到一个 40 块钱的。虽然我知道浪费的时间成本远远高于 10 块钱，但我并没有觉得不值，这是怎么回事？我分析了分析，原因大概有两点。一是卖那么贵就是不对。就算我牺牲自己的时间，也不能让无良奸商得逞，老子就是不服。第二点就是跟赚钱相比，省钱虽然省不了多少，但它（理论上）不费力气。赚钱的时候，因为付出了劳动，赚得再多也觉得是等价交换，理所应当；而省钱就不一样，假如真能省到，那就好比天上掉馅饼一样，省了就是赚了，还不费力气。另外，这还是对一个人运气、洞察力、搜索能力甚至智慧的肯定，远非庸俗的赚钱行为可以相提并论的。

所以呢，很多事情不能看表面。就拿省钱而言，有时候，这种乐趣，根本就和钱无关。

2016 年 6 月

爷爷的腿脚

去年10月，奶奶去世了。

说实话，我一直觉得，爷爷和奶奶相当不般配。爷爷的外号叫作"猫"，是因为年轻时太瘦了。(虽然猫也有加菲猫那样胖的，但显然不是我们那里的普遍品种。爷爷的本名叫"丹桂"，翻译成现代文大概是"小红帽"的意思—— 但人们已经忘记这个古雅的名字，"猫"成为普遍称呼—— 虽然用普通话念出来感觉怪怪的，只有猫女，哪有猫男呢？但是，每当被称为"猫的孙女"，我都有一种玄幻小说女主角的代入感。)而奶奶年轻时就很胖—— 辅以身高对比的话，就更明显—— 爷爷一米八二，奶奶一米五(我在小说里夸张地写道：我爷爷一米八四，我奶奶一米四八，其实没夸张到哪儿去)。而就性格而言，爷爷特别爱出门，奶奶是个家里蹲；爷爷比较宽宏大量，奶奶有点小肚鸡肠；爷爷善于解决问题，奶奶长于制造问题。(原谅我对奶奶的大不敬。虽然敬佩她的勤劳与节俭，感激她的养育之恩，但就性格而言，奶奶的确如此，这或许是她晚年总处于疾病状态的原因之一。)

有人会说，这是互补，不是挺好的吗？除了宽宏大量和小肚鸡肠有点互补之外，别的我都视为反差，并非互补。(互补在我看来是：精神统一下的表面反差。三观相近的人，一个表面爱说话一个不爱说话；一个神经大条一个心细如发，等等。拿我爷爷奶奶的习惯来讲，经常出门和死守家门的，怎么个互补法？多少人的离婚原因就是：性格不合，聚少离多。)我不知道他们年轻的时候是否有过爱情，但坐在高高的谷堆旁边听奶奶讲那过去的故事时，我知道他们共同度过很多苦难的日子。很多人说，爱情尽了便成了亲情。我时常怀疑这种说法，因为跟血脉之亲比起来，这种感情还是略有不同。直到看到大眼李承鹏的一次采访，他说他和妻子之间，爱情褪了就是恩情，以一种彼此感激的心态往下走。我想这也是我对老夫老妻情感的定位。

前面的铺垫有点长。我想说的是，维持了五六年卧床也无法开口表达的半植物人状态后，奶奶去世了。爸爸和叔叔们已经给予了最大的孝心，而爷爷也过了这么多年不能出远门的日子。我想，悲痛过后，其实对于彼此都是一种解脱。

过完年，爷爷制订了一年的出门计划：要去上海找老朋友，要去深圳看老同事，要去新疆旅游。可是有一天，他坐在椅子上，抬起二郎腿想要系鞋带，却有点够不着。我帮他系的时候，他说，自从你奶奶走了，这膝盖就有点轴，抬腿的时候有点费劲。我看他的脚步也没有之前矫健了，变得有点沉重和拖沓。但我觉得那只是一时悲痛所致，时间久了就好了。

前两天学校的毕业典礼，我邀请他来参加。同学们都在问：你爷爷自己来？能行吗那么大年纪？我说：绝对没问题。我爷爷是我们家出门最多的好吗？天南海北闯天涯！可是他来了之后，我才发现，我每走两步，就得等一等他，我还穿着高跟鞋。我才真正地发现他老了。上次和他一起来清华园，还是高二的时候，那时我追不上他。以前家里所有人都追不上他。缺失了这么多年的陪伴，我大概以为他是那个永远年轻的爷爷。

吃饭的时候他跟我说，前一段时间腿因为静脉曲张还住了段时间的医院，现在没事了。我跟家人联系都有点，报喜不报忧。只要觉得能解决的问题，都不会告诉对方。我说早知道就不让您来了。他说现在一点事儿没有，过两天娅娅（我堂妹）放暑假，还要跟你叔叔一起去保定接她回来。我说您走路现在没那么快了，还是多休息吧。他归咎于穿了双硬底儿的鞋子："这个鞋鞋底薄，走起来没有弹性。早知道就不穿这双鞋了。一会儿我要去买双胶底儿鞋去。"于是，我们便到附近的超市去买鞋——逛超市也是我们这些年来生活的日常项目。特别在被我奶奶"拴"在家里的那些年，我爷爷总是要以哪个哪个超市在打折的名义，跑出去兜兜风。

2016 年 7 月

补记：爷爷逝于 2017 年——奶奶去世两年后，这篇文章写完一年后——享年 73 岁。由于奶奶比爷爷大 3 岁，一向身体健康的爷爷，甚至还没有生病数十年的奶奶活得久。

自行车链倒转记忆

我的读者们都知道，我现在年纪大了，身体的机能发生了一些变化。虽然还不至于戒冰棍儿、多喝热水（别说喝热水，我连水都不喜欢喝）和泡枸杞，但我开始了运动，这主要是为了保持身材——虽然脸上已经爬满褶子，但从背面看，我还是想给人一种少女的假象。嗯，虽然我正面会杀死旁人，但我的背影要羡煞旁人。

之前有很长一段时间，我选择的运动方式是跑步（之前写过，请看《运动的纠结》），但后来，我发现骑一小时车也非常减肥，并且对心肺的要求不是很高，我不会太累。更重要的是，下班时顺便就骑了，反正坐公车也是差不多的时间，不必再抽时间运动。那么，我的体重为什么没有继续下降呢？因为骑完车之后，我总是会口渴，不喜欢喝水的我，便会买一杯奶茶。（我爱奶茶！骑车让我实现奶茶自由！）所以，我骑车最后的成果是，不光没有掉体重，还绞坏了两条长裙。

上一段密集骑车的时间，就是在清华读硕的时候了，也已经过了 5 年的光景。我虽然还算比较爱骑车，但我讨厌清华的自行车文化。清华的宿舍楼和教学楼下，都是一排排的自行车（现在很多人已经更新为电动车），每年毕业生走了学校还要专门清理一批。学校太大，去哪里基本都要骑车，自行车就像眼镜一样，是学霸必备。这么美的校园，我们却要学会脚不沾地，车轮滚滚。路上的同学都行色匆匆的，别说给我在路上搭讪帅哥的机会，这些风一样的男子常常呼啸而过，我连脸都看不清。是什么阻挡了我在最佳年龄拥有爱情？是自行车。（发出赵本山的灵魂拷问：要什么自行车？）

昨天下班的时候，我在路上看到一个骑车大撒把的中学生。我在北京很少看到这样做的中学生，他们一般不会通过这种方式表达探索或叛逆精神。这勾起了我将近 20 年前的回忆，因为当年，我也是一个爱大撒把的中学生（对于一个女生而言，这个行为显得更加二百五）。我不但会大撒把，还会大撒把拐弯儿——男孩子会的技能，我可都要会（尽管我在义务教育阶段一直是班长，但我一点偶像包袱都没有）——虽然我骑的是一辆女士车，车把和车架上还套着姑姑给我钩的毛线装饰品。但是我不管，我就要做一个萌汉子。我还经常跟他们比谁骑车骑得快，撅着屁股猛骑，就算有时候后座上带着人也要不落人后。骑吧，撒丫子骑，这是"骑"士精神！我的大粗腿，就是那个时候练出来的。

再早一些，主角便不是我了，是我爷爷。我爷爷是我们那片儿第一个骑越野自行车的人。在回乡之前，他在邓小平在南海边上画的那个圈里工作，也算"见过世面"的人。我爷爷身高一米八二，是我们家的门面担当，衣食住行也比较讲究（其他人，嗯，比如我，就全都像我奶奶），这越野车便是他"烧包"的结果之一。不过，我怀疑爷爷买越野车有个不可告人的目的，他是不想后座带人，尤其是不想带我们这群孩子。谁要含饴弄孙了？那可真是一点也不酷。一个人多潇洒，千里走单骑。后来，等我上了中学，班上的男生纷纷买山地车和赛车时，我总会从我爷爷的角度想：这帮孙子（是孙辈没错呀），总是玩儿我玩儿剩下的。

不管他们是不是玩儿我爷爷玩儿剩下的，身为家里的老二，我总是玩儿我哥玩儿剩下的。我还总是穿我哥穿剩下的，我竟然穿过我哥那一身忍者神龟的衣服去上学。我学会骑自行车，大概是在育红班，骑他们给我哥买的小绿车。那辆车当时已经破破烂烂，车撑子都没有了，都是骑完往地上一扔。由于那不是一辆成人车，导致我上小学时又重新学了一下成人车怎么骑。

追溯到记忆之始，便是我妈那辆二八车。虽然在幼儿时期的我看来，我妈很伟岸，但她现在缩得都没我高，即使当年跟我差不多，一米六几骑个二八车也是有些吃力的。骑的时候腿还得从车座后面跨过去，这俨然是一个男人才应该有的动作。这辆车的来历我不知道，大概是我妈的嫁妆。在幼儿阶段，我是非常赶脚的，经常坐在二八车的后座上，环抱着我妈的腰，然后侧脸贴上去，略带忧伤地从路上咯噔而过。她要是哪次打算不带我跑出去，只要我反应够快，我就会紧紧把住车后座不撒手。除此之外，二八车还是我和我哥的"玩具"。二八车停放时，后轱辘是腾空的。如此一来，我和我哥便可以一人蹬一边的脚蹬子，让后轱辘原地"飞驰"。我们两小只并不是一脚踩在车蹬上，一脚踩在地面上的，而是金鸡独立在两边的车蹬子上，靠手给车把发力而让脚蹬子转起来，我们两个则上蹿下跳（小型摩天轮）。只要脚蹬子转的足够快，我甚至会在最高点上飞起来。现在想来，这也是挺危险的。我有没有摔过我不记得，大概玩得尽兴，又是自己的选择，摔了也不觉得什么。

如今，我的侄子侄女都到了我和我哥玩车蹬子的年纪。该由姑姑送他们一辆自行车了。

2021 年 10 月

阿番，《自行车天轮》，2022 年

拖把与我

我从小就对拖把有偏见——正如我对很多事物的狭隘态度一样。

当然第一个原因就是我是个懒人，讨厌一切让我劳动的事物——这件事情大家都知道，就不用再赘述了。这一层的偏见对于菜刀、炒菜锅、鸡毛掸子、扫帚和簸箕是一样的。另外一层的偏见就是，假如家务要非做不可、地非拖不可的话，我宁愿用抹布，而不是拖把。

我儿时的世界观几乎就是被大众媒体塑造的，所以不免有些疯疯癫癫，且瞧不上现实社会（咦竟然找到了后来愤世嫉俗的根源）。那时看《聪明的一休》，一休厉害的点子没记住，倒是对他们撅着屁股用抹布擦木地板的镜头印象深刻。这样擦地板，比抡拖把洋气好多呢！况且用抹布时的撅着屁股，和拿拖把时的撅着屁股比较，眼睛离地面的距离更近，地板上面的污渍会更容易看清楚。再况且，抡拖把老让我想起沙和尚抡宝杖、猪八戒抡钉耙，甚至鲁智深倒拔垂杨柳，一点也不淑女。而用抹布，不仅符合女子的体力状况，而每每将抹布上的水拧干时，我也总会想起电视剧的女主们用毛巾为发烧的男主们降温时的贤良淑德——特别符合我当时对自己的定位。所以，在周六日，当我妈去上班，叮嘱我要把家里全拖一遍并告诉我用哪一把拖把时，我就会正色道："你就告诉我废弃的毛巾在哪儿就好了，拖把拖得不干净，我要用抹布。"

这不光是为了洋气。拖把本来就拖得不干净，特别是对于年纪轻轻，还不能自如地挥舞拖把的我来说。用拖把是个技术活。它像一支毛笔一样，当你要用它画画或者写字时，你必须得控制墨色的浓淡——也就是拖把的用水量。我并不能将上面的水挤得恰到好处。我将浸满水的拖把扛出卫生间时，就像刚杀完人拎着还带着血的刀一样，沿途全都是"血迹"。而拖地时最初的那几下子，与其说是在擦洗，不如说是在冲洗——"干净"的问题首先变成了"干"的问题——到底啥时候才能变干呢？往往是还没等它干，就已经又布满鞋印了。当然，用抹布干是干净，但是清理起来很慢，也会更累。但是我得为我的洋气负责，欲戴王冠，必承其重。当我撅着屁股吭哧吭哧擦了一下午时，我也是有满足感的。

在清理地板时，我妈最讨厌地上的头发。每次当我在里屋梳完头，却又忘记清理落发时，她总会抓狂，仿佛那些发丝变成扭动的虫子，咬蚀她的心。于是，每次让我拖地前，她都要嘱咐我，把边边角角藏着的头发都清理干净。当然，这种没有黏着在地板上的废弃物，使用扫把扫是更合适的。但是，总有漏网之鱼。等到了拖把的环节，就变成了一场硬战：很多时候，拖把上的水反而让它们贴紧了地板，你需要顺时针或者逆时针旋转拖把，才有可能将它们卷进拖把里（旋涡？）。当几根头发同时出现时，战况会更加惨烈。往往是卷进这根头发来，另外一根头发又被甩出去了。——可能在几轮战斗后，用手将发丝捏起来会是更省力的选择，但是，骄傲让我决不妥协，就是要将它们全吸入这根"卷发棒"里。不过，在用抹布擦地时，我会想都不想地将头发捏起来的。用抹布让我变得柔软。

假如使用拖把的话，当一轮清理完成后，上面会粘满各种附着物。你在空中抖搂它，能抖落出一堆被压缩的灰尘来——就像人们抖落头皮屑一样。假如你不觉得这恶心，也可以将之幻想成微型的雪景。

当然，上面这一步骤可以省略。抖一抖纯粹是为了看看自己的战果。拖把是可以直接拿去放到水池里冲洗的。这个时候，人们就要发挥自己虐待狂的一面，一边将水龙头开到最大，一边狠狠地将拖把挤压到水池的角落（这让我想起一些杀人犯要将其他人溺死的场景）。三番五次之后，下一轮的拖地便可以开启了。

使用完拖把，将它竖起来是个技术活。它不总是会处在两面墙的夹角处的，有时候只能倚靠一面墙。这个还湿漉漉的、头重脚轻的家伙总是会歪斜着倒下去。这是对我平衡感的考验。我总是想偷懒直接让它头朝地。可是这不仅意味着我会挨我妈的骂，也意味着下次拿的时候里面会藏满鼠妇和其他喜阴喜潮的昆虫。它只能把脑袋昂起来。

这也说明一个道理：即便做着卑微的活计，也要将头颅昂起来；即便在无人观看的角落，也要将头颅昂起来；当然，为了身体健康不生虫，也要把头颅昂起来。

2018 年 9 月

合影的习惯

翻看从小到大的班级照片，我好像都是在一个不起眼的位置，脸上挂着为拍照而故作大方的抿嘴笑容。

我和"大方"两个字好像毫不沾边——不是与"小气"相对的"大方"，而是指举止优雅，谈吐得当的"大方"。我可以豪爽而不能大方。在拍集体照时，有的人虽不是真心想笑，却是真心想配合的。而我的心里有一半是不想配合的，一边骂"你这样笑真的显得很蠢"，一边想着"哟你以为别人都笑你不笑就显得不蠢了吗"而翘起嘴角来。所以你知道那"大方的笑容"实际上有多虚假。当然我是希望既然笑都笑了，索性笑得真一点。但是不行。我只能抿嘴笑，尽管知道自己平时露牙笑会显得比较开心，但是死鸭子嘴硬，我不仅咬紧了牙关还闭紧了嘴巴，口轮匝肌就是不能尽情舒展，无法像皮筋儿一样扩张一圈。

只要有不熟识或不喜欢的人在场，便都不行。拍得最好的照片都来自家人和姐妹团。可能是因为自我保护意识太强烈，可能是无法迅速和人建立感情。照毕业照的时候，同学说：找了个专业的给咱们拍照。天啦噜我最怕专业的了，我他妈会扭捏起来。果不其然，本来拍照的唯一可取之处就在于率真（"美美的照片"并不适用于我），可连这一点都没有了。专业人士拍的照片，没有一张能用的，竭力想表现出平日的自己，脸上的肌肉却扭曲得像抽搐。反而是好友们拍的，尽管没什么技术可言，可却捕捉到了我想呈现给别人的一面（我其实是个表情帝，而且超会摆 pose 的）。

合影所处的位置也出于这样的考量。对于班级合影，我并不珍惜。这类合影，既不重视外表，也不重视内心。一帮人正襟危坐，看不出态度，也没有感情，只是一种拍照的惯例。关系好的人，自然会聚在一起照相；反而是班级合影这种强制性的东西，就像某种情况下的婚纱照一样，拍了以后也不会想起来看。更何况我还要跟不喜欢的同学同框，不熟悉的领导合影。到底为什么要让这些人在我的生命中留下痕迹？而我自己，就不能简简单单地消失在他们的生命里吗？我就想当一个过客、一圈涟漪，只出现在那时那刻，不想让别人刻骨铭心。而照片就是证据啊！不说自己什么时候成名了他们拿着相片来吹牛吧，要是自己没想开发个疯撒个野上个新闻什么的，他们一定会拿出照片来，用挖过鼻孔抠过脚的手指戳着我的脸，说：没错啊，就是我们班这个谁谁谁！

正因如此，在照相的时候，我总是显得那么不识时务：有些人争相往构图的中心挤（当然，他们也并不一定是想要成为焦点，而是，怕站在边上把自己的脸拉宽），有的人拍完了还要拉着校长合影，而我居然偏居一隅，还觉得这是煎熬，不想举行这没有精神实质的仪式。因为其中的大部分人，虽然此时和我在空间上的关系很近很近，但实际上，我们从未有过任何交集。

但是在小范围的聚会时，我是特别喜欢照相的。因为不管那一段时间的大致心情是怎样的，聚会总是一件令人快乐的事情。那一刻虽然短暂，但记忆可以是永恒。有空翻起来看时，呈现得都是自己最美好的样子。那些围绕在相片附近的忧伤和不安，却都随风而去了。

2016 年 10 月

贝贝，贝贝，贝贝哦

我和贝贝有很多共同点，其中之一就是，我们俩的名字都像狗名。在我小的时候，整条街有3只叫"欢欢"的狗，有一只还是我同班同学家的——我简直不知道她有多恨我，每天把我当畜生来使唤。我也目睹了另外一只"欢欢"在大街上的飞来横祸。从那时我意识到了这个世界的残酷——但是，这世界对贝贝是更残酷的，她大学时的外号是"狗哥"，霸气全方位泄漏。

说到我们的友谊，其实也并没有多长时间，掐指一算，差不多两年。虽然我们同属于艺术学院，但都由于为人低调，属于"沉默的大多数"（虽然这一点让一些朋友保持怀疑，但我只有在私下里话多啦！正式场合你见我哪次不是怂得跟孙子似的），所以就是不带任何思想感情地知道有这么个人，连到打招呼的程度都没有，她顶多也就是我们宿舍晚上睡不着觉时的一点谈资：332宿舍的那个张贝贝，眼睛那么大，成天又不笑，看上去挺凶的。她自己后来解释说："我就是长这样啊？你以为我愿意长这么大的眼睛？我不是双眼皮！我是多眼皮，有4层。等有钱了我去做缝眼角的手术，长这么大眼睛干嘛？每次我上课认真听讲，老师就突然来一句'张贝贝你为什么瞪我'。真是给脸不要脸。"好吧，我承认，"给脸不要脸"是我替她加上去的，强行被别人加罪名？这句话放这儿特适合。

我们是因为考研认识的。宿舍楼里有间自习室，由于跑到图书馆或教室太浪费时间，还要背那么多的书，索性每天就跟蹲监狱似的不出宿舍楼。天天打照面，又都是一个学院的，所以一来二去就特别熟了——我也不知道为什么总是跟别人熟得快，还没干啥，人家就要跟我掏心掏肺掏肠子，什么小秘密都要告诉我，即便我跟他们说"我是个大嘴巴我很可能会说出去的"，他们想一会儿，还是会死乞白咧地告诉我。这让我压力很大，总是在经受着良心的考验。这两天，跟几个人聊天，他们都患了失忆症的毛病，小秘密还要跟我说两遍，我提醒他们："啊，这你早就跟我说过了。"他们很惊讶："天哪我怎么什么都告诉你？以后要杀你灭口了。"啊总之，我跟张贝贝很快就厮混在一起了。由于是在考研前三个月才开始准备，考的还都是外校，所以大家都有点拼了命的精神。每天从上午 10 点学习到凌晨 1 点，除了吃饭和互损，几乎不干别的。所以最后结果还不错，我们都考了所考专业的第一名（插播英勇事迹：虽然我平时学习不咋地，但每次升学考试都能考全校第一名，老天爷简直是瞎了眼了）。回忆峥嵘岁月，张贝贝同学泪流满面："想我刚考来中央院儿（中央音乐学院）的时候，大家都把我当学霸的有木有，结果咱俩现在学渣成这样，简直不是人啊！"

是的，她说话特别狠。"I'm a bitch, whatever." 这是她的口头禅，一个女子自轻自贱到这种程度，不得不承认她活的有点悲惨，但是这句话前面总有我说的一句 "You are such a bitch"，因为……sometimes，她确实是。每当她想让我陪她做什么事情时，我没有说 "不" 的权利。因为她会电话催促你，会微信轰炸你—— 大早上 7 点让我起床跟她一起去逛街，你说有没有天理？—— 没错，就是 7 点去逛街，因为去的地方是动物园服装批发市场。她动之以情，晓之以理："上午去不耽误你下午学习是不是？哎呀上午去人少，下午人多的就走不动了（实际是她下午有事）。我请你吃早餐啊，你想吃什么随便点！啊就这么决定了这么晚了明天还要早起你早点睡明天见么哒。"我舍友在旁边都听不下去了："你这同学，简直就是一个磨人的小妖精。"

其实小妖精的说法欠妥当，因为有个 "精" 字，实际上她脑子不太好用。她对很多经不起推敲的言论深信不疑，不知道脑袋里缺了多少根弦，少了多少根筋，灌了多少水，装了多少锯末。说现在研制出了长生不老药她会信，说香蕉和绿豆粥同时吃会中毒她会信，说热带雨林下雪了把动植物都冻死了她也会信，当你说出 "不可能" 三个字的时候，她眼睛瞪得溜圆："真的，我同学亲口告诉我的！"表情表达着 "我去这么铁证如山的事情你都不信，你是不是傻" 的强烈鄙夷之情。然后当你找到证据证明那的确不是真的，她就会云淡风轻地说一句："哦，那就是我记错了。"

当然了，我经常跟她在一块儿不是因为她是个贱人，也不是因为她脑子不太好用，而是因为她的确有让我佩服的地方。她非常非常的独立，从行为到内心。每当我向她发出 "我为什么找不到男朋友" 的终极追问时，她就说："找男人干什么啊，我们家灯泡又不坏，洗衣机又不用修，我真的是用不着。"让我怀疑她以后有性冷淡的倾向。她教课赚的钱，不仅够自己花，还主动上交给老妈（我则是捉襟见肘刚够填饱自己肚子），上动物园去也是为了给妈妈和姥姥买围巾和帽子，堪称模范小棉袄。

她跟我说，以后结婚了能住在一个小区该多好。"这样我孩子学习多方便啊，还不用掏钱。这道题不会啊，去问欢欢阿姨。去对门叫欢欢阿姨，让她来给妈妈捶背。到饭点啦，让欢欢阿姨过来做饭。马桶脏啦，快让欢欢阿姨过来刷马桶。"我听了这些话还挺感动的，因为我觉得"欢欢阿姨"这个称呼很好听，就像我喜欢听别人叫我"小姑娘"一样——虽然两年前邻居大婶就开始问我"怎么这么大了还没找婆家啊"——但是"小姑娘"这个称呼，总让我想起手上捧着穿满蚂蚱的狗尾草、二逼得不知所以然的童年。

大概是太自恋的缘故，我写着写着别人，总会引到自己身上来。言归正传，我们要以贝贝之名结尾。其实贝贝真的是一个风骚的女子，不知道被多少男歌手喜欢。想想有多少歌里有"oh my 贝贝"的歌词，贾斯汀·比伯更是被她迷得神魂颠倒："贝贝贝贝贝贝哦贝贝……"（最后这个梗实在有点冷，我都看不下去了。）

2015 年 2 月

那些朋友
———————

前两天和好友达达女士约饭—— 我们每次见面，都是一场头脑风暴。

我跟她讲了前几日去爬山，队里的一个男生因似乎对我有意思而不断联系我的事情。虽然好像并不是坏人，但是因为无感，我都没有回复，心里还觉得挠得慌，想要赶紧让这阵"风波"过去。我非常不享受被追的感觉（尽管没有过几次，有些还可能是我多心），因为知道自己不会改变想法，拖着会因浪费别人的时间而愧疚，自己也会因此事烦躁，不如早早让对方死心了好。而知道自己不会改变想法的原因是，改变想法意味着我开始的知觉和决定是错误的，我大概会宁愿放弃一段缘分也不愿意打自己的脸。—— 所以，好像我只能和初次接触就喜欢的人发展感情—— 啊，"一见钟情"，不要说得那么好听，顶多是"一见生情"，因为感觉"钟"是说的一辈子，真要用"一见钟情"来形容的话，我"钟"过那么多人，岂不是要死好多次。（郭德纲：你死不死？）当然，市面上所说的"一见钟情"，简直就是对这个词的滥用和亵渎，金岳霖那种才算吧。

好吧，今天要说的事情跟这个没有关系，但上述内容是接下来内容的一个引子。达达女士说，我总是采取拒绝姿态，连个机会也不给，是因为我有过度保护的倾向。她的道理是这样的，因为我的某些特点和她先生很相似。她先生的过度保护在于，几乎不交朋友。因为他知道，在朋友关系中，要么是两方互惠互利，要么是他舍身利人—— 他不会亏欠别人任何，换个说法就是，不会让自己在道德上处于不利地位，心里的坎儿过不去。所以，交的朋友越多，自己的付出也会越多，最终可能会因琐事缠身而透支自己。

达达大概是觉得，如果我明明不喜欢还去接触，接触的过程中肯定会多付出金钱和道义，从而弥补对对方的愧疚—— 但她明显是高估我了。虽然我和同性朋友相处有种牺牲精神，但在拒绝别人追求这件事情上，则完全是出于自私的考虑—— 我怕自己在纠结和周旋的时候浪费大量的精力和时间，对别人的愧疚反而是次要的。如果我真的过度自我保护，应该是拒绝那些我喜欢的人（当然，还没有过可作参考的先例，再见！），毕竟他们的举动才更能伤害我。光是想想和喜欢的人在一起，我就感觉自己受到了伤害，他为什么没能理解我的幽默？为什么他不开心我却无法帮助他？他长得那么帅（意淫）我是不是要去整个容？他放我鸽子是不是去会小三了？他为我打架而头破血流了，但我不想失去他啊，他死了我一定要为他守寡啊呜呜呜……想想我要变成这样一个普通的恋爱中的女人，受别人的喜怒哀乐支配而失去自我的女人，我就感觉身上受到了一万点暴击。所以真到有那么一天，我的盖世英雄驾着七彩祥云来娶我，我还真有可能会拒绝——然后面临孤独终老的结局。

经达达这么一说，我们好像也发现，那些成天跟好多人一起玩的人，还都是这种朋友关系的受益者。他们跟你维持这种关系，不是说一定是出于利用别人的动机，但最后衡量下来，他们得到的，都比付出的要多很多。他们认为，虽然不是所有朋友都必须两肋插刀，但所有朋友都应该做点"举手之劳"——并不是要占便宜，我也可以帮你做点"举手之劳"的事情呀。可惜，不是每个人都会让别人做些"举手之劳"的事情，又不是每个人对"举手之劳"的定义都相同。于是，他们"借"了别人的东西，别人可能不好意思让他们去还，别人甚至都不会向他们借同样的东西，有时是因为不好意思，有时是因为别人本来就不缺（比如你借别人的脑子出了个主意，他们却并不想借你的脑子，反正他们不缺，你也没有）。反正既可以交朋友又可以解决问题，为什么不多交点朋友？交朋友你不会吃亏，交朋友你不上当，交朋友还显得你积极向上融入社会符合主流价值观，为什么不去多交点朋友！

每每填写兴趣爱好的时候，很多人都愿意写上"热爱交友"，甚至一些内向的人。虽然它不算一种才艺，但它好像能够证明填写者精神正常，毕竟天才和疯子才受人排挤，没有朋友。"爱交朋友"成为正面的性格特征，朋友众多好像也可以显得你是个好人，但分析下来，并非都是这样，而且不是这样的比例还相当大。而孤僻的人也未必代表他是被抛弃的，更有可能是他抛弃了许许多多的他人，造成太阳围着地球转的相对假象。而他本人情商和智商俱佳，却只对一些志同道合的人敞开。

所以不管你朋友多寡，希望都是些志同道合的人，可以彼此取暖，彼此成长。

2017 年 4 月

恋爱的态度

————————

寒假回来跟同学们聚会，莫不是两件事情：单身对一双，两眼泪汪汪，聆听他们的爱情经历和训诫教导，直到你洗心革面痛改前非下定决心努力找对象；单身对单身，四眼泪汪汪，抱头痛哭完就互相勉励：脱贫脱单脱光光！那些曾经单身贵族我单身我骄傲的，如今也萎靡不振起来："30岁以前不经历的事情，30岁以后恐怕就很难接受了……""一个人有时候真是挺无聊啊……"我妈成天在家里旁敲侧击：你看谁家那个老姑娘啊，30大几了还没有婆家。她到底是什么意思？

《雏菊》里面全智贤一句台词让我印象深刻："我今年25岁，在等待我的初恋。"看的时候我就想，你丫放屁，我们班像你这么漂亮的，上小学时男朋友都一大把了。这句话，只适合我们这种长得不清秀又不清楚的。是的，我25岁了，到了长皱纹的年纪，到了要用"OLAY清除岁月七大痕迹"的年纪，岁月是把篆刻刀啊。可是，我还是没有男朋友。

究其原因，有人说"你一天天奇思妙想太多，大家跟不上你欢快的节奏。""你这么霸气侧漏你不需要男人啊！""是你要求太高吧？"对于最后这一点，我有话要说。像我这种条件，又矮又丑又懒，拿什么去要求别人？只不过反正是没有人追，倒不如把标准说得高一点，拿出"只许我挑天下人，不许天下人挑我"的高冷态度。横竖也是死，给自己点面子。

"大十岁才跟得上我思想的深度，小十岁才跟得上我思想的速度，哎哟我可怎么办哪！"

"在外能覆舟在内能煮粥。上哪找这么秀外慧中的哪！"

"既要春来江水绿如蓝，又要桃花潭水深千尺。又明媚又有深度的人有没有哪！"

"既要君子动口不动手，又要该出手时就出手。具体问题具体分析的觉悟要有哪！"

朋友们纷纷对我摇头："不行不行，你的要求太高了。"我成功营造了横挑鼻子竖挑眼的挑剔女形象，从此可以心安理得地面对自己的失败。但是在我妈面前，这份心虚很快被她洞穿。她说："是你在外面嘴又太厉害了吧？""是你又让人家把你当哥们了吧？""你妈我这么有女人味，你倒是学着点啊？"（最后一句不是事实。）

我妈还说，没人追你，你可以去追人家啊。我妈想什么都很传统，这一点上倒是前卫起来了，可见对我的魅力是多么没有信心。在年少无知时有过一次表白被拒的经历后，我决不肯再去追别人了。我不是漂亮的女生，又不是"我很丑但很温柔"的女生，但我依旧是女生，就是要享受女生的待遇！于是就在高傲地慢慢发霉。雨啊，下吧下吧，我要开花！

当然了，抛却追与不追的自由恋爱情况，由于群众基础好，还是有那么些人给我介绍的。但要是两人以抱着谈恋爱的目的见面的，要是我第一眼没感觉，便是再也不肯接触了。我有时候也觉得这样不公平，想想自己从幼儿园就开始暗恋的各个高年级男生，不就是因为自己总是消失在茫茫人海，连脸熟也没混上吗？再说一些长得抱歉的朋友，要不是人家已经双宿双栖，你不觉得以人家的性格和品质，也是可以考虑的吗？所以对待我这种人格，要抛砖引玉，潜移默化，切勿打草惊蛇，扬鞭惊马（因为我属马所以特地造了这么个词，怎么样，是不是特别有几千年流传下来的成语的感觉？）。

另外一些初次见面可以多多包涵的男生，接触几次后，我就觉得好麻烦，说的问题驴唇不对马嘴，进一步了解又显得艰难，动不动也要猜来猜去。于是便要打退堂鼓。有人说，恋爱需要技巧，有人说，恋爱需要战术，但是，我真的懒得跟别人搞这些猫腻，人跟人之间，不能简单粗暴一点吗？而且因为是个急性子，总是把自己的各个零件赶紧拆卸给别人看：猴年马月，我生了这场大病，你看能不能接受；我比较有想法，不会给你大男子主义的机会，你看能不能接受；我一点也不喜欢做饭，刷马桶倒是可以，你看能不能接受；我其实化妆的，但化了总跟没化一样是个黄脸婆，你看能不能接受；我爱丢三落四，每次出门都要三回茅庐，你看能不能接受。能接受就先聊着，不能接受拉倒，我也不跟你扯皮了，反正我也不会改的。可能，我还没有给别人了解我优点的机会，就先把各个缺点摆上了台面，吓得他们花容失色，落荒而逃了。可是，你们自己看不到我的优点，关我什么事？我的优点这么光芒万丈，都晃不到你的眼，闪不到你的腰吗？

由于我是个有深度的人，关于恋爱的问题当然也要上纲上线。有时候，人的感情太多了，自己盛不下，就要溢出来。于是就得找人寄托。很多时候只是把自己的感情寄托在另一个人身上，可能有好感，可能有欣赏，而并不是爱情。但是，大部分人一辈子都遇不到自己的

阿番，《智者不游爱河》，2022 年

爱情，于是这一寄托，就是一辈子。当然似乎这也没什么不好，像《失乐园》里找到了最爱的人，英年殉情也会让人惋惜—— 当然我觉得那样也没什么不好。每个人都得找到适合自己的感情模式，我大概是想找到可以开放自己全集的那种爱情。而爱情和个人追求，现在以我站着说话不腰疼的眼界，个人追求是更高一位的。因为爱情是两个人的事情（请先忽略三个人四个人 n 个人的情况），个人追求更多时候是一个人的事情，更好掌控，也不用为难别人委屈自己。那种你不跟我好我就自杀，你离开我我就殉情的行为，简直是无能又自私。

我的态度就摆到这里。我说众位朋友，你们都看了这么多了，帮我介绍个对象啊倒是？我今年 25 岁了，都到了长皱纹的年纪。你们要是不给力，我一生气，随随便便找个高富帅，自暴自弃嫁了怎么办？我可不想当豪门怨妇，坐在宝马车里哭啊。

2015 年 2 月

年不芳的二十七

身为一个未婚女性，我已经脱离芳龄很久了。"年方二七""年方二八"——"年方二九"都没有，可见，18 岁在古代都不是芳龄了。如此说来，我脱离芳龄十年有余。

1

前几天体检，我的体重栏赫然写着"55.1"——当然，对于一天称八百遍体重的人来说，我当然知道自己有几斤几两。但是，本来想悄无声息地减掉，现在却白纸黑字地印刷出来了！实锤！想起霉霉变成大象腿，大家说是她年纪到了，我在寒风中瑟瑟发抖——这个美丽尤物泰勒，只比我大六个月！

我接受不了自己 110 斤——或者说，起码现在是我的极限挑战（我 105 斤的时候也大惊从早到晚失色，惶惶四季不可终日，但保持了几年后，竟然接受了）。当然 110 斤不算胖，问题是我是个矫情逼，想想高中的时候就这身高，体重只有 90 斤，穿衣拍照还显胖，现在这个样子，怎么可以容忍？讲真，我无法理解那些变成秃头还非常自信的中年男子，看着头发一把一把地被撸下来，脑袋每天都更接近秃瓢，这难道不足以造成中年危机？这明明是比女人停经造成的更年期更可怕的事情。

于是我又开始去健身房运动了。游泳和跑步，分别一小时，每隔一天去一次。"管住嘴，迈开腿"——我现在只能迈开腿。每到减肥的时刻，饥饿感就变得更加强烈了，食物就变得更加诱惑了，节食变得更加艰难了。于是，只能加大运动量。想当年，跑个八百都跑不下来的我，现在竟然可以跑个五公里。我在跑步机上的心情，大概就和《激情燃烧的岁月》里的褚琴因为和石光荣吵架，想要肚子里的孩子流产而不停地跳舞一样，任汗水飘洒，也视死如归——我要掉下腹中的这团肉！

但是，坚持了 20 天，我的体重，一斤都没少。反观我 25 岁的前同事，节食一个月，瘦了20 斤。——年轻就是好啊。我就是年纪到了大概，但是要放弃吗？——坚持着体重起码可以保持，放弃意味着它还会增加。年纪到了，最好的选项自动就灭灯了。极端的例子：过完八十大寿，你是选择病着还是死？

2

我的眼睛越来越不行了。

虽然初中就近视了，但直到研究生毕业，两只眼睛都是 300 度。然而，我现在工作才一年半，眼镜就换了两次，到了 500 度不说，还有继续飙升的趋势。不都是成年了就稳定了吗？假如随着我的衰老一起增长，那什么时候是个头啊？去医院检查，对于疲劳，医生似乎也没有特别的办法：眼睛多注意休息。

怎么可能呢？我不能不看屏幕——现代人哪能离开屏幕生存呢？平时看手机、娱乐看平板、工作看台式机，哪些不是电子发光体呀？我们就是现代飞蛾，哪里有光就朝哪里扑去。既然不能从根源上消灭疲劳，我只能做个佛系女子——买了一大堆滴眼液，每天滴几滴；买了蒸汽眼罩，每天入睡前蒸一蒸；买了护眼仪，每天按摩眼睛十分钟；买了叶黄素，准备每天服用一片。我从来没有这么用心地生活过！如果一切可以重来！

假如这些招都还不行的话，大概我就得从编辑的岗位离职，再苦学地理知识——当个导游吧，起码每天可以看到保护色。（你不是真正的快乐，你的职业只是你要的保护色。）

你们别再说我眼神犀利了，我都快瞎了。

3

我的牙也在搞事情。

我有一句话常常挂在嘴边：我的六官里长得最好的就是我的牙了。如果给它们起个名字，那么姓"齐"，名"白石"。虽然从爷爷辈开始算，我的牙可能遗传自爷爷、奶奶、姥姥、姥爷，又虽然我爷爷、奶奶、姥爷的牙都不怎么结实，但我坚定地以为我的牙就是遗传的姥姥的好牙。闪亮的笑容露出来——这难道还不明显吗？

阿番，《酷 or 瞎，that is a question》，2022 年

前一段时间我仰面朝天地撞在了玻璃门上，右门牙磕掉了一个角，比较明显。这件事真的不能证明我蠢。因为很多人都撞上过这该死的门——平时都开着，冷不丁关一下是几个意思？又不在门上贴有花纹的膜，擦那么干净是几个意思？没下班就关掉走廊里的灯，又是几个意思？我的错在于，我不应该走在队伍的最前面，还非要和后面的人讲话。

当然，这不是我最伤心的，连倒数第二伤心都不是。我倒数第二伤心的，是我的牙竟然败给了玻璃门。难道不应该是玻璃门碎裂，而我的牙丝毫未损吗？我最伤心的，是医生说我这颗牙竟然牙根有问题，这一两年可能就命不久矣了。胡扯！我这么多年没有牙根，不是该啃还啃，咬断胶带和线也完全没有问题吗？"但是现在受了创伤，所以很可能造成牙齿内部环境变化……"你别说了，我不接受。虽然我这颗牙，确实他妈的有点晃悠（手动的，"舌动"确实该绝望了）。

于是，苹果、梨什么的不敢啃了，削皮还要切块。我从来没有这么用心地生活过。

4

最近我去烫了个头。这款头发本来的名称我忘记了，根据效果，我给它取了个名字：女人四十。然后发到了 QQ 空间里。

我的一个男生同学假装认真地问：这是你吗？还是你妈？

我说：是我姥姥。

然后他说：哈哈，笑死了。成熟，社会。略略略。

我说：你特别会和女生聊天。

他说：因为你不是女生啊，你是中年妇女啊。（但是，你小子要知道，还用 QQ 空间发状态的人，本来就有少男少女心！画重点！）

我没有再反驳。确实，在旁人眼里，我已经没有少女心以及玻璃心可以被伤害了…… 中年妇女本来不就是刀枪不入的吗？

象征性地总结一下吧。身为一个中年未婚妇女，每写一篇文章都落脚在找对象上，应该是我们的本分。其实呢，我妈说得对，谈恋爱好哇，结婚好哇。年纪这么大了，终究得找个小伙子给我养老，你说是不是？

2017 年 12 月

脱单测试得了满分之后

朋友圈里时不时会有人发些什么性格测试、运气测试、上辈子是什么生物测试或者下半年你将要忙什么测试等，要是觉得主题好玩，我也会测一测—— 测一测是可以的，发朋友圈是万万不可以的，因为我决不会将自己表现为一个跟风者、封建迷信分子或者八卦老天后，人设立得稳稳的。当每次测完后出现"分享到朋友圈查看结果"的字样时，反套路的欲望就会战胜我求知的欲望—— 再见吧，想套路我？不吃这一套。

520 的前一天，我的一位同事发了一个脱单测试的结果，她的分数（负 60 分）是可以滚粗的程度（古早微博红人手哥：负分滚粗），她自己的 comment 是这样的："已婚妇女对结果很满意。"看来这题很刁钻。我打开测试的链接，依次做了十道题（其实题量还是可以的，有些只做两三道题就得出结论的测试未免太不严谨），做好了自己得负 800 分的准备，良心公众号没有让我分享朋友圈，等待了几秒钟就生成了测试结果。

我得了 100 分，这真可怕！妈妈再也不用担心我的学习！

当然，激动之外，我还是有点怀疑，大概 100 分也是一个很容易达到的分数。我便分享给我的朋友。结果已婚组都是负分，未婚组得分较高（但没有满分）。按理说，这应该推论出这题出的不科学，但我好容易重回"学霸"巅峰，绝不能轻易地作此推论。我的朋友说大概是因为我看得太清—— 不不不，这题的设置没那么深刻，我更倾向于觉得，已婚组在婚姻生活中早已失去对保持性魅力的警醒，而未婚组比较有危机意识。

Anyway，对于我在恋爱方面的"学习"，我妈还是很担心的。我本来要将成绩单分享给我妈，以让她对我重新燃起希望，但转念想又不行，因为上面的分析写着"没有撩不到，只有懒得撩"—— 这样我妈会觉得我不努力。事实上，也确实会给她这个印象：我还在她眼皮子底下的时候，我们班有很多男同学都想当她的女婿。（我非常喜欢提当年勇，以挽尊我现在感情生活的贫瘠。我小时候比较吸引男孩子这件事已经在我之前的文章里说过，甚至上两句的坦白也在之前的文章里坦白过，这是第三层套娃，but it's not the end!）我离开她去别处上学之后，相关的风吹草动便再也没有过。在高中到大学阶段，这真的是一个巧合，因为那时候我确实没什么人喜欢；但是我上研究生一直到现在的 8 年时间里，我好好反思了一下，虽然我天天叫嚣着要谈恋爱，但基本上稍微有人接近我，我就是"莫挨老子！"的那种状态。

我发展出了一种令人敬而远之的气质。The goddamn glamour.

但是现在，我已经不再叫嚣着要谈恋爱了。当我二十四五岁天天叫嚣自己是老处女恨嫁的时候，我知道自己挺不要脸的。我知道自己并不老，这样说只是一种社交潜规则（哪有在社交网络上掏心掏肺的），图一种名不副实的张力。但是现在呢，我已经成了人人讨而罚之的大龄零恋爱经验女青年，再这么喊就显得有些悲情了——我可以可歌可泣，不能可悲可叹。

不过，我在这条路上并不孤单，我和我的大学好友结成"童年用完桃花二人组"，孤独寂寞了就聊聊天。但是，她的寂寞总是比我少。她好像不那么想谈恋爱，但我还是很想谈恋爱，像想要抓住天边那朵云一样想谈恋爱。

是的，就像抓不住那朵云一样，我的想谈恋爱似乎是个空洞的能指。一有人接近我，我还是会开启"莫挨老子"的防御机制。

刚开始我并不觉得我有这种条件反射。我以为我在理性地分析，我们为什么不合适。对方是理工男啊似乎没什么话题；年龄好像不太行；学历好像不太合适；对方可能觉得我某些条件合适，但这一点很不合适；这人太好了，好像没什么阴暗面——一个人怎么可以没有阴暗面呢，他不能理解我的腹黑吧！……（好啦，省略号只是一种形式上的完整，毕竟我也没遇到那么多可以让我选的男人。）

但是恋爱的第一契机不是心动吗？我有心动过吗？

有的。并且仔细反思后我发现，不是对方，恰恰是"心动"让我害怕。我害怕失去我自己。

Fall in love. 我害怕 fall，害怕失重的感觉，我不能承受这"生命之轻"，我要浑身起鸡皮疙瘩。陷入恋爱是将自己交给对方，我没有做好准备，这么多年也没有做好准备，但我又将之看作恋爱最本质的东西——温情之爱都不在我的考虑范围之内。我拒绝日久生情，在我看来那是一种"妥协"的恋爱模式。玩的就是心跳！但是我又因为胆小而玩不起。所以我陷入了悖论，我陷入了僵局。

假如我打算用圣母心态来恋爱，事情就会变得简单——只要付出就好了，都不用担心对方是不是爱自己。但是我的 ego 强大又脆弱，不能允许对方的眼里没有我。实际上，在某种程度上，我是一种付出型人格，去爱别人的感觉非常美妙，但是我需要反馈和安慰。在我有限的跟一些心动男性的接触中，我会患得患失，我非常讨厌这种状态。我抛出去的 ego 没有以另外一种形式补偿回来，我的自我不完整了。这个缺口会感染、发炎，让我陷入一种病理式的困扰。恋爱不是我生命的全部，假如它让我的自我残缺，我宁愿与它割袍断交。

实际上，我的僵局并非没有出口。当我 fall 的时候，如果有人可以接住，我想我还是愿意纵身一跃的。但是，这么想非常自我中心主义。别人 fall 的时候我能接住吗？我也挺怀疑自己的能力。可能我的某些习惯和做法，也会伤害别人的自我。我在照顾自己强大而脆弱的自我的同时，可能会忽略别人的感受。恋爱是一种互动，对于"互动"一词的理解，我还处于一种浅薄的状态。

写到这儿，我不得不承认我朋友是对的，我就是想得太清楚了。

2021 年 6 月

亲密关系

我跟我妈视频，我爸从后面探出头来，接过手机说：闺女，咱们有意中人了吗？—— 我爸这个糙汉，竟然用了这么个文绉绉的词。

我说：除了这个我们没有别的可说的了吗？

然后就真的没有什么可说的了，我俩尴尬地对视了半分钟。然后我聊了点别的，我爸又绕回到这个话题上来。当然，最后也没有达成共识。在这件事情上，我妈比较柔性，等我晓之以理，虽然她并不赞同，但也会觉得我自有我的道理，会产生一种"我不再管了"的态度；而我爸则是，"我只是暂时不管"，再忍忍你—— 大概等我30岁，还给出同样的答案和同样被动的态度时，他就要爆发了。

关于单身这件事，我过个几年就会写一下，从20岁到27岁，写了也得有三四篇了。状态还是那个状态，心态发生了些许变化。我还记得大学的时候写过一篇《给你的，先生》，刚刚去QQ空间翻了一遍，虽然有点毛骨悚然（肉麻，因此加密了），倒也还是为那时的天真和真诚感动。（我就是经常被自己感动，怎么了！）后来也曾主动地去寻找，但尴尬比收获要多。又看到冰心说给铁凝的话：你不要找，你要等。就想着，好吧，那我也来等吧。铁凝等到了50多岁，我又怕个什么呢？

除了辛波丝卡所说的"瞬间迸发的热情"，我大概不会接受任何其他亲密关系的建立方式。在我看来，日久生情是可怕的，它拆散了很多天生一对的人，等他们再相识时，已经是"时机不对"。如果这两个契合的人都有道德心和责任感，便会心照不宣地选择放弃，桥归桥、路归路地走完遗憾的一生。我也曾因为日渐的相处对某些男生产生好感，但收获的温情而非激情让我保持警惕—— 这不是我想要的感情。我总是觉得，在明明知道不是自己理想型的情况下产生感情，是对自我凡俗一面的妥协。这样的感情不具有唯一性。换一个环境，再跟另外一些人相处相处，这样的好感还会再有。那么，就因为出场顺序的不同，选择了先出现的而不选择后出现的，并做好相伴一生的打算，是不是有一点随便呢？也是不是会经不起考验呢？只有天生一对的感情，才是刀枪不入的啊。

现在有很多亲子类的节目，面对一个亲密的家庭，我总是有很多疑惑。当然，我曾经扮演过孩子的角色，成长在一个家庭里。但小时候的亲密感觉已经差不多忘干净了，现在更多是一个脱离了家庭的个体，身体和想法上的双重脱离，留下的更多是对家庭的感恩和责任。我想不出我像节目中那些一家人一起认真生活的样子，尤其是和小孩子相处：喂饭，换衣服换尿布，天天围着他们转。多无聊啊。就因为一种明了的血缘关系（假如你不知道彼此有血缘关系，与陌生人也无异），一种契约性的夫妻关系（离了婚不撕破脸就不错了），人和人之间就结成了联盟，关系变得大不相同了。在一大群人中，你明显能感受到他们对于彼此的私心。而这种私心又是牺牲性质的，为了对方甘愿放弃自己的某些理想，或者性格中某些尖锐的部分。我知道这是人之常情，但是有些时候作为旁观者，我不能理解。（写到这儿，会不会有人怀疑我是机器人？会不会有人说，等你有了家庭你就明白了？或许吧。）

我更喜欢过罗杰·弗莱所说的"想象的生活"，而非"现实的生活"，也就是更重视所谓的精神生活吧。现实中的很多事情都让我感到厌倦：从来不喜欢做饭，从来不喜欢做家务，洗漱收拾飞快，觅食吃饭飞快。因为这些事情浪费时间又没有成长意义。我是一个实用主义的人，花费时间总是想要得到点什么（除了拖延症作祟的浪费时间，尽管经常有这种情况）。所以，那些跟我说找伴侣只谈"生活"，不谈"思想"的，根本不知道我想要的并非"生活"，当然，也不能理解我的这种想法。所以聊得来非常重要，那样即便是生活，也会充满思想。

但是，我依旧害怕生活的琐碎对思想交流的侵蚀。我们讨论着什么款式的围巾好看，家里的醋又没了，回家要带什么年货。这些事情我一个人的时候也会做，但是两个人商量着来就有一点不可思议，仿佛给人看到了自己苟且的一面。有时我也感觉这些想法不能理解，会嘲笑自己说："以为你是仙女，不食人间烟火吗？你这样会被人类群起而攻之的。"但是很无奈，我就是这样想的，不知道这是不是单身太久导致的神经症。当然，我更害怕的是陷入深爱导致的自我丧失，丧失理性，以及对情绪的控制。所以由此说来，我对所有的亲密关系都有疑虑，认为它会侵蚀我的思想性和独立性。所以，大概只有在一份感情让我情不自禁地时候，才会让我丢掉所有的疑虑。

　　由此看来，在独孤终老的道路上，我前途光明。不过，我虽知那样苦，却对如此过完一生的人有说不完的佩服，简·奥斯汀、艾米丽·迪金森、康德等，摒除了世俗欢乐的成分，他们靠对精神的信仰度过了一生，他们的人生本就伟大，因悲壮更加伟大。可能我内心也是向往悲壮的吧，如果不能以激烈的方式悲壮，那么似乎克制地活一生也是悲壮的选择。这可能是一种受虐倾向吧。

2017 年 10 月

婚礼的尴尬

我大学共有 5 个室友，在刚刚过去的 2016 年，3 个结婚，1 个订婚，只剩下我和死党—— 两个万年都没有动静的。所以，也不知道是因为我俩观念和处境相同而成了死党，又或者是因为成了死党而有了相似的观念和处境。当然当然，我们都是直的，我仍然像以前一样热爱男人，另一个也因男性缺失而变成了 BL 漫画的狂热粉。而那 3 个结婚的女子，在 8 月、9 月、10 月，嘭嘭嘭地连续发射出去了。订婚的那位，大概是在 8 月那场婚礼上接到手捧花而受到了鼓励，当时还没有男朋友，但 9 月份就和男朋友见家长，12 月份便订婚了，兵贵神速！—— 我要是能有这样的效率，我妈大概会很欣慰吧。

在参加了多次婚礼后，我发现自己对中国常见的婚礼并不喜爱（强调"中国"，并不是因为我喜欢西式婚礼，而是因为我没有参加过西式的，没有发言权）。比如婚礼前接亲的环节。女孩子穿着婚纱或者中式礼服，坐在床上等待新郎。坐在床上这个设定我是很不待见的。为什么是卧室而不是客厅？坐床而不是沙发？就好像女性成家之后，主要的内容就是要围着床转—— 在床上满足丈夫的生理需求，在床上完成传宗接代的使命。她将腿藏进礼服的裙摆中，像一只羔羊一样卧在床中央（并不能将腿脚耷拉在床边上），仿佛完成了床上的使命，就可以不用像一个健全的人一样独立行走和生活了似的。这让我想起了路易十五的皇后。她嫁给国王后，在十年的时间里连续生了 10 个孩子。正是因为厌倦了被困在床上的生活，她拒绝和国王亲热，以至于国王开启了自己的桃色时代。

但是传统的方式已经不适合新时代的情况了。这种接亲前的仪式，若还有适应性，顶多是适合非常年轻的小媳妇，结了婚也是以家庭和男人为重心的，即，在婚姻中也出于被动的状态。很难想象，一个三十多岁的女性，或者是一个事业有成的女性，比如说她是公司的总裁，或者大学的教授，坐在床上乖巧而娇羞地等待丈夫的到来—— 想想都有点瘆得慌。

最尴尬的是典礼的仪式。并不是所有的人都善于在众人面前表达，很多夫妻在典礼上的样子都有点滑稽（反正我应该会很滑稽）。两人说出爱的告白，双方父母再夸赞一下未来儿媳或女婿的长处。有人会觉得，既然要结婚，肯定很相爱，表达一下怎么会尴尬呢？但我窃以为，相爱和表演相爱是两回事。就像拍激情戏的时候演员压根没快感（怎样！我就是知道！）。典礼最本质上是一种对众人的表演。而明明知道是表演，最后却也会因为此情此景而恸哭不已。反正我参加过的婚礼男女双方都哭得稀里哗啦。除此之外，最讨厌的是要听主持人的白痴旁白和提的问题了。比如：

"如果说爱情是美丽的鲜花，那么婚姻则是甜蜜的果实；如果说爱情是初春的小雨，那么婚姻便是雨后灿烂的阳光。在这样一个美妙的季节里，一对真心相恋的爱人，从相识、相知到相恋，走过了一段浪漫的爱的旅程……"

"今天，是他们人生的转折点和里程碑，让我们用热烈的掌声祝贺他们吧。两人手挽着手走上礼台，这一刻是一幅两个人共同撑起的一方天空的风景，像两棵依偎的大树，枝叶在蓝天下共同盛放，树根在地底下相互盘缠。风也罢，雨也罢，每一刻都如此的美好，每一刻都是一首动人的情诗，每一刻都值得用所有的时光去回味……"

感觉就算再可歌可泣的爱情，都要被这些陈词滥调弄得俗不可耐了。还有最后那改口，"爸爸""妈妈"一定要喊上 3 遍，"这个声音有点小，没听见""看来妈妈还没满意，再来一遍"，我真想说，来你妈个腿，刚才已经是最大声了，我都替新人和公婆着急。

当然，我参加的已经是最简化最普遍的婚礼了。有些地方有陋习的，比如女性穿的像个金山，还有各种闹伴娘和闹洞房的习俗，估计我会更讨厌。但是，李安在拍完《喜宴》后说的一句话我很赞同：喜宴的形式虽然荒诞，但表达出的感情却是真的。

在我看来，一袭绝美的婚纱，一句简简单单的"I Do"，一场普通的宴请，就已经是很好的形式了。我坚定地反对之后我的婚礼以惯常的方式举行。否则我宁愿不举行婚礼——虽然我的担忧真有点远。我跟我妈商量：我以后旅行结婚可不可以啊？我妈说：你不办典礼，怎么收回这么多年的份子钱？

2017 年 1 月

谈谈情商的问题

我妈总是认为我情商低，认为我所感受到的不幸福皆来源于此。

小的时候，她就说我"du"，因为总是不喜欢在亲戚家住，也不喜欢和亲戚家的同龄小朋友玩。那时候，我以为是"毒"字，脑海里就浮现"最毒妇人心"几个大字，继而心里委屈得很，不就是不喜欢一起玩吗，至于给我扣这么大顶帽子吗？后来才知道是"独"字。但我觉得这种评价是有失公道的。我确实不喜欢跟表妹们一起玩，但我并不讨厌她们，只是性格太不一样了。我说话做事都飞快，并且生平最讨厌做的事情之一就是等人。而我的表妹是非常非常"肉"的人（三个表妹皆如此，"肉"就是慢的意思，虽然，她们确实也都是小胖子……），光听她们讲话，那缓慢的语速就已经让我抓狂，怎么能够好好玩耍呢？

但班上很多女同学都是喜欢跟我一起玩的，每周六周日我们家就是游乐场，经常搞得鸡飞狗跳，化妆大会啊拜个把子啊。我朋友众多，一呼百应。但我妈还是会说我"独"。现在想来，她这么说，大抵是因为我并不跟她的娘家人亲近，因而失望吧。

近些年来，我觉得忽视了跟我妈之间的感情建设，因而跟她聊天多一些，包括我的不开心，以及对怪现象的真实看法，然后表明自己不要同流合污的决心。我妈就说：哦，整个社会就容不下你啦？人家都说了，光智商高不行，情商高才是第一位的。她所说的"情商高"，其实就是"会来事"。我们家的人都老实巴交，没有会来事的。但我妈心底是羡慕会来事的人的，觉得那样的人会在世俗的世界里如鱼得水，然后得到物质上的报偿。他们那一代人过了太多苦日子，总觉得物质富足就足够幸福。有时候我不知人生的动力在哪里。我妈就担心我想得太多，告诉我人生的理想就应该是：钱足够多，想买点啥就买点啥呀，买个房子，买个小汽车……

我说："你给我姥姥烧纸钱的时候就是这么说的。"

后来交流多了，才发现这种交流其实是无效的。父母的思想已经固化，说这些只能让他们徒增烦恼，而可怜天下父母心，我每次说不开心的事情在他们心里都会放大。有时候避免他们太担心我，我会将写的那些别人看了都会哈哈大笑的文章发给他们看。但我妈看了之后，反而更忧郁，因为不管我是不是说反话，只要里面有一个负面的词汇，她都会觉得我不开心（就是开心也是装出来的），而且也不认为我强大到可以独自面对这些不开心，所以也总想让我赶紧谈恋爱，有人照顾我。我反而是很忧虑她这种杞人忧天的态度。我们两个，就在彼此互不理解的立场中为对方提心吊胆。

一贯的风格，我又跑题了。来说情商吧。

我跟我妈也说了，我不知道自己情商算不算高，但也没到低下的程度。因为情商绝对不等同于"会来事"，将"会来事"等同于"情商"，是对情商这个词的侮辱。我去网上查了查，情商分为5个方面：了解自身情绪、管理情绪、自我激励、识别他人情绪、处理人际关系。我只承认，在"管理情绪"方面，我有时做得不好，情绪波动大的时候，总是会扰乱我的理性。而"处理人际关系"，那得分情况。我看得起的人，尊重的人，才值得我用心去处理；那些我不喜欢的人也非要让我笑脸相迎，支出庞大的时间与其周旋，那是降低我的人格，也是对我尊敬的人的一种不负责任。人不可以有傲气，但不可以无傲骨。从这一点来说，我承认自己是挺傲的。在这个世界上，我打心眼里尊敬的人并不多，打心眼里讨厌的人倒是好几打（我爸对此的评价总是：你不喜欢人家，人家还不喜欢你呢！我的回答总是：正好！省得引起误会。）而这种讨厌又不能直接告诉对方，因为人性如此，大多数人听到对自己不好的话，往往不先从自身反思，是不是自己真的有这个毛病，第一反应就是要记恨你。跟同学聊到奇奇怪怪的人的时候，最后总是会总结道：为什么世界上总是有这么多奇葩？其实我们才是他们眼中的奇葩……

我自己的局限是，一方面，知道人的价值要来源于自己对理想的坚持，他人都是地狱；另一方面，又有欲望想让自己的价值有旁证，不自觉地要寻求他人的认可，甚至会为此感到困扰。从还没有反思能力的时候就一直受这种熏陶，到现在亦没有办法完全克服。不过时间可以减退这种欲望，现在已经比以前进步很多了。

由此，对于我的评价，也总是分为两个极端。关系好的人，会认为我很有趣很可爱（有一次，一个同学说：要是世界上的人都跟你一样就好了。哎哟喂，我要感动得哭死了）；另外一些人就说, 感觉太厉害, 缺少亲和力, 让人不敢接近。我是将世界上的人分为3种的: 一种是我喜欢的人, 善良, 真诚, 或者价值观类似, 我愿意去经营好我们的关系, 也愿意尽我所能去帮助或互相帮助; 一种是路人, 谈不上喜欢, 但也不能说人家是坏人, 尽管是利己主义者犬儒主义者, 至少没有去害人, 各回各家各找各妈吧; 另外一种是讨厌的人, 要保持距离, 甚至划清界限。我现在学的是有点"聪明"了, 不会直接跟对方冲突, 但也要暗暗地表明自己并不喜欢对方, "少来招惹我"的这种立场。

我当然希望自己生活得舒坦。但亲爱的妈妈, 我若变成"情商高"的人, 亦不会开心的。天生不是那样的种子。我可以忍受自己不成功, 但不能忍受自己不成长, 反而倒退去了。

2016 年 1 月

憋

一

  我盯着打开着的 word 文档，憋不出来一个字。（咦，这个"憋"字是不是用错了，都是憋回去，哪有憋出来？但是愚蠢的人类一直都是这样使用这个字的，我不是不是人，所以我要这么用。）

  窗外操场上的 KTV 版毕业生音乐会都已经散场了，可我还是没想到要写点什么。对于这一周的生活，就这么无话可说吗？或是苦不堪言，还是笑而不语？每当遇到这样的瓶颈期、生理期、更年期，我就想要逃避，躲到梦里，钻到电影里，沉浸到满足自己各个低级的欲望里——想到这儿，我愤恨地把第四包卫龙辣条塞进嘴巴，像大力水手吃菠菜一样起劲，全然不顾一周未愈且还在继续扩张的口腔溃疡。我的生活就剩这么点刺激了，辣条辣条，芝麻开门！

  从头到脚开始盘剥自己，如此有历史积淀的一个人，总得蒙上点蛛丝马迹吧，快让我明察秋毫，制造一起惊天大案。可是脑袋里空空如也，脑汁绞尽，仅有的营养也给了头发，所以它们长势喜人，而我日渐衰颓；眼睛里定是藏满了故事吧？可是照照镜子，目光涣散，精神松弛，出了校门就会被拐卖妇女的送进深山老林，从此天地不灵；你嘴巴不是挺能说的？可是它今天一张开就直流口水，或是见了帅哥，或是见了吃的。既然帅哥不会喜欢流着哈喇子的智障妇女，嘴巴也只能从卫龙辣条里寻找安慰。

  再往下，心！你一定是个有心人，并且是闪闪的红心，学名叫作赤子之心的那个东西。所以它一定可以好好挖一挖，认真写一写的。你看它的质地是如何优良，内容是如何丰富，结构是多么合理，如此珍贵，所以才会在条条肋骨的保护下生长——但是等等，怎么回事，它的眼睛呢？这么好的一颗心，怎么会是盲目的，怎么会缺心眼呢？它本来不应该是颗心眼多得像个筛子一样的心吗？缺了心眼，没了灵魂，实在不值得大书特书了。

  那开始搜肠刮肚吧！肚子也像脑袋一样在唱空城计——不对，它明明有呕吐物一样的未消化的辣条，还有持续形成的屎和尿！这些污物，按部就班地，心平气和地往下一个阶段

阿番，《面面相觑》，2022 年

行进，像视死如归的士兵。我阻止不了，也帮不上忙，只能眼巴巴地看着它们变得骚和臭。恶心！恶心至极！身为一个唯美主义者，我怎么可能去写这些东西？每次生完它们，我连看都不愿意多看一眼！

写腿怎么样？（身为一个矜持的传统女子，我们得忽略某些部位）好歹，好歹它们可以一会儿排成个大写的"一"字，一会儿排成个小写的"1"字（虽然它们笨重如大象，不像大雁一样自由地飞来飞去）。我盯着它们看了10秒钟，顺手从上面拔下一根汗毛。因为它还不想脱落，死拽着我的毛孔，结果挣扎成卷曲的形状。不行不行，大腿太粗，小腿皮肤又呈鱼鳞状，实在不能突出自己的女性美，罢了罢了。

脚呢！能最后抱佛脚吗！把脚丫子抬起来瞻仰一番，呵呵，脚踏实地的部分，果然最为质朴。凉鞋穿得脚面阴晴不定，恰如我的性格一般黑白分明。而大拇趾歪二脚趾长，像是说相声的，实在不可称之为不太美观，只能用最高级太不美观来形容。而脚底偶尔褪的皮，又满足了我当抠脚大汉的愿望，那又痛又痒的感觉，你有过如此丰满的精神体验吗？这是在帮助自己蜕变啊！等等，我是不是又该剪脚指甲了？

检查完一遍，彻底放心了，不仅精神空虚，肉体也是彻底没什么可写的。但感叹没什么可写，却写成了一篇文章，这又是个悖论。人生处处都是悖论，这太他妈令人忧伤了。什么都不说才是对的，我还是开启第五包辣条吧。

2015 年 5 月

写在灵感未临时

周日了，这是我必须写点什么的最后节点。

距离 10 点还有不到两个小时，那是我计划的要开始整理课堂报告的时间。作为一个正在努力要成为一个时间管理大师的人（此词在此并没有引申含义，毕竟我没有那种艳福），我准备投机取巧一下——将没有灵感这件事当成我的灵感。

实际上，我有挺多没有灵感的时候。之前写的文章，大概一半是提前有了思路，一半是打开电脑之后的即兴之作。我是一个喜欢万事有准备的人，那些即兴之作之前的状态证明了我的无能。但是，在大部分情况下，这种类似于性无能的无能还是能拯救一下：为了证明自己还行，我使劲地搓啊搓撸啊撸，最后终于撸射了，白花花的灵感喷涌而来，刚开始的焦虑又瞬间变成了扬扬自得——老娘还是那个金枪不倒的老娘！

今天，我从 5 点多就开始撸。这一望无际的空白纸张，被我种下一些文字，然后又迅速拔掉，恢复到白茫茫的状态。然后我就开始转笔——这笔不是用来写字的，就是专门从旁边那屋拿来转的，毕竟码字用不着笔。我从小学掌握了这项技能，如此算下来，也是专业转笔 20 年了。刚开始是为了潇洒，到了如今，这却成了我最不潇洒的一面——焦虑，的代名词。

我求学生涯最焦虑的时候大概是在高一，所以笔转得也非常频繁，以至于班主任都看不下去了。他在上课的时候点我的名：王家欢，请用你的左手拿笔。可是他不知道，正确的说法应该是"请用你的脚趾拿笔"或者"请把笔戳进你的鼻孔里"，因为我左手转笔也贼溜。我要是两只手一起拿笔，转起来的风火轮便可以召唤哪吒。不过，这只是一种表演，并不是我焦虑时的表现，毕竟两只手都在转笔还是挺消耗注意力的。

我转了半天也没转出个所以然来，开始借酸奶浇愁，连干了 3 瓶。伊利优酸乳的广告词是"我要我的滋味"，然而我现在心里不是滋味。可是，茶不能给我灵感，咖啡不能，酸奶也不能。我以为甜的东西能使我的肾上腺素升上来，但事实证明这种以为是错的以为。你或许觉得酒可以给我灵感,但它除了让我心跳过速和酒精中毒以外,并没有别的功效(酒后乱性?我可想得美,我只能酒后乱吐)。

时间很快就到了7点。我撸了两个小时没结果,可能我的确是干涸了。我决定不再死磕,先去澡堂洗个澡—— 拒绝干涸的有效方法,或许是让脑子进点水。我打包好洗漱用品和衣物,披上羽绒服,走进了美院入夜的寒风里。

我最近又恢复了用梳子梳头的习惯。我已经好多年不留长发了,梳子自然也没有了用处。但我一心理系毕业的朋友跟我分享的案例令我心头一惊:她的一个同学(三十多岁)出现了额叶认知障碍的状况,基本上和老年痴呆差不多。哦,我觉得我也快痴呆了,一定是大脑没有得到充分的刺激。于是,洗头的时候我拼命地挠它—— 毕竟,这是唯一的合法的挠头的契机,其他时候挠,不是挠出头皮屑,就是挠出一手油。我还听说,古代的寿者为什么不痴呆?因为他们头发长,每天要梳好一会儿。所以为了健康,请多多梳头—— 跟梳掉头发变秃相比,还是痴呆比较严重。

当然,我来到澡堂,不仅因为它是一个可以合法挠头的场所,也不仅是因为它是可以让脑子进水的场所,还因为它是一个可以召唤灵感的、可以引发思考的理想之地。我从来都以为,身体的舒适程度和脑子的活动有着莫大的关联。去除了衣物的束缚,再加上适合的温度,身体达到了某种程度的解放(请不要联想一个30岁老女人的下垂裸体);整日陷在各种光怪陆离的表象中的眼睛,在朦胧的雾气+500度近视的环境中削弱了其功能性,被削减的部分则转化成了能量,以供头脑思索。—— 我就是在瞎着眼睛的挠头搓身中想出这个主题的。

走出浴室的时候,我已经气定神闲了—— 老娘还是那个金枪不倒的老娘!

2020年11月

灯

一

我住的研究生宿舍原本是教师公寓,有厨房。不过成为研究生宿舍后厨房就失去了原本的功能,我把它改造成了学习间。

但是不管是厨房还是学习间,天花板上的灯泡(谁能想到,"天花板上"竟是"天花板下")都太暗了,大概只有一个台灯的亮度,完全不足以支撑整个房间的照明。我去买了个亮点儿的,踩着椅子换上去。

在一些相亲节目里,劝女生找对象的理由总有这一点:家里要有个男人,搬搬东西换换灯泡什么的。搬搬东西我可以理解,毕竟这是体力活,但是换灯泡为什么非要是男人?这几乎不需要付出体力,也不是一件技术活。并且即便男性身高有优势,他也摸不到天花板,还不是一样要踩凳子。我唯一能想到的理由是:如果忘了关开关,换灯泡可能被电死。要电就电家里的顶梁柱。

不过实际上,换灯泡经常是不关开关的,这样才能直接测试出新灯泡到底亮不亮。安上后再开灯,多一道程序还是次要的,主要是没有了"到底拧到什么程度它才会闪亮登场"的那种不确定的惊喜感。尤其是,当有一屋子的人都在仰望着你换灯泡,等待那个突然光明的时刻时,换灯泡的人俨然成了盗火的普罗米修斯,众人在暗夜中的双双眼睛,都在等着被点亮—— 黑夜给了我黑色的眼睛,我却用它等待你换灯泡。

我换这个灯泡的时候,还是把开关给关了。怕被电死是一回事;二是没有人观看,没有表现的空间,无须怀有英雄情怀;三是作为换灯泡的人,离灯这么近,会闪瞎我的。我已经够瞎了。

现在的灯泡,好像可以长久地用下去。但是在我的记忆里,总是会有灯泡催了(河北方言,钨丝断了的意思)的场景。大概是因为小时候用的那种发黄色光的灯,质量不是太好。常常是通电的钨丝痉挛几下,弱弱的光线勾勒一下它闪电般的纹路,随后永久熄灭。后来流行节能灯之后,这种场景便很少有了。即便是灯泡催掉,也是干脆利落地熄灭,不再有吞到嘴里便拿不出来的那种灯泡的戏剧性挣扎。

如今，用于大范围照明的灯大部分都是白炽灯。不过，谈及台灯时，我更喜欢黄色的光。可能还不是因为它颜色温暖，而是因为它更属于黑夜。萤火虫、蜡烛、篝火，前电器时代的夜光总是黄色的。我是喜欢黑夜吗？并不是，我只是喜欢有光的黑夜，哪怕它只是点点星光。无边的黑夜让人迷失，花花的世界也让人迷失，而黑暗中浮起的光明锚定了目光的重心，这强烈的刺点让人安心且坚定。当我们开启他者视角，观看台灯下的自己时，这景象使人安宁，那角落仿佛一座港湾。

假如我是宿舍睡得最晚的那个，关灯就由我来负责。我的床离电灯开关最远，这意味着我要摸黑走到床前。这几米的路程中间有 3 把椅子，1 张桌子，还有地上的 1 个插线板。尽管每次关灯之前我都会定睛一看，记忆一下它们的位置，但我的身体知觉并不那么相信眼睛，我还是不能走得十分坦然。双手探路倒是不至于，但姿态的鬼鬼祟祟还是有的。

尽管是住在如此局促的宿舍，我依旧买了 3 盏台灯：一盏放在学习间，一盏摆在梳妆台，一盏夹在床头上。再加上宿舍里的照明灯：寝室里的大灯，客厅、厕所、学习间里的灯，一共有 7 个开关可供我支配（阳台上还有一个灯，但晚上又不出去晾衣服，所以基本不用）。所以，我待在宿舍的时间线，随着我位置的移动，被电灯的开开关关所切割。那些被切割的节点，由于没有灯光的衔接，是暗下去的。

我有时候会到操场夜跑。其实宿舍前面就有一块运动区域，只是由于没有路灯，到了晚上便黑灯瞎火的，成为整所学校的黑洞区域。操场在南区，其南侧的路灯格外明亮，将周围的柳树叶子都照得鲜绿鲜绿的。在跑道南侧拐角处的空地上，常常有人借光打羽毛球。但是，这场地究竟是有些狭小，他们便经常侵占一些跑道的位置。身为一个经常沿着最外圈跑的人，他们的侵占削掉了我柔和路径的一个角，减少了我跑一圈本应达到的距离。我对这并非计划中的事情稍微有些不满。但是想到人家会有"里面有这么多圈你非要跑最外圈难道不是找碴儿吗？"这种说辞（尽管这并不能当作侵占跑道的理由），我似乎也不应该那么针锋相对。

这大概就是我和这所学校的灯光的关系。央美虽然网费收的贵到令人发指，开灯却不要钱。当然，我依旧希望反过来，因为在很多宿舍里，除了寝室晚上关灯，其他房间一直都是灯火通明，着实有些浪费。

2021 年 5 月

孤独患者的
颅内低潮

第二篇

次次别离

美院那个喊"物业静楼"的小帅哥不见了。

那大概是美院颜值最高的物业人员，其他的都是大叔或者大爷，又或者看上去是大叔或者大爷。那时我跟师姐经常很晚回去，小年轻就会扫荡整个美院，看看哪个工作室的灯亮着，就 knock knock，说出"物业静楼"四个大字——这大概跟古代更夫说"天干物燥，小心火烛"是一个意思。如果我们还不走，就要在他随身带的本子上登记一下，表明我们挑灯夜读的决心。他不像那些大叔大爷一样有着执行公务的冷漠，而是面带微笑，眼睛里放着光，很认真地看着你。我挺喜欢这种态度，感觉像一个邻家小弟弟。有一次我签名的时候，他竟然夸我的武大郎大拇指可爱。这个举动让师姐怀疑他对我有着特别的感情，搞得每次他再来静楼，都是师姐出门签名去。

后来他就不见。怎么也不打一声小小的招呼？

三个月内连丢两辆自行车。

第一辆自行车丢的也实在是奇葩，停在路边都能被政府拉走，这种事大概只会出现在人口拥挤、单车泛滥的五道口了。因为那辆车是别人送我的，加上年代久远不好骑，再加上全车上下除了骨架子没换过其他全换过不止一遍，我就不想要它了，就当砸锅卖铁给政府，体验一把大跃进。但是新自行车丢的真是辛酸。对于自己的东西，总是遵循着破窗原则——好的时候一点也不能损坏，但凡出现不完美且无法修复，就让它破罐子破摔了。新车铃铛被风摔坏了，立马重新换一个；车后灯的螺丝松了，让修车师傅给拧一拧；充完气忘了盖上气门塞，骑十几分钟车回去，把气门塞找到再盖上。我对待它简直就跟对待孩子一样。可谁曾想到，这都是给他人作嫁衣。

早上 9 点进地铁，1 点钟出来，自行车就不见了。怎么也不打一声小小的招呼？

我总觉得，什么人，什么物，离开我的时候，要有一点征兆。因为或多或少，我都有感情和记忆寄存在你那里，总得给我一点交代和安慰。比如头一天晚上做了一个不妙的梦，比如

阿番，《雨中曲》，2022 年

这些事物离开时反复在眼前晃悠。可是天晓得，每当我丢失东西的时候，它们绝情如此，一点线索也不给我留下，只等我把脑袋拍肿把肠子悔青。被猛浇冷水的感觉是非常不爽的（虽然天上猛掉馅饼是一件爽快事情）。人无力感的源头也就在于，我们除了把握自己之外，其他什么事也做不了——能把握好自己，也已经是着实不易了。对于别人，我们不敢说把握，光是猜对一点小小的心思就善莫大焉；对于别物，别看它是死的，照样不受你控制，搬起石头砸了自己的脚、引火却烧身，这些事情还少吗？

但是曾经的我不愿意面对现实。不管他人他物如何绝情，我总愿意做到仁至义尽——我总是在别离时举行仪式。比如大学时在画室养的鱼，因有微震半夜跳水跳死了，我就把它们埋到了艺术楼前的牡丹花下（想着让它们做鬼也风流）；比如每次跟别人结束聊天时，我一定要明确地告诉对方对话已结束，老娘要去忙别的了；比如讨厌哪个人，我就一定要让对方知道，我跟他已经绝交了才行。

这个习惯，在大学毕业的时候慢慢消失。离开本科校园时，我想要跟附近小吃街里所有经常光顾的店家说：我要毕业啦，以后可能不会再来吃啦。但是思来想去，一个告别仪式也没有举行，只是吃完后在心里默念着，这大概是最后一次在这里吃东西了吧，然后在别人毫不知情的情况下，含情脉脉地吃完这顿饭。

没有付诸行动，不过是重新打量了自己一下：你是谁？

千千万万个顾客中的一个，本来就该消失在茫茫人海中的一个。在唯物论和唯心论之间，我们总要选一个平衡点——看到自己，也看到别人，然后斟酌二者的分量。韩寒的 APP 是要说明"一个"有多重要，可是有时"一个"又是多么不重要。人们看重的只是"一个"身上的附属品——或者，我揣测人们看重的只是附属品，在没有收到任何感情回报证据的情况下，我们只能这样揣测，然后把自己的思想感情压入井底，才能不陷入被动，是那句"谁要是认真就输了"，是那句"动什么别动感情"。

2015 年 2 月

散心

　　或由于孤寂，或由于落寞，我的心总会潮湿和阴暗，时不时冒出苔藓。这时候需要去有光有风的地方，驱驱心上发霉的味道。我以为这是"散心"一词的正解。就像于秀华的诗句那样："阳光好的时候就把自己放进去，像放一块陈皮 | 茶叶轮换着喝：菊花，茉莉，玫瑰，柠檬 | 这些美好的事物仿佛把我往春天的路上带。"

　　我确实是一个容易感到孤单的人，以前很多朋友都在身边，所以不觉得。现在一个人居住，一个人学习，一个吃饭—— 当然，我也可以约别人，但是，总觉得自己是多余的，怕打搅了别人安排好了的生活，也同样厌倦约会前后的准备和收尾的工作。不过当然，这样的生活也有很多好处。我想多晚睡觉就多晚睡觉，随便在宿舍听歌拉琴玩跳舞毯；我想学习了就学习，不想学习了就玩，不用迁就别人的时间；我想什么时候吃饭就……

　　好吧，最后一条，我承认自己是不喜欢一个人吃饭的。除却给人留下"孤傲到没朋友"的印象之外，因为没有秀色可餐，所以吃饭很乏味。我总是狼吞虎咽，两口并作一口吃。不过虽然不喜欢吃独食的过程，却最享受吃完饭后慢慢消化的时光。因为在这些特别的时刻里，不能动脑筋，不能做运动，还不能立马睡觉，我可以心安理得地给自己留一段空白的散心时间。

　　绝大多数时候，我都会选择揣上音乐，信马由缰地在园子里闲逛。以前在师大读书的时候也是这样，几乎走遍了学校所有的小路。我惊喜于建筑师和园丁们对于边边角角的匠心，也感动于不经意间发现的其他人鲜活存在的痕迹。这些都是想象力放飞的地方，而我是一个需用故事来填满生活的人。但是清华园太大了。大到只能用粗糙的车轮匆匆碾过，大到没有人能理清她的来龙去脉，大到人们无法洞察她所有的真相。很多美丽的角落被废弃着，隐匿在悄无声息之中。

　　大也有大的好处。我不会厌倦，不用担心在 3 年的时光内穷尽它。随时出走，都有可能被惊喜撞个满怀。

因为园子太大，有时候我会骑单车。西门附近的景色是好的，荷塘、大礼堂、清华学堂、二校门。可是，像荷塘和二校门这些地方，很难让人深入情境。因为总是人来人往，你的角色仿佛也只是游客，适合做的事情便是微笑，剪刀手，咔嚓嚓地拍照留念。太多人在这里留下痕迹，便再也嗅不出独特的气味。而这些建筑，也仿佛铁面无情，不管你们如何热闹地存在，如何与它们亲昵，始终不动声色地屹立着。它们不属于你，你也不属于它们，只是一个遥遥相望的关系，没有办法再进一步了。

不过，晚上的它们是可爱的，卸下了威严，变得无限温柔，喧闹都是温柔的。白天里的很多斤斤计较，到了夜晚都可以被宽恕。夏天的夜晚，我喜欢到荷塘边上坐一会儿，运气好，还可以在小山坡上看见萤火虫。经常会有附近的大人小孩，拿着手电筒到荷塘里捞小鱼。手电筒的灯光影影绰绰，人们交谈的声音窸窸窣窣，荷塘的月色也透过垂柳的枝丫，轻轻飘飘地漫下来。

晚上还有一个好去处，那就是照澜院。那里的平房大都很破败，小卖部、理发馆和洗衣房也都是 20 世纪 80 年代的样子。路都是石灰板铺成的小巷，窄小而密集，仿佛北京胡同的缩影。我喜欢和着昏暗的橘色灯光，骑车在这些小巷间穿梭。有的路走得通，有的路走不通，不过都没有关系，反正是误入藕花深处的欢喜感觉，再怎么样也不会迷路。有一片区域宽松而有秩序，古老的小洋楼，房前屋后种树栽花的景象，但好像很少有人住。这些是清华老教授们的房子吗？我总是在想：经过的哪一栋是高晓松在节目里说的，他那生长着茂盛玉兰花的家呢？

大多数情况下，我还是喜欢步行。很多林子和草坪上的小路，以及台级上的风景，骑车是很难抵达的。可能在别人眼中，这些都不算风景。比如丁香园前面开辟的一小块种着韭菜的田地（厨师所为？），比如一段斑驳褪色的水泥河岸，比如一扇再也打不开的大门。这些都好像我的小秘密一般，从此它们有了灵性，见了我都要跟我吐露絮语。因为好像，全世界只有我们可以彼此欣赏似的。

前些日子一个师姐带我去了她的秘密花园。我羞愧于自己没有发现的眼睛。因为我经过了太多次那个地方，都不晓得要停下来，迈开步子上去看一看。从外面看，那里好像完全无法容纳这样一方天地。然而它就是存在着，像个世外桃源一般存在着，没有什么人去，偶尔有几个工人把自行车停在附近，或者，因为别的地方吵，有的学生跑到这里来打电话。我跟师姐一样，真心爱死了这里。因为这里的水声很好听，而石头们也成长了千万年，它们什么事情没见过，什么事情不知道。所以你不用说什么，它们都明了你的心事。师姐说，这是她考验男生的地方，要是心仪的男生对这个地方没感觉，那就跟他拜拜啦。

这就是我与自己和解的最重要的方式。每每散心回来，什么愁云惨雾都没有了，继续投入到每一个具体的情境之中。仿佛生活本来就是如此美好的。

2015 年 4 月

痛感

————

脚踝发痒，用右手去挠，竟然给抓破了。用手将那层皮给撕了下来，它的形状像一块刚掏出来的完整耳屎。用台灯照照，还有纹路。蝉翼一般的我的皮囊。

这里不会流血。使劲儿挤才会有血珠冒出来。有点疼，将手指肚按在伤口上，方有了一点痛快的感觉。对，就是这个词，痛快。痛却有点畅快，好像期待着点什么似的。感觉手上的细菌迅速地进入伤口，继而在身体蔓延，然后整个人状如死灰，迅速地腐朽。

胡扯。怎么可能。扎在手心里的铅笔印子，7 年了还没有化掉，像个琥珀一样停留在掌纹的千沟万壑之中，提醒着自己曾经是多么疏忽。血液的搬运和融合的能力，似乎没有想象中那么厉害，而人类也绝对比假设中的坚强。不等怎么样，伤口就迅速地结痂了。否则就算手贱如我，一次次地将痂揭掉，体会那痂肉剥离的快感，欣赏那血淋淋的现实，但稍不注意，它就快速地愈合了。

心痛是更刺激的。

它植根到了灵魂里面。有时不知哪里受了毒害，无法对症下药，只觉胸口隐隐作痛。又有时，我甚至沉湎于这种心痛的刺激，不愿意走出来。于是这痛感越渲染越深刻，一梦一醒都是恍惚，一张一弛都是惊厥。

可是，只要不死，所有伤痛都不会是不朽的。或者被时间移除，或者被新的伤痛代替。放心吧，这个世界上，总有让你痛彻心扉的事情发生，若闲时间太慢，新的伤痛会接踵而来的。

心灵的伤口看不见，摸不着，可是就是这些伤口，塑造了一个人后天性格和人格的大部分。当然，这未见得是一件坏事，在我这里，大多数时候都是一件好事，而无忧无虑也向来不是我的人生理想。在痛苦中领悟，比在快乐中虚度好太多。

除却自我伤害的可能性，不管接受者如何处理自己与伤痛的关系，这"给予"者，未免太慷慨了些。大多数人，无非是奉行"己所不欲，乐施于人"罢了。而有些时候，刀疤没割在自己身上，他恰以为是捧了束鲜花给别人，还要诧异别人为何不吝惜自己的好心。然而三人成虎，众目睽睽，总让人觉得是自身出了问题。于是做出这样的假设：假若世间的所有人都是我的摹本呢？虽然可能会有摩擦，但好歹可以运行下去。那么，世间所有人都是此类人呢？不得了，这个世界会毁灭的。遂舒一口气。

一个诗人在 30 岁的时候写道：你不能既怀疑自己，又怀疑世界。我的前 25 年用来怀疑自己了，剩下的时间，要用来审视这个世界。而年轻时受过的伤和痛，都将会是我闯荡世界的资本。

抓破了一层皮，信马由缰地想了这么多，实在是罪过。它已经不痛了。

2015 年 5 月

期待里

————

　　前段时间浸泡在宿舍里学习，身边只有非同类的活物（*我的鱼，我的花花草草*），被逼仄的空间和稀薄的空气压迫得神经紧张，翻一会儿书便要停下来忧伤一会儿。这忧伤是一个多面体，一面是为何自己不是学习的料，不能钻进去忘记自我呢？一面是这大概比坐牢更残酷吧？牢狱之灾恐怕还有狱友共甘苦。另一面是这注定是不值得期待的场所，只能和自己的天使和魔鬼发生关系，只能和自己的分身调笑与搏斗。这里没有故事。如果我想要寻死，连个拦着的人都没有——甚至，被别人发现，需要多久？

　　最近转战到图书馆来，心情恢复到正常水平。同样不怎么跟人讲话，但心情的境遇迥然不同。走路声、翻书声和敲击键盘的声音，让世界不再那么万籁俱寂，而空气是随着人们的肢体动作震颤的，它们透过毛孔渗进皮肤，与我的心跳产生共鸣。最重要的，这是一个可以期待与别人产生交集的场所。对他人意识的联想抵消了一部分自我意识，尽管绝大多数联想纯属无意义的揣测。比如，我旁边的人有没有注意到我在写东西，键盘敲得啪啪响？比如，去接水的路上遇见的同学，有没有注意到我走路的姿势，闲庭信步的样子？实际上，没有什么人注意。而且内心也明白，即便有人关注，极大数情形下也是没有意义的，就像别人闯入了你的视线一样没有意义。但是，我喜欢这种微小的积累。就好像积累多了，世界就可能会变得不一样。于是我满意这种微乎其微的相互关系，哪怕是生存在余光之中。

　　这些都是一个孤独者的精神世界。是的，我很孤独，从小就尝到了孤独的滋味，它一步步丰富着我对外界的感受。但是我并不想一味地赞美它。毕淑敏说孤独是一种兽性，蒋勋说孤独让人丰满，叔本华说孤独是获得自由与幸福的绝佳途径。他们的说法，一定程度上我都认可。可是，太多的什么都不是好的，而人只适合折中地活着，一点点的极端，一点点的歇斯底里就已足够。是的，孤独是一种兽性，可人与兽的区别在于人还是一个社会动物；孤独让人丰满，更多指的是在孤独时，对非孤独时刻的反省让人变得丰满；孤独让人获得自由与幸福，更是尝尽了人世悲欢后的自我救赎。如果这些前提条件都没有，那么孤独就是可耻的。如果孤独和热闹不能交替进行，那么孤独就是可耻的。孤独就是伟大而可耻。

张楚的歌说，这是一个恋爱的季节，孤独的人是可耻的，我大概属于此种范围。我总是思考今后要为什么活着，想来想去，最终还是爱。而这爱的成分，一半要属于爱情。大概有些人会觉得有些讽刺，一个从来没有发生过爱情的人，有什么资格去说，要为了爱情而活着？那么，原因就是那句陈词滥调：我活在对爱情的期待里，我相信它终会发生。为此我愿意去忍受这份孤独。但我并不认为，这个世界上会有两个人是最适合，排他性地只属于彼此。爱情是一种契机，只不过有的人机缘多，有的人机缘少罢了。从我的各个感官阅历中，我"认识"并爱慕过很多人，只不过天各一方，甚至时空穿梭，它们阻隔了爱情的发生。但是他们总能减轻我的孤独感，让我知道，在这个广大的时间与空间里，总漂浮着与你相似的灵魂，所以不必感到无依无靠。

而另一半的爱，大概要分给各种热爱。从一个理科生到文科生和艺术生的变化，虽是命运作弄，却也让我明白一个道理：只要努力，没有什么是学不会的，并且，还可以学得很好。好奇心从来没有受过打击，它使我更加坦然地拥抱这个世界。我热爱文学和一切艺术形式，也想到世界的各个地方去寻找内心。我不愿意去规划未来，就想活在对未知的期待里，所以当别人问到以后想要做什么，我无法给出一个明确的答案，因为任何一个答案都是对其他理想的轻视。我大概会频繁地更换职业，想到要在一棵树上吊一辈子，连当下活着的激情都没有了。如果非要选一种职业，可以选择当梦想家吗？

这样生活在期待里，似乎所有的平庸和苟且都可以忍受，它们甚至是在为未来的起飞积累本钱。假如接到神谕，人生不再有什么变数，一如现在一样朝朝暮暮暮暮朝朝，我可能会选择立马去死，重复的人生只怕会连曾经的价值都稀释掉。（截止到发稿前，作者最喜欢的死法是吃安眠药，无痛而体面。只是，真的能睡着吗？）

2015 年 6 月

柠檬切片

鱼缸的旁边，放着半颗用保鲜袋缠起来的柠檬。它圆嘟嘟的，像一个襁褓中的婴孩。要不是喂鱼，它还会安静地躺在那里。

这是大悦临走的时候给我的柠檬，泡水喝。现在她都要回来了，柠檬还是挺着个肚子，剩了一大半。开始两天切了几片，后来却总是忘记。由于最近总是连天阴雨，干涸的表面已经发霉，我把它切了下来。

可能是切的时候太过凶残，尽管戴着眼镜，还是有汁液成功躲过屏障，画着曲线钻进眼睛。我紧皱眼皮，好像眼球也有了舌头的功能，体会到了这种酸涩——可见，它的内里没有腐坏，战斗力依旧十足。

我的刀功并不是很好，因此，这切片的边缘，是一个陡坡。将其平放在桌子上，有一端还微微翘起，好像是因为痛苦而蜷曲。影子占据了那块区域的下面，却又被透过的灯光蚕食。里面的颜色，由稀释的柠檬黄，逐渐过渡为灰黑色，就像画图软件里可供选择的色彩范围一样。

用大拇指和食指将它捏起来，桌面上留下斑斑的"血迹"。抬起手来，将它放到眼前仔细端详，这两面是如此的不同。这存在已久的正面，由于水分的蒸发，早已变得坑坑洼洼，纤维的纹路清晰可见。蓝绿色的霉菌，由边缘向中心扩张，像近些日子的乌云。但在观察的时候，它们提高了警惕，按兵不动地僵住，仿佛一直是那个样子似的。可能我一转眼去做别的事情，它们就又悄悄地行动起来了。接近中心的位置，是几颗探出头来的种子。它们挣扎着要逃出图圄，可黏稠的汁液早已将种子禁锢，剥夺其寻找自由的一线生机。整个正面是死气沉沉的，柠檬的香气也由淡淡的霉味代替。

再看反面吧。干净，平滑，清新。移动你的视线，灯光甚至让它波光粼粼。饱满的果粒，你推我搡地挤着，却又互相迁就着扭曲成不同的形状。总体来说，它们就像楔形文字的笔画，

阿番,《有柠檬切片的静物》, 2022 年

将矛头指向了圆心。这面的种子，有一颗被切坏了，露出了灰色的子叶，因未成熟，所以是干瘪的。过不了多久，这一面的其他部位也将是干瘪的，我仿佛看到表面的汁液在蒸发，江上腾起了渺茫的烟雾。

春天的时候，我在透明的瓶子里种下几颗柠檬。刚开始，它们长势喜人，根越扎越深，都巴在了玻璃瓶的内壁上，形状像闪电一样。可是一个月以后，大概一直见不到阳光的缘故，它们就开始枯黄，没有一株能撑到现在。如今，瓶里的土壤被苔藓占据着，死掉的根变成铁锈的颜色。

好像所有的花花草草，我都养不活。大概它们就像我一样，适合野生吧。

后记：这算是第一次即兴写作的尝试。在动笔之前，丝毫没有想好要写些什么，感官里捕捉到什么东西，就让意识随着流泻。路子对了，就继续往前走；路子不对，就堆把土挡住去路，朝着预感的正确方向继续前行。选择写柠檬切片，只是因为这几个字看上去很美。我最想传达的，并不是写了什么东西，而是渗透在字里行间的心情。

2015 年 7 月

自我的困惑

自我好像可以无限大。

在时间和空间组成的宇宙象限里，我具有唯一性。没有人能在同一时间同一地点跟我一同出生。假使有双胞胎的姐妹，从一开始，那最接近的点开始，随着时间的流逝，我们都不可逃避地越来越远。现实距离的接近和口头语言的接触，都不能阻止这种势头。我们必然会错过别人的人生，也正是这一点，彼此的人生才得以完满。

看到了唯一性，是自我意识觉醒的开始。

从这个坐标四外望去，我就是宇宙的中心。不管往哪里移动，宇宙都跟随我移动，周围的事物都受到我的冲击。我影响了他们的生命，他们得承认这一点。另外，我知晓他们不知道的秘密，因为我拥有独一无二的视觉。这是一个惊人的发现，因为很多个体似乎都没有意识到这一点。这个发现鼓励了我，甚至让我无所不能：我要做的，就是要不断地出走，逃离自己固定的坐标，从不同的视角，甚至是攀爬到更广阔的视角来勘探和体察这个世界。

但是，沮丧也随之而来。

这个视角属于我，但也只属于我。我深刻地了解我自己，这是任何其他人都没有办法做到的事情。同时，我也局限在了我自身。我消失了，它们也会随风而去。我并不甘心，我要揭露这些秘密，我要宣扬我的感受，这是我存活过的证据。但是各种媒介只能传送少量的信息，接受和发出都遇到深刻的阻碍。我的痛苦和绝望，灵魂的不安，都被困在个体原子的铜墙铁壁里，左冲右撞也逃离不出。他们为什么这么冷血？我的挣扎他们为什么视而不见？而我想去触碰其他的灵魂，也全然无济于事。他们于我，只是一副副皮囊，上演一出出戏剧。他们只是我人生的布景吧？这是上天撒的弥天大谎，对此，我必须保持高度警惕，连父母和亲朋好友都是一种渗透，为了迷乱我的心智，为了让我在这世间认真苟活。或许这个世界上，也本只有我一个孤零零的、活生生的存在。

自我大到这样的程度，我的眼里便只有自己了。它催生了无可救药的孤独感。然而，每到此时，思想的天平又会滑到另外一个极端——自我原是微乎其微的。

天之骄子对吗？无所不能是吗？宇宙中心对吗？可是，高烧不退的时候，声音嘶哑的时候，小刀划破身体血流不止的时候，心跳呼吸眨眼排泄睡觉的时候，我会发现，原来所有的不可一世和目中无人，最终也都要还原成一具平凡的肉身。这小小的脆弱的肉体，要去面对人生浩浩荡荡的局限。我只能看到有限的颜色，听得到有限的声波，闻得到可数的气味，甚至也不过喜怒哀乐几种心情，无非是交交替替，反反复复而已。而衰老和死亡又是每个人不能逃脱的宿命。太过微小了。只不过是宇宙中亿亿万万个坐标中小小的一个而已。每一个都不一样，但每一个的不一样又是一样的：我何德何能，认为自己的不一样与别人的不一样是不一样的？

这种微乎其微同样让人感到惧怕。造物主没有心思帮我打理人生，我所有的境遇都是偶然事件。没有所谓的命运，命运皆是人们按图索骥的推测。甚至不管我选择行善或者作恶，都没有冥冥中的力量来主持公道。很多善良的人都被无情地抹去，还要冠之以作恶的罪名；又有多少人为非作歹而天地不诛。这个世间没有公平，没有平等，甚至没有自由。即便人类自相残杀到毁灭，整个宇宙也是亿年如一日地静静漂浮着。这种微小和无能为力，让我不知道到底应该去哪里寻找存活的原则和证据。

或许，出口在于，人类应该忘记自我，像花花草草那样活着，按照造物主给的天赋和任务，带着与生俱来的直觉，一步步随着时间流逝，用平静来企及幸福。所有的鸡毛蒜皮都是一种考验，随遇而安大概也可以称作一种命运。我要做的，就是坦然地面对所有的困惑和不幸，不轻视自己，不怜悯自己，也不去感动自己。然而，这种想法又有可能使自己陷入对现实妥协的泥淖。但是，妥协虽然看上去并不是个好词，可它究竟好不好呢？

不管怎样，上帝也并不关心这件事情。

2015 年 8 月

提醒时间

一天一天，一年一年，这样冷冰冰的、物理性质的对于时间流逝的表达，不太能引起我对蹉跎岁月的愧疚。或许是因为麻木了，或许是因为对于个体而言，这并不是最好的划分时间的方法。

触目惊心总是发生在细节里，尤其是一些讨厌的不得不去解决的重复性的生理事务。比如，怎么又该吃饭了，怎么又想上厕所，怎么经期又来了。进而引申到，原来几个小时，一个上午，甚至一个月，已经悄无声息地过去。再继续引申就是，在这些时间里，我都干了点什么？于是捶胸顿足，悔不当初。

也会发生在蓦然回首中，追溯某项记忆开始或结束的节点。比如，虽然好像大家都没变，但怎么已经做了十几年的朋友；因考试所需要重新去做数学题，怎么连公式都不记得；初中时的学号、高中宿舍的房间号、第一个手机号，这些用来表明时空状态的编码，怎么统统都从记忆里抹去了？这些都让我感到惶恐，仿佛不知自己为何身处此处。翻阅人生流动的轨迹，改道多次，那些童年和少年，似乎跟现在的自己没有什么太大联系，记忆已经渺茫到那好像是别人的人生，甚至会去同情，会去羡慕。只是在填写履历的时候，才会想起，哦，那真的是我，原来曾经是这个样子的。也不知道是从哪时哪刻，全身的细胞改头换面了。

恍然大悟还发生在提醒时间的活动里。就我而言，练习小提琴的时候，这种体察最为深刻。由于是初学，拍子要打得慢一些。但在一些全音符和二分音符里，总是想要快。老师说要慢，于是我就等。没有多长时间，但感觉非常漫长。因为在这由音符切割的小小的时间单位里，你所有要做的事情就是等待，全部的精力都集中到对时间流逝的把握中。要等到这个拍子打完，下一个动作才可以开启。

人们可以选择在一天逛完一整个美术馆，也可以选择一天只盯着一幅画来看。临摹同样一幅作品，用的时间可以不一样。空间艺术虽然也不可避免地进入时间之维，但它们是有弹性的，可以微缩到一瞬间，也可以无限地延长。可时间艺术是多么残酷，弹完一首曲子，唱完一首歌，时间就是这么固定，没有任何商量的余地，一旦改变即是错误。沉浸在里面的状态是最好的，动作和精力皆放在全力以赴之中，此时最怕出戏，跳进时间的圈套里。极端的例子是作曲家凯奇的《4分33秒》。所有的演奏者只是静静地在台上坐着，等到4分33秒过后，钢琴家起身宣布演奏结束。在这一段时间里，钢琴家所做的事情，就是计算时间的流逝。所有的观众和演奏者，体验的都是等待里的焦灼。

生命和时间本质上是对立的，时间越长，生命越短。所以人总是要做点什么，或是身体不断运动，或是头脑不断运转，从而去忘记时间的经过，忘记自己正在逐渐衰老和迈向死亡。这样当偶尔停下来想到对时间的无能为力时，不至于太难过。然而有一些职业，其本质就是耗时间，虽然这工作总要有人来做。比如说监考老师，几个小时里，要做的事情就是踱踱步，眼睛扫一扫有没有人作弊，没有别的事情了。还比如说站岗的士兵，每天的任务就是站在那里一动不动。军训的时候，最不能忍耐的就是站军姿，宁愿踢正步走一走。因为那时候心里活动总是这样："刚开始，先咬咬牙！时间过了一半了吧？怎么还不结束？倒数开始！咦时间还没到，再数十下一定会到的，……3, 2, 1……0.9, 0.8…… 哎我说吧，十下之内果然结束了。"这个过程对我来说是非常痛苦的，所以对于常年站岗的军人，我只有敬佩。

可怕的是，还总有人要去打发时间。因为时间对于他们来说，不是太少，而是太多。要对生活多绝望，才想着要去打发时间呢？追逐它还来不及，却要赶它走，要知道，kill time 就是杀死自己啊。

不管生命短暂还是绵长，它都该是有意义的，而提醒时间就是对这件事情的反思。写到最后，竟然发现自己是个乐观主义者。

2015 年 11 月

角落

前些日子去参加一个活动，主办方是熟悉的老师和师姐。在第一回合过后的休息活动中，和师姐闲聊。师姐说："刘老师说看半天都找不到你。我说，她呀，去角落里找肯定能找到。"是的，我就坐在离嘉宾最远的角落里，各式各样的头颅使我不见其人只听其声，而背后和右边的书架又给了我归属感。然而谈话之后，我就被勒令去了第一排。

虽然骨子里的我庸俗得不像话，但却虚伪得总不想让别人猜到心思，仿佛那样整个人就变成了透明的，任谁都能忽视，也任谁都能刺透，于是总要说一些惊世骇俗的话，做一些稀奇古怪的事（当然，这些事都很小，整体来讲，我是一个良民）。可即便如此，每每必须参加活动时，我还是不想打破爱畏缩在角落里的思维定式和行为模式。我就想待在那里，谁也别看见我。别让我回答问题，更别让我讲话。

大概从小就有埋下这样的种子。幼儿时期，每当被父母训斥，就会躲到各式各样的角落里，假装离家出走。只是上学后总是被选为班干部，很多事情经常做，就以为自己擅长做（虽然打小报告这种事情，是经常做并擅长做的）。加上虚荣心作祟，总是揣摩自己在别人心中的"高位"，想要将自己表现得名副其实，于是就更加无所不能了似的。上课没有人发言的时候我要发言，活动没有人参加的时候我要参加。其实每次都骇得要死，事后又马后炮地说不过如此。于是，人生就总在"骇得要死"和"不过如此"之间循环往复，并且这种重复对我的社交恐惧症没有起到任何缓解作用。

我高中的时候就不再当班长了，以后也不再跻身任何的领导阶层（希望我的残生，也不要被赶鸭子上架地做什么领导，我只想做一颗螺丝钉！）。从此开始，我的座位发生了奇妙的变化。它已经由黄金地带挪到了离黑板最远的角落里——说实话，这也是一部分学生的宝地，而凭我的身高是远远没有资格坐在这里的。但是我真的很喜欢这个位置（我是在最后一排的后面加了一个位置，最后一排的最后一排），它给了我在迷藏时代躲在柜子里总不被人找到的安全感，前面黑压压一片书让我一低头就沉浸到了自己的世界里。而且后面有垃圾桶，有一些同学扔垃圾的时候还能顺便看看我，不至于被遗忘。

大学的时候，除了公共课爱坐在最后之外，在画室里，我的座位也是最隐蔽的。桌子的前面放着一个大书架，以至于有人进来，我不吭声，他们就以为没人——当然，有时候我是故意不吭声的，来来来，快说我的坏话，让我抓个现形。假如有的座位实在不能做到三面环山，那背后是一定要有墙壁的。背后是余光都捕捉不到的方位，不怀好意的眼睛最容易从此处找到突破口。如果可以的话，我真的想在起床的时候，让床板跟我一起起床，然后背在身上一整天——虽然，总有那种"床下有鬼"的故事——我不怕鬼，我怕的是人。

这种情况大概反映了我跟整个世界的关系。事实上，我有亲近它的冲动，但不知怎么，事实是我在刻意远离它。亲近它使我痛苦，远离它也使我痛苦。大概人一旦进入到某种状态，所有的路途都指向不幸福（然而这只是开始。又或者，健忘的人，总认为现在才是开始）。就像我不喜欢睡觉，也不喜欢醒着；不喜欢安静，也不喜欢热闹。这让我想起了余华笔下那个被世人遗忘的老太太，"她站在生与死之间，同时被两者抛弃"。

作为这世界的一分子，没想着要去征服世界，却想要远离，不得不说，我何止是不勇敢，简直是懦弱。然而身为一个完美主义者，又要为这种懦弱找到现世的借口。比如说，我会觉得，人在大庭广众且不知彼的情况下讲话，很容易变得不真诚。不管你的内容已经如何发自本心了，说话方式和肢体语言总是会迎合或逃避。因为你在面对别人的时候，是不可能同时面对自己的。你会开一些言不由衷的笑话，或者故意变得为人师表，或严肃得体（我大概会是这种）。身为一个爱出戏者，我的分身在台下看着我，总会呵呵笑着，说出"蠢货"两个字。我没有办法磨灭自己的这种出戏，于是便逃避这样的场合。在日复一日的逃避中，我可能失去了成长和进步的可能。

从不作为借口的角度讲，角落当然有角落的好处的，聚光灯在我看来就是一个坏事情。如果一个人有了一点名，总是被一群陌生人拉去合影，就简直好悲哀（那些明星除外，因为他们就是靠粉丝吃饭的，理应满足类似的要求）。这个时候你就变成了一个道具，和迪士尼乐园里的卡通雕像没有了区别，他们所崇拜的你的思想的深度，全都被肉体化和表面化了。不管好看与否，都沦为花瓶和摆设。你只是别人炫耀的资本，他们对你的崇拜不及他们的炫耀，而你也需要为他们的虚荣挤出一点言不由衷的配合。而当你很痛苦，别人在宣扬你不实的幸福或消费你确实的痛苦时，这种痛苦又要加倍。不过，大部分人还是很享受这种被绑架的生活的，因为这毕竟为其他的方面提供了很多的便利。

　　我不知道为什么最后又开始讲道理了，一个人哪需要听从另一个人的指导去生活呢？

2015 年 11 月

羞于见人

　　社交媒体是我的照妖镜——不要误会,我不是拿照妖镜的神明,我是说,我是那只妖,它们让我现出了原形。(当然,"妖"指的是妖怪而不是妖精,我没有做妖精的颜值和手段。换句话说:我不配。啊哈哈哈。)

　　先拿微信来举例。这个通信工具首先改造我的,是让我适应了我"入耳惊心"的声音。我并不知道自己只经空气传播的声音如此窄细,如此为了表现饱满的情绪而阴腔怪调。在多年的自我聆听中,我对自己的声音是有所经营的,我将它调到"悦耳"的频率,并锻造"活泼而不失得体"的语气。但是当我用微信进行语音聊天,讲完再回放的时候,压根不是这个样子——甚至,还有点难听,各方面都偏离了我对它的期许。是软件的问题吧!当然,当我用录音机,新的手机再录音的时候,发现依旧是如此。我羞于自己的声音,感觉委屈了别人,也失落了自己。

　　但是,声音还是其次。人模狗样地出现在某些正式场合的照片中再通过他人的渠道看到,我心里也会颤一下,虽然大部分情况下,我都是大合影中一个边边角角的人物。我不喜欢这种宏大叙事;当然,我也应付不来让我一个人"闪亮登场"。我心里总有一种声音,任何在心理上准备好的面向他人拍摄的影像,都是对自我的改写。那不是我。或者说,只是一个片面、破碎的我。那捕捉的只是我当时对外交往中的一个瞬间的表征。那个瞬间因为我在面向着别人,灵魂自然也飘了出去,无法在身体内缩紧。一个我不承认的自己被散播了出去!然而,当我看到她,我依旧感觉她分走了自己身体的一部分;想象着她以照片和影像的方式在各式各样的场合成百上千地出现时,我感觉自己身体被掏空——它们分有了我的真身,我因这种分有而力不可支。

　　我也羞于念出、写下自己的名字。"我是谁谁谁,请大家记住我,谢谢!"电视节目中选手的勇气令我惊讶。当人人都在高呼自己的名字时,我对自己感到惊讶。在这个"名字即品牌"的时代,我应该是发生了某种返祖现象,想要堕落回那个连名字都不曾说出口的远古

阿番，《班级合影（仿小丸子）》，2022 年

时代。以前，一直觉得是因为我的名字念起来不好听，太过普通，才常常对它进行否定。仔细想来，并不是这样。可能它朗朗上口或寓意深远，同样会被我压到箱子底下，贴上封条，再拿一块桌布掩起来。当我创作第一篇自传体的小说的时候，我用了一个和人生经历相关的笔名；4 年前我开设了一个公众号，我用了另外一个笔名；现在，我是一名编辑，因公书写的文章有了第三个笔名。隐藏在这些笔名后面让我心安，让我有一种"吃了这个鸡蛋不必认识这只鸡"的安全感。我曾说过，我与这个世界的关系彻底"油腻"，那只不过是一种语境下的戏言。实际上，我依旧与世界充满隔膜——像妖一样，惧于遁形。

我当然知道这种心态对我在世俗人生中的发展很不利。虽然现在仍处于起点阶段，连"三十而立"的坎儿也没过，但我隐约感觉到自己并不甘心过拿一份微薄工资而消隐于世的

"底线"生活（这是我对自己"瞎尼玛过吧"的底线界定）。可是，我又没有做好朝这个世界展开、让人认识片面的我并对"她"评头论足的准备。别人都是"欲拒还迎"，我是"欲迎还拒"。有时，这是因为我习惯于自我否定（我也习惯自我表扬，我是天平的两端），说自己不行，说这样不可以，就如我认为自己不配做妖精一样；有时，这是因为我对世界的悲观，我一向认为外界是充满陷阱的（毕竟连自己这么热衷反思的人都会萌生出很多恶意）。可是啊，向上攀爬的那条天梯，是靠外界的各种资源形成的合力铺就而成。

当然，不要以为我有心比天高的志向，那只不过是一些通向更广大思维可能性的追求，我在乎的，只有思维的乐趣。但是，哪怕是在任何一个行业小小的成功，都需要我有比大现在不止 5 倍的社交圈（说实话，现在的我，压根就是零社交），都需要我有比现在厚 10 倍的脸皮（爱信不信，我脸皮和某些卫生用品一样，是超薄款，吹弹可破那种）。不过，也可能事实并非这样，这只是我的臆想。假如在某些机遇下尝到了一些名利和资源的甜头，我甚至可能毫不犹豫地一头扎进去，不带挣扎一下的；甚至之前的话语只是我没有尝到甜头的一些怨言，吃不到葡萄说葡萄酸罢了。

有句俗话说："人在江湖飘，哪有不挨刀。"可我的野心却是，不在江湖（哪怕是一只小溪），江湖上却一直有我的传说。

（深藏功与名。）

2019 年 1 月

生物一种

昨天跟好友聊天，她说随着年龄的增长和阅历的增加，自己惯性中所认为的美好的品德与追逐，正在塌陷之中，甚至某些曾经认为可以舍生取义的"义"，到头来也不过是一场骗局，那是清醒或不清醒的人类的大多数的一场合谋。又或者，真理总是相对的，当你站到另一个角度去看时，所有的追逐都可能一文不值。而现在问题是，她不够坚定，不知道要去选择哪个角度。哪个角度是对的？这个"对"是否又相对？

"所以，"她的结论是，"喜欢吃什么就去吃，喜欢买什么就去买，让自己高兴一点。我的身体不会骗我，这是我唯一可以把握的东西，没有什么比这再实在了。"

在这件事的考虑上，我的角度又与她不同。我常以为身体是骗我的。当它成长到一定程度，产生了所谓"灵魂"的时候，我便觉得它是一种局限和负累，尽管灵魂无法脱离身体而独立存在。顾城在香港大学的某次演讲中说，他常常憎恶自己的身体，觉得累赘，一会儿饿了，一会儿渴了。我对身体的憎恶不仅在于它烦琐的运行方式，还在于它左右着我对世界的感受和判断。比如对同一种处境的认识，在不同的时间去思考，所有的论据都没有变化，可竟会得到极度悲观和比较乐观的两种结论。而我也能察觉到这来源于各个器官的健康程度以及体内激素的变化。我坚信在剔除身体因素的情况下，我的心中有一成不变的原则和信念，但身体总是让我违背它。在我到目前不长的生命中，做的很多后悔的事情或者错误的决定，归根结底，都是对自己生物性的屈服，虽然它们有时披上思想的外衣，看似是生物性以外的正当借口。就像是艺术家王子在一次访谈中所说："我这个人太生物性了，任何反应都是趋利避害的条件反射，一顿饭不吃、一晚上不睡觉，什么全是扯淡了。每当皮肉之苦将要降临时，我立刻机灵、主动、执拗地提醒自己：没有比这更不值的了。每当身在一些两难关头，准备豁出去时，身体都会不顾面子，当即制止我、咔嚓掉了链子。"

我跟王子一样，虽知身体欺骗我，但也毫无办法，只是希望尽量减少成为懦夫的可能（所以，我从不指责屈打成招的人，换作我不一定是什么德行）。所以某些奋力求生和勇敢赴

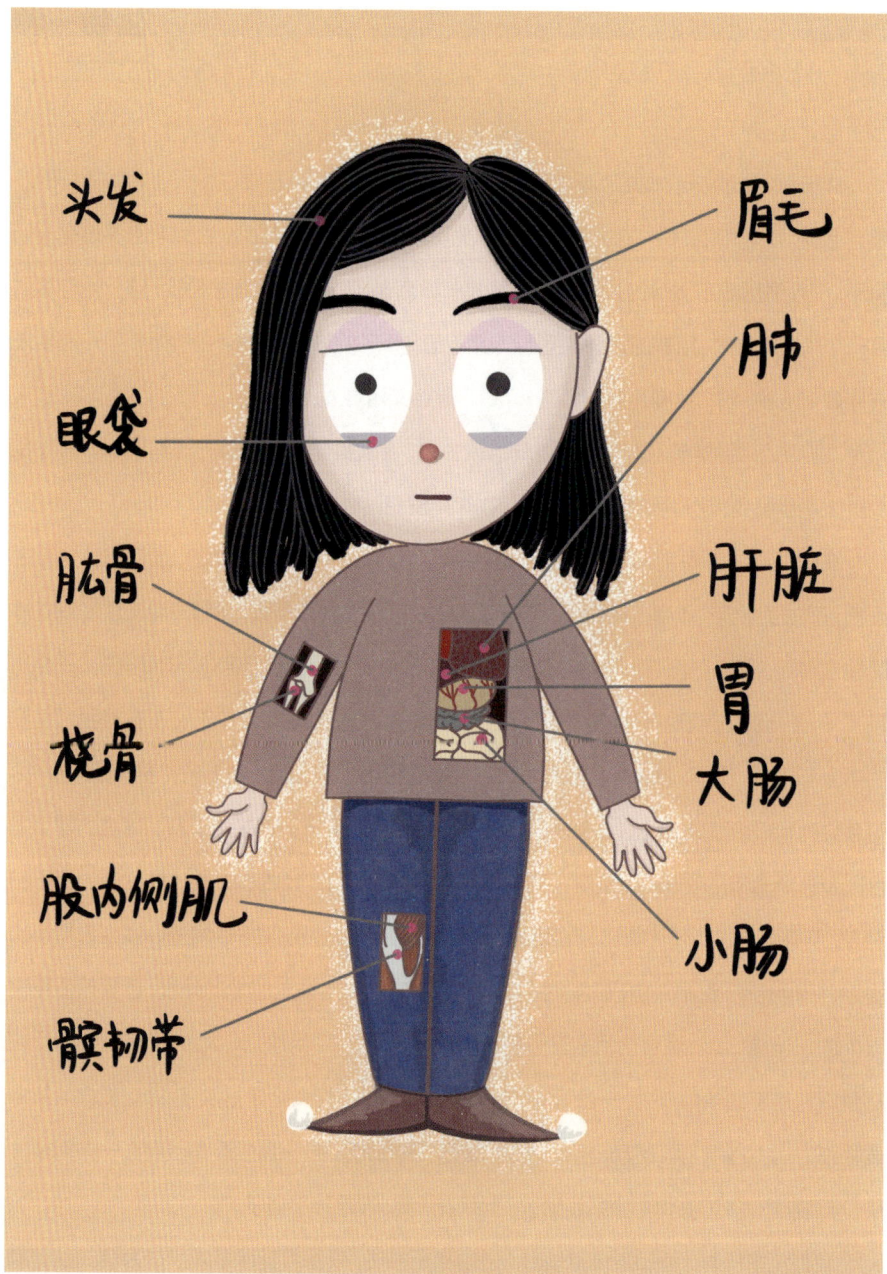

阿番,《艺用解剖》, 2022 年

死的人，我都佩服，因为他们的精神性压制了生物性，这是我所不具备的特征。奋力求生者，比如《荒野猎人》中的格拉斯，本来被熊攻击，奄奄一息，却在得知儿子惨死恶人手下后，为了报仇而奇迹般地生还了；又比如许多得了不治之症的人，凭着一份信念和好心情，以科学不能解释的方式化险为夷。而勇敢赴死的人，在明白生物性所带来的局限永不能满足其精神性的时候，在精神财富无法以任何方式转换到现实世界以求得进步的时候，他们选择了抑制自己的求生本能，精神与生命既不能共存，便只有同归于尽（比如某些思想家和学者）。

罗杰·弗莱说，人有两种生活，一种是想象生活，一种是现实生活。我想这些自杀者的想象生活广阔、自由而清白，现实生活是无法容纳的。拿一个小小的我而言，便常常在想象生活与现实生活的交界处感受到一种断裂感。上一秒还沉浸在形而上的问题中无法自拔，下一秒就可能被迫跟别人讨论中午吃什么。这种转换已经是最轻微层次的断裂了。很多时候，你热爱的平等、公平和正义，在现实生活中一点线索也没有，甚至在某些处境当中，你必须得做与之相反的事情。这种感觉就像一层一层的蛛丝蒙在脸上。那些自杀者对于这种断裂的感受无疑是更强烈的，最终达到两个世界的不可调和。一位朋友认为自杀是弱者的表现，因为他们无法在这个罪恶的世界里生存。世界总是罪恶的，而优胜劣汰是唯一的准则。从她的角度想，好像也没错。

写下来最后的结论是悲观的。因为人要么顺从于自己的生物性，要么与生物性同归于尽，想要超越生物性是不可能的。因为人的本质属性，不过是生物一种。

2016 年 2 月

囚禁中的感官

现在是 8 月 14 日礼拜天的 20 点，而我躺在床上的时间已经不下 15 个小时。这样写出来，发现自己居胖不瘦好像也没什么不对。

来例假的前两天，总是会感觉昏昏沉沉，却也不总是能够睡着。白天的时候，厚厚的窗帘一直拉着，屋里当然不可能伸手不见五指，但若是没有记忆和生物钟的提醒（假如不看手表的话），也无法感知究竟是几点钟。这样的微光房间在电影里可能很有氛围，还适合再加一对赤裸的、若隐若现的男女。他们已经大战了很多回合，空气里弥漫着汗水混合精子的味道。这种气味令人作呕，但又有着致命的魅惑力。

但对于我来说，这样的房间更适合被称作一座监牢，它制造了一种我不必急需落实梦想的错觉，而我竟然享受这种囚禁：床垫很软，夏被很暖，而微冷的空调风使得我有一种清新的感受，就好像容颜和躯体可以就此冷冻，使这种平和的状态达到永恒。

窗外嘈杂的汽车声与我的状态形成了一种对比。尽管窗户紧闭，我与外面还是有了藕断丝连的交流。居住在近十字路口处，川流的声音一直是不绝于耳的。经过了一段时间的适应，做其他事情时声音可以全部被过滤掉。然而现在，尤其是视力的非必须使得听觉格外敏锐，吵闹的路口成了我所有感觉的集散所。

因为我并不想睡，所以听听也无妨，甚至，我是故意要听的。因为对我来说，全神贯注地聆听使我接近自己，它是最接近自我的一种感官。看得到摸得到都是一种有形，但听得到不是。有形的东西会分散我的注意力，甚至成为通向自我路上的阻碍。但是听觉不一样，它的无形与自我最为相似。因此，仔细聆听与冥想也有着共通点，它充满着禅意。我听到了公交车的沉重的过路声、刹车的喘息声、启动时的发力声，它的震动就像猫静坐时喉咙不断传出的声响。我听到了小汽车们流畅驶过时海浪般的沙沙声，也辨别出它们音量的变化与来去的方向。我听到各种车型忽高忽低的喇叭声，有的甚至有着下一个路口的渺茫。

很多人的一生中，并不曾与自己相遇。但幸运的是，我遇到过我自己，而自从有过此番经验，便不愿意脱离自我的监视而生活，因为离开她的我就是一架高级机器，弥漫在生活里的将是无尽的虚无。反思近些日子，我好像生活得有点恍惚，怎么也触碰不到自己，而这种反思也越来越没有痛点。在我的生活里，尽管热爱快乐，但其实没有它我也能活，但是，痛苦是不可或缺的。当然，我并不期待持久的痛苦，但我需要间或的、激烈的、一瞬间的刺激，因为那会调动我全身的感官，所有的矛头都指向痛楚。当身体的所有元素都得到统一，通向自我的大门也就打开了。

所以，不借助痛楚的刺激而尽可能调动起精神感受，对我来说当然是可遇而不可求的体验。痛苦虽带来自我，可自我又本能地逃避痛苦。在打开她的一瞬间，又会感觉到非常后悔与无力，因为那确实是潘多拉的盒子，根本不由得你随时关闭。所以，尽管此时听力调动的全身感觉并不能让我完全与自我重合，但这种接近而舒缓的方式已经让我知足。

当我开始写这篇文章的时候，书桌上的台灯已经被打开了。我的肖像安宁地坐落在最亮的区域，而屋子里面一半都是影子。外面的汽车声还是此起彼伏的，但它们已经没有了方才闭眼聆听时的况味，重新变成匆忙、冷漠、机械以及噪声污染的代名词。这并不能代表它们无情或我无情，正如器物之美，本就是人在特定的场合和特定的事件中赋予的。

其实，通向自我，就是通向孤独。我所有的情感，包括所有的想象，其实都是孤独感的变体。这其实没有什么，因为我也不过是自己的仿真物。

2016 年 8 月

丧失知觉

在某种生活，或者某种事业里沉浸太久，不管是主动选择还是被动参与，都会面临知觉减弱的可能，即，逐渐变得麻木。就如同不管是喷了香水还是待在厕所，暴露时间一长，几乎都闻不见了。也恰如随着活着成为惯性，青少年时期对人世的探索精神会被疲惫、厌倦和僵化等占据。

最近对自己的知觉产生了很大的怀疑，即便有新的刺激，刺激感也转瞬即逝。比如在看书时，遇到喜欢的语句，总喜欢摘抄下来。然而摘抄需要中断阅读，所以就会先将书页折个角，准备最后再将折页清理干净。但是当拿出笔记本，打开折叠页，将所有的内容再读一遍，却找不到让自己有启发的那些话了—— 有时候即便能找到，也会想，只比我自己的境界高那么一点点，再看一遍就可以吸收，没有再摘录的必要了。或是比如在工作的时候，看到一些画家的作品，感觉非常棒，但由于手头有其他的工作，就准备闲下来时再做整理。然而等回过头去看，那种感动减弱了大半，以至于没有再整理的冲动。还比如想写的东西，有时候没有充足的时间写，就将要点或者构思出的精辟的语句写到备忘录里。那些都是灵感来临时的语句啊，让自己当时兴奋得睡不着觉的语句啊，可是隔了几天要写时，发现其实也并没有什么。成文后的文章也是一样。回头再看时，那些好的和不好的，都隔了很厚的纱，触动不到自己的心灵了。

有时候会想：是不是自己的心智增长得太快了呢？之所以感受不再那么强烈，是因为已经将那些曾经给自己启发的、超越自身的刺激常态化和内在化，它们不再是超越的一部分。人们只会因自己做不到的、想不到的、体会不到的而感动，假如它已经成为你内化的一部分，岂不是在矫情地为自己感动吗？这样说虽然有一定的道理，但真相绝非如此，实际上我并没有，也不可能在短时间内有重大的进步，这只不过是自己同情能力减弱的借口，我变得麻木，深入不进去，找不到感动了。前两天发生的一件事也可看作佐证。高中的好友发来毕业时的合照。她说：恍如昨日啊。我的感受却是：恍若隔世。对于那时的青春、苦难、奋斗，我能回忆起实在的事，却无法重温当时的心情。我已经局限在此时、此地、此心，深入不了别人的感受，也无法走入过去。

伴随感动丧失的就是品味的丧失。别人的作品还好，电影、绘画、音乐等，虽然在看第二遍的时候感觉没有那么深刻，但还是会以第一次接触时的印象来做评价。但这并不适用于自己。对于自己的某些成果，我会不知道好坏，只会从别人的口中推测这个事情好不好，即便经常对别人的品味抱着怀疑的心理——或许刘强东说的是真心话（虽然这个例子跟我前面的文风好不符，想不想打人……）。他看惯了美女，真的不知道奶茶妹妹好不好看——虽然他可以从别人口中知道奶茶妹妹是美女。我品味丧失的具体表现是，有时写出文章来，我不知道质量怎样，只是知道，我是按以前的某种方法来写的。最近的文章也有语言俏皮或者情绪强烈的，但有几篇其实是故作姿态，我写的时候冷漠得很——我倒是真想自己能够发动起情绪来，但是失败了，就是无法调动自己的情绪。虽然内容是真诚的，但形式上，确实有一点假装自嗨，不知道有没有明眼人能够看出来。好是一定没有达到最好，至于是不是很差，能否保持平稳的水准，我拎不清。但是要一直写下去啊，不知道别人的情况怎样，对于自己来说，虽然坚持写不一定会进步，但不写一定会退步，要奔跑才能站在原地啊。

虽然我是一个无名小卒，但觉得这种品味丧失可以适用于很多名人。伍迪·艾伦大概跟我一样，会硬性规定自己的工作量。即便是老了，也要每年出一部电影，电影的质量也是良莠不齐。比如前年的《无理之人》很好，去年的《咖啡公社》就不太行。姜文的《一步之遥》、周星驰和徐克的《西游伏妖》，也都是自嗨，在做的时候其实也会心虚和力不从心，但是要摆出高姿态，看看有没有人买账，希望通过别人肯定的方式来确定作品的价值。大部分作家也都这种情况，作品时好时坏的。沉浸在创作里面过多时间，不合逻辑的地方看多了感觉也通顺了；太过夸张以致荒诞的地方，多按照自己的方式想想，甚至感觉是一种突破了。旁观者有时会看得很清楚。当然这都是我的感受，或许并不正确。漫画家Tango也是一样。最先出的漫画都很惊艳，借形和笑点都很到位，现在虽然也是每日更新，多人点赞，但创意都有点不太行了。不过这种坚持并不是错的，因为好作品会间或显现，只要不是故意敷衍，差一点的作品甚至会是铺垫。

　　说到底，"伤仲永"我信，"江郎才尽"我却是不信的，江郎依旧是那个聪明的江郎，"才尽"只是他追求变了的一种表现，他的"才"用到了别的地方。那些看似"丧失知觉"的表象，其实也都是情绪和追求变了的一种反映。因为生活总是可以找到新的刺激的，并且不难。难就难在不愿再去寻找了。而我的知觉丧失，大概是最近得过且过、不思进取的生活方式，和无处不在的虚无主义情绪共同作用的结果吧。

　　我大概写完这篇文章就会去改了，然而谁又能说得准呢？

2017 年 2 月

在夜深人静的时候感受自己的脑子

半夜3点多醒来，暗夜里，眼睛的功能基本丧失，仿佛只有最大程度地眨巴，才能强力地证明它们的存在。

在这种想睡又睡不着的时刻，平常一直理所应当地用着，却并不被感受的脑子被凸显出来：它现在没怎么被用，却又因思考自己没怎么被用而用着。对，就是这种不和目的的目的性。我可以感受到它就在我眼睛附近飘浮，因它对眼睛管理的存在感，更多于对手脚，甚

阿番，《大脑公园》，2022 年

至鼻子嘴巴的管理，但我依旧失去对它们距离的精确感知。

我并不能感受到脑子和头骨的联系，一点也不能。脑子好像一个发着光的灯泡，而头骨是一个透明的罩子，它只起到保护的作用，却无法阻挡光线的向外延伸（不过，和灯泡类似的是，我确定离身体越远，对脑子的感知就越弱，就像那离开光源越远越缥缈的光线一样）。我也并不能感受到血液在它的沟壑里流动，氧气和二氧化碳在不断转换。我扭动脖子，学到的知识告诉我，这是脑子干的事，但我也不能体察这种联系。不能，不能，不能。我能感受到它的时刻，就是想事情的时刻。这让我对自我感知的局限性感到沮丧，却又因脑子不受物理性的、琐碎的事件骚扰而感到庆幸。

此时，作为物理性的脑子正安放在枕着枕头、枕着发丝的头骨内，但它总觉得自己淹没在星辰大海里，在真空的状态下漫无目的地、随波逐流地飘浮。我无法感知它的具体体量，但我知道，在这星辰大海里，它的存在是何其微弱。它不发光，星辰的光芒给它镀上一层幽暗的蓝色，那蓝色仿佛经久未掉去的灰尘。漫无边际的宇宙并没有角落，但它所处的任何方位都有一种角落感。这使我眨巴着的眼睛想要流泪。暗夜里醒着的人，恐怕都有如此脆弱的时刻。这使白天的所有坚强都恍惚而值得怀疑。

当我打开灯，拿出电脑，这种对脑子的感知开始变得微弱，我趁着还有残留的记忆，将那些心情描绘出来。然后天渐渐亮了，鸟鸣开始响起，这个实在的世界又回到我的感官之中。左边阳台上晾着的衣服，床前面摆放的化妆品、相框和仕女石膏像，床右边的书架和衣柜等，它们都在很近的地方陪伴我。它们的实在让我重新变得坚强。

而暗夜里那脆弱的人格，仿佛就是一场梦了。但我又知道，那梦总是会再次出现。

2017 年 4 月

文章的收尾

一到周六，我的生活就变成了这样：上午 11 点起床，接着改变周五晚上下定的要去菜市场买菜做午饭的决心，然后打开手机点外卖，不同的店不同的优惠都放到购物车里，最后选择用了红包后最划算的一个。接着躺下想想既然睡到了现在，中午就不需要睡觉了，可以用整个下午的时间写完拖延了很久的文章。不一会儿，外卖送到了，我在床上支起小桌，一边盘着腿吸粉（并不是那昂贵的犯法的粉，仅仅因为点的是米粉），一边打开 iPad 看电影，今天看的是 cult 电影《神秘列车》，还不错——虽然我的房间比较大，也有两张桌子可以坐着吃饭，但我真的很讨厌在凳子或椅子上坐着，其实在公共场合也没有这么讨厌过，不知道为什么在家就讨厌得不行，只要有床的地方，我就一定要在床上，坐着也是要在床上。

吃完饭，消化使得脑部供血不足，加上自己一直是靠床头坐着的姿势，又困了起来，于是非常宽于待己地告诉自己，时间还早，睡一觉也没什么关系，于是又沉沉地睡去。3 点醒来后觉得，再不做正经事就有点说不过去了，于是打开 word 文档，开始为文章收尾。

我非常讨厌这项任务，于是每写一句话，我都不由自主地去干点别的。写一句，今天微博是不是还没有刷？于是刷 20 分钟微博；写一句，咦，今天好像是发补助的日子？检查一遍银行软件，0.15 元，还没打，查一下之前的打款时间，下午 4 点多，再等一等——4 点还没有，5 点还没有，靠，因为是周六，所以就不发？唉真是去你妈的银行；写一句，有点渴，但是不想喝水，点奶茶吧，满 28 减 10，满 38 减 13，还有个 4 元的下午茶红包，于是点了 3 杯奶茶，一杯加冰的现在喝，两杯常温的放冰箱里囤起来以后喝；写一句，地毯上还扔着一堆这周穿过的衣服，去洗吧；写一句，今天牙齿美白贴早点贴吧？虽然牙齿算白的，但有的牙齿牙龈处还是有点黄，所以买了美白贴折腾。去照镜子，前几天贴的牙齿上出现了一些白斑，不会是假冒伪劣产品吧？于是去网上查产品信息，发现说有白斑是正常现象，过段时间就没有了，于是放下心来，去刷牙，去贴牙齿；写一句，哎我们高中某同学前两天结婚了好像？虽然我没他微信，但我有班级群啊，兴许能看到几条动态，然后发现动态对陌生人并不可见，只有封面是和老婆卿卿我我的照片，唉沉醉在温柔乡里，一看就不是个干大事的男人；写一句，房间里乱得不能看了，前两天不是趴地上捡过，怎么又这么多头发！于是扫一遍地，再拖一遍地；下一句还没有再写，拖地拖了一身汗，洗个澡吧；洗完贴上面膜，再写一句，哎忘了晾衣服，于是从洗衣机里拿出衣服，东翻西找地凑够衣架，打开关了一天的窗帘走到阳台上晾衣服—— 怎么天已经这么黑了？

再次坐到床上，电脑都已经因为要更新自动重启过一遍了，屏幕停留在输入密码的界面。输入完密码，点 word 的图标，由于刚开机比较慢，并没有反应。不能干等着吧，又想起前两天给妈妈买了一个腿部理疗仪，她觉得挺管用的，是不是也应该给爸爸买点什么。于是打开淘宝，找适合给爸爸买的东西。他失眠非常严重，买什么好呢？药就算了，他平时吃的药就已经不少了；枕头吗？老要去值班，总不能随身携带枕头，而且枕头管不管用的啊；头部按摩仪吗？都不是按照个人的脑袋定制的，穴位准不准啊，脑袋还是不要瞎按了。要不还是买个肩背按摩仪吧，爸妈都能用。买完东西，又想起不久前因急病去世的爷爷，在他生前没有为他的健康做些什么，又想起他的音容笑貌，他躺在零下十一度的冰棺材里时最后的慈祥，便又哭了一会儿。

收拾好心情想起自己本来是要继续写文章的，一整天过去了，连一段都没有写完——所以你们要知道我每天嚷嚷着周末没空要学习的时候，我实际上都干了些什么。一到晚上，我的忏悔就加倍，痛恨自己到简直要挖心挖肝了。于是总算紧锣密鼓地写了半个小时。

接着又不行。因为一天大部分的时间都在看屏幕，有点想吐。于是负面的感觉都出来：屋子里不流动的空气令我窒息，一整天局限在几米内的视线令我窒息，一整天就跟送外卖的说了两句"谢谢"也让我窒息。然后就是间歇性地认为人生毫无意义的时刻，挣扎无意义，顺从无意义，青春无意义，年龄的增长无意义……我不能让这种想法持续太长时间，要转移注意力，所以，在整个大白天没往外走一步的情况下，我在半夜披了件衣服出门了。

返回家，按了上楼的电梯时，手机上正好显示的是 00:00。星期六过去了，看来这周必须要完成的文章收尾的工作，只有在此刻已经进入的周日完成了。

2017 年 9 月

未来的我们，终将变得更加孤独

最初，我只是不适应那些戴着耳机打电话的人。

虽然在大部分情况下，一个讲电话的人也不过是将手臂抬起来，将手机放在耳朵边上，我在他的面前依旧观察不到交谈的对象，但那具有唯一性的动作（手臂只有在讲电话的时候才会被这样举起），一个在场的道具（手机），为他的高谈阔论提供了一个合理的解释——虽然在这个空间里，但他的精神已经和通话者飞越到一个只属于声音的，甚至不需要空间的场合里。手机里藏着一个人。

或许有人会说，耳机也是道具，戴着耳机打电话并没有什么区别。但是不行。耳机太暧昧了。首先，在已经形成的认知里，它是人们被动接收声音的单向输出工具。我们对戴耳机的对象的预设是，他应该安安静静地坐着，或者走着，甚至跑着，而不是叽里呱啦地也在讲。其次，它是隐藏的。它藏在耳朵里，只露出两条细弱的线；很多时候手机本身也是隐藏的，揣在身上某个部位的兜里。戴着耳机讲电话的人除了在讲话之外，和公共环境中的其他人几乎没有区别—— 他或许在商场里选衣服，或者在操场上散步，或者拎着东西匆匆忙忙地下楼梯。他好像在自言自语。我只能通过那两条细弱的线告诉自己，他不是精神失常者，他的大笑、他的愤怒、他古怪的面部表情都是事出有因。他只不过是在讲电话而已。可是，耳机里不应该藏着一个人。

然而，不管怎样，在社会向前推进的过程中，"藏着掖着"变成了趋势，每种活动都变得更加个人。说实话，今天这个主题，是我在电影院里看电影时想到的。看着前面那块闪亮的巨幕，我首先想到的是太浪费能源—— 若运用透视原理，它其实可以微缩到眼睛的大小—— 一叶障目，不见泰山么。VR 眼镜就是这样，甚至体验更好。但是这种情况下，尽管都是被动的接收者，观看的体验不一样了。电影院里成百上千个人和你一同观影，他们微微低语，或者和你一同大笑。即便都是安静地坐着，前面众多脑袋的剪影，都会让你有一种身处群体之中的归属感。或者即便你坐在第一排，你对周围环境的了解都让你并不孤独。这样的"茫茫人海"，让人安心。

但是，假若观看电影可以不再去电影院，而是独自在家，甚至某种可播放的隐形眼镜可以直接作用于视觉及听觉，情况会怎么样呢？我想象自己躺在床上，仿佛是在盯着天花板——实际上却是在观影，不断露出不同的表情，甚至不由自主地发出声音或者做出动作时，我都会感到恐慌。能令我情绪产生这么大波动的，不应该是一块巨幕和排山倒海般的声响吗？一个小小的隐形眼镜，竟然令我变得歇斯底里。那能左右我的，本来是要比我的肉身规模大很多的物体——至少要旗鼓相当。一个指甲盖儿大小的东西就征服了我，这令我感到沮丧——虽然我知道它只是一个媒介。我好像变成了实验室里的小白鼠，通过注射了一点点东西，就被左右了情绪。我好像不用和外界发生任何关系，就可以性情大变——那个隐藏在眼中的设备，可以被称为"外界"吗？

说到底，这是我对人类肉身的实体性和与之越来越割裂的思想活动的担忧。我依旧以为，"现实"就是实体的存在，是"虚拟"的完全对立面。打游戏、网上追星、云恋爱都是不"现实"的。但是现在看来，虚拟已经成了现实的一部分，实体的生活反而成了次要的——我们只要完成吃喝拉撒睡而已，只有虚拟的现实才值得我们去战斗。科技发展到最后，我们都变成霍金就可以了。需要会动吗？需要讲话吗？一切都是精神的世界了。我那么热爱精神世界，但预想未来的精神世界令我感到惧怕。

尽管越来越多的事情独自在家就可以完成，但人类毕竟还有群居动物的需求，即，去寻找同伴，以排解独处的孤独。我想，以后人们出门，不管是去看电影、去购物还是去吃饭，目的都只有一个，见见其他的同类——现在，京东已经推出快递机器人了，以后网购和点外卖，光是交接的那一刻，你都不会再见到人，说上一句"谢谢"或"辛苦了"。

在某个节点后的未来社会，任何身体上的行动都不再是为了生存，而是出于"见人"的需求。到那时候，"Leave me alone"这句话，就不再流行了吧。

2018 年 6 月

为荒芜干杯

我是靠直觉写出这样一个题目。

实际上，"干杯"这个词，原本不在我语言风格的词典里。大概我是想起一篇叫作《为往事干杯》的小说，或者是朋友圈带着"为我们的友谊干杯"这句话的土味 PPT 风格动图。总之，这是 20 世纪 80 年代常用的表达方法。但是，"为荒芜喝彩""为荒芜欢呼""为荒芜鼓掌"，好像也都挺 20 世纪的。可能问题出在"为"上，身为一个当代人，什么也不"为"才酷—— 哪怕是为什么干杯也不行，即便这东西是荒芜。

对，就是什么也不为。这种"不为"，不是老子的"无为而治"，而是不为不治。不是父辈们的"为你好"，不是 80 后的"为自己争取"，而是"不管不顾不为"，随波逐流，随风飘散，爱咋咋地（这个爱咋咋地，不是"我"爱咋咋地，是他人或者所谓命运，对"我"爱咋咋地）。所有的挣扎皆虚妄，野蛮生长只是意淫，荒芜才是海市蜃楼下的景象。

王朔在中年的时候写过大概是这么一句话：我现在依旧有很多梦想，只是不再打算实现它们了。去他姥姥的，我还不到 30 岁，我怎么这么早熟地也明白了这个"道理"。当我放弃一个梦想的时候，对于实现其他梦想的愿望也变得不再那么强烈，它们如同多米诺骨牌一样坍塌了。在几年前，我还特别喜欢写神经兮兮的文字，现在，我已经没有了那样的心情—— 当然，我也确实觉得，像现在这把年纪了，确实不应该再那么神经。那时，是想到什么就写什么，没有什么思想负担，而现在的某些表达欲升起时，总会先斟酌自己是不是该闭嘴。长此以往，对于很多事情，我都觉得不值得去说理，甚至去想象，因此文字产出是减少了的。那时是为自己而写，现在也是，但是，也不一样了。

我是一个爱说教爱争论的人，现在可能依旧如此。不过我已经放弃了一点，那就是和既有的现实争论。我很少再去反抗式地发问，开始明白现实的属性之一就是荒谬。假如还如往常一样，我想以有逻辑的方式去证明眼前的景象事出有因，那么很有可能会反推出我才是荒谬的。现在，每当有毁我三观的事情出现时，虽然会思索一番，但最后都会劝慰自

阿番，《溺酒者》，2022 年

己，世界原本如此——而我，也是个正常人。也不知道，这样的转变是因为脆弱，还是因为强大。

在一个荒谬的世界面前，做有意义的事变得值得怀疑。因为你不知道这个"有意义"，是让现实变得更加荒谬，以增加它原本荒谬的属性，还是减少它的荒谬，以你的角度认为这是有意义。所以，应该去他娘的有意义，专注于自我的表达——当然，这可能对于某些人来说就是人生的意义，但此意义不是普世价值观中的意义，我们暂且叫它为"表达"。以前，我阴差阳错地学了艺术，学了几年后才发现，我不爱艺术家，也不想当艺术家，因为觉得他们做的大部分事情都没有意义。现在，当我不太认同意义的时候，我又敬佩其他们中的一部分人了。因为一些艺术家真的是除了表达自己外，基本无欲无求了（全然地无欲无求，想必还是很难），你甚至听不懂或者看不懂他们的语言，他们也不需要你的喝彩。当谢德庆在一年365天每天的24个小时的整点打卡共计8760次时，我不知道他在干什么，但是觉得真他妈的酷，表达就应该等同于受教后的本能，等同于信仰。这个世界本来就荒芜，所以你管我荒芜不荒芜。

当然，在我还有情绪的时候，我就还不够荒芜，也意味着我在另一个倒置的世界里不够丰满，无法以一种非功利之心去寻找最坦白的表达。写到现在，其实我也不太明白自己想要表达什么，但又觉得这种表达方式接近了自己的心。或许是因为这是流动意识的自发书写吧。

大概我还是想说，无意义才最有意义。这就是要为荒芜干杯的原因。

2018 年 7 月

无须回顾，亦不展望

2019 年 1 月 13 日 00:08，新一年已经有 12 个整天过去了。然而新年的第一篇文章，在敲下这行字的时候，还并没有十拿九稳的着落。

我以前是一个相当有仪式感的人。年末的时候发表一下年终感慨，或者年初的时候订下一个新年计划。但是 2019 年到来了，我丝毫没有萌生这些念头——过完新世纪的 18 岁，我和这个世界的关系彻底油腻。

或者说，我更加了解自己了。我又想起了爸爸的那个奇怪朋友。每个除夕夜，他不看春节联欢晚会，而是独自在某个房间的冷板凳上坐着，反思一年的收获与不足。但是，他的内省精神并没有让他活得更体面一点，依旧是朋友中的笑话。现在，他是我的镜子。我们最应该反思的，恰恰是自己的反思——是什么德行先搞搞清楚，是反思型的体质吗？

每年订下的那些最重要的计划，每年都完不成。我总是一边敦促，一边放逐。很可能在时间的进度条还没挪动多少的时候，就已经忘记了计划是什么，只有"重要"这两个字，沙上建塔地留在脑海里。——当然，也不是什么也没有完成的，好比一个网友说的"一年终于坚持做下来一件事情：天天给手机充电"。

就连每两周要写一篇文章的习惯也没有好好坚持。在刚开始写的前两年，保持的是每周一篇的速度（在此之前，还有一个月写大约 25 篇的时间段），后来，改成两周一篇。到现在，是两周到三周不等。虽然没有多少粉丝，名义上也不是给别人看的，但我却越来越有偶像光环了：那些带有自己情绪化滤镜看过去的鸡毛蒜皮，根本不值得书写。这些不值得，那些不值得，人间也不值得。——常常是想到这里，我就像裤子都脱了准备交作业却被对面女人笑场的男人，瞬间疲软了，然后删掉写出的一两行，关闭 word，合上电脑，爬到床上打游戏继续麻痹自己去了。——写文章是需要契机的，然而现在的我，能抓住的好的契机越来越少，那些具有倾诉欲的契机越来越少。或许在不远的将来，我就会像兰波一样，英年封笔了（假如我自比兰波惹你生气还请海涵）。不过，正如有自杀倾向者的亲人们总会用"好死不如赖活着"来劝说当事人一样，我也总会劝告自己"能写还是好的"（今天也是如此）。毕竟，从过去到现在，它一直都是我的一个支撑。

然而说到底，所有的反思不奏效，所有的写作或其他计划完不成，都是因为没有正确评价自己的体质。身为一个 emotional 的人，我的情绪总是时好时坏，差的时候还挺多。每当这些时候，整个世界都是灰色的——人间都不值得了，谁还会去理那些鬼计划呢？我所有的前进或后退，归根到底都是由身体的物质性决定的。

属于 2018 年的计划，记得的那些，大都没有落实。唯一的变化，是能够相对坦然地面对自己的失败了。对于自己不能把控的事情，不再那么偏执。大概是因为身体的衰老，它开始慢慢走向平静。我相信，未来的几年会更加这样（除非遇到了什么新的刺激，我需要新的刺激，但这仍需要契机）。至于这是好是坏，还并不能说准，反正得到即失去，反过来亦如此。

说是更加了解自己了，不应再反思，可是整篇文章依旧是反思。反思不应该反思也堕入了反思的陷阱。关于题目"无须回顾，亦不展望"，看上去相当丧气。那么换一种说法：不再"瞻前"与"顾后"——可能会显得乐观一点吧。

2019 年 1 月

被铭记，被忘记

似乎一直以来，被铭记都是一件好事。为了青史留名，为了流芳百世，很多人甚至可以放弃生前的享乐与喜悦——被铭记是一种荣耀。在《寻梦环游记》里，假如你不能被世人铭记，你连鬼都做不成，是要灰飞烟灭的。

甚至有时为了被记住，人们要铤而走险："你恨我也好，这样你至少记得我。"

"不能白来这世上一遭"——怎么证明？一定要留下些什么。留下名声、留下思想、留下故事。要是平凡，就留下子孙吧。再不济，留下一块墓地，留下一张遗照。

虽然人们根本不了解你本来的面目。不过这也不要紧。这可能正是你想要留下的那种面目。或者不管怎么样，人们也无法了解你的真面目。

这就是存在过的证据。仿佛这证据比存在过本身还要重要。

可是反过来想一想，不管是不是要被铭记，人总是要在这世上留下些蛛丝马迹。你穿过的衣物、制造的垃圾、排泄的粪便、留下的指纹与毛发，全都不动声色地昭示着你的"来过"。假如有一个契机，所有的矛头都会指向你，然后拼凑出你的某个片段。

但是，每每想起泰戈尔那句美丽的诗，"天空未留痕迹，鸟儿却已飞过"，就会转向人生的另外一种可能：或许，什么也不留下，才是最恰当的人生哲学。

"赤条条来去无牵挂"。不牵挂别人，也不被别人牵挂。为什么非要留下些什么？什么都不留下，干干净净，清清白白，又有什么不好呢？把所有的空间留给其他人，将底色打扫干净，让后人重新书写新的篇章。

而且这样也最难。不露声色，不留痕迹，往往最难。

而且这样也最酷。他人争相暴露在你的面前，而他们对你一无所知。像黑洞一样，你吸收了他们发射出的光，而你依旧深不见底。

很少有这样的人了。在这个人人都想成名，成为品牌，成为 IP，拥有号召力的时代，他们用暴露自己来进行自我增值。

兴许也有很多隐者，因为他们不露痕迹，所以我看不到。

他们未见得是真的不想留下什么，只是想以"侠隐"的方式来反抗眼前并不热爱的社会。这种反抗是最为悖论式的——反抗出名、发声的方式是什么？不出名，不发声。反抗常常被定义为是"去做什么"，而忘记有一种反抗恰恰是"不去做"。一旦以做的方式反抗，往往也就陷入了反抗对象的阵营。

有人对此嗤之以鼻，那反抗有什么用？

我恰恰以为，反抗最重要的并不是"有什么用"，反抗者不应该是一个火炬手，让一群人来追随。这主要是为了给自己一个交代。也越来越觉得，哪里有什么救世主，管好自己就行了。

我的人生理想，似乎一直是在被铭记与被忘记之间撕扯着的。那个向外扩张的我，是想要留下些什么，留下些什么和别人的不一样。于是当我看到自认为别人不能比我做得好（当然事实可能不一定如此），但得到了我想大展拳脚的一些机会时，我会感到不快；那个向内收缩的我，是想要擦除些什么，擦除与这个荒诞世界的关联。于是当我偶然间了解到一些生活在天涯海角、看似普通的人却在默默无闻地做着一些不普通、甚至伟大的事业，我又会心生感动，甚至萌生出一种"我不是一个人"的错觉（实际上，这是一种拔高行为）。

中肯地讲，在大方向上，我还是一个俗人，是想要被铭记的。只是，有时候那个想要被忘记的小部分自我，会让我反省、回归理性和懂得克制。

也衷心祝愿那些愿意被忘记的人此生能够得到他们想要的幸福感。

2018 年 8 月

被搁置的迷茫

一个月前，我从海淀搬到了朝阳，不过几十分钟的车程而已，就好像换了个城市。

其实，这又有什么奇怪的呢！闹市的繁华和小巷的安宁，往往只有一街之隔；在优衣库里闲逛的群众，谁也不知道试衣间里有大新闻；从权贵政要到底层民众，也只不过是雪国列车车头到车尾的距离—— 而从颓丧到喜悦，就是从海淀到朝阳。

这么讲过于地理环境决定论了。跟环境确实有点关系，但全然由此决定，恐怕我得是个性格和心情上的变色龙了。环境带来的心情变化，主要是因为我现在在朝阳做一份比较喜欢的工作＋离平日里想去的艺术类场馆很近＋"乔迁之喜"—— 最后一项是比较抬举的说法，因为我区区一介北漂，只不过是从一个出租屋搬到另外一个出租屋而已。但是，树挪死人挪活，换个地方换换心情啦。

其实，这只不过是外在的形式。深层的原因是，这一个多月，是我自记事以来，最大程度地放过自己的一个月。我确实感觉到了比较密集的快乐。

今年春天，我的人生经历了一次不大不小的低谷（这谷在截至现在的人生中算蛮低的了，但因为前些年一直在落落落落，所以从之前一个坑掉到现在这个坑，落差也没很大），再加上其他一些琐事的助攻，心情很糟糕。这主要是因为我佯知世界有很多阴暗面，却从未做好自己不在阳光下的准备；也因为我佯知这世界魔幻而荒诞，却总以为自己足够幸运，接触的人都可以 make sense；还因为我佯装自己是一个理想主义者，却发现自己的理想主义，其实是那么经不起考验。

不过，上述的有些问题，也未必是这次才发现的。有些问题并不是阶段性的，而是一生的困扰，在人生的节点时刻重复地浮现出来。这倒不是说有些问题是一生的课题，而是揭示一个悲观的事实：人终其一生，可能都没有进步。

我人生的两点希望：一是不迷茫，二是有归属感。或许，某些人的两点也可以合并成一点，但它们在我心里还是有些微的不同。归属感比较具象，也比较当下。喜欢的工作、喜欢的圈子、喜欢的居住环境等，我心里大概有个标准。但未来是怎样的？我始终看不清楚方向。以前认为时间快快过的好处之一是，到了某某阶段，自然就不迷茫了，时间会推着你走的，时间会给你答案的，时间会让你足够倚老卖老的。可是我都要30了，还是迷茫得紧。身为一个很有使命感的人，人生都要过半了，使命是什么却还没有找到，是不是有些失败呢？又怎么能够不迷茫？

我想以后的我还会迷茫，正如以前的我一样。但是经历了一次低谷以后，我蛮想歇一歇，暂时抛开那些迷茫。以前也有心累想休息的时候，但总没有成功，没过几天又苦大仇深起来。但这次尝试效果还不错，我把心里的包袱都抛了，不再给自己定一个"非此不可"的目标。于是平日里的生活便丰富起来，不再是住在海淀时的那种独处居多的状态：和朋友约饭看展览、参加陌生人的电影音乐分享会、去看那些花不了多少钱却质量上乘的演出、主动追第一部综艺节目……

沉浸在里面我确实是挺开心的，不知道这是不是取决于我的生物性。但是，身为一个不以"快乐的感受"为终极快乐的人，我对此也保持了警惕——美其名曰"放过"了自己，实际上是不是"放弃"了自己呢？"痛并快乐着"才是我想要的那种快乐，虽然我希望这里面是"痛"少一点点，"快乐"多一点点。但是，痛必须在场，因为是它让快乐多了一种维度，从而走向立体和内心深处。

所以，我要捡起我的迷茫来了。其实"痛"对于我来说，也不是什么让人吱哇乱叫的东西——只不过是一点点自律。也就是说，最近我玩得有点野，是时候收收心了。玩还是应该去玩，但也要开始想着沉淀下一些东西——毕竟这是一个有使命感的人的使命！

2019 年 7 月

一九年夏天

北京今年的夏天，似乎结束得有点早。

立秋的那天，由于连天下雨，已经是有点凉了。我想起小时候的某个立秋日，整个村子停了电（夏天用电多的时候经常会这样），我们一家就将桌子抬到门口的巷子，借着夏天傍晚最后的微光吃饭。爷爷拿着蒲扇坐在旁边（啊，爷爷，无论何时想起您，我都会有些泪目！），总是唠叨着：今年的立秋时间是上午，天气很快就会凉下来啦，要是下午立秋，我们还得热上好些日子……

这是我对夏天的最典型记忆，也就是说，夏天总是又热又漫长，大家总想要让它早早结束。

然而，2019 年的 8 月 18 日晚上 8 点，记忆里还是秋老虎出没的时间，住在 7 楼的我已经听到蛐蛐们的叫声了——虽然邻居狂躁的空调室外机还在嗡嗡响着，但它依旧没能阻挡我对秋天的嗅觉。蛐蛐这种生灵也是很奇怪，好像不管住在什么高度的楼层，你都能听见它们清晰的鸣叫。它们的叫声，要比日间的蝉鸣更有穿透力，甚至给了我穿透时间的力量：除了让我想起停电的、在房顶上搭着蚊帐看着星星睡着的夜晚，还让我想起了和同学玩到摸黑才回家、心血来潮 5 点多就去晨跑的少年时刻。

这个夏天，我时时会想起小时候。大抵是因为，我和小时候已经变得特别不同了，有些怅然。如同这个季节，我的内心已经老气横秋。虽然现在是我人生中最老的时刻，但在 30 岁说这种话，大抵还是让人觉得有点少年不知愁滋味——没有经历过中年危机的洗礼，怎么能说"老"呢？可是，海子在 25 岁死去的时候，他已经看透了人生。就算我的慧根差点，都30 了，还不行吗？

或许，再过一些时日，我又会觉得，现在的我还算朝气蓬勃（真的还有这种空间吗？现在已经非常厌世松垮了喂），人生的下坡路真的有可能是有多远就能滚多远——甚至是如同无法阻止的衰老。我曾经将一句引人向上的格言"身体和心灵总有一个要在路上"改成了暗黑系的"身体和心灵总有一个要在黄泉路上"。现在想来,我的改编还是有点乐观,明明是两个都在朝黄泉路进发。

我说自己老了,是因为感到累了,有一种要折腾不动了的感觉。那就是王朔说过的:我依旧有很多梦想,但是现在已经不打算实现它们了。我倒是还想再挣扎一下,但是这种意愿和之前相比,变得微弱,变得随缘。我开始强调眼前的快乐,不再让自己每天都神经紧张。以前想要变得平静,但现在却也因平静而患得患失:不再挣扎时,我可能要沉入死水的水底。其实我也早已明白,我这人什么都想要,不管在什么状态下,我都不会感到幸福。不过还好的是,我也反复说过,我并没有把得到幸福当成人生的终极目标,但是这也不妨碍我在这种不幸和那种不幸间纠结如何取舍(何必说得这么悲观呢,其实我在两种不幸中,也都相应地找到了某种幸福感)。世俗的幸福,有时候我也很想得到,但是我也知道,真过上那样的生活,我也绝对会惆怅死。

我在之前的文章中说过,近一两个月我常常出门,看演出或参加活动。以前我是有活力,但是闭门不出;现在我其实没有那么有活力了,但却表现出了一副有活力的样子。不说这具体的一面,我想大部分人大体上都是过着分裂的生活的:有的东西没有表现出来,表现出来的东西,实际上自己根本就没有。

我感觉到自己老了的一个具体案例是,在最近观看的演出中,我喜欢上了一个年轻的乐队。乐队的成员大概二十二三岁的样子,非常青涩和纯真。我称他们为孩子们、娃娃们,心态是阿姨粉。不管怎么说,我们都是 90 后,不应该在心理上有那么远的距离,但是真的就有那么远。之前我欣赏的人,不管敢不敢吧,我都会想着去认识,这个呢,我就想着远远地看着他们就好,是怜爱,甚至是他妈的慈爱。这不是老了又是什么呢?

不过想来,最近总有年华不再的感慨,确实是因为要迈进 30 岁的大关了。女性的中年危机,大抵是要比男性来得早。因为本来也没有得到过美貌,所以对容颜减损的担忧倒是其次,我担忧的是,假如不像以往的 30 年一样每个阶段都有想要跳起来去够的东西,那这样的人生我还能坦然面对吗?

前一阵子,我看了回忆电影《九三年夏天》,很喜欢那部片子。我想,日子是过得很快的，眨眼之间，一九年夏天也成为我的回忆了。我希望我回忆起这个夏天时，能够舒一口气，感到有惊无险。

　　但是无论如何，夏天过去了。

2019 年 8 月

夏日暖洋洋

属于今年的一切，都后知后觉。就连全身细胞对夏天的典型记忆，也在入秋后才被唤醒。

根据我过往的经验，夏天绝不是《粉红色的回忆》所唱的那样"悄悄过去"的，这个"晴天"与"霹雳"交替出现的季节，就如同晴天霹雳的阵仗般，存在感超强。但是在一切都很反常的 2020 年，夏天真的好像是悄悄过去的。

往年每到夏天，燥热的天气总会让我想起小学时听的《橘子香水》："摄氏三十七度，没有电话没有传呼……"然后埋怨任贤齐把温度唱低了，明明常常会有 40 度，37 度就中暑，这个歌手的身体不太行。但是今年的北京，除了多雨之外，晴朗的日子气温也不太高，似乎只有一天上了 37 度。那些几乎每到夏天都会见到的在马路上打个鸡蛋都能煎熟的新闻，今年也没有出现。

但是即便这样，假如我像往年一样常常出门，刚刚超过三十度的户外环境也足够让我感到炎热。但是，今年出门太少了，尤其是中午暴晒的时刻。早上出门，晚上回家，不足以让我感受夏天。

今天中午恰好在外面。前两天回了老家，按单位规定，返岗必须要做核酸检测。本想上午去做的，但因为有其他事耽搁了一会儿，到达医院时，上午的检测刚好结束。下午的检测 1 点开始。医院离我住的地方并不远，但回去一趟也需要 20 分钟。歇不了几分钟又得来，显得有点不划算。于是，我准备在附近找个地方吃饭，再等上个 20 来分钟，就差不多了。

我不是亲"日"型，太阳对我相当不友好。夏天出门，我一般都会带把遮阳伞。我并不喜欢拿着遮阳伞时的那种小资气质，问题是，不打伞，晒黑是一方面，我还会因我妈的遗传而长斑。脸上的斑都是中学骑车上下学时晒出来的。有些人的晒斑还是挺美的，我的并不美，满脸长且深浅不一。除此之外，我的眼睛感光度很高，阳光稍微强烈一点，我都得像猫一样眯起眼睛。在小学二年级一个晴朗傍晚拍摄的班级合影里，大部分人都双眼溜圆，我的脸却因眯眼扭曲了形状。

阿番，《夏日暖洋洋》，2022 年

　　或许是没想到太阳这么大，又或许是没想到要在外面待到中午，总之，今天出门前压根没想带伞这回事。于是，寻觅食物的时候便只能采取迂回的路线，跑跳着往阴影里躲。今天的最高气温是 34 度，不算太热，但夏天还是晒到了我的脸上。当我眯起眼睛的时候，模糊的视线给我一种它是被阳光烤焦了的错觉。街上并没有人撩起上衣或光着膀子，行人和车辆的声音也并不热闹，但我好像听到了看到了，因为我记忆里黏稠的夏日，总是和"热火朝天"与"人声鼎沸"联系在一起。

人的身体，最接近夏天。这虽然可以作比喻义（繁茂的万物和闪电骤雨丰富了视觉；知了蟋蟀苍蝇蚊子震动的翅膀以及雷声雨声丰富了听觉；碳酸饮料和雪糕冰块刺激了味觉；毛孔涌出的汗水打湿了衣衫），但 literally，它就是最接近夏天——身体得以充分地与夏日氛围接触，不像春秋隔上两层，冬天隔上五层。所以，假如整体来讲，人在所有季节里对夏天的感知最为敏锐，倒也是有法可依的。

谈及劳动人民的辛苦，我们常常想到的画面之一，便是在酷日下面挥汗如雨。炎热的中午，最好就是什么活计都放下，找个通风的地方（即便是桥洞或者陋巷），美滋滋地睡上一觉。今天的我无法达成这样的愿望。为了减少靠着墙根儿等待的时间，我决定在这个冷气很足的餐馆细嚼慢咽。快吃完时，我本想再拖上十几分钟，谁知道这家餐馆还挺火，没位子的人眼巴巴地在那儿等着。我便只好提前出来了。

核酸检测并不在室内，医院的某个入口搭了一排蓝色帐篷。这些帐篷原本是为了提供阴凉，但是里面的空气依旧燥热，让人想起蔬菜大棚。对比一下，还是靠着墙根儿舒服些。在墙根儿窄窄的阴凉处躲避太阳，就仿佛在窄窄的屋檐下躲雨。夏天给人的感觉，总是很逼仄。

本篇的题目，借用了世纪初的电影《夏日暖洋洋》，但在内容上没什么关联。不过既然谈到了，索性说几句自己的想法。在这个讲述小人物爱恨情仇的故事里，太阳总是大大的。但是，它虽然暖，提供的却是一种冷眼旁观的"热"闹，仿佛在说，太阳底下没有新鲜事。还有一部新近的电影《阳光普照》，也没怎么说太阳好。因为太阳太过阳光，照得他人连阴影也不许存在，所以太阳必须陨落，以让平凡之人得以心安理得地过活？我不是太理解这个思路。

Anyway，又一个夏天过去了。

2020 年 8 月

我与日记

　　我总是时不时地想提起笔来，在日记本上写日记。但是这么多年了，这大部分都是一时冲动，我坚持不了很久，日记便停歇了。

　　我经常是个情绪性的写作者。这也是为什么尽管在很多表现上我没那么女性，但依旧认为自己偏女性化的原因。情绪高涨或低落的时候，我都想写字——记录这种高涨或低落还是其次，让这种情绪找到出口，甚至利用它们创作出平静时无法得来的文字，才是我最终的目的——因为本来，高涨或低落的情绪都会引起我生理上的不适，既然这样了，何不让它们为我创造出一些价值呢？

　　但是有些文字适合公开，有些不适合。

　　我在小学和初中大部分情况下写的日记，都不是严格意义上的"日记"——它们只不过是在老师要求下写的"日""记"，是本就知道会被别人看的每日事件的记录（老师要批阅）。真正的"日记"（虽然在其名称上并没有体现）应该是私密的，是个人情绪的无序化流淌。这也不是说，它排除了具体事件的叙述，而是在具体事件的字里行间，你仍能够看到情绪。就像胡适日记里连着几天只有简短的记录"打麻将"，但我依旧看出了他对自己的失望。

　　我的日记里，也是失望很多。对自己的失望和面对现实时的丧。我知道公开这部分对塑造我在这个世界上的光鲜形象没有好处，因此它们只适合出现在日记里。

　　最为暗黑的日记是初中的时候写的，那是我对立思维最严重，但又忍耐着没有跟任何人讲的时候。我常常是恐惧着写下那些字句（相关经历为我之后的悲伤和脆弱奠定了基调）。写完之后，我怕我妈看到把她吓坏，便将那几页从本子上撕下来，锁到了小抽屉里。后来当我自己再翻看那几页时，触目惊心到我自己都不忍卒读。这样的记忆，还是不要保存了！于是把它们撕个粉碎，我自己都不能再看。现在留有的是可被观看的初中生日记，那里面渲染的是一个天真烂漫又调皮的小姑娘。只看这些，我似乎会觉得我的青少年时期过得很快乐。

　　我的分裂人生，其实是从小学，甚至幼儿园时期就开始的（我在面对别人时，很少有特别不开

阿番，《仙人掌与日记》，2022 年

心的表现）。

　　后来的日记，便都是断断续续的了。其实在很多时候，我是需要有人安慰的。但是，现实生活中，大部分时候你很难找到人安慰，甚至你需要安慰的时候，你觉得可以安慰你的人还给你添堵，让失望更深一个层次。所以日记本的作用就来了，我一笔一划地倾诉给它，哪怕写错一些字，在它上面涂涂改改，它都会对我有所包容。当然，偶尔也写一些向上的情绪，比如一些可能被人耻笑的梦想。

　　我每次写一段时间就中断的原因是即便它是私密的，我也希望它们能散发出文字的魅力。每次开头第一篇的文笔都还不错，可后面的有时是情绪没到位，有时是一天过得确实平庸，总之发泄完情绪之后，既显得我拥有所有凡俗的苦恼与丑恶，又没有精准到位的语言来平衡那些缺点。再而衰，三而竭，一个写日记的阶段就过去了。

　　但人总是不长记性的。我不知道别人怎样，但我的悲伤和痛苦其实都是阶段性的轮回，面对的都是之前就克服不了的问题。像月经来潮一样，我写日记也是心血在周期性的来潮。然后又嫌弃之前的日记写得不好，又嫌弃之前的字写得太丑（好像再写就不丑了一样），于是就换个本子，重新开始写……我已经有好几个只写了几页的日记本了。当我寻找空本子记笔记的时候，偶然翻开一些日记还会感到惊讶，因为有些内容，真的不记得写过了。

　　其实写日记还有一个隐隐的，也本应放到日记里不便被公开的幻想：假使我以后成了个名人，总得给后人们留点手稿什么的念想吧？（但实际上，写得那么差，我最终是不想被别人看到的。）

2019 年 9 月

自我与演员

我与演员这个职业，本没有什么交集，但是这也并不妨碍我去设想，我和它的可能关联。不过，不用想太久，我就发现，我们不可能是正相关和强联结——我恐惧当演员，我可以去演个死尸或者路人甲，但角色稍微需要琢磨，那便是一头洪水猛兽。

好的演员应该是一个灵活的容器。它可能原本是一个喜欢白开水的容器，也可能是一个盛放烈酒的容器，甚至是一个用来做化学实验的容器。但是，当角色需要时，他们都可以将自己原有的喜好清空，用角色的性格和经历将自己填满——甚至很多情况下，还要有些弹性，以此配合某些有棱角的填充物的形状。

如果，非要将我也比作一个容器的话，我大概是那种外表坚硬，开口很小，里面却又填塞的是如同土壤般的固体的类型。很多东西，一点一滴地塞进去，便被压实，再也倒不出来了。这"充实"的，便是我的自我。我承认我的自我太多了，我一点一滴攒起来的自我意识，它有时让我痛苦，但总体让我满意（要不然我怎么会还活着呢？），因为它毕竟是我这个人之所以是我这人的根本。要让我割舍掉大部分，保留一丁点，只为填充成另外一个人——这或许也是有价值的体验，但是我本能地拒绝，并且，即便我愿意，恐怕不是倒不出来，就是倒不干净。自我太强大时（这个"强大"指量上的多，而绝非质上的坚硬。因为我的自我虽然"强大"，但也极其脆弱），根本容不下别人（同样，这里的"容不下别人"，不是指通俗意义上的小心眼，而是指不允许"自我"遭受被置换的威胁）。

一个好的演员，在表演的过程中——甚至在准备的过程中，是应该忘掉自己的。这个"忘我"，和我们平时所说的忘我并不相同。通常意义上的忘我，往往在形容陷入兴趣爱好时的语句中出现。这是一种沉浸式的忘我，来自自我的呼唤，恰恰是更高形式地回归自我；而演员是掏空式的忘我，保留一点自我意识，但本质上是对自我意识的远离（特别是角色和本人反差大的时候）。他要相信他是自卑的、绝望的、肤浅的或歇斯底里的；他要相信他得了绝症、杀了人、涉世未深或者饱受炎凉。这都是对自我的颠覆，要有多高的天赋、多好的心

阿番，《能屈能伸》，2022 年

理素质，或者多强的敬畏之心，才能承受这种颠覆？光是想想，我就有种分裂之感，更别说真的要去尝试了。

　　电影院给了人们剧场体验，能让每个一直生活在既定轨迹里的人，短暂地停歇一下。光是看看别人的表演，灯光打开，我就恍若隔世了。要在几个月的时间里一直揣摩和感受另外一个人，如同灵魂附体一般，于我那便如同魔怔。常有人将爱琢磨故事情节的演员称为戏疯子。这个"疯"或许指投入，但在我看来，他们或多或少是真有点疯。一个身体里容不下两个灵魂，当一个人在扮演另外一个人时，必定会将自我抛掷于空中，任由它空白和游荡。而对我来说，自我的内核比躯体还要重要，要它去做一段时间的孤魂野鬼，是断然不可能的。不过，跃跃欲试的演员心会如此劝说：你可以将表现别人的意识，也看作自我意识的一部分。自我意识回答道：Don't trick me! 任何需要去辩证看待的，都有会输的危险。但凡可能会输的，强大自我都不可能迈出一步。

多重人格本就是一种精神疾病，而演员在投入角色的期间，实际上是被动地过着一种多重人格的生活。好多好的演员在一部戏结束时无法走出，比如全度妍演完《密阳》，希斯·莱杰演完小丑，就是因为太伤元气。奥斯卡影帝丹尼尔·刘易斯每演一部电影，都是放弃自我式的投入，演戏期间休息时的行为举止和剧中人无异，已经出戏的其他演员经常被他吓坏。所以当他在几年前宣布息影的时候，我特别能够理解。他已经投入了太多时间和精力去演别人，到了晚年，也应该投入地演一演自己。他曾经这样感谢妻子："这 16 年来你一直和一个奇怪的男人住在一起，你是家里最理智的那个人。"

在我看来，演员最好可以是白纸的状态，也就是说，他原本就是一个空的容器，没有什么底色——不要去装太多书，懂太多道理，有很多东西想要表达，甚至有太多不可撼动的原则。这样，他便没有什么要倒空自己的负担。周冬雨好像是这样的演员。不然的话，自我意识太强却还要去做演员，就很可能变成重写本。旧的不会擦去，新的又来了，一层又一层，却没有变成表演的层次感，而只是让呈现的面目变得模糊不清。此时脑海里想的是姜文。

我自己虽然做不成，但我是爱那些好的演员的。有的演员热爱这个行业，他们是这么解释的：一个人的现实生活只有一种人生，而当演员，是能被所有人接受的"生活在别处"的方式。几十种不同的人生，全浓缩在一个演员的身上，他们能因此获得成就感，倒也非常具有说服力——哪怕是王朔所说的，"过把瘾就死"呢！所以我便庆幸，这世界果如罗素所说：须知参差多态，乃是幸福的本源。尽管我没有极强的包容性，但总有人是有的。这世上有众多的人，和你互为风景，实则是一件幸事。

2019 年 12 月

开灯睡着

在家时，我的理想看书姿势是坐着，但是不一会儿便会斜倚、趴下，最终变成躺着。说来也怪也不怪，在外面坐着看书时，我一点也不感到腻歪，但是一回家就不行，几乎连 5 分钟都坐不住。不管如何下决心要坐如钟，最终的归宿都是床。

啊，床。

尤其是在 10 月中旬到 11 月下旬北京供暖之前这难熬的节点，床对我的诱惑力更大了。在外面穿得厚实还行，回到家穿上居家的衣服，我便只想钻被窝，把自己裹成襁褓中的婴孩，只留双臂在外面挥舞着（当然还有头——虽然这是常识没必要提，但杠精会要求做到表述严谨，否则还以为钻进被窝的是一只螃蟹）。

这是这个青年难得感到幸福的时刻。对被窝的感激大概只有在清醒时才最凸显，因为当你睡着，所有的感觉都服务于梦境了。你可能因为被窝的暖和而做了一个甜甜的梦，但你不会将甜甜的梦归结到被窝的暖和上。（杠精又要说了，暖和的并不是被窝本身，夏天在外面卖的冰棍儿也是被被窝包裹。但是，身体注定要在空气中流散的热量被被窝归集，反射回来，回馈母体，被窝在这过程中难道不正起到一种"发光发热"的效果吗？）

饥饿、寒冷、头疼脑热、不能呼吸，都会引起人生理上的不适。然而，对我来说，消除饥饿并不能让我身心都幸福满溢，因为吃饱喝足后还要面对长胖的隐忧；生病痊愈当然是幸福的，但是病去如抽丝，渐渐痊愈也稀释了每分每秒的幸福感；不能呼吸当然是一种终极痛苦（呛水、浓烟），但恢复到能呼吸的状态的感受是庆幸、感恩等，也不会是幸福——唯有舒适地解决寒冷，从瞬间过渡到温暖——比如将大风拒之门外，将寒冷拒之"窝"外，才能让我有这种感受。

我露出了两只手臂，用来翻书。然后手臂也觉得冷，于是便躺平，侧着身子，把手也缩进被子里，将书放在伴侣的位置看着它。然而可能这个伴侣的魅力不够，还不到 8 点，看了不过半小时，我就困了。

我决定睡会儿—— 我总是担心自己睡不够，就好像我稀罕活多大年纪似的。我每天平均的睡眠时间在 8 小时以上。尤其是中午没有午睡的时候，我就更觉得得补个觉了。（由此看来，和那些每天睡三四个小时还脑子特灵光的天才们不同，我有时的看似精力旺盛完全有着合理的解释。）于是给自己定半小时的闹钟，像发誓今晚要坐如钟一样发誓半小时后要清醒起来。平时正常的睡觉，我都要关灯，因为我的眼皮和脸皮一样薄（怎样）—— 即便是上班时中午趴在桌上休息，我都要拿帽子把头盖上，以遮挡部分光线。此时的开灯睡觉，充分说明了我一会儿要醒来的决心。

我蜷成一团，闭上眼睛。平常在家午睡，都要将窗子遮得严严实实以达到暗室效果，而此时的我却要在炽亮的房间中睡觉。在想象中，我将视角放到灯的位置，看着头发在床上披散开的蜷缩的自己，突然有了一种 "dying in the sun" 的感觉。不，其实每次我都会有这种感觉，只是这次有了适合的修辞来表述。

入睡之前和醒来之后，外面的声音都会被放大。楼上的凳子吱吱扭扭地顿着地，还有什么小物件吧嗒掉了下来，是否被人捡起的声音并不能听到。这些声音，怎么说，都像在隔着一层肚皮翻涌。窗外除了车辆发出的各种声音，是异常精准的有人在铲东西的声音。一铲子下去，又一铲子下去，那声音如此之近，仿佛就是悬挂在 6 楼，有人在破坏着灰泥的墙皮。奇怪的是，隔壁吵闹邻居的声音，从来不能通过窗子听见，仿佛一进了屋，他们（或 "我"）就穿行到了另一个世界。而我透过窗帘向外散发着微弱冷光的房间，就这样飘浮在了北京寒冷的夜空里。

听着这些声音，我很快睡着了（以此证明，并非纯粹地逃避看书，而是真的困。虽然这也可以解读成，对看书的逃避已经浸淫到生理的层面）。如你所料，半小时后醒来也是不愿出被窝的，于是又半小时，又半小时……直到 10 点多 11 点多，彻底不困。导致的结果就是，到了睡觉的点强迫自己睡，却又在暗夜里大睁着眼睛支棱着耳朵，进行着另一种形式的太空漫游。

Leave the light on，有首歌是这么唱来着。这首歌唱的大概是 "为我留盏灯，让我在暗夜里也有归宿" 的情节。而我，为自己留灯好像只是为了费电。

2019 年 10 月

同理心的尺度

"世界上没有真正的感同身受。"这句话流传得多了,成了陈词滥调,但陈词滥调,往往都没毛病。

虽然也时常有人调侃"有钱人的快乐我们体会不到",但文章开头与"如人饮水,冷暖自知"同义的语句,重点总是在"冷"上。人们不会因别人感受不到自己的快乐而可惜,但却会因为别人感受不到自己的痛苦而遗憾。说出那句话的人,往往不是因为自己多么有同理心,为感受别人的痛苦做出了多大的努力,而大多是由于自己遭遇了某些不幸。于是,那句话有了幽怨的意味,这同样是一种以自我为中心的表达。

前阵子我遇到了一些灾祸,当时非常痛苦。我并非没有经历过痛苦,甚至猜测经历的要大于平均值(但往往是一些自我的缠斗,与他人和环境无涉),不过,亲自见证这个世界某些巨大的恶,还是头一次。我没有受过太多社会的揉捏与蹂躏,这个放在别人身上可能不算什么的稻草,还是让我的心态崩了。

为了摆脱痛苦,我得证明我的痛苦不算什么痛苦。于是,那些平时只是来看看的新闻,变得全都不一样了。我将自己的情感置入千里寻子 15 年的父亲身上、被囚禁地下室一个月并惨遭蹂躏的少女身上、支援疫情重灾区但不幸牺牲的医护身上、每年数十万名遭遇车祸的伤者身上、遭遇不幸没有受到家人朋友支持反而受到嘲讽与剥削的人的身上,我发现,他们的痛苦要比我的痛苦痛苦多了。并且,我的痛苦好歹部分源自我的失误,而他们中的大部分人,什么也没有做错,灾祸就从天而降了。

我不承认自己是个不善良的人,但在此之前,这些新闻我只是看看,或者不带感情地分析分析;现在,我好像部分地感受到了他们的痛苦。我之前也并非不知道,这世上并没有因果报应,灾祸就是灾祸,灾祸不是惩罚,它不会因为你是好人而避免,甚至会更倾向于发生在好人身上。但是由于我将自己的情感植入了,这个事实就显得更加悲凉—— 我本来是为了治愈痛苦而对此进行思考,可是这种思考为我加入了另一维度的痛苦。

刚开始真情实感地感受别人的不易时，对自己的态度是责备的，觉得自己过于沉浸在个人的感受里，对这个世界冷眼旁观，甚至有些伪善；但在心中模拟了太多人的痛苦后才发现，这应该是人进行自我保全的合理设置，否则，你的痛苦非但没有用，反而会沉浸在痛苦中无法自拔。我以前也并非没有同理心，但更多的是理性同理心；而我一向欠缺的，是一种情感的同理心。而这种情感的同理心，最好不要泛滥，从功能主义的角度讲，只需体会身边人的不幸便可，这样你才能设身处地为对方想办法，提供策略和帮助。而体会天下苍生的疾苦，是能够改变苍生的不幸状态的人需要去做的。

当然，有的人是连理性的同理心也没有的，具体就表现在，没有底线，公平、正义和善恶的某些标准，在他们心里通通都不奏效。最近发生的两件事让我感受颇深。一个是中国的"窃格瓦拉"盗贼的受追捧。这样一个因盗窃反复入狱的罪犯，却因为说话好玩，得到了很多网友的热捧。他的恶关我什么事？他的好玩我是切身感受到的。大概，只有"窃格瓦拉"将他们偷个倾家荡产，他们才会知道这种"好玩"建立在什么基础之上。另一个是满嘴跑火车的特朗普，他在白宫记者会上放出种种不负责任的惊人言论（让人们将消毒水注入体内治疗新冠等），有人却说，这个老头还挺可爱的。数百万人的水深火热看不见，特朗普的可爱却是看到了。这些人不只是没有同理心，作为潜在帮凶的他们，其实是又蠢又恶的。

2020 年 5 月

不愿重复

或许是对"与众不同"的认识颇为狭隘，或许是对"创造力"有颇多误解，总之，在有意识地自我构建的过程中，我讨厌重复。

你看到了，"我讨厌重复"这句话是有条件状语的。也就是说，有些重复我并不讨厌，或者说，我对它们没有强烈的爱憎意识。我不讨厌生理性的重复，比如重复地呼吸、重复地进食、重复地眨巴眼睛，也不讨厌工具性的重复，比如为了考试，重复地背单词或知识点。我讨厌的是，剔除了我的生理限制和辅助功能后，在浩瀚的可以做的事情的选择中，我讨厌重复。

这种讨厌是一种感性的讨厌，不是理性的讨厌。我当然知道，有的书、有的电影只有反复阅读和观看才能理解其奥义（我的同事："你不觉得有些书多看几遍才会突然打通吗？"）。但是我总以为，花时间看第二遍和花时间看一本新书或者新电影，后者能给予我的更多，无论是知识点还是刺激（当然，我还可以既花时间看第二遍又花时间看新的，但是，一个人爱玩的秉性如此，那样会侵占我玩耍的时间。留给学习的时间就那么多，再多我就生理不适了）。在"深刻"与"全面"两点中选择，除非不得已（考试或者拿学位），我总是会选择"全面"。我不是一个"透彻"的人。

十多年前，当我还在接受西画的写生教育时，我连调两笔一样的颜色都是不肯的。"两块颜色不可能一模一样"，我印象派式地告诉自己。画完一笔重新调，画完一笔重新调，我总是比别人完成得慢，并且用更多的颜料。但是，这颜色变化在很多时候是肉眼观察不出来的，我的有意区别，往往让它们与真实的偏差更远。这导致我的画缺乏整体性。我知道，在很多情况下，只有不断地叠加（虽然会有些微的差别），某些美或者创造才能由质变达到量变：有些小调听起来很悦耳，但吟唱起来就会发现，整首曲子就只有一句旋律；有些建筑看上去十分壮观，但这种壮观经常来自于元素的重复。所以，我想努力克服"重复鄙视症"。但是，要将同一笔颜料抹到好几个位置，我还是下不去手。我神经质地暗示自己：这是无能的表现。（我将之视作强迫症的具体表现之一——可能，这和强迫症并没有关系，而是另外的心理反常现象。但是，由于我有强迫症这件事已经得到了医学上的确证，我便将我所有的反常归罪到它的头上。）

是的，我常常将重复看成一种无能的表现。或许，我并不是对重复有意见，而是对过多的重复有意见，所以才产生了矫枉过正式的逆反心理（我总是过度逆反又过度顺从）。我看过太多本可以走得更远的人在原地打转：艺术市场表现好的那些系列作品，第一幅都是二三十年前画的了，而这些艺术家们在创作了百十来幅后，竟然还在画这些东西。平心而论，刚出来的时候，这些作品有惊艳人的地方，但现在已经是潘金莲的裹脚布了。也有很多写作者将自己的文字换个瓶子，又换另外一个瓶子，贩卖到不同的地方。或许，同一风格画多了才能有话语权；或许，同一句话说很多遍才会有人注意，但是，当事人自己需要这种重复吗？在某种程度上，他们是需要的——不是需要这种重复的直接作用力，而是这些重复扩散到外面，然后回到自己身上的间接式的反作用力。

这种逆反心理最近的具体表现形式，是我在为一本书画系列插图的时候，故意采用了迥异的风格——十张画中，可能有八张风格都是不同的。其实本没有必要这样做——一本书的插图，有风格的连续性其实更合理。但是我不愿意。一是因为刚刚开始学用 ipad 画画，恨不得将所有的绘画效果探索个遍，既然碰上了这么个机会，干嘛不顺手探索一下；二是因为上一段提到的原因；三则和文章开头提到的原因相关：再画一幅相同风格的作品，跟另起炉灶比起来，我得到的东西变少了。

我是一个贪婪的人，得到的东西变少，这让我感觉不快乐。不过，我的理性也是该克服克服感性了。但是"克服"这件事，对于一个有强迫性对立思维、万事最好"顺其自然"的人来说，又是最难的。

2020 年 9 月

消失的爱琴海

中国有很多以外国地名命名的建筑或街道，比如白宫、维多利亚小区、曼哈顿广场、香榭丽舍大街等，这种文化上的他者性，充分显示出了现代主义的时间特质。

就比如，在北京，爱琴海不是真正的海，它是一片购物的"汪洋"。

但是，在开业不到 7 年的时间里，这片汪洋干涸了。

虽然一直知道实体经济已经下行，各地的商场不断倒闭，但近距离地观察到一个常去的商场的死亡，于我还是头一次。爱琴海关门是去年就决定的事，今年开年便已不再营业，因此和这场全球公共卫生危机没有太大关系。只是当两件不幸的事撞在一起，这两件事还都对我产生了影响，不免会心生悲凉。

我工作的地方就在爱琴海附近，中午休息时，很多同事会来爱琴海逛逛，买杯咖啡或奶茶回去。有时朋友来找我，假如不是周末，便会在爱琴海见面，约个饭或者在星巴克坐坐。爱琴海的三楼有个单向街书店，平时人倒也不少，最后好像没有找到新的开业地址，便永久地关门了。爱琴海的顶层有个温莎 KTV，我一直想要约同事们去唱歌，最后也终是没有成行。还有一次，中午吃饭不小心咬到筷子，把侧切牙的角给咬掉一块，看倒是看不太出来，就是舌头舔到的时候不太舒服。我趁午休时间来这个口腔医院，想要让护士帮我磨一磨。一问竟然要收我 260 块。我补个牙还没这么贵——所以我的牙到现在就这么一直不舒服着。

前段日子，我搬到了附近，上下班都要从这里路过，沿着商场的轮廓绕半圈才能到单位。于是，我目睹了爱琴海抽丝剥茧般的遗体告别仪式。

起初，大概是因为各类商品还没处理完，地下一层的永辉超市还在营业。商场大门口张贴着非常不显眼的告示，以至于我在它快要关门的时候才知道它还开着。我从商场的侧门走进去，通向楼上的电梯和其他入口已被堵塞，抬起头来，隐约可以看到各个店被拆除的痕迹；下行扶梯空转着，因在整个大厅里回荡，其运行的声音格外响亮；黑暗的商场内只有负一层的灯光透出来，提醒人们这里还有"生命"。只不过，进去后才发现，这生命之光马上也要熄灭了：一小块空间还在售卖食品和家居用品，另一大半则有工人在忙碌地拆卸着。结账时，我问收银员什么时候关门，她娴熟地扫码结算，似乎对此并不关心："还没有通知，可能快了。"

出了超市，要绕过半个负一层才能走到出口。我发现角落里一家钟表店还开着，修表师傅和往常一样坐在那儿。他面朝着大厅，低头摆弄着手中的东西，灯光在身后为他蒙上阴影。手艺人往往会选择坚持到最后一刻，对手艺的执着和对所做之物恋物般的感情，让他们总有一种仪式感。我见过很多钟表师傅，他们有的把店开在菜市场，有的开在胡同里，往往是不起眼的角落。在这个没有太多人还修表的年代，他们就像实体书店老板一样在苦苦支撑—— 不，书店老板还能在网络上发发声，倒闭了也会有一场文字葬礼，很多读者会来告别与祭奠。但修表店倒闭就倒闭了，就好像从来没有存在过。

永辉超市关门后，各个入口便被上了锁，贴了封条。用拟人的手法来说，爱琴海已经"凉透了"。橱窗上的广告依旧鲜艳，明星们欢笑着，但却如沃霍尔的波普作品一样，蒙上了一层死灰；尽管玻璃已被各式海报糊上，仍有缝隙可以看到里面垂下来的灯管、天花板，以及如断臂维纳斯般的人体模型。为什么要遮挡上呢？或许是这座巨大的废墟，在维持最后的体面。

我是热爱废墟的。可能是为我内心的废墟，寻找一种现实的对应物。不过，我内心的废墟和时不时的沧桑，也许并不是产生于磨难，而是产生于天性的媚俗。但沧桑的感受也正是我们这种人才能拥有，真正遍尝苦难的人，要么在努力挣扎着生活无暇沧桑，要么已经心生豁达不再沧桑。于是，沧桑的感觉变成了一种美学范畴的概念，已经和形而下的经历没有太多关系了。

最近几日，工人们开始频繁进出爱琴海，我上下班的时候，经常会看到他们在附近蹲坐着，抽烟或聊天。阳光也晴好，他们很惬意的样子。有时，会有人骑着电动三轮车过来，大概是拉走一些还能用的东西。小广场被安全线围了起来，巨大的扶梯被拖出，看上去好像装置艺术作品。爱琴海在慢慢被掏空。

最后的建筑框架，该如何拆除呢？我想到了国际上现代主义的终结时刻：1972 年 7 月

15日下午3点32分, 当曾经是理想建筑的普鲁伊特 - 伊戈城因被淘汰而被炸毁时, 英国建筑评论家查尔斯·詹克斯宣布, 现代主义于此刻死亡了。当然, 爱琴海的倒闭并不能承载类似的文化意义, 它甚至或许都没有什么代表性。但从我的视角看来, 它背后的实体经济的江河日下, 由疫情而加剧的网络销售和直播带货的火爆, 似乎都在宣布, 现代主义的残余正在被抹除, 后现代主义已经全方位地获得了胜利。

2020 年 5 月

游牧 2020

我成年后的大部分时光，都在北漂（我的家乡的确在北京的南面，但如果我是个东北人，"北漂"便亦是"南漂"）。然而，我对北京仍然不熟悉。这种不熟悉不仅是心理上的不熟悉，也是事实上的不熟悉。我只能说，我熟悉我读书时的学校的附近，我工作时的单位的周边，还有那些我去过的名胜古迹——实际上，从感受上来说，可能后者更为熟悉，因为至少，它们不会因为时间的推移产生太大的改变（我的学校和工作地，总是会修修补补，推陈出新，快速地变换面目）。尽管我在这里生活超过了 10 年，当我闭上眼睛时，我并不能忆起北京的大致轮廓，哪个商场在哪个区，哪个美术馆在几环——即便我去过几次，也记不得具体的行车路线，我的记忆力不算太差，我只是不想记住它。大概是身为一个北漂，无论在时间上的进入多么深入，我也只想和这座城发生浅尝辄止的关系。

2020 年的北漂，和 2010 年、2013 年、2018 年或者其他任何一个年份的北漂都不相同。

以前的"漂"是垂直方向的，是静态的悬浮。我处在北京的表面，在相当长的时间内，从一个相对固定的点，感受着这种失重。而现在的"漂"是水平方向的，是动态的漂浮。我仍旧处在北京的表面，但是这个表面动荡了起来，失重的同时也伴随着失衡，"任尔东西南北风"之后，我便"就这样漂来漂去"。

哦，不对，我不是"就这样漂来漂去"，我是"就那样漂来漂去"。韩寒说出那句话的时候，是跟他在一群赛车手中间说"其实，我是一个作家"一样的心态，漂是一种主动，漂是一种骄傲；我就不一样了，我既不主动，也不骄傲——下一站，是哪里呢？好像不是幸福。如果下一站是幸福，那么，这句话也不过与海子"从明天起，做个幸福的人"同义。

我的"就那样漂来漂去"，是一种非常直白的比喻——我在 2020 年搬了 3 次家。不是很有自主权的。

2020 年是世界和我发生碰撞最剧烈的一年，搬 3 次家只是这种碰撞的表象上的缩影。

原本，瘟疫造成的整个世界的衰退不会对我的人生产生重大影响，但是，它带来的次生灾害却让我和世界的整体运势平行。但是，这也是大悲大喜的一年，一些积聚着的隐藏危险突然现了原形，而另一些持久的不顺遂也终于打通了脉络。

不知道你们有没有在曾经给未来的自己写过信，自己又到到那个可以看信的年纪。今年5月，我偶然翻开了自己放在墙角落灰的10年前写的自传小说。那部小说以2020年的口吻追溯了我前20年的生活。因为没有现实素材，后面的10年草草写过，大意不过是对10年后的自己的设想。我的那些设想，保守的那部分实现了，期许的那部分没有实现。小说的结尾一句是："2020年，你还好吗？"在5月的时候，我的心情还处在谷底，我直接在十年前的发黄纸张上写下：我不好。

可是，在短短半年的时间内，我的想法又产生了很大变化。大概一些变故，只是为了给我提供一些反思的契机。在此之前，我虽知道我的一些痛苦来自执念（不过是由欲望造成），但是我舍不得放下它们。在此之后，我好像可以放下它们了，虽然会有些遗憾，但已经不再焦虑，甚至会有一些平静的安心了。（不过，这并不代表我跟这个世界和解了，我仍旧憎恶它，我只是选择放过我自己。）

所以，那句"我不好"只是意气用事，等到年底来看，我真正想说的是"还可以"。

如此想来，游牧的生活也还可以。毕竟一个地方坏透了时，我还可以走，不至于要和它同归于尽。也毕竟只有在轻装上阵时，才可以想走便走。于是，随遇而安。

2021年1月

这个春节

似乎为了让我认清它也不过是日常中的某一天的事实，年满 30 岁之后的第一个春节，彻底没有了年味。（有那味儿吗？没有。）

就地过年，我借住在朋友家，毕竟不管有没有疫情，我们小破学校寒假都会封校。其他朋友在知晓了这个状况，对我表示了一些担忧：大过节住在别人家，难免有些不方便。我：没有不方便，我朋友回老家，我躺在地板上睡都没人管。

所以，除夕夜的晚上，我一个人待在朋友的家里—— 我只能这么表述，虽然还有一个喘气儿的，但它不是人（Henry the Cat：呸！你也不是猫！）。其实，今年是北京最有人气的一个春节，好多有家不能回的人，按说应该热闹些才是。可惜，由于早就禁了烟花爆竹，不管外面多么灯火辉煌，房间里依旧寂寞如许。为了有点气氛带点节奏，我打开电脑，准备用春晚当个背景音乐。哼，年味丢就丢个彻底，直播打开就一直在加载，网络卡得像被命运扼住了咽喉。

我其实可以不这么凄风苦雨的。有个同样不回家的同事，在除夕夜搞了个 party。我最后知道的数据是，五男二女，蛮适合我的！可是，我最后还是选择不去了。因为我想提前感受下，假如我的最终结局是孤独，过年是种什么感觉。要是能抵得住这种时刻，那么孤独终老也便不是特别可怕。

大概是做足了思想准备工作的缘故，我心理上的感受还行。跟我妈视频，我妈问我吃饺子没（我们家是在大年三十的中午吃得比较丰盛，年夜饭就是吃饺子），我本来是要吃的。之前叫了超市的外送，主要是为了买速冻饺子。可是因为第一家超市的配送费稍贵，我换了一家后，却把最重要的饺子给忘了。便只能吃之前没有吃完的馄饨。尽管所有饺子应出现的场合都让馄饨代替了，但新的一年，也别让我露馅了。不，我并没有什么馅儿可露，我只有一种叫厚脸"皮"的东西。（冷就对了，我就是我，不一样的冰山梗王。）

是的，我最终还是没能在除夕夜抱上我妈。我在外生活的日子里可以不抱她，在日常的

阿番，《满脸写着高兴》，2022 年

探亲回家时可以不抱她，但却非常想在除夕之夜拥抱她。在这新的轮回即将开始的时刻，我想和她再次连在一起。在我二十多岁的时候，有时回家还会搂着她睡。每每触摸到她的身体，彼此皮肤的屏障即刻消失，又回到了那血液彼此交换的时刻。我将这种感受视作我还未独立的一种表现。这两年，即便我和她同睡，这种感觉也很少有了。我彻底地从母体脱离。而除夕夜我对她的拥抱，也不过是对过去那种强烈情分的追忆。

过年最重要的，好像就是除夕夜。前面预热了那么久，但过了除夕，年好像立马会过完。我过这个没有年味的年也是这样。才忙了一丁点学习和工作上的事，突然就初九了。那天是我自春节假期之后，第一天出门，去上班。今年的气温有些高，初九又是气温最高的一天。我晒着大太阳出门，对周围的温度表示怀疑—— 我不过是过了一个闭门不出的年而已，至于一抬脚就像冬眠苏醒了一样吗？由于长久地不做运动，我上个天桥都有些喘—— 我或许是沉睡了几十年吧，醒来已垂垂老矣。

由于有一只猫的陪伴，这次孤独终老试验便有了更多的可参考性。毕竟，对于很多独居老人来说，宠物是标配。就连街头的流浪汉，或许也会养条狗。但是，在喂食、逗弄和铲屎的日日夜夜里，我发现我并不需要它，或者说，不管这寂寞我能否忍受，它都无法帮我排遣。这更证实了我对自己心性的猜测：所有情感的依赖皆来自精神的交流。我不喜欢猫，不喜欢狗，也不喜欢小孩子（对这些倒也都说不上讨厌），因为我们没有办法进行思想对话。从这一点上来说，我必须承认我是个冷酷的人，女性特有的柔情，在我身上并没有发生。

一转眼到了元宵节，最广义的春节也即将过完。今天会买点元宵吃，这次我决不会拿什么鱼丸虾丸代替。

2021 年 2 月

失控

——

　　对于一个主体来说，"失控"可以是对外的，对以自己为坐标原点的、以物理性质为基础的小世界失去控制；也可以是对内的，对原点被无限放大、以身体为基础的精神世界失去控制。

　　就个人的体验来说，我好像总是处于某种程度的失控状态——当然是"某种程度"了，无论是对外还是对内的失控，终极的失控都是毁灭，因为我还在跟你诉说（甚至是平静的），那便当然是"某种程度"（甚至你也可以将这种程度，翻译为"矫情的程度"）。

　　步入社会之前，我的失控主要是对内的，时不时要对自己进行精神虐待。尽管如此，我的世俗人生还比较顺利，毕竟智力尚可，加上比较努力，求学阶段的结果都不会太坏。因此，虽然几经偏航，但很快会返回我所期望的轨道中。步入社会之后，情况慢慢翻转过来：我跟自己逐渐达成和解，精神世界的失控已经很少出现（非病理性的哀伤和痛苦，并不在我所谓"失控"的范围内），而我在这个世界行走的路径，却慢慢脱离了我的设想。

　　这种脱离设想指，不管是出于客观原因还是主观原因，我在某些方面和某些事情上（按照我自己的评价标准），已经失败了——倒不是说之前的那些年所有事情都顺遂，而是一些目标并未到"截止时间"，所以整个期待还没有破灭。到了如今，大限已至，我才发现，我没有能力，也没有能量去完成它们。我在空中画出的蓝图，就这样崩解掉了。

　　刚发现这一点时，我有些不能接受，觉得这是世界对我的背叛。那时的自我是多么的膨胀，妄图和世界平起平坐。实际上，此去的许多年，我不过是在世界丛林的边缘观察了一下，甚至是带着一点蔑视的态度，而从未进入丛林的内部。因为并未完全独立，有着别人的托举，边缘生存的所需又不太大，所以，我一直在拒绝进入丛林。于是，当被推进丛林时，我便失控了。

　　在大部分人的一生中，自愿或不自愿，总是要进入丛林的。一部分人可以被永远托举，他们无须进入丛林；另一些人则非常笃定，为了拒绝进入丛林，他们可以一直保持很小的生存所需。但是，前者我没有先天条件，后者我没有如此笃定。于是，在进入丛林挣扎了一段时间后，我不再想逃离丛林，而是试着往丛林深处走去。

失控在于，我进入了一个更大的、不一样的世界。失控也在于，我对失控的定义太过狭窄，认为只要达到一个特定的点才是"尽在掌握"，而拒绝接受那并非一个点，而是一个"范围"的可能性；我对"尽在掌握"的路径的规定也过于僵化，仿佛只有一条路，那条最直的路，才是正途，其他的不光是detour，甚至还是歪门邪道。不符合我对这个世界认识的大部分思路，我都会选择拒绝，甚至会认为，不拒绝是我堕落的开始，用他人虚假对我的方法还之他人，是我堕落的开始（毕竟可能被同化）。不过，倒也没立什么牌坊，喊什么口号，那是我的"非暴力不合作"阶段。在那个阶段，我以为自己是一个星系的中心，只需要自转就可以；现在，要摆正位置，发现自己充其量是一颗小行星，在自转的同时，要依照规则公转。

当我转换思维，降低对丛林的期待，对失控进行重新定义时，道路好像宽阔了一些。我决定要和世界合作，但是如何不卑不亢地进行合作，仍旧在探索中。生存的空间是可以大一些，但走远也可能是原始记忆消逝的过程，我不知道自己会不会越界——对，我还不能说，这并非堕落，我不敢肯定。但是，当世界失控时，你总要换一个姿势做补救，它可能没那么优雅，但却是有效的。我很遗憾没有办法保持优雅，但我也庆幸自己有了不优雅的勇气——毕竟，之前的拒绝，既可以被看作一种风骨，又可以被看作一种无法面对现实的脆弱。

一旦重新看待"失控"，这件事好像不再那么恐怖，甚至包含了一些乐趣（特别是从弥留之际的视角来看，前提是这种失控不是级别最高的那种）。如一句脱口秀所说的：人生嘛，图个热闹。都在自己设想里的人生，好像没有那么热闹。例外状态里的鸡飞狗跳，那才是热闹。而解决"失控"，则要变换自己的属性——不能再做金属，想着穿透一切了；而是要做液体，那些不能渗透的，便绕过去；那些可以渗透的，便慢慢瓦解。

说回来主题，其实"失控"本就是大部分人生活的真相，只有上帝才不失控。我们每个人，都有过做自己上帝的高光时刻。但是，上帝总会死的。是的，不是上帝从不存在，也不是上帝永远存在，而是，上帝来过。在大部分人的人生中，他都是先来后走的，只是陪伴具体的个人的时间不同。不过，或许，只有上帝死了，我们才能真正地立起来。

2021年12月

讲道理的人 一个

第三篇

论点赞

赞和被赞，已经成为一种非常普遍的现象。微博、微信、校内网、博客，甚至连新闻网站，都会设上这样一个表示"赞"的按钮：有时是一颗红心，有时是竖起的大拇指。大概是生活太艰难，人生太悲苦，大家都在求表扬，刷存在感。

点赞是有好处的，它是维系彼此关系的纽带。刚认识的朋友，直接给你评论？好像太突兀了些，太不把自己当外人了些。再说，不知道人家的说话风格思想趣味怎么办？别偷鸡不成蚀把米，马屁拍到马蹄子上。但是，若想拉近关系，还必须有所行动，要在对方面前晃悠，让对方知道角落里有个人在关（监）注（视）着你。另外一种就是曾经很要好，但因为不可抗拒力不能再生活在一起的朋友。可能你说的话，你的处境我并不了解，无法置喙，或不知情的安慰和羡慕显得虚伪。如是，倒不如不言不语，点个赞，表示"爱过"就够了。

但是，从旁观者的角度来看，点赞是不宜过于频繁的—— 这个"频繁"，既包括横向的（即见谁点谁，从屏上刷到屏下），又包括纵向的（某个人发一个你点一个）。第一种情况，明显当事人并非出于真心。我能想到的唯一解释是，他或她是一个交际草或者交际花，在他们的心目中，"人脉"是一个很重要的概念—— 我跟谁都好，我谁也都不得罪，我以后请他帮忙的时候，好歹咱们也是"点赞之交"！但是这种人的情商可能有点低，除非他把别人都当成了笨蛋；又或者，他只不过是想让表面上大家都看上去和和美美，因为靠这种方式获得真情是不可能的。另外一种纵向频繁，则会把自己置于非常掉价的位置—— 你是一个低一层次的无条件崇拜者，对方是你的男神或者女神。但这种献媚的方式，悲哀又无用。可能你的每个赞，都是发自肺腑源自真心，但是，泛滥会让它们一文不值。

微博盛行的时候，很多人求关注。微信盛行的时候，很多人开始求赞了。室友的哥哥在朋友圈发状态说："得了大奖，前 30 个点赞的每人发一万块！"室友点完赞将此消息告诉我，我怯怯地说："我可不可以为了这一万块钱加你哥哥的微信？"尔后她打电话求证，结果哥哥说这只不过是玩笑。人们为了求赞啊，已经到了如此丧心病狂的程度！而求赞的人，现实生活中大多是空虚而自卑的，明明活得很无聊很失败，却又不愿意承认这就是自己的人生，于是要向别人求证——你看我过得这不是很好？我的人生不是很丰富？

每个人都有希望得到别人认可的心理，本无可厚非。人可以期待被赞，却最好不要去求赞——当你去求的时候，就是在欺骗自己了——一定程度上，是你强迫了别人，你更搞不清楚哪个赞是真，哪个赞是假了。当这些赞本质上都是你自己点给自己的时候，又有些什么意思呢？我有一个叔叔爱发朋友圈，有次跟他见面，我们讨论了他朋友圈里的一个问题。他说："你既然都看到了，那为什么不给我点赞啊？"尤其是当两个人地位不平等的时候，更不能对弱势的一方提这样的要求。我给你点赞，是因为你是师长要尊重你，你是老板我有求于你，还是因为你说的真有道理呢？况且，就算很羡慕你的生活，或者很欣赏你的言论，我就不能默默地欣赏吗？你凭什么剥夺我不点赞的自由？

大部分的点赞行为，已经变成了交际手段。生活中经常上演的事情就是，我恨你，你也恨我。很难有我恨你，但是你却爱我的。我时常想，为什么这种情况不发生呢？一个好人，就是应该被人爱，即使他并不爱你；一个坏人，就是不值得去爱，尽管他对你很好。可现实情况是，哪有什么公理呢？都是相互关系而已。你再好，你不喜欢我，我就不喜欢你；他这个人虽然坏事做绝，可是他对我很好呀，我怎么能那么忘恩负义呢？于是，没有了公理，胳膊肘不是直的，怎么都要向里拐；他是贪官，但他贪的不是我们家钱，我要那么多事做什么？……说这么多大概有点不知所云了，我的中心意思是：很多人点赞，不是因为对方说得好，而是因为，他曾经给你点赞了。这就好比人情，人家老给你点，你却晾着人家，老觉得愧对老友，无颜见江东父老。再说，你要是不偶尔给人家点一下，人家可也就不再给你点了！

大部分人都已经生活在空中了，脚丫子从不沾地，头顶上的 WI-FI 将大家从现实中拔出，一头扎进了软绵绵的云朵里，飘飘不知所以然了。精神的鸦片，为人增加了很多虚幻的快乐和无谓的烦恼。就连我——一个脑子理性行动感性的人，半个身子也被海市蜃楼吞没了，我正在痛苦而奋力地向外爬出，爬出，就像电视机里的贞子一样！

2014 年 12 月

惊声尖叫

我非常讨厌女孩子的尖叫声,尤其是一群女孩子的尖叫声,因为我总想起大官人们用绸缎蒙着眼睛流着口水在青楼里抓姑娘的场面。这种讨厌属于不分场合的绝对否定,见到偶像时的尖叫、见到老鼠时的尖叫、脑袋被门挤了时的尖叫、** 时的尖叫(你猜),正当理由或非正当理由,统统不喜欢。因为这极高的声调,莺莺燕燕的,暗示出一种极端的女性柔弱气质,甚至令人怀疑这是否是远古时代的遗留,那时候的女名猿就靠这个来激起男猿的保护欲外加性欲,使得男猿心甘情愿地为她们赴汤蹈火万死不辞精尽人亡。

每次见到蚊子或蟑螂,我的朋友们就大叫起来——当身边没男人的时候,她们就默认我是她们的男人。于是我默默地抄起鞋底,或者将书本卷成个棒槌,勉为其难地当起护花使者,三下五除二将小昆虫拍死。说实话,虽然她们是我的朋友,但相比听她们的叫声,我宁愿听她们哭。那么"哭叫声"我讨不讨厌呢?不讨厌。因为哭叫声本质上是哭不是叫,声调没有那么高,冲击力也没那么大。而"哭叫声"中的"叫",往往是有台词的,例如"哇哇哇我要找妈妈哇哇哇""呜呜呜不要杀我呜呜呜""嘤嘤嘤我还是个黄花大闺女你们放了我吧嘤嘤嘤",等等,无非是声音颤点儿,音量大点儿,算喊不算叫。我讨厌的,是没有任何直接表音作用的尖叫声。就是紫薇被容嬷嬷扎手指的时候,发出的那种尖叫声。

虽然频率低点,但男孩子也会尖叫,不过是我们听到得少就是了。尖叫很大程度上是害怕时的反应,而应该有阳刚之气的男孩子是不被鼓励害怕的。比如,女孩子受了伤处理伤口时,是允许被叫出来的,但男孩子就不行。很多影视剧里有硬汉不打麻药取子弹的情节,他们都要嘴里咬块布,绝对不允许自己"嗷嗷"地叫出声。因此,尖叫似乎成了女人的专利。尖叫约等于害怕,而害怕约等于弱者,所以在我的印象里,尖叫对应的就是弱者。身在一个"女子能顶半边天"的国度,一个希望更加平权的女性,我讨厌尖叫背后的女性柔弱气质。

与代表极端女性气质的尖叫而言,代表极端男性气质的是怒吼。在一些体育赛事开始之前（比如举重），很多男性运动员都会怒吼一嗓子，给自己打气。假如比赛拿了第一名，则更要怒吼了，有的还要边吼边撕衣服（张继科：谁在内涵我？）而在战争年代，怒吼则在冲锋时发出，那一声声孔武有力的怒吼，有着激动人心的力量。因此，尽管包含着个不太正面的"怒"字，但"怒吼"这个词却非常正面。因此，男生就算叫，也是面对困难时，勇敢地叫。

从男女常见的"叫"的方式，我们就能看出男权社会性别规训的成果。就我来说，我好像喜欢男生显得特别男性化，而不愿女性显得特别女性化。与其说这是一种男性气质崇拜，不如说这是一种慕强，我希望女性也强大起来。不光是女性的尖叫，过于甜美和温柔，甚至黏人、撒娇，都不是我所喜爱的女性气质。形容女性好的词汇应该是可爱、智慧、知性、大方、独立等。究其原因，大概是因为男性化的气质通过征服世界而存在，而女性化的气质却只是因征服男人而存在。这种气质可以帮助女性很快成为肋骨，但也限制了其成为身体、成为头脑，走得更远和想得更深得可能。它因为依附关系而显得有些缺憾。所以，只要是独立而自由的个体，身上必定会有一些传统上认为是男性气质的东西存在（实际上，那本应该是"人的气质"）：奋发向上、坚持梦想、永不言弃，等等。

最后一段好像又开启了升华模式，本来不想的——这暴露了我的本质：为什么前面要假不正经？有人要抗议。反正都看完了，抗议就抗议吧，你们叫啊，反正叫破喉咙也没用的。

2016 年 6 月

假装是上帝

现在有些文章，不光是告诉我们读哪些书，看哪些电影，还要告诉我们如何去生活，如何去做人。而且颇为自信，仿佛开启了上帝视角，自己说的话就是真理。比如什么《xx 条最有价值的人生建议》里的"年轻时有好的爱人比什么都重要""千万不要在晚上做决定"之类。大部分这些建议看上去好有道理，其实都很有病，且很多根本无法实施。当然，除了这些文章，生活中也有很多人好为人师，觉得自己的情况适用于所有人，于是给人建议时往往用命令式的、加感叹号的、不容置疑且不由分说的祈使句。身为一个明白人，我很少在不知道受众情况的情况下给人建议，何况，很多以此种语气给人建议的人还没有我明白。即便是给人建议，我都会以"我觉得……"开头。但是不行耶，《做到这几点，你就能成为更好的自己》里说了：说话不要老用"我觉得"，会显得你很没有自信。可是，我所有的感受都是"我觉得"，我不可能做到"上帝觉得"或者"大家都觉得"，我只能代表我自己哇。

上帝视角是哲学家爱用的视角，他们爱把一件事情或一个道理绝对化，仿佛不这样就没有人重视似的（事实上大部分时候也是如此）。比如尼采形容女性是这样的："女人是经由子宫思考。""每个女人心中都是一个妓女。""你要去女人那里吗？别忘了带上你的鞭子。"当伍迪·艾伦说"男人靠鸟鸟思考"时，不管他是否武断吧，起码他是个男人，具有一定的发言权。可是尼采和叔本华等人，一来他们并不是女人，二来他们没有深入地接触过女人，三来他们的言语并不是经过论证而得出的结论，往往是没来由的就冒出一句，就敢以哲学家的名号将自己对女性的偏见以"真理"的方式表达出来。难怪王小波看到尼采说"到女人那里别忘了带上鞭子"时，他要替女人说一句"我们招谁惹谁了"。但是他也承认哲人王的"这类疯话气派很大"，这大抵是为什么我在用"我觉得"的时候，因为没有"气派"，而显得"很没有自信"吧。

我生活中也有很多人喜欢让自己显得"气派"，毕竟"气派"看上去还是很诱人的。比如某个个人公号取名为"历史批评"（我身边确实有类似的事情，但这个名字是虚构的）。公允

阿番,《女基督》, 2022 年

地讲，一个人是有权决定自己的平台叫什么的。但我私以为，这么取名，有点挂羊头卖狗肉的意思。不好一点的揣测，他是要做个"标题党"，让别人误以为这是某个核心期刊或者权威机构的大号；好一点的揣测，就是公号所有者有很强的使命感，他就是要进行宏大叙事，对整个历史进行批评。可是实际上，发布文章的作者，仅限于公众号拥有者和其圈子，有时甚至会夹带私货，明里暗里为公号所有人谋福利。往往，此类公号能力还没怎么展现出来，野心就先展现出来了。

这种"口气很大"的取名党，也有点假装是上帝。明明自己的格局这么小，写的也是一家之言，篇篇要造成是权威，俯瞰整个局面的假象。多一点真诚不好吗？当然一个巴掌拍不响，群众有时候就是冲着母鸡来的，母鸡下的蛋根本不重要——或者说，他们没有鉴定鸡蛋好坏的能力。当他们遇到所谓权威或真理，就有点挪不动道，失去了主心骨，感觉只有虔诚之心才能弥补自己肉体凡躯的卑微。

这是某种形式的"忽悠"，当然，能把人忽悠瘸了也是一种本事，尤其在现代虚拟现实的社会里，忽悠还成了很多正当职业人士吃饭的法宝。你不能忽悠，怎么能处理好公关问题？你不能忽悠，怎么能拉来赞助？你不能忽悠，怎么能搞个大新闻？你不能忽悠，怎么能成为卖得最贵的艺术家？忽悠已经成为行走江湖之利器。

写到这儿，我还是挺悲观的，因为好像自己永远也成功不了了。像我这种人，做不了艺术家，因为有教授说了：艺术家首先就要有一种"天底下我最牛逼"的心态；做不了哲学家，因为哲学家喜欢将宏大的主题"一言以蔽之"，但我总以为这些主题"一言"没法"蔽之"；也做不了时代的弄潮儿，无法摆出无所不能的姿态让别人追随与臣服，只能在犄角旮旯里看着人家弄潮，而自己只能弄嘲。

没有想到，这篇文章的结论竟然是：我是个废人。好！悲！伤！

2017年1月

自知与不自知

我们有句谚语，叫作"人贵有自知之明"，好像自知是挺好的一个品质。但是，我们有时候又会看到这样的文字：她美而不自知；他善良而不自知；他们默默耕耘却不自知。这个"不自知"，让原本就高而上的"美""善良""默默耕耘"等特质更加熠熠生辉了。在这种情况下，不自知是更高尚的道德。

那么什么时候"自知"是好的，什么时候"不自知"是好的呢？

这个划分其实很简单，联系一下上下文就明了了。人们说"自知"为好的时候，说的是知道自己的缺点和局限，懂得常常撒泡尿照照自己——用现在的网络流行语来说，心里有点 B 数。你配不上这个姑娘，你难道不明白？侬考不上这所名校，侬晓得伐？而"不自知"为好的时候，就是对于自己的优点不自知。对自己的优点特别知道，并且让大家知道了这份知道，反而会引起反感——这份知道会破坏这些优点，让它们变得不纯粹。举个例子。很多人对黄晓明和杨洋有意见（对不起我最近很荒废只能举出娱乐八卦的例子），是因为他们太知道自己帅，然后耍帅，变得邪魅狂狷，增加了一种油腻感。反而是那种"明明可以靠脸，偏偏要靠才华"的，更能博得大家的喜爱。

但是，这样的要求——对自己的缺点自知，对自己的优点不自知，是不是有点苛刻了？世界上真的有人会只知自己的缺点，而不知自己的优点吗？

应该有的，但我觉得那是极少的人——是 4 种可以分成的类别中人数最少的，这里姑且称为第四类别。

第一类别，是只知自己优点，不知自己缺点的（当然，那些"优点"其实值得怀疑，甚至可能是其缺点）。这一类别的人往往以为自己是宇宙的中心，我思故我在，是唯心论最虔诚的信奉者，并且：天下之大，舍我其谁！这也是"人贵有自知之明"这句谚语所针对的一类人。

第二类别，是由于智力低下或自我意识从未觉醒过，对自己的优点和缺点都不甚了解，像蝼蚁一样忙忙碌碌无为过完一生的人。他们的人生是随波逐流的，所谓的优点和缺点也是经别人塑造、被他人告知的。至于自己真正有几斤几两，他们并没有称过，也没有要知道的兴趣。

第三类别，是既知道自己缺点，又知道自己优点的人。很多时候，所谓的"美而不自知""善良而不自知"，形容的其实是这一类人。他们并非不知道自己的优点，而是，并不觉得这些优点有多不寻常，多值得在意，以及多么有利用价值。这种"不自知"，恰恰建立在对自我以及人生最深刻的认知之上。

第四类别，大概就是那种觉得自己"一无是处"、活着就是给别人添堵的人了吧。这样的人是有的，但是悲观如此，我怀疑他们中的很多，一旦沉浸在这种想法里，就很可能已经不在这个世界上了。

不过，以上的划分都是绝对的概念，实际上，没有人对自己一丁点也不了解，不然"我"较之旁观者的优越性又在哪里呢（有人又说"当局者迷，旁观者清"，闭嘴）。在形而下的意义上，我们对于自己的特质、自己的欲望、自己的感受，还是最清楚的。当然，也没有人能将自己完全看透。与其说这种自知是对当下和未来的把握，不如说是对已有经验的反省。

四种类别的人也并不是完全不能转化。很多时候，都是生活给了我们自知的契机。把握住一些幸运，我们会发现自己还有很多潜能可以被开发；经历一些磨难，对自我的人性和人生的局限都会有更清楚的认识。遗憾的是哟，身为一个很有自知之明的人，我的自知都是磨难中来的。幸运是什么……不存在的！（假如你们见到我之前的人生似乎有幸运的迹象，对不起，那都是靠实力。）

2018年3月

站在撕破虚伪的制高点上

上个星期日是母亲节，很多人在朋友圈晒了妈妈，说出祝福的话语，或者以其他形式表现孝心。然后朋友圈里的一位朋友发了句"今天朋友圈多了好多孝子孝女"，讽刺的意味颇为浓重。

首先，讨论一下这句话说出的动机。我和这位朋友不太熟，人应该还可以，可能只是愤青罢了。我只是不知道发这句话的意义何在——想必加了好友的人，即便不是真好友，也不到需要维系塑料友谊的程度，但起码都是认识的、整体上不太讨厌的人（如果很讨厌，直接删除或拉黑好了，也不必看到朋友圈了），这样堂而皇之却又不指名道姓地讽刺，真的好吗？除了得罪人，我想不出其他的效果了。当然，这里面暗含着两层内容。第一：我知道今天是个什么日子，或者说，我对现在的热点很明白；第二，我知道热点，但是我不盲从热点，和你们不一样。这种通过踩踏别人提高自己的方式，只是为了满足"世人皆醉我独醒"的自我陶醉罢了——当然，也会吸引一批因此而"恍然大悟"的信徒。

其次，讨论一下这句话的合理性。在母亲节发和母亲有关的东西，应该是合情合理。春节的时候发节日祝福，奥运会的时候发比赛赛事，这本就是当天的关注点，做一些有仪式性的事情纪念，无可厚非。他讨厌的，或许是人们成群结队地做一件事情，而做这件事情的动机不是出于真心，而是出于一种参与热情。但是，值得商榷的是，人们都不是出于真心吗？本来，爱母亲就是天经地义的事，而只要不是极端冷酷或性格扭曲的人，或多或少都会爱自己的母亲。平日里发关于母亲的东西显得矫情，到这一天发一下，应一下景，问题不是太大。确实，随波逐流不是一个好词，但是有的流动，是正面的。即便里面掺杂着少数虚伪的孝心，整体营造的价值观导向也是正确的，不应该打压。

每当大家在追踪热点的时候，总有唱反调的人。当然盲目的追踪值得批判，但有的批判显得太过傲慢。比如前一段时间霍金去世。我的一位朋友写道："很快你的朋友圈就会有一大帮小学物理水平的人，声情并茂地哀悼霍金的离世了。"我想说的是，首先小学并不学物理（重点在哪里）；其次，我们不懂物理，并不能构成我们必须不哀悼他的理由——他面对病魔的勇气，他对人类探索未知世界所做出的贡献，可以说是家喻户晓的。我们哀悼的，是一个崇高的人的逝去。如果连悼念一个崇高的人都要因怕人诟病而小心翼翼，那才是可悲的。当然，我仍承认有并不关心霍金是谁，做了什么，仍然要以悼念霍金装点情怀的人，但我觉得那毕竟是少数。不要因为少数人无伤大雅的装点，而伤害大多数人真诚的心。

人民群众有时候是主动追热点，而公众人物常常是被动追热点。前两天汶川地震 10 周年祭，小鲜肉吴磊被批"人设崩了"。具体的原因是，他的微博发的是"微博文案、逝者安息，生者坚强，愿未来一切安好"——事先准备好的文案，也不是他亲自写的。吴磊才 19 岁，9 岁的时候发生的地震，他未见得有很深的感触，不发微博悼念也实属正常。但现在总是有一种道德绑架，让艺人们都做圣人（当然有些是艺人的主动选择），于是大家只能矫情。而且就我个人的意见而言，这种纯天灾性的事件并不值得纪念。战争胜利、大屠杀都值得去过纪念日，为了让我们吸取人类不理性时刻的教训，从而活得更好。但是就汶川地震来说，虽然确实死伤惨重，逝去的人也确实不幸，但这是自然灾害，仅仅是因为死去的人多，就应该去纪念吗？这对于逝去的人的亲属很有意义，但对于其他人来说，我不知道有什么理由必须去纪念。个人认为，还不如去纪念少数的抗灾英雄、救火战士，以及因公殉职的警察。

当然，我也承认，有些人确实对大自然有着很强的敬畏感，也对因天灾死去的人抱着深深的同情。是我太过冷血的缘故。

2018 年 5 月

三千万单身公狗来袭

单身的人都喜欢叫自己单身狗，仿佛这样就又可怜又可爱了似的，但是单身公狗这种叫法，意境一下子就从天上掉到了地上，大家就会真的想到狗，想到公狗追在母狗后面闻母狗屁股的场面（不要问我为什么，我是狗见多了）。我想他们可能更中意"男单身狗"这种说法，可是这种说法有悖常理，所以我还是要叫他们单身公狗。这个题目也让我想起了玄振轩送给金三顺的那只公狗，那只狗叫五千万。

新闻上说，到了 2020 年，中国男性会比女性多出 3000 万。身为忧国忧民的公知，这个消息让我寝食难安，都没有心思读圣贤书了—— 形势太严峻，怎能两耳不闻窗外事？到那时候会不只有 3000 万男单身。因为首先还是会有很传统的男人，喜欢三妻四妾，小三小四什么的一大堆。而这种传统男人又非常小气，不像法国的贵族一样，小三小四一边可以是别人的妻子，一边又是自己的情妇。然后还有很多不愿意结婚的女人—— 注意，是不愿意结婚的，而不是结不了婚的，因为广大的"3000 万"在虎视眈眈，就算看不上眼大家也就瞎着凑活着过了，毕竟能讨上媳妇就是一件荣耀的事，挑什么挑啊，也不看什么时候了。女的，活的，可以了！

不要以为结婚了就万事大吉，外面彩旗迎风招展，会加大女性出轨的概率，离婚率也会大大增加，任凭男性抱着大腿痛哭流涕高喊"不要丢下我和孩子"也无济于事。实在无法挽留，男性也会退而求其次："你走可以，孩子留下！"女性想想，反正我可以再生，毕竟他以后可能永远都讨不到媳妇了，于是就答应了。到时会出现很多孤儿寡父。作文课的题目不再是《我的妈妈》，而是《我的爸爸》，因为并不是所有的小朋友都有妈妈的，要是妈妈跟别人跑了，还会勾起小朋友们伤感的回忆。

没婚可结的怎么办呢？国家不会坐视不管。到时候，很可能会出台《只允许 gay 结婚不允许拉拉结婚法案》，鼓励男同，歧视女同。男同性恋多最好了，正好我们缺女的，你们自我解决吧。那时候会有一项新的基本国策：鼓励腐男，鼓励掰弯。会有新的口号：我是男同我心安，我给国家减负担！但是女同性恋是坚决不可以的，有这么多男同胞等着你解救，你不仅不帮忙，还要叫上一帮姐妹一起不帮忙，这就是你的不对了同学。对于这些没有觉悟的人，国家首先会动之以情晓之以理，不是不可以同性恋，关键是现在形势严峻，凡事要以大局为重，这是在为国家维稳做贡献。对于冥顽不灵者，一定要抓反面典型。到时候挂着破鞋游街的不再是出轨的女性了（她们可能会得到表扬），而是坚定不移的女同性恋者。

当然还有别的办法。女性的寿命一般都比男性的长，很多女性的晚年都是独自度过的。啊，所以，我们可以鼓励"奶孙恋"。姐弟恋都 out 啦！不过老太太们的儿子孙子可能不太会接受，毕竟叫小鲜肉"爷爷"心里会有点不服气。到那个时候，爱情可能会真的实现"不分年龄"。当然，也可以"不分种族"。《非诚勿扰》不会再局限在中国了，节目组会带着几个团几个师的中国男性到国外征婚。到时候刘烨会重新火一把，因为他娶了法国女人，为男同胞们树立了良好的典范。而嫁给老外的女性可能会不受待见，被冠上不识时务的罪名。

胡说八道到最后，我要严肃一点，谈谈这个事情对我自己的影响。2020 年，我 30 岁，正是"要么嫁，要么死"的年龄，虽然多了这么多男同胞，但我对嫁人这件事情一点也不乐观。就像那些劝别人别在一棵树上吊死的人说的，不要为了一棵树放弃一整个森林，there are plenty of fish in the sea，重新拥抱几亿男同胞吧！哎哟喂，不要做梦了，就算放弃了你那棵树，整个森林也不是你的。你爱森林，森林不爱你，我就是个活生生的例子。

2015 年 10 月

性别与词汇

最近看了英国情景喜剧《Coupling》，在第二季的某一集中，Patrick 因为女友不接受将来"三人行"的可能而打算与她分手，结果女友突然兴趣与"性趣"齐发，他立马赶到女友的家中，将之前宣布分手的语音信息删除掉，洗白白地躺在床上，等着女友带着另外一名女性回来 3p（怎样，我看的所有剧都不正经）。他将自己拷在床板上后，女友带着同样兴奋的 Patrick 的哥们儿 Jeff 回来了……

Patrick 的女友并没有说自己要带一名女性，但是 Patrick 和 Jeff 一听要 threesome，就激动得不能自已，可见，"三人行必有二女"成为一种默认，他们就等着一场艳福。三人行也让我联想到"小三"这个称呼，虽然没有任何性别暗示，但小三就是女性。如果是男性介入了一个女性的婚姻，则只会被称为"外遇"。

与一些贬称只针对女性相对的是，一些尊称只有男性享有。以前拜师，男女性都会被尊称为"师父"，男性师父的配偶会被尊称为"师母"。为什么不将女性师父称为"师母"呢？我们不经常说，失败是成功之母，祖国母亲吗？但是在后面的比喻中，"母"并没有任何教诲和提升的功能，而仅仅使用了母亲生产、哺育或起源的寓意，这只是对母亲最基本的生理功能的肯定。既然女性也被叫作"师父"了，那他们的配偶该如何称呼？师父的老公——简称"师公"？对不起，虽然也是个男的，但师公是师父的师父。这让我想起了我上幼儿园的事情。我们的幼儿园就只有一位老师，园子就在她家的旁边。虽然她的丈夫没有参与幼儿园的任何活动，但因为抬头不见低头见，我们总要向他问好。由于他不是老师，我们不能称他为老师。最终，我们称这个浇地工人为校长。虽然这个称呼不知道是家长们起的还是学生们起的，但叫"校长"好像十分得体——一来这让他比自己媳妇的地位高；二来校长也符合他的性别，反正大部分校长是男的；三是这可以侧面表明他户主、幼儿园"地产"主的身份。

除却古时的师父，还有近现代的"先生"——一些有学问的女性被"尊称"为先生。

明明有老师、教授、学者等中性词汇，人们偏偏认为"先生"最尊敬，最有风度。这种说法令人纳闷。刘半农发明了"她"字，而不再用男性的"他"统一指称，被认为是尊重女性的表现——为何用男性的"先生"来指代女性，还是尊重的表现呢？你们学术界很分裂啊。这个老师的伴侣同样面临着尴尬的境地，其他人在介绍他时，很可能会说——这是先生的先生。不知道的还以为中国在老早的时候就同性恋合法化了呢。

当然，上面的内容不能说明现代社会的男性在主观上轻视女性，只能表明女性在男权社会的角色和地位依旧低于男性，它们只是现实秩序的客观反映。若是女的个个是富婆，社会上的"男小三"增多，"小三"这个词说不定就专指男性；要不是历史上的"三人行""四人行""五人行"都是一男众女（妻妾成群的情况、招妓的情况，怡红院蒙着眼睛的嫖客："宝宝们，我来啦~"），也不会形成"三人行必有二女"的印象；如果古代的女性有相同的受教育的机会和办学的可能性，很可能会出现"师父"的对应词，又或者发明的词汇并无男女倾向。

但是，一些现象的发生就是来自于偏见，来自于对女性的刻板印象与轻视。前一段有个新闻：一个家长没有看护好孩子，致使两个小孩儿纷纷从商场的高层坠楼身亡。但是在新闻传播的过程中，一些记者在看到原标题后，自动将消息报道成是"一个粗心的妈妈"——原标题并没有提及家长性别（实际上是爸爸），他们默认带孩子的就是妈妈。前两天的例会上，一个同事说他想写这样一篇文章"为什么老女人比青年男性艺术家的作品更受青睐？"这个主题很让我火大，不仅仅是"老女人"这个词汇，而是这两个群体的比较就莫名其妙。为什么不拿老女人和老男人相比？老男人和年轻男性比？老女人和年轻女人相比？或者年轻男人和年轻女人比？如果说艺术家越老越值钱，那"老女人"的艺术比年轻男人的艺术值钱，本来就是天经地义的，怎么就觉得奇怪了呢？拿没有年龄和性别交叉的两个群体，即最没有比较可能性的两个群体相比，本身就证明了，这个同事认为所有的女性都应该比男性差，老女人的作品竟然比刚刚崭露头角的男性艺术家还贵，多么不能忍啊！

我同样不喜欢"男人统治世界，而女人统治男人"这句话，但很可惜，这句话反而是女性说得更多。你要知道，这并不是数学的推算公式，不是你掌握了男人，男人手中的世界就是你的。这只不过是女性的一种自我安慰。事实则更像"石头剪刀布"的循环相克，即男人统治世界，女人统治男人，而世界统治女人。真正的公式恰是：男人统治世界进而统治女人，然后再制造出一种被女人统治的假象。我反正是知道，被世界（社会或现实）打败的女人，真的是太多太多了。

2017 年 6 月

男性、女性与裙子

　　传统观念和设计思想在对待男女上半身和下半身服装的设计上，态度是并不统一的。因为女性的胸部会隆起而男性的不会，所以女性必须要穿内衣，以起到遮挡的效果，避免人们想入非非。根据这种"隆起原则"，则男性应该穿裙子，而不是女性，这是我看完奥运会后最大的感触，因为，穿着紧身衣的男运动员身体中心处总是会隆起一个包。有些网友还对之进行了恶搞，把图P得像每个人都揣着一根玉米棒子似的，吓得我以后都不敢啃玉米了。

　　你们这些污污的运动员，穿了衣服跟没穿衣服有区别吗？创世纪那会儿亚当都知道拿

阿番，《获胜的赛艇运动员》，2022 年

个树叶子挡一挡，现在这些后人简直就有点没着没臊无法无天了。建议这些穿紧身裤的男运动员都学一学与巴西队比赛时穿上粉色裙子的中国女乒，丁宁表示"风有点大"，可见还有降温的效果。

遮羞还是其次，裙子更有利于此部位从囚禁中得到解放。穿了裙子之后，男性从理论上来讲可以不穿内裤了（安全裤更不用穿！），反正没有女生故意去掀他们的裙子。这样他们的第三条腿爱往哪放往哪放，爱往哪儿甩往哪儿甩，穿着裙子转圈儿的时候还可以由于惯性而体验飞翔的感觉。但是穿裤子总是要限制它们的状态：要不然顺到左裤腿里，要不然顺到右裤腿里，要不然就得像卷尺一样卷起来放在内裤里（对不起我没有经验我只是猜测），直观一点就是下图的样子，感觉它们非常受委屈，身体别的部位都可以自由活动，偏偏命根子不可以，这是欲戴王冠必承其重吗？我要是根屌，我肯定不高兴：需要我的时候要我引体向上和百米冲刺，不需要我的时候就把我关起来，有没有天理啊？

而且，穿裙子对第三条腿的健康十分重要。我在网上看到这样的科普："生理因素。众所周知，男人的生理特征是外露的，而女人则是内敛的，医学书籍都记载得明明白白：男人应注意散热，××器官过热的话很容易造成不举；而女人则应注意保暖，不应受寒，否则容易染上各种妇科疾病。而穿裤子易于保暖，裙子利于散热，所以，从生理原因上说，男人比

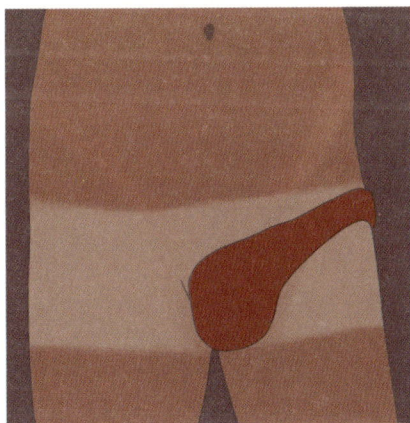

阿番，《鸟巢》，2022 年

女人更应该穿裙子。"这位网友还提出了男性应该穿裙子女性不应该穿裙子的另外一条理由:"安全因素。当今社会的强奸案发生频率越来越高,重要原因就是女性的裙子越穿越短,美国某研究所研究发现,在强奸案中,被强奸女性穿裙子的比例是 85.8%,而且平均撕开裤子所需要的时间比掀起裙子所需的时间要多 3 倍以上,女性呼叫的时间也更长。所以,从安全上说,女性不应该穿裙子,裙子应留给男人去穿。"这点让我想起了以前看到的哪个淫乱帝王的故事。他后宫中的女人裙子里面都不穿衣服,以供他淫乱的方便。但是我觉得让男性穿裙子女性不穿同样不能解决强奸案的问题——因为虽然撕开裤子的时间要长,但是他们掀自己裙子的时间也缩短了。

不过抛开这个问题,因为大家知道裙子底下风光无限,所以裙子虽然严严实实,却可以引起男性无限的遐想(虽然长度有点短,但是这是一个超级复合句。不过……因为……所以……却,牛不牛逼)。有很多变态男子都喜欢欣赏女性的裙下风光。说实话,这件事情我有点不理解。因为女性又不是没有穿衣服,看个内裤有啥意思啊?干脆去游泳馆或者海边,可以看个够。有一个男子因拍女性裙下风光被抓,在接受采访时,他说他下辈子的愿望是变成一条马路。

现在说说男子穿裙史和裙子发明史。原始时期就不说了,男男女女都是穿着草裙跳草裙舞的。《晋书》中有"男女通长裙"的记载。相传 4000 多年前,皇帝定了"上衣下裳"的制度(我是个文盲,这都是百度现买现卖的,如果有错误,请责骂度娘)。当然,这里的裙子大概指长袍,反正都是盖着腿,不见得是现代意义上裙子的意思。到了唐朝,可能打仗和劳动的时候不方便,所以男子就只穿裤子了。而"裙子"据说是武则天的发明。因为她腿太粗,穿裤子时裤子总会磨出声响,上朝时总能将群臣的目光吸引到自己的大粗腿上。恼羞成怒之下,她发明了裙子,而"裙"右边的"君"则指明了发明者的身份。虽然我觉得女生不必非穿裙子,但我夏天基本上都穿裙子的原因,是和武则天类似的。实际上,我不光夏天穿裙子,我是能穿裙子的时候都穿裙子。正是习惯了运用这种粗腿遮羞布,我才会放松警惕,在胖子的路上越走越远。

2016 年 8 月

男与女，化妆与健身

最近看了一篇讨论"地铁上化妆不文明"的文章——据了解，英美人民已经因讨论此事撕破脸，而我国尚未出现大规模动静。

那就让我先来搞个事情。

虽然我自认为是某种女权主义者，也虽然讲道理说，好像在公共场合化妆也不像躺着趴着那么不文明，但是平心而论，我并不喜欢这种行为——连在地铁上补个口红，我的内心都要抖三抖（是的，出于某种年老色衰以及年老色衰带来的连锁问题，我已经开始化妆了。归根到底，我是个肤浅的人）。

可能在我的认知里，可以接受人们裸奔，可以接受人们着衣而行，但是不接受在换衣间以外的地方看人穿衣服。这说明我是个媒介主义者——拉屎就应该在厕所，做饭就该在厨房，上房揭瓦就应该在房顶，下海捞鱼就应该跳进海里，而化妆，就应该在化妆间或者具有同等功能的地方。

可能在我的认知里，化妆时对着镜子挤眉弄眼涂脂抹粉更应该是一项地下活动，毕竟在我撑着眼皮戴隐形眼镜的时候，自己都会想到柯南里每集都会出现的死人眼。这么可怕的行为怎么可以被别人看到。要是在公共场合供众人瞻仰，无异于在进行一场行为艺术。

可能在我的认知里，蜕变都是要秘密进行的。我常常用下面两句话激励自己：拉屎攥拳头——使暗劲儿；天鹅优雅地浮在水面，脚下却在拼命划水。素颜是什么？在场的各位都不应该看到。

可能在我的认知里，人的某些习性是和青蛙一样的。青蛙只能看到动的东西，人们只能看到相对戏精的东西。毕竟大家都安安静静地坐着，你拿出自己的小宝库，开始画眼影、涂腮红、打阴影、上高光，十八般武艺轮番上场。——我不能说你化妆不礼貌，你反而要说我侧目而视不礼貌（看什么看，没见过人化妆啊？）拜托，在这件事情上，我就是要说，是你先勾引我的。

可能在我的认知里，在有限的时间内，人只能对其他人展示一面。就好像一部电影就应该只有一个主题，一幅画就应该只传达一种思考，一首音乐就应该只表现一种情绪。你可以是个多面手，但不能具有多变性。多变和复杂去交给身边的人，擦肩而过的路人不应该对此有所消化，会导致消化不良。—— 见你第一面（也有可能是最后一面）就上演如此卖力的表演，可能会有点接受无能。

相对于女性的化妆，是男性的健身。毕竟在现代人的身体美学里，女生貌美如花更重要，男生孔武有力更性感。

我不喜欢过多地看到男性在增肌方面的努力，也不喜欢看到一个不相干男性的美好肉体。我更喜欢看到的，是穿着得体的男性，因锻炼肌肉而将衣服撑出有力的线条，那种若隐若现的建筑感才更让人垂涎。这样的话，纸包不住火，衣服包不住 hot。就像化妆一样，付出过努力，大家都可以看到的不是吗？毕竟，你将裤衩穿到差点露出命根子，只是为了秀出 8 块腹肌时，归根到底，也不过是个膀爷。在大街上都不允许光膀子了，为什么在社交网络上还这么不文明。

当然，锻炼是好事，值得去提倡，我也应该多去去健身房。发在健身房挥汗如雨的照片，我没有什么意见。我不喜欢看男生秀肌肉，就像我不喜欢看女生晒自拍一样（别人拍的不算）—— 目的不在健康，而在于臭美。可能每个人内心都臭美，但我不喜欢将这个意图表现得十分明显的人。而供人观看的化妆也适用于这一心理。

当然，我又多虑了。那些拥有 8 块腹肌的膀爷，肌肉根本不是秀给我看的。

2018 年 7 月

叉腿的女人

在我们的文化里，女孩子叉腰可以被接受，叉腿却是不可以的（这里的叉腿指的是叉开腿，不是跷二郎腿）—— 这是男孩子的专利。

叉腿之所以让人觉得不雅观，主要是因为，这让人想到女性性交的姿势—— 当然，女性性交可以有多种姿势，但这种姿势是最基本的形式，最普遍，也让人的联想更直接了些——your legs are wide open, you are wide open。也怪不得王小波笔下的鱼玄机（《寻找无双》）死前想要把腿并住，不想摆这个"挨操"的姿势（当然，真正的鱼玄机可能并不这样想，她可是冲破封建束缚的唐朝第一"豪放女"。参见邵氏电影《唐朝豪放女》）。幸好其他的性交姿势没有被纳入这种话语系统里，否则，随着人类解锁的姿势越来越多，女性坐着也不可以，站着也不可以，甚至怎么着都不能证明自己不放荡了。

奇怪的是，让人联想到性的很多东西，比如女人的大胸、翘臀、香肩，一些具有性暗示的舞姿，都被看作是"性感"的，但叉腿却并不能让人想起相对正面的"性感"，而只能被看作是放荡—— 是因为没有在视觉上先引诱的"前戏"，而显得太直接吗？还是认为，性行为应该由男性占据主动权，女性可以引诱，但腿还是要在男性的引导下张开，它们自己张开了，倒显得自己被动了？总之，"女性不能叉腿"的想法充满了男权思想的烙印，可以有花花公子，不可以有花花女士。不过物极必反，双腿叉到横叉的地步，这姿势又变得纯洁起来。可能是因为，这样一来，就没有"胯下"之说了吧（因为齐平了）—— 这是"角度"问题，当腿叉到180度，我们的态度就有了180度的大转弯。

另外有一种说法是，男性是 outflow 的，大概是身体里的阳气太重，所以身体需要大大的张开，往外散；而女性是 inflow 的，阴气森森，外面最好不要有东西进来，需要收敛。这种说法可以接受，确实，男性器官只能发射，不能接收，而女性身体则可以与外界产生联系—— 非洲某部落对不贞女性的刑罚，就是将女性像糖葫芦一样串在直立的树枝上，阴道入，嘴里出，残忍无比；在日本的情色影片《感官世界》里，女主角往下体塞入一个鸡蛋，然

阿番，《萨拉·卢卡斯的肖像》，2022 年

后像母鸡下蛋一样将它"逼"了出来——当然，我举这些例子并不是耸人听闻，而是证明女性身体和外界的联系性，所以风大的时候并上腿是有好处的，避免灌风着凉。

还有一种说法是，男性中间有第三条腿，并上会有点挤；反正女性什么也没有，并上也没所谓。但是反过来想一想，女性什么也没有，所以 360 度无死角，我爱张着就张着，爱并着就并着。而男的则不行，角度要把握好，并得太紧，容易挤着蛋；张得太宽，容易扯着蛋。当然当然，这只不过是在开玩笑，因为事实上男生并着腿并不会觉得挤，这只不过是他们要张开腿的借口，否则，他们跷着二郎腿的时候岂不是得挤死？

但是有一点，男性摆什么姿势都不显得放荡的原因，并不是因为男性长期占据话语权，而是男女的性别差异——只要他不举（我说的不是疾病的"不举"，而是物理状态的"不举"啊啊啊），他怎么搔首弄姿都没用，即，男性进行性行为是需要门槛的（不考虑被鸡奸的情况谢谢），而女性则没有。女性可以在人生的大部分阶段"被性交"，有门槛的只是其生育能力。

不管怎么样吧，女孩子不能张开双腿已经成为女子规范之一，服气也好，不服气也罢，你都得遵守。王子曰"女子张嘴不张腿"（"王子"是我虚构的某个人物的尊称，这个人物有着和孔子、孟子一样的地位）。但是事实上，有的时候真是很难办的。除却上厕所和生孩子这些在私密空间里不得不张开腿的时刻，其他有些场合你也不得不张开腿。坐下用搓衣板洗衣服时，你是不是得张开腿？立定跳远的时候，是不是要张开腿？蛙跳的时候，是不是要张开腿？扎马步时，是不是要张开腿？采石头过河时，是不是要张开腿？趾高气昂横着走时，是不是要张开腿？张腿是一个基本动作，怎么可以剥夺女性张腿的权利。

有人又会说了，我们不是不允许女性叉腿，是不允许女性在坐着的时候叉腿。这也是有点奇怪的，因为让人联想性交的叉腿，明明是躺着的。所以坐着的时候叉腿，又有什么不可以？

2017 年 5 月

与小鲜肉恋爱

作为一个经常看娱乐八卦解闷儿的人（话说，最近的娱乐圈真是无聊得很，都提供不出我和姐妹们聊天的素材），我发现了广大女网友为大龄女明星择偶方面提出的一个挺统一口径的新建议：嫁什么豪门老男人，不如与小鲜肉恋爱。

据我观察，公众对女明星配老男人组合的厌弃，原因如下：二人之间不可能有真爱，是女明星动机不纯。她们只是看中了老男人的金钱和地位，是顺从男权社会运行法则的表现，结婚了也不会幸福，要处处受制于人，一入豪门深似海哪。而这些老男人也没有除了权力与金钱之外的优点，否则，图他岁数大，图他不洗澡，图他要人伺候，图他疲软的老屌吗？女明星，自信点，你就是豪门，你得做独立而优雅的大女主！而怎么样才能显得像大女主呢？除了一直单身，就是找个小鲜肉。不管是出于生理的动机还是心理的动机，你没有图他的权势和金钱，那图的是什么？当然是图真心喜欢，图老娘愿意。

这种想法一厢情愿而自以为是（嘿，我发现"自以为是"这个词非常好用，可以用在几乎所有错误的判断上）。金钱和地位仿佛成了一种原罪，而"老男人"可能有的成熟、稳重和充满人生阅历也可以忽略不计。与"小鲜肉"对应的词汇是"小奶狗"和"小狼狗"，狗勾嘛，多听话，还会摇尾巴逗你开心。可是，小鲜肉还可能是熊孩子，你不过是体验了一把另类当妈，含辛茹苦把他拉扯大，他可能连个好脸色也不给你。并且，难道他不可能是图你的金钱和地位吗？"男人永远喜欢20岁的姑娘"的告诫，难道你又忘了吗？而公众幻想中的女明星的小鲜肉，他们不仅听话，听话里还往往包含着"少年老成"，懂得女明星的辛苦，会给到她想要的安慰（年下恋偶像剧看多了）。看一眼女明星带小老公或小男友上真人秀节目的情况？好像不是这么回事。

表面上，强调"女生上来自己动"，好像是一种观念上的转变，好像是女权运动的成果。但是，要女人压过男人占据统治地位，就是女权主义的本质——男女平权所要倡导的结果吗？这种对权力倒转的要求反而暴露了当前男权统治的不可撼动，而矫枉过正不过是表达不服的过激方式罢了。假如不在权利话语的范畴讨论这个问题，大多数人可能更同意，"势均力敌"才是最好的恋爱或婚姻的状态。

女人图男人金钱，男人图女人美貌，在现在强调权力倒转的口嗨环境下，已经显得讳莫如深，尽管这还是当前两性关系的主要潮流。而将性别调换一下，反而可以随便去谈。比如，女性可以随便讨论哪个男生长得帅，而男性对女性相貌的评头论足就显得风度全无。女生犯花痴会被当成可爱的表现，男生犯花痴，那就是精虫上脑不要脸。而反过来，男生可以说"阿姨我不想努力了"，而女生则不能说"大叔（干爹）我不想努力了"。在后一种情况中，为什么前者更像是调侃呢？还是因为有钱的阿姨太少，不是每个男的都能当上白马会所的头牌（虽然搞不好有钱的阿姨的"有钱"也来自有钱的大爷，并非食物链的最顶端，当代武则天还是太少了）；而有钱的大叔还是挺多，女生此言一出，那可不是随便说说，喜提拜金女的名号。

其实，对于上述分析的现象，我到现在也没有搞清楚，这究竟是一种进步，还是一种退步。

2021 年 11 月

对男女平权的一些思考

最近，因为杨笠在脱口秀节目中的表演，中国迎来了史上最激烈的一次关于女权的辩论。一些男性的"底线"被触碰，对于所谓"女拳"的厌恶迎来了一次大爆发。

我无意于分析这件事，因为互联网上已经有很多精彩的文章。我只是想以此为契机，讨论一下我对相关问题的观察。

公开抵制杨笠的男性只是少数，不喜欢这种发言的人甚至更多，其中不乏精英或者知识分子。那么这种"厌女"，是否有一些看似正当的理由？

家里的钱都归老婆管，我都成了妻管严；我在外面辛苦工作，败家娘们儿却啥也不干，就会花钱；工作场合，换水搬东西都是我们的活儿……我们已经够让着女性了，你们还要怎样？都骑在我们头上了，你们地位还不高吗？想上天，和太阳肩并肩吗？

在我看来，"让着"，这个词本身就不平等。所以男性"让着"女性，并不是平权的一种表现。不管是出于喜爱和保护欲，或是不情愿地遵循社会惯例，其本质，仍是对女性某些能力的轻视（体力上的差距我们承认，智力或者其他方面的差距，我们是不承认的）。身为女性，我承认有一种"女拳"行为，认为所有好事都应该"女性优先"，所有困难都应该"男性先上"，只追求所谓的权利，却不履行应有的义务。比如，在职场中，脏活累活儿都让男性干（私以为，可以按照生理构造的不同比例上有些差异，但并不应该让男性包揽），工资没少拿，且还想有同等晋升的机会（当然，如果领导在考虑某些工作时率先将女性排除，则是一种性别歧视的行为）；在家庭中，主动选择靠另一半供养，却无法做到忠诚，还将背叛冠名为"追求自由"，殊不知，在靠另一半供养的同时，一些"自由"本就应该让渡。

所以，我们现在有"独立女性"的提法。"女拳"和独立女性想要的，根本就不是同一种东西。但是，当对两性问题的讨论大于性别内部问题的讨论时，人们常常会将"女性"作为一个整体来看待，从而将所有事情混为一谈。实际上，男性所厌恶的"女拳"的恶习，独立女性一样都没有。既然没有"把柄"在你们的手上，既然从来没有欠过你们什么东西，那么我们为什么不能争取和你们一样的权益?

我思考的另外一个问题是,职场中的男女平等,是否真的存在?

在一个反性骚扰话题被探讨得越来越多的环境下,我反而认为,职场中的男女可能更不平等了。女性要么得到的比应该得到的更多,要么更少,特别是在其上级或管理者是男性的情况下。得到更多的情况比较容易理解,无非是男性领导贪图美色,女性自愿或非自愿地被"潜规则",从而得到公平竞争条件下所得不到的东西;得到更少的情况是,一些男性领导为避免他人非议,索性根本就不用女性,即便可用的男性在能力上更差一些。在工作或者高校的环境下,难免会有领导(教师)和下属(学生)单独相处的情况。比如,在很多时候,女下属和男领导接触频繁(特别是外在条件不错的女下属),人们并不会认为是女下属的能力得到了男领导的认可,而是怀疑这种接触是否有着非工作关系的理由(虽然这种可能性的确存在)。又比如,为了避嫌,一些男教授在办公室指导女学生时,总是会敞开大门。既然女生会给我"惹一身骚",我为什么要用她们呢?而这种情况,也存在一种由下向上的推演:是个男领导啊,我还是不要在他面前过多地展示自己了,否则可能会被别人说闲话;会不会给老板一种错觉,我对他有好感?我男朋友/老公不喜欢我跟领导有过多的接触,工作也不行,等等。天平的指针永远在两边晃动,很难定格在中心位置。

由于男女生理上的差异和性别上的互补,在有些问题上注定没有办法做到绝对的平等。公平和平等,有时不可兼得,于是,真理也是站在某个角度看到的相对真理。

2021 年 3 月

我不是赵本山

有一个艺名叫赵本水的赵本山模仿演员出了一首歌叫作《我不是赵本山》。

刚看到这首歌的名称时，我感受到莫大的讽刺，虽然这句话没毛病——赵本水确实不是赵本山。但是没有这个宣言还好，有了这个宣言，反而透露了发言者内心的小心机。作为模仿演员，明明没有了原型就无法生存，偏偏又要做这种此地无银三百两的间接声明。确实，你不是赵本山，你只不过是赵本山的假冒伪劣产品。

但是再仔细一想，这何尝不能看作是对文化界流行怪象的一种直白的换喻？学习、借鉴、挪用甚至明目张胆地抄的现象屡见不鲜，但涉事者却又坚定摆出只不过是在"做自己"的姿态来，并撇清自己与被"借鉴"、被抄袭者的关系。具体例子比如众多没有节操的影视剧，一些没有廉耻心的所谓作家，甚至一些已经"功成名就"的艺术家——即便瞎子都能看出二者之间的关联。当然，还有一些人的否认并不是要否定二者之间的关联，而是不想做"某某第二"，认为自己有除对方以外的只属于自己的特征，甚至有可能超越相比较的人。比如说周冬雨是小周迅，说余秀华是中国版的艾米丽·狄金森，我想她们内心不一定是高兴的。限定在像"某某"和"某某第二"里，会削弱他们的独立性，并且，暗含着他们的能力弱于被比较的人。因此，这种去标签化的行为是有一定的正面作用的——独立这个词，本身就是向上的对不对？

当我正陷在赵本水怎么这么不尊重自己的衣食父母时，我打开了《我不是赵本山》的歌词。原来，歌词并不是要撇清与赵本山的关系，而是在拍赵本山的马屁，来看看这深情的讴歌：我不是赵本山 我叫赵本水 / 本山是老前辈 本水愿追随 / 我不是赵本山 我叫赵本水 / 本山本水本天地 山高水才深 / 本山本是我心中的神 / 二人转就是养育他的根 / 吹拉弹唱影视小品 / 举手投足笑死个人 / 绿色二人转见情怀 / 刘老根大舞台育新人 / 他是咱中国的卓别林 / 他是咱中国的卓，卓，卓⋯⋯别林⋯⋯

看到歌词之后，这件事情的性质就起了变化。在之前的想象中，赵本水的语气应该是这样的："我才不是赵本山！我不要做赵本山！"现在的意思变成了这样——"愿为本山前辈马首是瞻也，然鄙人天性愚钝，只能望本山仰止，不敢自诩齐名。唯愿此生鞍前马后，绝无怨言，至死方休。"不知道你们怎么看待这件事情，反正我觉得这是在折赵本山的寿——只有死人才能配得上这样的夸赞吧！一个稍微清醒一点的人，都会知道这样的吹捧一定是有着其他的目的。赵本水别的文化没有，大跃进兼文革风的拍马屁的话倒是学得溜溜的。不过，我倒是可以明白他这么做的初衷。一个出身贫寒，吃了那么多苦才混到现在，又没有其他方法讨生活的人，模仿赵本山就是他的生存之道，所以他会用尽各种方法在这条路上继续走下去。如果不写出这样表忠心式的歌词，赵本山是否会对经常模仿他的我（赵本水）表示不满？我（赵本水）必须要向他证明，我是无害的。

性质起了变化的事情，同样对应着文化界的某些现象。想来不承认自己像别人的人还有些许性格，另外一部分人，则是不敢被别人夸赞太像某人，这就有些犬儒主义了。就比如在艺术界，很多学生画画的风格和自己的导师是一模一样的，但要有人当着老师的面说他画的一模一样，他估计就要惊出一身冷汗了："不敢不敢，我哪有老师画得好！老师是我一辈子的老师，需要终身学习。"你要真斗胆觉得自己和老师一样了，老师心里也肯定会暗暗咒骂"你这翅膀硬了，敢自立山头了"。我跟你们讲，越是还没啥名的老师，越喜欢对自己的学生留一手，生怕学生超过自己。所以你知道高校这风气，很少有人以培养出有名的学生为荣，自己有名才是最重要的。别看每年大把大把的硕士博士，不管他们是否有真才实学，真正从自己导师那里学到东西的，没有几个人，很多教授们，自己学生的毕业论文都没有捋上一遍。不过当然了，他们也并不觉得没有培养出人才是在毁坏自己的声誉。这在古代被当作没有师德的事情，现在已经成为一种常态，人们甚至已经将这个看作理所当然。

在大部分人的认知里，演艺界，尤其是电视剧界啊小品界啊，是不能归类到文化界的范畴内的（高雅艺术如绘画、舞蹈、戏剧什么的，勉强靠点边）。换句话说，是有点瞧不起演艺界。但是实际上呢，除了那么点表面的自傲之外，你说说你们的行为，和"肤浅浮华"的演艺界，又有什么两样呢？你们越清高，就显得越污浊。用王朔式的自嘲就是：谁是知识分子？你他妈才是知识分子呢！

2017 年 7 月

腹有诗书真的会"气自华"吗？

最近"腹有诗书气自华"这句话听到的频率有点高。

第一次听到是《中国诗词大会》开播后，董卿被人如此称赞；后两次是全国"两会"期间的新闻发言人傅莹和总理翻译张璐。那么，她们的"气自华"是指什么？她们是真的因为腹有诗书而"气自华"的吗？

首先，这里的气自华不光是指人的精神状态，人的物理状态也是占比例很大的因素。"气自华"是一定要有气质的，而有气质的第一点就是长相须处于一般水平以上（你没发现前面说的那几个人都长得挺漂亮吗？）。于丹、李银河等人是绝不会比上面提到的3个人读书少的，然而她们却没有赢得"腹有诗书气自华"的美誉——多半是因为在先天长相上便失去了机会。我还百度了一下，确实有人这么形容于丹，但这种形容偏向于个人感受（且有点拍马的意味），并没有在大众中获得共识，并且作者对此句诗的理解有误，因为在用"腹有诗书气自华"形容于丹后，又扩展了一下："是的，她非常华丽。""华"在这里是由内而外散发出的光泽，是气质的表现，而不是气场的表现——作为上过于丹选修课的学生，于丹讲课确实非常有气场，而且非常华丽——她穿黑色丝袜，手抹鲜红的指甲油，脸上的妆也多过了一个教授应有的限度。但这样的她也并不能被归入美女的行列，倒会显得有些浮夸。

气质的第二点在于身体条件和状态。"气自华"和"人淡如菊"有一点类似，它们表达的是一种含蓄的美，所以浓妆艳抹的人，再漂亮，再腹有诗书，都不会给人这种感觉——而"人淡如菊""气自华"的首要因素，是皮肤要保养得好，白还是其次（虽然更加分），有光泽最重要——虽然这种光泽有时可以通过内在修炼，但大部分时候还是要靠保养。为什么人们将女博士们形容为"第三类人"，而不说她们"腹有诗书气自华"呢（她们可算是最腹有诗书的一类人了）？虽然还有其他社会和文化的因素，但女博士常年研究造成的面部憔悴、似黄脸婆进而显得学究气的状态等，都使得腹有诗书也不能"气自华"了。相反，一些

阿番,《Inner Peace》, 2022 年

很注重护肤的女性，白白嫩嫩安安静静的，即便没读过什么书，都可以达到"气自华"。而造成"气自华"印象的身材条件就是不能太胖，也不能太壮，病着甚至都可以（林徽因，林黛玉），但胖和壮就是不行。身材管理很重要，这样才会显得书卷气。不过胖子女学者常有，壮士女学者却不常有。因为好像健身和读书都很需要时间，并且二者不能同时进行。

且不说物理状态，单单说精神状态，腹有诗书就一定会指向"气自华"吗？虽然二者有一定的关联，但读书不是最终原因。真正造成"气自华"的是超然的精神境界，即，内心安然强大以致平静。这种安宁也可以通过人生经历、反思精神、修身养性的活动等得到。如果用"气自华"来形容杨丽萍，我想没有人反对。虽然不算饱读诗书之人，但她的心境可以用说过的话看出来："有些人的生命是为了传宗接代，有些是享受，有些是体验，有些是旁观。我是生命的旁观者，我来世上，就是看一棵树怎么生长，河水怎么流，白云怎么飘，甘露怎么凝结，花儿怎么开的。"对比同样是舞蹈家的金星，就看不到这种感觉，因为她在天天忙着为世人牵红线和主持公道。

当然，读书还是最佳的获得智慧的捷径，而智慧的积累又会抚平内心的不安，从而获得安宁和生存喜悦。所以"腹有诗书气自华"也不算空穴来风。然而每一个前者，都不是一定都能推出后者的。《中国诗词大会》的武亦姝也被人称作"腹有诗书气自华"，而与她对垒的北大博士生陈庚就没有这种感觉—— 尽管她穿着民国的衣服，梳着民国的发型——因为她过于争强好胜。而《奇葩说》里的选手，很多也是饱读诗书，甚至可以说是有智慧的，无法"气自华"或许是因为被外界太多的新鲜和诱惑吸引。当然，我并不是批判她们，向内和向外皆是一种生活方式，在这里仅仅是分析"气自华"必备的心理状态。毕竟，腹有诗书是可以有很多后缀的，用来将不同类别的人对号入座，比如"腹有诗书气自绝""腹有诗书气自弱""腹有诗书气自傲"，等等。

最后可以得出一个悲观的结论：既没有饱读诗书又没有良好精神状态的我，大概永远都和"腹有诗书气自华"沾不上边儿了。

2017年3月

机器兴奋

我说过，我是易兴奋体质，但是兴奋也分为两种：思考的兴奋和不必思考的兴奋。

思考的兴奋比较好理解：脑子的某个区域被极大地调动起来，也说不上一些八竿子打不着的奇怪想法为什么会"突突"往外冒，但它们就是无缝衔接地、天女散花般地向外喷涌着（有时，脑中负责音乐的区域也活跃着，为这一过程配上毫不相关的背景音乐）。这是一种似梦境非梦境的状态——你明明还清醒着，但那些想法好像是在潜意识的作用下似的出现了，它们皆发端于非常边缘的经验，距离当下的生活非常遥远的细枝末节。那些看似灰暗的残余记忆，在兴奋的神经系统的大海捞针的机制中，被淘出了值得商榷的余地，被把握住了少见的闪光时刻。我是很希望这种状态在进行创作活动时出现的，因为它们常常能制造出所谓"灵感"；不过，更多时候，因为并不是想停止就能停止，它们给我带来的是困扰。在深夜陷入这种状态，我总是会想，到底在哪片思维的碎片闪现时，它会让我从清醒过渡到梦境中呢？而在白天，由于脑袋消耗着平时几倍的能量，向脑部不断供应的鲜血让我心跳过速。

从写作技巧和贴合主题的角度来考虑，我实在不应该把这种类型的兴奋写得如此详细。这篇文章的重点，是要讨论"不必思考的兴奋"，也就是我所谓的"机器兴奋"。当然，这种"不必思考"是一种相对的说法，即便是《摩登时代》里的卓别林在流水线上拧螺丝拧上头连死活都不顾了，尽管他已是靠肌肉记忆行事了，他的脑中仍有意识活动——谁能想到，所谓的"机器"兴奋，竟然也是一种"心无旁骛"。

当人进入"机器兴奋"状态，其行为便开始像机器接收到一个指令一样，只朝着那个目标前进。这是一种工具理性式的追求效率最大化的状态，执行者需要掌握一定的技术，而正在做的事情则有强烈的重复性，像机器复制东西那样，执行者追求一种速度和数量上的满足。与流水线上的西西弗斯相比，更易进入这种状态的是计件工人——相比于前者的被动，后者更加主动。他们是"熟能生巧"最生动的体现者，他们最大的满足，就是看着小山一样的物品，在经过他们的手之后，从这一头慢慢移动到另一头。他们在心头念着"1件、2

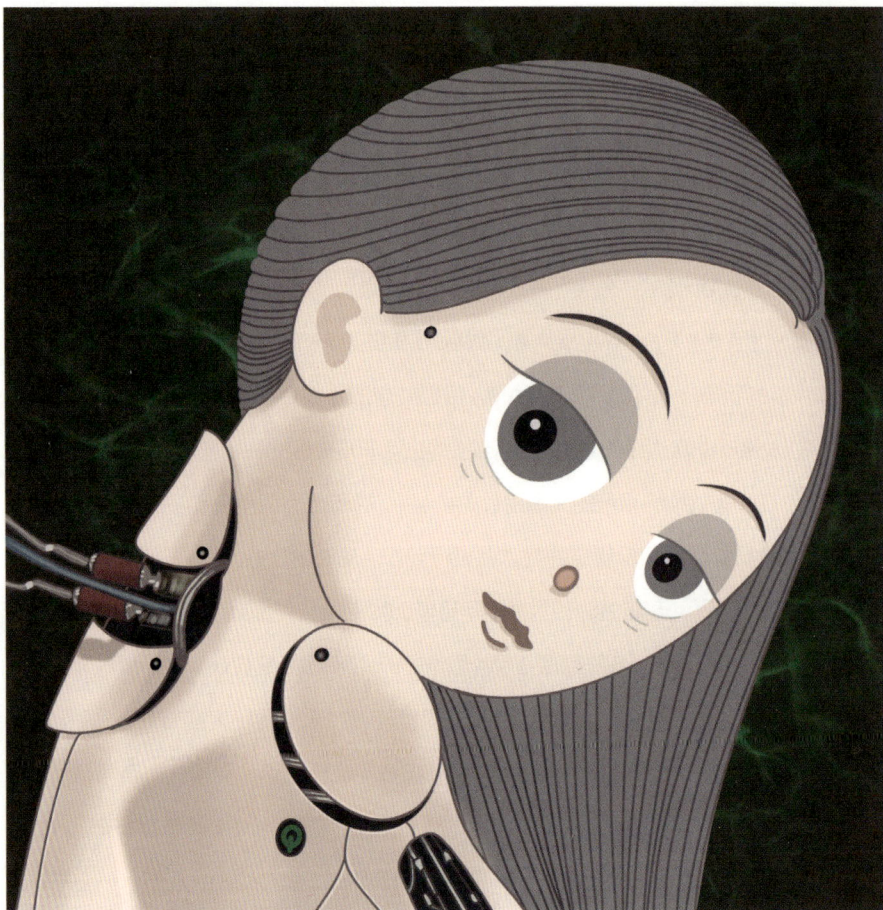

阿番，《赛博夏娃》，2022 年

件……"，或者是接近终点时的"还剩 7 件、6 件……"当一群计件工人一起劳作时，一种比拼的欲望便会被激发出来：快的要更快，慢的也争取不落人后。即便王者已入无人之境，他也会跟昨天的自己比：多做一些，要比昨天多做一些！冲鸭！

即便当下的很多工作已经不涉及繁重的体力劳动，现代人也时常会进入机器兴奋的状态。试设想，一个人从事的是翻译工作，酬劳按字数结算（在机翻越来越智能的时代，我们大概可以得出"翻译"是一门技术的结论）。他很可能精神极度专注，追求更快地将每句话译完，一直注意着页脚累积的字数，或者所译书籍或文件的页码。不管做的是不是常人看来有用的事情（认真工作），机器兴奋的"上头"都是不理智的，像机器上了润滑油一样，译者不想停下来，在追求无影手，在追求"faster"——若要类比，相比于奥运口号里"更高、更快、更强"里的"faster"，这更像是女性在性兴奋时刻对伴侣喊出"Faster! Faster!"时的感受。他陷入了狂热，陷入了ecstasy。在一种人人更像工蜂的打工人时代，身体和情感需求得不到满足的现代人就这样找到了性快感的替代品，一种异化的快感。而在相对负面的例子中，比如一些沉迷游戏的网瘾少年（打游戏当然也需要技术），他们也不见得认为游戏很好玩，而是"我要通关""我要再上一个等级""我要拿到第一名"的目标在前方指引着他们，为此，他们不断屡败屡战，失败后重新从第一步出发，即便前面的部分已经因过多重复而让他心生恼火。

除了前面提到的"上头"（机器兴奋都可以称为"上头"，但"上头"不见得都是机器兴奋。比如，"我对那个女孩'上头'了"，这便不是一种机器兴奋），"杀疯了"也是我认为人们进入"机器兴奋"的时刻。"杀疯了"的最典型案例，当然是 literally 指杀疯了的 warmonger 们。那些在战场上比拼杀了多少个敌人的竞赛，那些要拿下这块土地，拿下那块土地，再拿下更多的土地的侵略者，那些要将军队扩展到 30 万人、50 万人、100 万人的军事头目，他们总是在追求数量上的大，而机器对数量最为敏感和熟悉。

所以，当安迪·沃霍尔说出"我想成为一台机器"的时候，大概就是体会到了机器兴奋吧？

2021 年 9 月

看展的目的

————————

　　根据我的人生经历和情感组成部分，我确信自己属于文艺青年，但又确信自己不是那种文艺青年。现在，任何个性化强烈的词汇都有着被异化的危险。在某些理解当中，刻奇是文艺青年的最重要特质。身为文艺青年，定要游走于各个小型线下活动之中，在彼此的交流中寻找集体感动；定要敏感多情，常常将心比心地陷入文艺的虚构之中，大哭或大笑皆因无法自拔；定要认为这份热爱很高尚，并且认为别人也会这样认为。有些人认为这种气质过于"真性情"了，于是将自己叫作伪文艺青年。但是，如前所说，任何个性化强烈的词汇都有着被异化的危险，那么，"伪文艺青年"这种说法倒有点去伪存真了，反而更接近文艺青年的内核。所以，我又可以被看作伪文艺青年。但是，将自己这个文艺工作者称为"伪文艺"，将那些只拿文艺当谈资的人称为真文艺，我又觉得自己被人占了便宜，心里不大痛快。

　　上面一段概念探讨只是即兴发挥，和要讨论的主题关系不是很大。我真正想说的是：身为一个文艺青年，特别是一个绘画类的文艺青年，我并不喜欢看展。（转变有太突兀吗？）

　　我的同学说：国博展出了伦勃朗，要去看啊。我的同事说：《千里江山图》在故宫展出，要去看啊。我的领导说：看原作还是不一样，我们一定要走出去。"走出去！"成了一个口号，仿佛革命时代的"到前线去！"一样时髦。但是，我不知道这种集体号召所为哪般，只能认定，这是一种宗教般的朝圣情怀。

　　朋友圈里旅行的人，常常会发图，表明自己去博物馆看到了原作。大部分心理上的活动，大概是"我知道这幅画这么久了，终于在现实中一睹真容"。而在现场见到的作品，与在电子设备上查看到的作品，除了尺寸上的差异外，并没有什么别的不同了（或者有不同，颜色、笔触、层次等，但看画人的重点并不在于此）。如此一来，去见作品的重点，并不是为了作品本身，而是一种说都说不清的期待和情愫，仿佛知道了很久的东西，去见它是天经地义的，有条件就一定要履行这种使命。于我而言，这种心理活动和去见道了很久的明星、远房亲戚，甚至杀人犯，都没有太大区别（看后者我会更兴奋，因为毕竟他们是活的）。身为一个实用主义者，这不能使我的知识扩大化。当我克服了那种"终于见到了"的期待时，尽管见到了原作，我也并不激动，内心只是"哦"一声，有时还会觉得，还没有照片好看呢。

那么，作为文艺工作者，是否应该去看原作，拿到第一手的资料？如果是画家，想要学习前人作画的方法，我认为很有必要，毕竟有些细节，笔触的感觉，照片并不能呈现。但假如是如同我这样的艺术文字工作者，如果不分析画面的形式，特别是照片无法反映的形式，那到现场去并没有什么必要。特别是绘画，二维的艺术形式，一张照片几乎透露了大部分信息，那么为什么非要去看它不可呢？下点高清图，省时省力又省钱，不是也挺好吗？

既然如此，那么为什么人们都觉得去看展就是好呢？恐怕是一种文化的惯性。毕竟以前网络没有很发达的时候，人们都是要到现场去的。人们总是有一种复兴古典的冲动（各种各样的文艺复兴发生了多少次呀）。就像很多人都觉得繁体字是好的，简化字丢失了文字的内核（可能当时将象形文字变成繁体字的人也是这么想的，反正我喜欢简化字，并且希望笔画多的字再简化一点）；很多人都觉得古典音乐高雅，却都要在演奏会上睡着；很多人都害怕全球化侵蚀自己的文化和语言，而不知文化和语言的变化都是优胜劣汰的结果。

当我跟我的同事亮明我的观点，说到现场看展只不过是一种集体催眠时，常常去看展的她有一些不能够接受。她想了很多理由来反驳我。有一些是相当有道理的，但其实我们也并不矛盾。我的中心议题是，到现场看原作是不重要的，但为了了解策展人办整场展览的主题和陈设的安排，在展览中不期而遇一些未曾见过的作品，或者原作与照片给人的感觉相差太大，这些都值得到现场去。以及，文物和雕塑等需要三维观看的作品，也比绘画多了一些要到现场去的理由（然而我觉得有些也不是那么必要）。

当然，到现场看展还有着其他的好处。比如，如果宅在家里没事干，想出去溜达溜达，如果没有更好的选择，不如去看展，兴许还能遇到志同道合的人不是；对于展馆而言，费劲巴拉地陈列出来了，当然希望大家都来看的；从电脑上看作品费眼睛，不如到现实中来看，就好比电子书和纸质书的区别。

说到最后，话题又得落到我自己身上来。像我这种，看展不如看图片，看演唱会不如听耳机，听讲座不如自个儿看书，大概就适合做个死肥宅，孤独终老吧（o(╥﹏╥)o）。

2018 年 1 月

由"苛责"艺术家看待公平世界

公平是维护我内心世界秩序的重要标准,有时候可以用"合理"这个词来替代。但是,它绝对不是那种诡辩式的、将原本意义扩大化的"只要是存在,就是合理的"那种"合理"。简单说来,就是参与其中的人或物(不管是主动参与还是被动参与),都应该是互不相欠的——彼此可以给对方不同的价值实体:体力、物质、金钱、计谋等,但当其都以统一的标准转化后,天平的两端应该处于同一条水平线上。

但是,坚守这种内心秩序是艰难的,因为在大部分情况下,合理并不存在。当我以教条主义为指导,将自己琢磨出的"公平推导公式"运用到现实世界的因果当中时,才发现这种秩序是多么脆弱——因为我没有将人性考虑进去——这是其属于狭义"合理"而并不属于广义"合理"的根源。在我的理想国里,每个人的觉悟都是神性的。当然,也不必气馁,人类文明的不断进步,正是由这种矛盾推进的。如此而言,我已经在思想上拥有了一个改革者的力量——纵然有心无力,至少不至于在有能力者推进变革时添乱,起码早就做好了接受新秩序的思想准备——又当然,还有世风日下的一种可能,那就是离合理世界越来越远,且这种可能是相当大的。

当今社会即是如此,人性的自我保护演变成贪婪大行其道。比如,身为一个艺术从业者,我时常不明白,为什么一幅画可以卖到上亿元的价格?很多艺术从业者高呼艺术万岁(大部分人心知肚明,只是在欺骗别人,要不然自己怎么吃饭?),很多非艺术从业者附庸风雅也高呼艺术万岁,但我觉得,艺术,特别是纯绘画,价值和表达范围都十分有限。它再美,也只用于观赏。改变物质条件的是技术的进步,改变精神条件的是思想的发展。而观赏的绘画,在物质进步上无所帮助;在传递思想方面,能力有限(在这一点上,艺术家所做的事比艺术家画的画重要)。一个艺术家,明明处在不断的尝试和探索中更美,为何其作品画成雷同的系列之后,反而更能名利双收呢?他在一个下午草草地模仿了自己之后,就可以坐下来数好几天的钱,他的下午甚至没有一个体力劳动者的忙碌下午珍贵。他们变成了奢侈品玩家,却又要证明这些奢侈品在精神上的"清贫"与"质朴"。

可是又一想，我不能苛责这些艺术家。一幅上亿元的作品对于一个千万亿富翁来说，那就是他日常生活的购买力。再有钱的艺术家，都不会比一个成功的电商老板有钱。不管艺术家是否复制了自己，原始的第一幅作品还是有创造力的——而一个电商起步时灵感迸发的点子，甚至不一定比艺术家付出的脑力劳动多（很多都是剽窃别人的，由于某些政策原因，他建立起了自己的帝国）。但是电商的成功，在一定程度上是一劳永逸的，第一桶金利滚利，后面的更新工作不用他来做，他守着搭建好的平台，用户每日的使用就是每日的金钱。于此而言，他可以坐享其成了（他可能需要学习管理知识，但这和他最初的创意已经没有了关系）。而艺术家不行，他的一幅作品就是一个固定的价格，没有后续了。对于某些利益主导的艺术家来说，这多么令人遗憾啊（常常的情况还是，那幅作品在他卖给别人时很便宜，别人拍卖后贵了起来——但赚的钱已经和他没有关系，他的心理更加失衡了）。于是，他将最大程度地剥削过去的自己，将之前脑力劳动所能带来的价值榨个干净——有那么多钱可以赚，哪还有抱怨呢？以前觉得画重复的东西反胃，现在觉得，简直美得很。

我能够苛责艺术家什么呢？在一定程度上，他们已经算有思想的人了。他们成功的人那么少，还要去打压吗？别说没有演技，有多少没有最基本的常识、没有最基本的做人的素养，甚至神经都有点问题的所谓演员拿着天价的片酬？有多少拥有几栋楼的人，随随便便就成了亿万富翁？（香港富豪泡妞高招：送楼）那么重叠了几十层的一平米，都可以每平米卖到10万，他们脑力劳动的重要性又在哪里呢？成功的艺术家也要叫屈了，这么多人你都不管，你干嘛盯着我兜里的那点钱呢？我愿意画，人家愿意买，到底是关你什么事了呢？

当然，我所谓的价值，多以脑力劳动的付出、为改变世界所作的贡献为出发点。之所以"苛责"成功的艺术家，是因为相比起来，那些改变了世界的科学家、研究人员、学者、作家，付出的脑力劳动更多，得到的回报却更少。于他们而言，动脑本身就是一种乐趣，不一定非要有现实的回报。但是作为受益者的旁人，给他们相应的回报是应尽的义务——他们要不要是一回事，你给不给是另外一回事。当莫言获得了诺贝尔文学奖的500万时，他调侃地说："那我就在北京买一个小房子吧。"——当然，那还是前几年的行情。

我对公平的考量，都是以获得名利为标准的。我知道这不是唯一的标准，这种标准也非常庸俗，但我仍觉得这是对一个人价值最好的回报，也是大部分人最想要的回报。毕竟金钱和名气是大部分付出都可以转换成的通用标准，而人们付出价值所要追求的美好生活——居住在更好的环境里、拥有更好的健康状况、受更好的教育、见更大的世界，都可以通过金钱和名声来转换，其他的价值形式就不一定行得通。还有就是，人们为什么出口闭口都是钱——"我跟你没有一毛钱关系""你的名誉显得很廉价""女人脸上的玻尿酸都是资本的味道"——试问，从出生到死亡，我们有哪一天的生活不是资本的味道呢？

2017 年 4 月

一个个性无处展示时代的来临

　　毕业之后，回老家工作的好友跟我聊微信的时候说："朋友圈越来越没意思了。"是啊，在学校读书时，我们是自由之身，吃了什么饭、看了什么电影、发展了什么爱好乃至出了什么洋相，都可以发在朋友圈里，虽说并不是完全无忌惮，随心所欲，倒也是能够有百分之七八十的主观意愿。但是毕业之后，朋友圈不再是纯粹的朋友圈了，变成了工作圈和人脉圈，甚至商品买卖圈——朋友已经被压缩到了很小的比例，其余的部分，都是准备中或者进行时的利益关系的交错与网罗。

　　这让我想到了最近陈冠希讽刺余文乐潮牌抄袭的一句话：New slave. But everyone needs to make a living. 是的，谁不得生存呢？我们每个人恐怕都不会是自己朋友圈中的帝王，总有领导、师长或其他以利益的方式制衡你的存在。他们或明或暗地左右着你朋友圈的动态（《一男士因不加老板微信而被开除》《多家媒体将微信转发量纳入考核标准》），即便你知道这是你自己的私人平台，手机不是他们配的，微信也不是他们开的，但你无法当面辩驳（不能以偏概全。有的人确实可以，我反正不行）。而如今信息传播的自媒体化使得每个行业甚至个人都成为独立的信息源，消息不管大不大，总是可以连绵不绝的。所以放眼看去，我的当老师的同学们在不断地转发其学校公号的内容，要么就是课堂活动情况；在艺术机构工作的朋友发布机构活动和讲座的文章和状态；教授和艺术家们在互相推介以及努力经营其职业身份；代购微商啥的这里就更不提了。我也能理解"始作俑者"的心态和动机——毕竟，现在所有的推广都不如朋友圈里的一条分享来得容易和有效。渗入生活孔隙是最好的传播方式，它让人们避之不及。

　　记录自己生活的人也有，那就是：还未迈出校门的；"干这份工作本来就是给你面子的"；不需要工作的——总之，是那些朋友圈中没有与自己利益严重交叉者的人。当然，即便一些人确实为朋友圈中的王者，他也无法做到随心所欲，正如福柯认为的那样，权力会沿着自上而下的路径逆流，从而达到自下而上的制约——如何服众？你难道不需要做个表率吗？

我曾经同情那些明星，微博都是工作宣传，都得迎合大众，讨好导演，无法表现自己的真实人生，自杀前还得在平台上开开心心的。想要放飞自我，那就开个小号。现在想来，我们不也一样吗？只是程度的不同。在所有门类的共同体都集中到一个平台上之后，要么是所有的信息都混杂在一起，让人找不到一个清晰的脉络；要么就是选择其中一个最要紧的，即与利益最相关的。平心而论，要我在工作与生活二者的内容选择一个，我愿意选择展示我的生活，因为身为员工，大部分工作内容的掌控者是领导而非我，我认同其中的一些，另外一些与我的观点相左——而生活的展示则全权由我自己决定。但理性思考后，我还是选择展示工作，因为与之相关的人与我的目前的生存也最相关。说"不"要面对很多的压力。

长此以往，在发送了众多与工作相关的消息后，我竟觉得发一条自己生活的状态显得那么不合时宜，尽管这是朋友圈最理直气壮的内容。一时间，我竟羞愧于嘲笑父母一代的朋友圈了——尽管是虚假的养生，惊悚的新闻，至少，那是出于他们的真心。

这直接导致，你无法通过社交网络了解一个人真正的个性。在刷屏式的同事分享的内容中，我看不到平日与他们交往时的奇形怪状的性格，只有一个个兢兢业业的写作者；在某个令人悲痛的大新闻来临时，不管这事你关不关心，你是否因为与朋友和解而心情美丽，你都不能表现出一丁点的高兴来。人们在利益制衡与互相监督中丧失了个性，边沁的圆形监狱在有着"无影灯"特质的 21 世纪建成了。想要展示真正的个性，除了勇气，还要有底气。

互联网时代可能是公众形象和人类自我冲突最厉害的时代，"公关"一词就是在这种冲突显性化时应用的一种策略。我们能做的，要么是在社交网络上销声匿迹，要么就是在两种形象的撕扯中过分裂的生活。

2017 年 8 月

虚构的实体

———————

微博上一个网友说："如果你把袜子反着穿，就等于是整个宇宙穿着你的袜子。"

这句话是在抖机灵没错。但我想说的是，现代生活，早已经是将袜子反着穿。因为正如摸不到的宇宙一样，虚拟世界也早已如同坚固的实在，穿上人的袜子，从反面将人的脚丫紧紧包裹。

"去生活"已经不再是一种必须。就像马东说的："我们公司的 90 后，见了你根本就不搭理的，他们的热情全都在网上。"如果不是为了生计，我们可以一天到晚都不出门，顶多透过门缝儿，看看外面的外卖小哥。以前，总有人批评这样的生活方式，也总有人会进行反思，现在，更多人的回答是："这样的生活非常充实。"

因为在现实世界里，遇到的人有限，相处愉快的更是寥寥无几。而网上的十几亿网民里，总有一撮人是你的知己。人们需要通过屏幕找寻归属感，通过屏幕找寻满足感。跳出了现实的井底，拥抱的是整个天空啊。

哪怕这份归属感和满足感是虚构的，正如你自己也是虚构的一样。但是这一点，实实在在是顶不要紧的事。

偶像有没有黑料重要吗？只要他展示给我的那一面美好就可以了。假如他每天花一小时录视频逗我开心（尽管是所有粉丝的福利），似乎都比一个没有时间陪我的真实伴侣强太多。而愿意为他跟别人互撕的我，其实也比生活中表现出的乖孩子模样更加真实。爱豆文化，已经是互联网时代非常主流的文化。

我发出的每张图都经过精修，我录的所有视频都有滤镜。我确实是美的，这一点无须怀疑。镜子前卸完妆的我并不重要，体重秤上的数字也并不重要—— 毕竟我连门都不出，谁又能真正见过我呢？那些要去整容，要去健身的人，是不是活得有点过于认真了？而那些天天要去大自然中探索的人，是不是出现了什么返祖的毛病？假如我需要在现实生活中寻找一个伴侣，这一点可能会有点麻烦。如果我没有这样的需求，就请让我这样活到天荒

阿番，《你瞅啥》，2022 年

地老好吗？

社交平台已然塑造了我的人格。当哪里出现了灾难，我第一时间祈福，毕竟我的心愿是世界和平，至于具体是什么事，我倒是有点懒得的；恃强凌弱的事情发生，我一定要严正谴责，至于关系到自己利益时一心一意做舔狗，这压根是两码事；当我和小动物亲密接触，我是一定要广而告之的，毕竟我们要学会尊重和爱护其他物种；我热爱美食；我喜欢小孩；我沉迷读书；我体会自然。我简直是十全十美了。

尽管在想这件事的时候，我侧身躺在床上，一手拿着手机，一手摸着自己的肚腩，然后肆无忌惮地放上一个冗长的屁。假如此刻回过神来，便会充满厌恶：这个身体，真的是我的负累。

我们还真正存在吗？我们似乎已经不需要真正存在了。一个屏幕塑造的世界，已经是我们的全部。身体接触到的实体，那种触感甚至都让我们感到恍惚。

2018 年 11 月

被警惕的集体感动

《乐队的夏天》让新裤子又火了一把，就连北京当代艺术展都以展出彭磊和庞宽的作品为卖点。虽然他们的作品在一众专职艺术家的作品中显得相当不特别（但学美术出身的他们的作品也并不跳戏），但也不能否认代理其作品的星空间是展览会人数最多的摊点的事实。

在五六年前听 Joy Division 的时候，我发现了新裤子这个受其影响颇深的乐队（当然，现在看来，重塑雕像的权利更像前者一点），非常喜爱。不管是地道的传统朋克曲目，还是混合了新浪潮电子音和迪斯科的作品，旋律都正中我下怀。（虽然有些歌词，比如《After Party》和《总有一天我会欺骗你》有点幼稚和前后矛盾，有人说这也是朋克歌词的特点，我倒倾向于认为就是写词水平不行。）虽然他们是乐队中比较出名的，但由于我国的音乐发展并不是乐队友好型，又由于我的朋友中对音乐感兴趣的人并不多，所以，彭磊依然是我的私藏音乐人，在我目光所及的范围内，并没有被什么人提起过。

但是现在，大家都在被他的歌曲、他的才华、他的坚持和他的少年感感动着。

我对此有点不舒服。但是，I can't justify it。我没有正当的理由。

平心而论，虽然有很多人觉得核心为反叛的摇滚乐队上了综艺节目是失去节操和被招安的表现，但我没觉得有什么。站在某个角度看，这也是个好事情，并且彭磊的表现也没有让我觉得不舒服。让我觉得不舒服的是朴树。他那句"我岁数大了要回家睡觉了"被看成是率真的表现而引爆了舆论，又引起了一波朴树信仰，但我觉得，要么他是脑子真简单，要么是真做作。他真的不知道这样做会引起舆论狂欢吗？要么不参加，要么参加了好好配合全场——如果真的淡泊名利，难道牺牲一两个小时的睡眠时间比站在舆论焦点好多天更划不来吗？或者，你就和节目组商量好，只做开场嘉宾，演出完就走，可是又偏偏坐上了超级乐迷的位置，再上演"我自己喊自己回家睡觉"这一幕。要么不出山，出了山就好好出。又当又立的算怎么一回事？我向来觉得，纠结和反复是关起门来的，而不是像个小孩子把这些摆出来, 供大家观赏。人也总应该有点契约精神, 除非这样的表现本身就是契约的一部分。

所以, 对于大家对朴树走的这波集体感动, 我有理由愤怒。但是对新裤子的, 我真没有。

他们在《乐队的夏天》推出的新歌《生命因你而火热》依然让我很感动; 和 Cindy 的合作不落窠臼, 也让我想起了他们和电音女王张蔷的强强联合 (虽然唱功上 Cindy 是差太远了, 但张蔷演出的造型和 Cindy 是非常相似的, 我甚至猜测他们原本是要请张蔷做女神的, 可能女神没有档期)。像国外 U2 这类众人皆知的乐队一样, 新裤子绝对有全民皆知的实力, 得到大家的喜爱并不过分。但是我为什么会如此警惕, 如此不安呢?

可能, 令我不安的并不是新裤子的知名度, 我当然希望他们有更好的发展; 令我不安的, 是我成了集体感动的一分子。因为我向来认为集体感动, 尤其是为某种文艺事业而发出的集体感动 (为烈士等人的感动不算), 属于刻奇的一种, 甚至有被操控和洗脑的危险——虽然用人数的多寡来为一件事情定性, 这种标准本身就有问题。又可能, 我是一个很自私的人, 潜意识里将很多公有的东西私有化, 不愿意与一些在我看来并不是志同道合的人分享 (那么恶心的人, 凭什么喜欢新裤子!); 还可能, 我天性傲慢, 尽管我和别人一样要呼吸睡觉, 要吃喝拉撒, 要嗑瓜子和挖鼻孔, 但依然不愿做大多数中的一个。或许, "大多数"被我认为是"平庸", 甚至是"乌合之众"的代名词吧——我不愿意承认自己平庸, 当然更拒绝自己是乌合之众了。

这或许是我人性的缺点 (又或许不是, 我只是还没找到正当的理由, 说不定有一天就找到了)。因为如果某种东西确实有价值, 那么它应该为全世界所爱。但我也的确庆幸自己有很多非要害性的人性的缺点, 这让人生变得更多彩和有意义。

2019 年 9 月

为网络用语正名

一些文化名人对网络用语颇有微词，并表示自己坚决不会用网络用语。其中有的人的观点是，网络用语会像瘟疫一样传染，然后让人丧失思考的能力。还有一种没有明说的观点是，网络用语显得很没有文化，只有自己表达不清楚的人，才会去用别人发明的表达方式。

套用一个网络用语，我表达一下对上述观点的看法：我同意，但没完全同意。

先说不同意的部分。我的这种不同意首先不是理性思考后的不同意，而是别人内涵到我时颇具个人色彩的不同意—— 我在某些时候就挺喜欢用网络用语的（最近心头好：你礼貌吗？），但我不承认我失去了思考的能力，或者我是一个不会表达的人。我本能地不服，因此要为自己的不服找出适当的理由。

当我们用成语，或者说话和写文章用到古文时，本质上也是一种借用别人的表达方式，那为什么这种"旁征博引"往往被鼓励，但网络用语就被否决呢？其实，我挺拥抱这种网络文化的，语言嘛，和其他的东西一样，就是要有 Zeitgeist，时代精神。这时候，"凡存在都是合理的"非常适用。在互联网时代，出现过"明媚呲沈伤"等火星文，出现过"火钳刘明"等错别字文，出现过"蓝瘦香菇"等方言文，出现过"你 out 啦"等中英夹杂文，现在又出现了"zqsg"等拼音文。不能说这些形式都是精华（有一些的确没必要），但它们的确反映了某种时代特质。比如说拼音文这两年的火爆流行。假如没有过几个世纪以来的汉字拼音化的尝试，假如当年内地没有通过《汉语拼音方案》（台湾地区就不用拼音），又假如互联网时代来临后中国推广的一直是五笔输入法而不是拼音输入法，那么"zqsg"这种网络用语便不可能出现。等过上几百年，说不定如今的网络用语也会被当作经典来看（不过，大概率，或者大部分都不会成为经典。因为古代经典太稀少了，可以被全部纳入被引用的行列。但如今语言的活力大大增加，创新层出不穷，网络用语的更新换代也很快。就好比现在的建筑，即使过了几百年，也不会被当作文化遗产一样）。而为什么现在有那么多的国学班，但古文仍旧得不到大家的青睐呢？正是因为，它们已经不符合现代人的表达方式了。假如现代人像用网络用语一样用古文，我怕文化名人们也会疯。

但是，我也有同意他们的部分。不过，这种同意也稍有不同。其实，不是网络用语让人丧失思考的能力，而是没有思考能力的人在用网络用语——确切地说，是在滥用网络用语。比如，这几天在开奥运会，"yyds"（永远滴神）是个高频词，连官媒都在用。虽然"yyds"可以用来表扬没错，但是这种表扬是有门槛的，不是在任何场合下都可以用。第一，根据词义，"永远"代表着这"神"经过了时间的检验，因此，你可以用"yyds"来形容某个连续参加了4届奥运会并在此次奥运会上表现得也很出色的人，但是你不能用这个词来形容一个小将。比如，网传许海峰说杨倩是"yyds"，这种说法并不合适（杨倩说许海峰还差不多）。但我翻来视频看，许海峰说的是"中国队'yyds'"，中国射击队在奥运史上表现一直不错，所以这么说是可以的。另外，"yyds"的"s"指的是神，理应是人才对。当然你也可以延伸成"神州""神器""神兽"，但我个人并不同意这种延伸。所以，当有人在表扬一个地点，表扬一种食物时加上"yyds"的 tag 时，我会觉得这是一种滥用。这种滥用存在于很多个网络名词中，甚至大部分都是滥用，这可能是文化名人不待见网络用语的原因之一。

另外，还有一些人非常不喜欢中英文 mixing 的说话方式，认为说话人主要是在装逼。我也是同意但没完全同意。要分情况。像"江 one 燕"那样说话，就没必要，非常没必要。但就我来说，虽然没有出国留过学，但在写文章的时候，我偶尔会用几个英文词。我有时候的确是在装逼，有的时候却不是。原因有好几点。第一，比如我在前面第三段写的"我本能地不服，因此要为自己的不服找出适当的理由"可以改写成"我本能地不服，因此要 justify 我的不服"。你也可以看出，"找出正当的理由"对应英文的"justify"，"justify"是英文中很重要一个概念，但中文却没有一个对应的词，不同的语言就是没有办法完全对应的，这个词还能找到差不多的翻译方式，有的词却根本没办法翻译，那么直接上原词是最精准也最经济的方式。尤其在文化领域，很多术语都没有对应的，或者学术界都认可的中文翻译，因此，学者们在讲课时便很容易嘴里冒外语。另外，中英文混合的说话方式，如果组合巧妙，便很有喜剧效果。"无 fuck 说""你有 freestyle 吗""我不会轻易地狗带"甚至"OjbK"，里面都有英语元素，它们能成为网络流行词，不正是因为它们受欢迎吗？

综上，网络用语或者任何一种表达方式，其本身可能并没有什么好坏之分，而在于人究竟是如何使用的。所以，不要歧视网络用语，用在合适的地方，它们的效果是很好的。

2021 年 7 月

我为什么不愿意有死忠粉

前些日子，有个朋友跟我说，不想上班了，要开线下的工作室，但主要以网上课程的方式赚钱。他才只有二十四五岁，我比较忧虑能不能赚到钱，他表示不用太担心，因为他有很多死忠粉，并且，

"我特别享受那种有死忠粉的感觉。"

死忠粉可能是之前脑残粉的一个美化的说法，毕竟"忠"和"残"，褒贬立见。他是从经济学的角度讲的，那拥有死忠粉就拥有良好的经济效益，这个事儿一点毛病也没有。但身为一个没有经济头脑的人，我其实蛮警惕有死忠粉的（这是一个杞人忧天的忧虑，因为我的公众号只有二百来人关注，有些人是友情关注，有些人可能是永无诈尸可能的僵尸粉）。这让我想起我高中的时候摘抄的毕淑敏的一句话，虽然好像颇为陈旧吧，但依旧蛮有道理的，大意是这样：对于不负责任的批评，你有权愤怒；但对于不负责任的表扬，你只能悲哀。

不分青红皂白的死忠，也值得悲哀。虽然你们可能是始于颜值陷于才华忠于人品（or vice versa）。但是人无完人，每个人都有局限性，怎么可能不犯错，犯了错也要死忠，那就颇有一些"死了还要爱"的意思了。可能在这方面，我从小都比较理性，总是"片面地"喜欢那些作家、画家或演员，喜欢他们的某部作品、某个阶段或者某种状态，没有做过关心他们方方面面的崇拜者。于是，当有人问我喜欢哪个艺术家或导演的时候，其实是蛮多的，但我常常想不起来，因为没有主动地让他们老在脑子里晃悠。

现在看来，也挺庆幸自己是这种思维方式的。因为"死忠"这个问题，真的是对双方的一个考验，都得用发展的眼光看问题。一方面，假若偶像是静态不变的，但粉丝小时候不懂事，以为看到的美是美，结果长到神志清醒一点的时候，发现原来的美不是美，爱错还死忠，就要心碎了（典型案例：琼瑶剧）；另一方面，假若粉丝是静态不变的，而偶像变了，你爱的是太阳，但是他已经抽丝剥茧地变成了月亮，甚至黑洞，你却还要以爱太阳的名义去爱他，只是为当初的爱寻找一种继续存在的惯性，那就是一种自我欺骗。

我唯一昭告给别人的偶像，是王小波。我虽然没有达到死忠的地步，但假若非要让我做某个人的死忠粉，做他的死忠粉是一个非常不坏的选择。因为他已经去世，再也没有犯错的可能，所以我可以心安理得地当一个死忠粉。如此说来，可能是我对人性太不信任了。一是我以己度人地相信没有完人（这个其实还好），二是认为他们可能犯下的错误，不是由于视野的局限而犯下的错，而是由于节操丧失而犯下的错。想当年，我也蛮喜欢韩寒的，他在博客里写下"不讲座不剪彩不出席时尚聚会不参加颁奖典礼不写约稿不写剧本不演电视剧不给别人写序"的时候，我觉得他他妈多酷啊，现在还不是样样不落；那么还有金士杰为了给小孩赚奶粉钱所以去演不太好的片子啦，人杰李敖晚年终成小丑啦，等等。他们的变化可能不再符合某些粉丝爱他们的初心。

不不，我不是要批判上述名人，他们这样做并没有对错之分，个人选择而已，而他们给出的理由或许也是合理的。我只是说人无完人，所有的酷都可能变成不酷，所有的理想主义都可能面临考验。而粉丝对偶像的爱，大部分是一种理想主义的爱，因为偶像做了自己做不到的事，坚持了自己坚持不了的坚持。当现实对他们做出考验时，做崇拜者的态度，也需要审慎一点。

显然，我是知道自己有多不完美的。我是有点理想主义，但我也知道这种理想主义有多脆弱。

所以我坚持不需要有人过分爱我，或者无条件地支持我。"无条件地支持"本身就是对一个人理性能力的不支持。什么死不死的，我希望大家都是平等的关系，我不是为你而活，你也无须为我而"死"。而从被崇拜者的角度讲，要让死忠粉永远成为死忠粉，则要不断地刺激对方死忠于你的点，很多时候，这有违于人的本心。而本心，才是一个人最有魅力的地方（当然，不是所有的粉丝都有这样的悟性和鉴赏能力）。

2019 年 11 月

美食家与吃货

————————

前一段时间，我们老板想让我负责一本美食类的书。

我头有点大，又有点方。我在之前就时不时地提到，我并不是个吃货，也深知自己在吃方面不仅不讲究，缺乏能动性，而且毫无鉴赏力。我只会对非常直白的酸甜苦辣咸有反应，好菜、好酒、好茶，"品，你品，你细品"—— 假如你还原这句网络用语的原义说给我听 —— 对不起，品不出来，告辞了！（我的嘴已经全部用来胡逼，就不要再给它一个鉴赏的负担。）

所以，让我负责这本书，实在不是明智之举。我弱弱地通过微信发给老板理由。她言简意赅地给我回了一句：我觉得你特别合适。我并不死心，告诉她除了能力的不足，我的动机也很欠缺 —— 我对美食一点也不感兴趣。她回我：通过做这本书燃起你对美食的兴趣，不是很好吗？

但是，我的爱好已经够多了，我并不想再多一个兴趣。更何况这个兴趣又费时间，又费金钱。

毫无美食鉴赏力这一点，暴露了我的阶级属性。哪一种感官品位的提高，都需要以让这种感官充分暴露于多样性之中为前提。但是，味觉品位的提高和其他感官品位的提高略有不同。看一幅绘画作品，你不用非得是它的收藏者；听一首乐曲，你不用非得买下相关的唱片；闻哪种香水好闻，你也不一定是喷香水的那个人。但是要做一个美食家，你必须要将它们吃进肚子里，即，实打实地拥有它们。所以，除了出身于厨师家庭的平民，其他的美食家，大都是经济条件比较好的人。对于我这种，生命的前 30 年一直以"面包会有的，牛奶会有的，一切都会有的！"来激励自己的人，天天有面包和牛奶吃就很开心了，哪里还能做得了美食家呢！

当然，虽然做不了美食家，但对于普通人来说，还是可以做个吃货。对于吃货，我是这么理解的：有时指对美食有些品位或偏好的人；有时就单纯指吃得多，吃得香（还不胖）。像

阿番,《大碗细面》, 2022 年

那些女明星立吃货人设，其意味多半来源于后者。现在有个现象，就是不光女明星，女孩子都很喜欢立吃货人设；而男生，就算有相同的爱好，也很少如此称呼自己。这多半是因为，"吃货"这个人设，还被镀上了一层"可爱"的意味，女孩子可以可爱，男孩子怎么能可爱呢！男孩子可以品酒、品茶，当美食家，吃货？还是女孩子来当吧。

那么，女孩立吃货人设，为什么会显得可爱？

在我看来，这背后的原因一点也不女权。首先，吃货会显得很热爱生活。这种生活不是努力工作的生活或者精神世界无限富足的生活，而是烟火气的生活，是柴米油盐酱醋茶的生活——听听，烟火是为了煮饭，"柴米油盐酱醋茶"都跟吃有关——生活就是吃啊！女孩就应该毫无攻击性，围着这样的生活转。而男孩嘴里老说吃吃吃——怎么这么胸无大志呢？另外，吃得多，吃得香，吃饱了就无限快乐——那不就是无忧无虑的猪吗？这样一种生物，多么容易掌控啊。如果一个女孩的人生以吃为志趣，那么抓住了她的胃，就抓住了她的人——毕竟，满足她对美食的欲望还是比较简单的。

当然，还有一些人立"吃货"人设，晒各种美食，和上面两个原因都没有关系。那只不过是美食家身份的倒置——美食家是在其阶级属性的前提下成为美食家，他们则是通过美食来彰显其阶级属性。这和晒车晒表晒包包没有什么本质的区别。

我对吃货人设有些微词，不代表我不尊重热爱美食的人。好的东西都应该被欣赏，美食也不例外，而热爱美食也的确是热爱生活的一种表现。如此看来，我可真是不热爱生活，怪不得我每天都这么不高兴。

2020 年 10 月

奥运随想

在我出生的 1990 年（真·暴露年龄），中国第一次办亚运会，所以我有很多同学都叫某亚某。因为我没早慧到在出生那年就有记忆，这个事儿也不算需要谈论十来年的大事，所以我童年时代有很多疑惑，为什么叫某亚某的那么多，叫某冠某的却没几个（陈冠希：说我吗？），这是一种怎样屈居第二的谦虚态度？谁能想到，这原来是一种韦唯《亚洲雄风》式的，比家国情怀更"大"的家洲情怀。

如你我所知，18 年后，中国再次成为好汉，因为奥运又来了。以奥运会的周期来回忆人生，其实蛮不错的。因为这个周期不算太长，也不算太短，你正好可以回忆起一些很关键的时间节点。2008 年的北京奥运会，虽说就在家门口，但那时我就要上高三，画画好像在集训，所以也就看了有限的几个项目；2012 年伦敦奥运会，要上大四，看了部分内容，不太深刻了；2016 年里约奥运会，刚刚参加工作，可能还在适应新的身份，奥运会一眼也没看；2021 年举办的 2020 年的东京奥运会，新冠疫情仍在继续，尽管我既要工作又要上学（暑假），但拖延症犯了的我下了班啥也不想干，几乎把有中国运动员进决赛的赛事看了个遍。

所以，尽管据说东京奥运会收视率惨淡，但我贡献了个人奥运观赛流量的最佳纪录。这次观看，让我想了一些以前没想过的问题。

其实非以运动为职业的普通人喜欢看奥运会，解说要占一半的功劳。作为竞技而非表演性质的比赛项目，虽然它们有一定的观赏性，但其观赏性非常有限（不同的赛事，观赏性也有差别）。在我观看的视频平台，往往有解说版和原声版两个线路。我看解说版的竞走，看得还算津津有味，解说员会谈到东京的天气、以往的赛事、我国选手的战术、他们的家庭背景职业背景、他们的伤病、他们的对手、他们身上为什么贴膏药、嘉宾的辉煌过去，等等，两个半小时不冷场。但你要让我切到原声版，看人一圈圈地在那儿绕，我就直接不看了。同理，即便是更具观赏性的跳水、体操，看过几个选手之后，动作也都开始重复了，没有解说在旁边时而庄重、时而诙谐、时而叹息、时而激动的解说，观赛效果会大打折扣。特别是到了夺金时刻，解说员是一定要调动起来的，你 high 观众才能 high，毕竟人类的悲欢可能相通，身体感觉是无法相通的，运动员再累，再挑战极限，观众也感受不到，一定要加上解说员逐步升高的音调，才能共情运动员登上巅峰的感觉。

我以前以为，从总体上来讲，我是一个没有私心的人。这种"没有私心"指的是，我对任何因为血缘关系或者亲疏远近而做出的不客观行为都嗤之以鼻，我就想做一个理性机器。我也认为，由于国家和民族都是被构建的，它们也都有好和坏两种面向，所以我没什么家国情怀。然而，奥运会将我的私心暴露无遗，将我的民族情绪暴露无遗。假如我毫无私心，为什么只看有中国人的项目呢？为什么想要中国运动员夺冠呢？为什么他们伤病累累却没表现好或遭到不公平待遇时，会感到异常惋惜和愤怒呢？难道别国的运动员不是靠血汗换来的奥运门票吗？还是，我从他们和我相似的体貌特征、人生经历、言行举止中，代入了我自己呢？他们突破极限就是我突破极限，他们有无限潜能就证明我有无限潜能，是这样的吗？如此说来，我很有私心，至少是对我自己，我爱自己得很。

另一方面，我也在思考奥运的意义。从本质上讲，很多项目是对人类古代文明和古代人生存状态的怀念（特别是一些体能而非技巧性和具有游戏性质的项目。依我看，奥运会就该像它的英文名 Olympic Games 一样，只留下具有游戏性质的 games，比如乒乓球、击剑、排球什么的）。它的纪念性大于观赏性更大于实用性。现代社会不需要大力士，也不需要飞毛腿。如果说这两类项目还有对人类潜能的研究价值的话，跳水等项目就变得奇怪了。跳水在古代和现代都没有过实际用处，压水花也不知道具体考察的是身体的什么潜能，是不是非这么考察不可。在现实生活中这么跳进水里只是一种凡尔赛。大概是跑步可以拼速度，但自由落体的速度基本一样，没什么可比性，只能比花样。这个项目，感觉是为了比赛而比赛（虽然在空中转圈具有一定的观赏性，但是能做的动作也确实比较有限）。现在的很多项目，都是为了比赛而比赛，在观赏性和实用性上都没有太大价值，而偏偏又最伤害运动员的身体。

那么最后一个问题来了。运动的本意是强健体魄，可是现在的运动员们都是一身伤病（好吧，体强不了的话，倒确实可以强健"魄"，磨炼意志力）。我看这届奥运会最大的感触就是，举重、跳水、体操、田径等项目的运动员，好多身上都裹着胶布。反而是经常挨摔的滑板运动员，看上去健健康康的。大部分运动员都会有伤病困扰，很多人退役后连普通人的健康水平都达不到。由此说来，奥运的确是战争的某种替代形式，"奥运军团""战绩颇佳""捷报频传"等说法也不完全是比喻义了。如果是为了"战斗"的胜利，那么带病出征似乎是值得的。所以，奥运就是和平时代彰显国家实力最集中的表现之一，我们又怎么能不关注奖牌榜呢？另外，带病上场也是运动员们知晓利弊后的主动选择，他们的成绩就是无可避免的伤病换来的，而成绩就是自己的生存法则，它们代表着荣誉，也代表着利益。虽然，要将动作做到毫厘不差才能拿到分数，怎么看都更像是最终极的规训而非最终极的挑战，但这就是相关项目运动员的生存法则。他们要为了达到那种完美而不断练习，尽管出了这个竞技场，那个动作除了令人惊奇，便毫无价值。

2021 年 8 月

"不是我说你"

"不是我说你"，这是一个颇值得玩味的表达方式。

首先，这句话用了倒装。按说话者要表达的意思来推测，"不是我说你"正确的语序应该是"我不是说你"（另外一种理解方式明显偏颇，"不是我说你"，那是谁说你？借尸还魂吗？）。倒装有什么好处呢？首先，弱化了"我"的在场。"我认为""我觉得"，虽然这种措辞可以表明说话者的主观态度，而不是站在某个类似上帝的视角讨论问题，但放在句首的"我"起到了强调说话主体的作用，加上"说你"本身不是一个好事情，如此表达会比倒装句更激化主客体的矛盾。其次，将"不是"提到了前面自然是为了化解矛盾——我没有敌意的，我"不是"来说你的。先将否定自己提上来，以放松对方的警惕。

然而，这句话不光倒装，甚至还有说反话的嫌疑。好家伙，本来不加这句话，别人还没做好你要说他的心理准备，但是只要开场白是"不是我说你"，后面肯定是要开始机关枪似的"突突突"了。在常年这么使用的情况下，人们已经对这句话产生了警惕——"不是我说你"即"我就是要说你"的同义词。

那么问题来了，这句话真的可以和"我就是要说你"画等号吗？

不是的。首先，将"不是我说你"还原成"我不是说你"之后就会发现，这是一种省略的表达，原是"不是……而是……"的结构，规范表达应该是"我不是说你，而是要提醒你……""我不是说你，而是要说这件事你的做法……"。因此，此半句和后来的表述是转折关系，话语本身不起强调作用。它是为了表明，虽然我后面的话的确是在说（数落）你，但"我"的目的可能不在于"说"，而对象也不一定是"你"（只是这次恰巧是你）。

在第一种，目的不在于"说"的情况下，"说你"不是目的，不是为了满足我"说你"的主观痛快，而是在为你好。比如母亲教育小孩，"不是妈妈说你，你要学会自己扎辫子了"。虽然最终还是"挨说"，但此种情况下的"不是我说你"，有一种嗔怪的意味，我是因为爱你，才要说你。

在另外一种，对象不一定是"你"的情况下，是要表明对事不对人。比如公司老板批评下属："不是我说你，这件事情怎么能这么办呢？"当然，从上句话来看，老板明显对这个人也不满，但是，这件事情办糟了让他更火大。他可以不在乎你，甚至都懒得说你，但是这件事情必须给你捋清了。

"不是我说你"虽然预示着"说你"的来临，但在不是吵架的情况下，这的确是一种温和的提示。跟"某某某，我要批评你了"以及"某某某，我得跟你掰扯掰扯"相比而言，它没有那么单刀直入，顾及了对方的接受能力。对方不能接受批评可能分两种情况：第一种情况是被批评者承受能力太弱，一个刚刚入职的小年轻办了错事，领导也不忍心直接开批，以这句话为开场白既是为了缓和气氛，也是领导的自我安慰——我也是真的不想说你（对年轻人应该有一些容错率），但是该指出的还是要指出；第二种情况是，两个人关系特别好，实在是拉不下脸来批评对方，但某些方面的不能忍受还是让你决定把窗户纸捅破，你只是选择了一种力气不太大的捅破方式。

要是吵架时用到这个词，那就另当别论了。设想在大街上两个摊贩因"地盘"而争吵："不是我说你，你凭什么占我的地方啊？"这里的"不是我说你"，强调的是"我"的正当性——"我"是我也不是我，"我"是我也是大家（哎？好像推翻了我第一段的否定，这种情况下的"我"还真可以替换成别人）——谁要是遇到这种情况，都会说你啊，你"不对"得太明显了。街坊邻居，乡里乡亲，大家都来评评理啊——

写到最后，我要说，我的读者们，不是我说你，有的时候给点反馈啊。转发留言点个赞，那个，骂我也行——"我最恨你像一根木头"！

2021 年 8 月

作为他者的"老人"

在公共叙事的话语体系中,"老人"是被严重他者化的一个群体—— 不管他是一个省吃俭用资助了很多大学生的拾荒老人,是一个因别人好心帮扶而要讹诈的老人,是生育了很多儿女带大很多孙辈却最终无人赡养的老人,抑或是自己走失或是疏忽让孙辈走失的老人。这种他者化似乎是理所当然的—— 社交平台本就主要由中青年用户组成,老人就是他者。

但是,当人们用观看"他者"的眼光来观看"老人",用讨论"他者"的口吻来讨论"老人"时,我隐约有些不自在。大概是因为,和其他常被看作他者的弱势群体(幼、病、残)和少数群体(少数民族、性少数者)相比,"聒噪的大多数"大概率不会被划入或者期待被划入这些人群,例如,我们很可能不会变成残疾人(至少不希望),也很少有机会改变性取向,但是,一个想法主流的人,总是不希望自己英年早逝的,即,我们会期待自己最终能成为一个老人。那么,用一种置身事外的眼光看将来的自己,总归是有点目光短浅的残酷。

不过,完全是因为目光短浅吗?

相比于更强调客观状态的"老年人","老人"一词承载了大众更多的想象。这和大众媒体的塑造有关。当新闻的标题出现"老人"这个字眼时,那么不管这件事是何种性质,总是要和报道对象的"老"有关—— 这和使用"小学生"一词是类似的策略,而以"青年男子"或"中年女子"为对象的报道,事件的内容却不一定和他们的"青年"或"中年"产生联系。比如,"老人错将刹车当油门,开代步车撞倒路人",这说的是老人老胳膊老腿儿,反应不行了;老人认错人、走错门、吃错东西,不是老眼昏花,就是老年痴呆;"老人每天坚持走50公里",强调老当益壮;老人当街撒泼打滚,说的是为老不尊;"老人数十年如一日……",虽是在强调坚持,但前提是"活得久"…… 既然"老人"二字只强调了"老"字,那么,具体的"人"的一面便被抹去了,我们看不到事件背后的人的清晰面目。没有具体的人,我们很难产生共情。

在很多情况下,即便有具体的人,我们也很难产生共情。因为现今的老人,的确离我们很远。这种情况大概在这十几年最具代表性。出生于 20 世纪 60 年代之前的人是现今的一批老年人，他们与 70 后及之后出生的人有着很大的差异。在思维上，这些老年人中的很多人仍采用集体主义的思路，很少有所谓的"自我"；在生活方式上，他们没有踏上互联网的高速路，即便拥有高端电子产品，使用的也是最低端的功能。现今的中青年人，并不认为这些老年人的今天就是自己的明天。我们不会期待自己年老时的价值只在于给儿女做饭和带孩子，不会认为自己会因无人赡养而悲悲戚戚（我开开心心住养老院去啊），也不会认为自己会在大街上撒泼打滚地碰瓷。尽管代沟始终存在，但我们这一代人老了之后，为之后的年轻人带来的参考价值可能更大。

老人并不总是他者，只是在提及某些平庸的、年迈的他者时，才会使用"老人"一词。各行各业，有多少领军人物是老人呢？一个有标出性的老人，他的卖点已经不在"老"字上了，而在于其标出性。当我们谈到钟南山时，很少会将他和"老人"一词联系在一起，他甚至可以是长者、老者，但不是"老人"。屠呦呦获诺贝尔奖时，新闻标题一定不会是"一 85 岁中国老人荣获诺贝尔奖"；一江洋大盗逃窜多年被抓后，新闻标题突出的也是他大盗的身份，而不是老人的身份（一个奇怪的反例《春天的故事》："有一位老人在中国的南海边画了一个圈"）。因此，没有什么除了和"老"相关的其他特点时，老人才会被称为"老人"，而他们组成了一个庞大的集体。因此，不管在具体使用时指代的是集体还是个人，"老人"给人的想象空间总是集体的。（这里好像有些废话哲学，"青年""中年人"这些词，哪个的想象空间不是集体的呢？其实不太一样，因为这两个词指代整体的情况更多一些。）

2021 年 9 月

阴人、阳人与阴阳人

在题目中出现的 3 个词汇中，"阴阳人"可能看上去更熟悉些。不过，在不同的语境中，这个词指代的并不一样。因此，我应该先说明这里是哪种含义。首先，"阴阳人"并不对标"阴阳眼"，不是指在阴间和阳间都有一席之地却又同时被两界抛弃的人；其次，"阴阳"并不指"阴阳怪气"；最后，阴阳人指的是有两幅面孔的人——不管是阳奉阴违还是阴奉阳违，总归换了时间和对象，言语和行为不统一的人就是了。

虽然都是阴阳人，"阳奉阴违"的阴阳人和"阴奉阳违"的阴阳人及其背叛对象的关系却是倒转的。一般情况下，阳奉阴违的人在双方的关系中处于弱势，因此，表面上不敢"造次"，只有背地里才能搞些小动作（并且期待不被发现甚至真的不被发现），有等级关系的地方就会有这种阴阳人的出没；而阴奉阳违的人，在双方的关系中可能是弱势、强势，甚至齐平，但其背后的势力大都比对方强，因此才敢在背地里先答应，到了阳光底下才对对方公开处刑。如果要举例子，打小报告的人、微服私访的官员、卧底警察皆属此类。

那么"阴人"和"阳人"呢？如上段所分析，"阴"并不代表"违"，"阳"也并不表示"奉"，如同八卦上的黑白之阴阳，它们在这里是中性的。然而，为了叙述方便，我将"阴"和"违"、"阳"和"奉"做了正向的关联——毕竟"违人"和"奉人"指代是明确了，听起来感觉却很糟糕。"阴人"指常常表达违背或否定之意的人，"阳人"指常常显示赞同或顺从之意的人。不管对对方的态度怎样，二者都是表里如一的，不会准备两套方案。只看字面意思，好像阴人是负面的，阳人更正面，但事实并非这样，要看他们面对的是什么。当他们"奉"的是正义时，"阴人"当然指的就是阴险狡诈之人。但当他们面对的是强权时，敢于违背的人才是勇者；而阳人之"阳"，则是一种敢怒不敢言，甚至助纣为虐的做法了。所以，不要因为一个人显得负面而对他下否定结论，因为你不知道他的负，是不是为了负负得正——这是一个"负"世界，是我后文讨论内容的隐含前提。

人们常常以为表里如一是好的，这甚至成了一种稳定的道德观。因此，在大部分人的认

阿番,《无常》, 2022 年

知里，即便是无论表面还是背地里都敢怒不敢言的阳人，也比当面一套背后一套的阴阳人好一些。"端起碗来吃肉，放下筷子骂娘"骂的就是阴阳人。阴阳人和阳人的顺从或赞美当然不是没有理由的，他们是为了获取更多的利益——至少是为了保住眼前的利益。那么，既然你已经接受了好处，又怎么能吃里扒外呢？一个人即便受了对方的刁难，也应该做个阳人——忍着——你吃到的肉，理应塞住你的嘴。

但是，"奉"是必须的吗？"端起碗来吃肉，放下筷子骂娘"一定不对吗？假如这肉本来就是我的，对方一直威胁我要端走，为了让他还给我我说了一些赞美的话，那么我吃完肉之后，我不能骂他吗？我不应该骂他吗？我吃着火锅唱着歌却飞来横祸，给我添了一顿堵，我怎么不能骂娘了？！应该经受道德谴责的，只应该是那些因"奉"而得到不正当利益的人，他们平庸的人生因为"奉"而得到了急速的飞升；而对于做出"奉"的姿态，只是为了让自己的生活重回原本轨道的阴阳人来说，他们或许没有抵抗强权的勇气（甚至硬碰硬显得鲁莽而毫无智慧），但也不至于被指责。他们应该处于"正常人"的范围内，但却不是主流认知中的阴阳人，因此，我将之称为"另类的阴阳人"。他们可能是好人，但不是好的"阴阳人"。

如同这个名称所暗示的光影效果，"阴阳人"是立体的，有更多的生存和情绪层次。相比于"忍辱负重"绝口不提一句的极度压抑的阳人，阴阳人能找到某些时刻和环境来释放自己，他们的身心会更加健康一些——尽管这种松懈有可能被对方察觉。甚至，阴阳人的确如"阴间阳间"的那种含义一样，连接了世界的两个方面。阳人回到了此岸，但他守口如瓶，因而其他人无法知道真相；阴人因为一开始就拒绝合作，他失去了通往彼岸的门票。只有阴阳人，靠着生存智慧在彼岸行走，回到此岸时，又因为"真情流露"，道出了看上去如同乌托邦般美好的彼岸的真相。这个"负"世界需要阴阳人。

实际上，在这个等级社会，无论是主流的还是另类的，阴阳人都容易取得世俗的成功，也就是说，那些成功人士，不管本质是好是坏，大部分都是阴阳人。阳人——在私人情绪的闸门长时间不打开之后，那闸门便锈掉了，他可能会迷失自己。他在这个茫茫的世界逐渐变得没有颜色，和环境混在了一起，自然也无法成为一座纪念碑（当然，内心非常强大的阳人也可能取得极大的成功）；而阴人，即便他想取得世俗的成功，但其对世界明目张胆的否定让世界先否定了他，他便从一开始就毫无机会了。闸门从反方向被关闭，世界上没有他的踪迹，是因为他从来没有来过。而阴阳人，像种子一样（不管这是果树种子还是罂粟种子），先被世界的大地埋没，然后在毫无察觉之时破土而出，最后形成别样的景观。

2021 年 10 月

平身

　　"平身"在这里不指跪拜后的起身，也不指扁平的胸部，而是作顾名思义解：平放的身体。不是五体投地状，而是仰面朝天状。换成人话就是：躺着。(我只是想让自己显得有文化一点。)

　　说到躺着，大半时间都是在睡觉，不是在睡觉就是在失眠，或者放空。假如是一个正常人，一辈子要躺上三分之一的。如若老年得了什么半身不遂或全身瘫痪之类，有望向二分之一靠拢。

　　好像躺着的时候不能做什么事情，而实际上，我们在躺着的时候完成了很多重大的任务。这些任务滑向两个极端，并且有着很强的哲学意味。比如说，如人能够善始善终，出生和死亡，都与躺着脱不了干系。你妈生你的时候是躺着的，生命的初始也多半是躺着的；上帝或撒旦召唤你的时候也是躺着的。当然当然，如果你不能善始又不能善终，情况就不是如此了。经常看到有这样的新闻：某失足少女在上厕所时生产，生完将孩子扔在厕所里继续回网吧打游戏(不孕不育者和难产者都非常羡慕这样身强体壮的姑娘)。她这是蹲着生的。又比如，你是想不开上吊死的(不要小气就是打个比方嘛)，或者被炮弹炸飞，或者是脑袋被门夹了不幸逝世，这些离世方式都跟躺着没有什么关系。

　　躺着的时候，人们也可以做最平静和最剧烈的运动。最平静的必须是睡觉，一种半死亡状态。身体的各个部位都得到放松，呼吸变得均匀而松弛，心跳也缓慢下来，血液有规律地穿过全身的大街小巷。与此同时，精神也得到了休息。假如你不磨牙不打呼噜不说梦话，挺尸一般地睡着，就会达到挺尸一样的平静。然而，在这之前，你如果有条件，还可以去做最剧烈的、最神圣或最可耻的、生命开始的，造人运动。造人关乎整个人类的延续，为了加强人类的使命感，在设定上就应该是很累的，让人体会传宗接代的艰辛。这项运动，有两个委婉的说法，叫"啪啪啪"和"嘿嘿嘿"。"啪啪啪"让我想起了掌嘴运动，抽敌人的脸，一定要不遗余力，而且越累越爽，抽不死你丫的决不罢休；"嘿嘿嘿"让我想起了奸笑运动，这可是一项可以练出腹肌的运动，所以也很激烈。总之，这两个委婉的说法其实是很贴切的。当然有人要取笑我：你是从古代穿越过来的吧？我们现代人那啥，根本就不是躺着，有十八班武艺可以连成一个人，你简直是个 low 逼。身为一个正经人，我不跟你争辩。

从我高中生病在床上躺了几个月以后，虽然平日里依旧可以活蹦乱跳，但躺着成了我最热爱的状态。看书时可以躺着，上网时可以躺着，玩游戏时也可以躺着。只要是有床的地方，我都倾向于躺着。现在宿舍里只有我一个人住，完全可以在宿舍学习。为什么不呢？原因之一就是，在书桌前坐一会儿就烦得要命，把脚跷在书桌上，烦得要命，再在椅子上蹲一会儿，还是烦得要命。继而将一大堆书扔到床上，准备发奋。可是看一会儿眼皮就开始发沉，于是索性睡觉。一白天可以睡三四觉。当然在上网和玩游戏的时候不会发生这种情况，只会越玩越精神。这些都说明，其实我不爱学习，但却特爱折磨自己。

不过，上一段说的这种躺着的姿势，其实并不纯粹，因为只有腿部是躺着的，上半身正确地说，是斜倚，后面有两个靠枕。斜倚也分为两种：一种是以屁股为转折点，时间长了尾巴骨就要抗议，因而也要换姿势；另外一种是以整个背部为支点（更接近于平躺），脑袋弯得更厉害一些。实在不行的时候，还可以趴着。但这种姿势更不能持久。因为本人的胸太大了（不要质疑我，透过现象你根本看不出我的本质），挤压得胸腔都要喘不过气，它们恨不得要从后背钻出来（好吧好吧，我只是开个玩笑，其实我的上围跟我的学习成绩一样优秀都是 A）。

有时候，我甚至吃饭都是躺着吃的。随便塞点饼干、喝点酸奶啊什么的。觉得是时候为懒癌患者搞一个吃喝拉撒都可以躺着的床了。而想到这个发明，又会无限怀念婴儿时期。唯有那个时候，你吃饭是连斜倚都不用的，你妈可以摆出无比艰辛的姿势将乳头塞到你的嘴里，而你也可以拉尿自如—— 因为它们都是稀的，还同时排泄，混在一起就像鸟屎一样。现在可不行，都是固体物。躺着吃东西会把你卡死，而躺着排泄，太考验腹肌，实在用不上力气。即便设计出了很厉害的床，还是不能总是躺着。

如你所料，我就是半瘫着在床上码出了这些字，做最喜欢的事，当然要用最热爱的姿势。不过每当这时候，我都想起金庸小说里那个手脚筋被挑断，靠吐枣神技存活的裘千尺。

2015 年 12 月

直播、断裂的空间与状态

近些年，"穿越"是个高频词。虽说是穿越"时空"，但穿越的重点，却主要落在"时"字上——可以是穿越到远古、清朝或未来，但不会说穿越到另外一个地点。然而，时间机器的发明还遥遥无期，空间的穿越却已经在现实中得到了模拟。

比如直播。

直播这个词很早就有了，新闻直播、体育直播、晚会直播等，但网络视频平台迅速发展起来后，这个词的词义发生了变化，不再仅指另一个空间的即时状态，还有了取悦性表演和与观看者直接互动的意味。

以前的直播，收入镜头的都是大场景，不同角度的镜头也可能随时切换，达到某种意味上的"散点透视"；现在的直播，镜头里往往只有一个人，一个观看的角度，如科学透视一般，那焦点就在主播身上。

以前的直播，即便目的是让镜头对面的人观看，但画面中的场景，与未入镜的部分有着符合逻辑的关系：新闻本就是对现实的截取，而体育赛事有观众，颁奖典礼上也有嘉宾——也就是说，即便没有直播，这些事件的发生也是有意义的。现在的直播，已经与其现实环境彻底切割，主播只需管理入镜的部分，身体的其他部位，周围的环境，都不需要配合这场表演。如是，入镜的部分进入了一种居间的状态：从物理上说，它还在这里；从逻辑上说，它却到了镜头的对面。而在物理与逻辑之间，是处在云端的过渡链。

从观众的角度来说，当你靠在床头，蜷起双腿，拿起手机观看直播时，对面的主播仿佛就夹在你的双腿之间。他/她好像与你前所未有的近，如同你与以手机为镜的镜中自己的距离。在视觉效果上，遥远的路途和千山万水的阻隔确实是不存在了，但新的东西又横亘在你们二者之间，不光是那层薄薄的显示屏，还有各种滤镜和效果——你离这个表象很近，却离那个提供表象的模型很远。

当我们在现场观看某个人的表演时，所有的目光聚焦到表演者的身上，反向来看，表演者就像个小太阳，以自己为中心，向整个寰宇散发目光。现实中，当两个以上的观众想要观看同一人时，肉身对空间的挤占使得其角度必然不同，目光必然相交。但虚拟的直播将观众的目光变得平行，甚至重合了—— 他们都在镜头的对面与主播对视。将虚拟联想为现实会显得非常可怕，无数观众好似幽灵般聚合，叠加在一起，并在一处滋生出各种各样的情绪。

余光变得不再重要了。在现场时，你的注意力集中在"刺点"上，但仍有让你可对整个大环境进行把控的"知面"的存在：你将注意力集中在歌者的身上，但是其周围的舞台，旁边的伴舞，都照顾了你余光的感受，使得它们并不惊慌，也不寂寞；但直播不行了，只有手机这么巴掌大的舞台，你目光所有的注意力必须集中在这里，除手机之外的地方对你此时要汲取的信息毫无用处。如果观看直播变成一种常态，那么人们很有可能变得只会注意正前方的景象，来自侧面的危险和信息会很容易被忽视。

从主播的角度看，直播让其必须与现实空间割裂，并随时揣摩目标空间的环境与气氛。如何割裂现实空间？通常来讲，一个异质的空间应该被标出，被隔绝，比如演播室，人们会达成共识，默许此空间内发生的异常。但随着主播数量的增加，要求的增多，并不是任何人都可以有一个专属的演播空间。那如何呢？只能对其他常用空间进行改造和借用。这里可能是卧室，可能是客厅，也可能是书房，甚至是大街。但是，由于这些地方可能与他人共享，让本应处于另一个空间的主播与现实中的人相遇—— 要不是前面摆放着手机，奋力表演的主播就如同发了疯。与此同时，直播也很容易出现"闯入者"：网红他妈喊网红吃饭；郭老师被老公掐住脖子；异装表演者被家人发现后胖揍。这都是现实和虚拟相遇的时刻—— 主播在你身边，但他 / 她其实早就灵魂出窍，不在你身边了。

主播看不到对面，屏幕上出现的是自己，他 / 她是在照镜子。但和真正照镜子不同的是，真正照镜子时心里想的是自己；直播照镜子时心里想的是别人。尽管目光被屏幕阻隔并反弹了回来，心理活动却未遇障碍，它穿越屏幕，抵达了观众的内心—— 否则，他 / 她的表演怎么能让你真心实意地刷出那么多礼物？他 / 她的推销又让你心甘情愿地剁掉了那么多根手指？主播在手机里只看到了自己，这仿佛提供了某种隐喻—— 他 / 她的注意力不在于看到自己，但结果是他 / 她只看到自己就足够了。

吊诡的是，当人们可以进行虚拟穿越时，人的物理属性变得空前的重要，也变得空前的不重要。重要在于，在这个视觉中心主义时代，在这个视觉表象化篡位为社会本体基础的颠倒世界，好的形象就是源源不断的资本，人们为此努力保持好身材，维持或"创造"出好的容貌；不重要在于，具有现实属性的肉体成了拖累，它很多地方去不了，很多位置达不到，它足不出户便可轻松充值（收割财富），只需要被压扁成屏幕上的影像而已。但是，飘荡在网络上的影像，想要得到的报偿大都也是物理的，吃更高档的食物，开更好的车，住更大的房子—— 不过，这不是终点，还要发布到虚拟的网上，获得"前进"的动力。虚拟与现实，像千层糕的馅儿一样，一虚一实一虚地互相叠加着，早已混合在一起，无法彻底地切割开了。

2020 年 4 月

超越的直播课

我最近每周会上一节直播讨论课。按说,我应该已经习惯了直播的方式,毕竟自疫情以来,我多次以这种方式听课、考试、开会、社交。但是,之前的直播课并没有给我很深的触动,一是很多时候只有主讲人开了摄像头,就像另一种形式的视频通话一样,我对这种形式还比较熟悉,对于熟悉的东西,我总是熟视无睹的;二是开了摄像头之后大家也都是正襟危坐,像佛龛上的佛像一样排列开来,不能引发我对直播课的反思。

引发我对此进行反思的直播课是一门国际课程,在美国芝加哥时间的早上九点半开始。虽然不是强制的,但主持的教授还是希望每个人能打开摄像头,能够看到各位参与者的反应,制造一种面对面的感觉(我猜他要是面对一排排有着 No Camera 图标的黑方块讲话,也会心生恐惧,毕竟他不是马列维奇)。理论上,这是他的直播间,所以他拿出了专业主播的态度:整齐的波浪鬈发像瓦片一样盖在头顶上(哦,这句话太文学了,但是只有这样才能准确形容那是什么类型的发量不多的鬈发),穿着干净的白衬衫,戴着降噪的耳机,身后是优美整洁的书房。不过,其他人对自己的要求就没有这么高,世界的参差感扑面而来:人种和肤色的不同还是小事,你会看到一些人吹着电扇,一些人披着毯子;有些人(就是我们这些东亚人)开着电灯或台灯,在夜晚和困意的逼仄中蓬头垢面(我有时还穿着睡衣)地盯着屏幕;一个身处美国的大姐总是用下巴对着我们作藐视状,因为她还没有起床,我们仰视着她,她显得高耸而巍峨,但其身后的枕头和床头的装饰又抵消了这种纪念碑性;欧洲大抵已经是下午了,阳光明媚,一些人喝着下午茶,有时有猫、有娃闯入镜头。随着我改变显示的方式(画廊模式、并排模式、演讲者模式)和拖动显示的位置,这些小窗以不同的方式组合成一幅幅动态拼贴。

这动态的拼贴是我思考的契机,尽管我的反思最终脱离了其表象的生动。我的第一点反思是,课程的老师已经失去了视觉上的优先权。在传统的教室里,只有老师能够面对所有人,其他人不是只看见他,就是只看见他和一堆后脑勺。当然,坐在前排的同学，也可以转过头来，看看身后的所有人，但他既不是这个小型剧场的中心，也不是这个小型剧场的焦点，他的转头还让他失去了对真正中心（教学者）的把握。而在直播课里，每个人的界面都可以是一样的，这是平面化的、没有等级制度的屏幕，人人都是上帝。

这种平面化和没有等级制度，还可以是空间意义上的。让我们试着从教学者的角度分析。在传统的教室，座位以水平的方式纵深排列，学生们因此显得有大有小，有清楚有模糊；从第一排到最后一排，教学者扫视所有学生的目光形成一个大锐角。而在直播课中，学生座位组成的平面和教学者的视平线垂直，教学者扫视所有学生目光形成的角度不再相对固定，而是有了很大的弹性，由他距离屏幕的远近而定。当然，如果学生人数过多，需要翻页，这种观看还需要引入时间的维度。

与此同时，直播也将一些日常经验极端化：教学者失去了对某些秩序的弹性掌握，也获得了对某些秩序的绝对把控。关于前者，直播中的学生可以随时离开，48 名学生就会有 48 个离开的缺口；而在传统教室，教学者只要把门堵上，谁也无法走掉。学生们坐在屏幕前佯装听课，但他眼前的屏幕或许展示的是另一个界面，而教学者对此一无所知。关于后者，在传统教室，当一个学生突然大喊大叫或者暴露狂本性发作时，教学者没有办法立即制止这种行为，教学会瞬间陷入混乱；但在直播时，他可以直接静音或者关掉视频，相关事件就好似没有发生。云端既拉近又推远了教学者和学生的关系。

直播课的另外一个好处就是，可以肆无忌惮地看某个帅哥（对我来说）而不被发现。在传统教室，你首先不太可能看到帅哥的正脸，这也是青春文学总爱描写完美侧脸或忧伤背影的原因；其次你还可能被老师同学们发现，落下花痴的罪名。这种明目张胆可归功于两点，一是目光的所有方向被限定在屏幕的方寸间，画中人很难捕捉你的焦点；二是每个人分享的不是同样的屏幕"座次"，这座次是随机的，或者对别人来说是很难推测的。即便其他人知道了你目光的方向，也不知道你的目光网住的是哪个人。我们可以肆无忌惮地舔屏，还可以露出花痴的微笑——教学者还以为这是你对他幽默感的肯定呢。摄像头让每个人都成了画面的焦点，又让人失去了捕捉其他人焦点的能力。

直播课让每个不在场的人都"怼脸"式地在场了，这既是一种在场的幻觉，又抵达了在场的本质，此所谓直播课的超越性。

2021 年 5 月

万物思考练习

第四篇

如若永生

那么一定会天下大乱，所以一定要想好对策。

如果科技和医疗的发展真的能够让细胞永生，那么死亡的可能性不外乎是发生意外事故（还是紧急得来不及抢救的那种）和自杀他杀。现在发达国家道貌岸然地蔑视有些国家连自由生育的权利都没有，那个时候恐怕为了控制人口所有国家都得限制生育，甚至是规定所有人都不得生育。我的观点是当人们的悟性不够理性地利用自己的权利而是权利滥用时，那么就只能运用强制力来维持社会稳定。当所有人都可以不死时，死亡就显得颇为珍贵。

虽然"珍贵"，但是你挡不住有的人倒霉被车撞或者活腻歪自杀，所以并不是所有人能不死就不死。那么为了让人口保持相当的数量，就得有一部分负责生育。为了公平，方案可能有以下几种。一：死一个白人生一个白人，死一个黑人生一个黑人，这个比较不费脑筋；二：在未能长生不老时的政策本来就不公平，为了达到均衡，比如说黄种人比黑人和白人都多，那死一个黄种人就死了吧，再生一个白人或黑人，直到种族的人口数量相等为止。但是无论是哪种方案，都得考虑：让谁生呢？像中国人这种有爱生孩子传统的，肯定会争相报名，为名额打破头。一部分人可能想让高学历或者高智商的夫妻来生，但是这不够公平，似乎还有点种族歧视的意思，而且遗传相似又不是百分百，并且万一培养出来一个高智商的坏蛋，那更坏事。从公平的角度来考虑——那就跟现在北京买汽车似的，全世界人民都开始摇号吧，中了就中了，中不了也只能接受现实。

但事情似乎也不这么简单——你不让我生我就不生吗？所以那时候一定研发出一种手术——不能绝育！否则以后摇到号了也没法生了。那种手术不一定男女都做，必要的时候只要女的做就可以了，反正必须得借助女性的卵子和子宫。平时所有女的都不能排卵，只有拿到准生证的才能释放此功能——没错，这种手术就是这么神奇，不知道以后是哪个妇科医生能够申请此专利。

但是生下来的小孩应该不是自己养，因为孩子稀缺，理应归国家——那时候理论上不应该有国家了，否则各个国家会为了争名额而打架，并且说不定还不会服从这样的政策，所以那时候必须得是大同世界，人口统一调度，孩子集体抚养。可能比较普遍的事情是孩子刚出生，父母都几百岁了。并且爷爷奶奶只是在父母年龄的基础上加个二三十岁，没办法，大家统一赶上了长生不老的政策。所以很有可能到时候大家都几千岁，那二三十岁五六十岁的零头都忽略不计，所有人称兄道弟，哪还有大叔大婶爷爷奶奶啊？

我跟一个同学讨论过这个问题，她觉得这样很不好，社会不会再向前发展了，没有新鲜的血液注进来，全是一帮倚老卖老的老不死的。但我觉得大可不必这样担心。反正我觉得生一个小孩就得从"一加一"开始教起，学习那么多年，工作二三十年又该退休入土了，性价比太不高。而一个人如果可以不死，那他的那些经验就可以持续用，每年的经验学识可以说是只增不减的，那创造力就会更强——你看那些有名的画家，比如说齐白石，他到老年才出名，技艺才炉火纯青，还不是把别人都耗死才能积累那么多东西吗？他如果能活更久，脑细胞也不衰老，那一年可顶小时候的好多年。

如果一个人可以活上无限年，那么"江山易改本性难移"这句话恐怕就不会那么灵光。要经历的事情无限，要接触的人无限（当然如果他把全世界的人都结交了也有可能，反正时间大把大把的，慢慢交朋友呗），肯定有很多人对他有影响。那个时候应该也不会要求"选择婚姻并且忠于婚姻"，几千几万年面对一张老脸也挺可怕的，而且没有孩子可养不用担心他心灵遭到创伤。所以对于"性"的观念会比较开放——反正不会生孩子，反正不用担心染上病，反正染上病也不会死。

那时候也必须得发明失忆术。这种失忆术最好不要把所有的记忆清零，只清除那些不愉快的。要不然那时候真是"路漫漫其修远兮"，挡不住一辈子有多少不顺心的事，挡不住多大年纪的时候患个忧郁症啥的，万一想死可怎么办，一定得想开一点。还有也必须发明沉睡术。活得久了很容易觉得老活着太乏味了，但又怕死后的世界，所以得沉睡个几年几十年，然后再被唤醒，就当开始了新的人生轮回。

但是要说明一点，那就是只能人长生不老，而动物不行，还是要代代繁衍。首先出于保持新鲜感的考虑，其次就是如果动物也能修炼千年成了精，保不齐什么时候出个动物界的

"伟人"，把人类给灭了，那就似乎有点不合适也不划算。

　　当然啦，永生这件事情似乎永远不会发生，真正发生了恐怕处理起来也不像想象中这么简单。但是如果真的有朝一日可以如此，后人看到我这篇文章，你们请把我奉为先驱啊！

2013 年 7 月

灵魂切割

"轮回""来生""投胎转世""孟婆汤""奈何桥""上辈子的情人"……人们不光相信自己的元神不死,还老相信自己总会是人(当然,也有部分人觉得自己不会,想当树想做猪想变成王八的也有的是)。在《天才在左,疯子在右》那本书里,一个富有的隐世者之所以富有和淡泊,是因为他能够记起前好几世的经历,因此不光可以规避很多既有的错误,还能够看透人生的真相。

让我们先假定,"轮回说"确有其事,而大部分人只不过是在新旧生命交替的接口处被抹除了记忆。那么,这个轮回机制是怎样的?

在很多影视剧的演绎中(比如《新白娘子传奇》),一个老人生命结束的时刻,也是一个新生儿呱呱坠地哇哇大哭的时刻。死亡即重生,这是一种情况。另外一种普遍的情况,是人死之后,除了极少数升仙得道之外,要在地狱或阴间滞留一段时间,走走程序,赎赎罪,或者因为罪过太大无法赦免,变成游魂,不得超生——总之,阴间可以多住,人间的 pass 卡却没有那么容易得。也就是说,阴间的人数可以激增,反正没有实体又不占地方,大不了重影,但是阳间的人数却不是那么容易变多的。

这种轮回制是无法套用在现实世界里的。因为地球上的人口一直在增长。你想啊,很早之前,只有 2 亿人在轮回,现在,有 60 多亿人在轮回,是不是有点不太行得通?多出来的那些人,是新造出来的没有前世的初生生命吗?(以后,在轮回的档口,魂魄们排队的时候,可以这么论资排辈了:你轮回了几世了?呵,第二回啊,小兔崽子,毛还没长全呢吧!我都九九八十一世了,我在不同的人间睡过的那些男人啊,啧啧啧……哎我跟你讲,下次你当个女人吧?哦不过也没关系,在这个轮回的年代,男人和男人更相爱,下一世你尝试一下吧,coming out 值得体验!)除非,这个世界上轮回的人类不光包括地球上的,还包括其他我们未知星球上的。当地球上的人口激增的时候,其他星球上的人口在减少,以此达到收支平衡。阎王爷管的有点宽,工作也比较忙,毕竟他一会儿得往这个星球上发人,一会儿得往哪个星

阿番,《身体就像一块巧克力》,2022 年

球上发人—— 全看这个星球上人们的悟性和生育意愿。当然，要做到平衡，也需要上帝的神工干预。

假如只有地球上有人，或者轮回的机制只能在一个星球的范围内运转，并且并没有新的魂魄无中生有时，地球上的 60 亿人口是哪里来的呢？当魂魄不够用的时候，我们必须把它劈成两半（甚至更多）。为什么在这个世道上，大部分人都缺魂儿，显得那么怪异不正常？就是因为轮回的魂儿不够用，只能将灵魂撕扯开来。一小点儿魂儿就能支配一个肉体，但这点魂儿，完全不能让一个人德智体美劳全面发展。另外，那能够轮回的魂魄，都是前世没有犯过错或改过自新的魂魄（死不悔改的还在阴间面壁，坐冷板凳，被灌辣椒油），因此没有什么道德的污点。但是，为什么现在世风日下呢？因为即便是没有污点的魂魄，由于被劈成了好几半，缺魂的同时也就缺了德，那么一点点小小的德行，完全抵挡不了社会运行秩序的挤压和改造。

如果这种学说成立，那么我很可能也是一个被大刀阔斧切割过的魂魄，那么我所有的偏执、强迫、恶毒与焦虑，都能够说得通了。当然，这种学说还可能变成一种爱情野鸡汤：每一对恋人都是被刀切开的两个魂魄，找到彼此后，便可以真正地达到灵肉合一。这是狗扯！我绝对不会把我的学说发展到如此刻奇的方向。而且，要是这个魂被劈成了 5 部分，该怎么解释？大型群交神交现场吗？（虽然这种解释我很喜欢。）

这种解释让我原谅了我自己。因为既然生来灵魂就是残缺的，不断地要求自己完美，那就是对这不完美灵魂的惩罚，如同西西弗斯滚大石一样的惩罚。

不好意思，在这么冷静客观的科学探讨中，我竟然夹杂了私人感受。我的学说还没有解释完。我们一定要相信，地球上的人口也终究会减少。到那时候，我希望我那被掰成 8 瓣儿的灵魂（大卸八块？），能够重新聚合到一起。不过，在拼接回元魂之前，不妨先搓两桌麻将。

2019 年 5 月

假如身体被掏空

当人们在形容疲惫的时候，会走向两个极端：一个是沉重，仿佛千斤压顶，仿佛带上镣铐，仿佛负重前行；另一个是轻飘——"感觉身体被掏空"。

但是等等，"被掏空"到底是怎么个"空"法？

这个"空"当然指的是物理层面的、形而下学的"空"，而绝非其在"色即是空""万物皆空"等词中的意义。

是如同充气人偶一样（不用"充气娃娃"，是为了避免歧义，毕竟在这里我只想取其物理状态，而非具体功能），除了表皮，内里全是空气的"空"吗？恐怕不是这样——你倒是想如此美观咧。充气人偶只有一窍（充气口），而人除了上面7个"清窍"外，还有下面2个"浊窍"——9个通气口，被掏空了的身体只能像被扎漏了的充气人偶，脚心贴着脚面，前胸贴着后背，脸蛋贴着后脑勺，全身皱巴巴，拎起来就能随着风雨飘摇，挥一挥衣袖，就能跟着云彩一起飘走。这样空虚的身体，连空气都留不住。由此看来，这张皮，连人体的表象都不能完整地诠释。

那是放掉了血、挖掉了各项器官，留下了骨骼的"空"吗？我个人比较认同这种"空"法。这才符合"掏空"的本意——因为，只有脏器才好"掏"，骨头和附着在骨头上的肌肉和组织，根本就掏不动。只听过掏心掏肺掏肠子，没见过掏筋掏脉掏骨头。这样掏空的身体，在外观上还能体面一些，不至于坍塌，不至于褶皱。不过，用"掏空"的身体来形容疲惫，我有点摸不着头脑，因为没心没肺的人才快乐。但是，德勒兹又说，"无器官的身体"才是欲望的化身，因为它的所有部分都行使了紊乱器官的职责——身体通过不确定的器官得到了定义。

那么，具体是怎么个掏法呢？

为了尽量不破坏美观，我们最好从身上本来就有的孔洞掏起。坦白讲，我这篇由"卑贱"（abject）理论指导的怪异文章，是在我举起耳勺，优雅地掏耳朵的时候得来的灵感。明明，我连在耳道里捅得深一点都不敢，却要联想到它穿透鼓膜，伸进喉咙，捣进脾胃，祸乱肠道，所有最后全都从这个小小空洞倾泻而出的景象。请不要说我是魔鬼，因为你们也都从烂大街上捡到过这句话："真正的英雄不是永远没有卑下的情操，只是永远不被卑下的情操所屈服罢了。"我的耳勺，并没有因为这一切残酷想象而越雷池半步。

但是显然，从耳孔里掏空身体，是不明智的选择。它们是身体九窍里最小的两窍。有人说，鼻孔也很小，那你去看看骨骼结构图，看看耳孔比鼻孔小几倍；有人说，屁眼也很小，那你好好想想，你便秘的时候，它的弹性有多强。耳孔是最没有弹性的孔洞，它的四周被骨头包围。即便我将耳勺捅进身体中，勾连起一些器官，它们也会在耳孔处耽搁下来，无法穿越狭小的隧道。

不过对于男女来说，情况又不一样。相对于女人而言，从下体掏起，是最容易的，毕竟啊，这个窟窿能生孩子。要是婴儿脚朝下，甚至能将手伸进去把它拽出来。孩子的头有多大，人们的作案空间就有多大。而且话说回来，在一些情色片里（比如《色戒》），男人是动不动就要掏女性下体的，还掏得很起劲。而对男性来讲，下体前面的孔过于微小，在不将孔洞撕裂的情况下，几乎没有让人发挥的余地，还是后面的孔洞更方便。

"仿佛身体被掏空"，本来是一种稍微有点诗意的讲法，却在我这里得到了赤裸裸的打击。本来嘛，生活中哪里有那么多的45度角明媚忧伤——是时候拒绝刻奇，让我们面对着血淋淋的，被掏空器官和灵魂的实在了。

2019 年 2 月

肠子的诗意

　　当我们谈到肠子的时候，我们不会有什么美妙的想象，毕竟里面装的都是屎——我们每天揣着，将之暖得热热乎乎，却依旧很厌恶的东西。

　　除了人们最不愿意吃的屁股（比如鸡屁股。当然，"屁股"在这儿指的不是"臀"，比如猪后座，而是包含屁眼在内的肉体结构），第二不愿意吃的就是往屁股上方追溯的肠子了（再往上就百无禁忌了，比如各种胃，鸡胗啊毛肚啊百叶啊，很多人都喜欢吃）。点个"肥肠粉儿"什么的，都要小心翼翼的，怕洗不干净，不小心吃到屎。"你去吃屎吧！"是我们常用的骂人语言，我们自己总不能主动去吃屎。

　　非要吃也行（我说肠子而不是屎），必须将刚处理过的给我们看见。就像在吃火锅的时候，上上来的是冰冻的、一字排开的鹅肠和鸭肠。它们粉粉嫩嫩、晶莹剔透、纯洁无瑕的，根本不会让我们联想到屎，甚至你告诉我这鸭和鹅是特殊喂养，一辈子都没制造过屎我都相信——毕竟我自己的肠子，再怎么洗都不会这么滑溜和好看。

　　人的肠子真的也不太美妙。想想别人跟我讲日本人切腹的经过：切腹者将刀插入肚子的左边，划拉到右边，然后第二刀划拉到上边，肠子便流溢出来。听到这里，我有点肠绞痛。日本人到底有什么执念，临了临了，还要亲眼看看自己的肠子。不过，有的人不光不用切腹就能看到肠子，还能摸到呢——假如他得了"脱肛"这种疾病的话。鉴于百度图片都说会"引起不适"，我也就不再深入下去了，反正我自己没什么经验，也并不是个恶趣味的人。Anyway，我并不希望我广大的读者朋友们有手动测量自己肠子长度的机会（据说脱肛后肠子可以被拽出来，再见！）。

　　但是，我的话锋要转了。"肠"也有一个很美的意象。

　　如果说"肝肠寸断"还和肝脏有点关系，那么"断肠人在天涯"就彻底地只和肠子有关系了。我们并不觉得这两种说法恶心，毕竟很少有人想象它们真的断成一块块、一条条的样子——甚至，这两种说法还非常凄美。（尽管切腹者是实际意义上的"断肠人"，我们吃的鸭肠、猪大肠也都是"断"肠，但人们不会将它们联系在一起。）

"肝肠寸断"和"断肠"，最接近的意思是"心碎"。它们都是借助身体的破损，来表达由头脑发出和感应的痛苦。

心碎我们都明白，尽管不是指的真的心脏出问题，如心梗、心悸等，但作为"灵魂"同义词的"心"，"心碎"就相当于失落了魂魄。那么为什么要"断肠"呢？毕竟，单单就"肠"来说，它并没有被赋予过什么美妙的意象，"断肠"之"肠"，是"肠"原本意义的出走，是对其旧有名声的洗刷。

断肠之"肠"，指代的是它的功能。作为消化吸收系统，如果人因为心情不好而影响了食欲，继而肠道无法吸收足够的营养，人自然会形容枯槁，面目瘦削。再极端一点，如果肠子断了，那更是要滴水不进了。因此，成为"断肠人"，需要一个时间上的过程。听到一个"晴天霹雳"时，人可能会立马心碎，眼泪吧嗒吧嗒地往下掉；但断肠人，往往是心碎了又碎，碎成渣渣，茶不思饭不想，眼泪也已经哭干了的。想一想"夕阳西下，断肠人在天涯"，脑海中浮现的画面，必定是一个瘦成纸片儿一样的人，在天涯的残阳处随风飘摇的场景。

哀莫大于心死，悲莫过于无声，痛莫过于断肠。愿我们此生不会成为断肠人（这个结尾好像有点突兀，但我没啥可写的了）。

2018 年 11 月

人类的皮肤

首先交代一下这篇文章的来由。我认识的一个人名叫王波——不是王小波啊喂,为了区分,就叫大波吧(这是个男的,所以不要联想到他胸很大,不和谐)。王波给我发邮件,邮件用名是"三皮"。我觉得很有意思,因为既可以看成王波两个字都去了几笔,也可以看成"波"字的拆解。嗯,我就是看中了这个"皮"字,这就是这篇文章的起源。(所以不要研究艺术家的思想了,因为你根本不知道他是怎么发的神经。)

言归正传。

人们常说:人有脸,树有皮。这句话是不对的。因为这样说好像人就没有皮了似的。

但这句话又似乎是对的。因为虽然人全身上下覆盖着皮肤,但看的最多的就是这张脸。在这方寸地地方,就有好几个专有名词了:脸皮、眼皮、嘴皮子。身上的皮肤别看多,都没有这待遇,你听过胳膊皮屁股皮吗?"面容姣好"指的就是脸上的皮长得美。为此,人们不惜花重金呵护面皮。女人金钱的两大去向:化妆品和衣服。一半的钱都要花在这张脸皮上。等到人老珠黄的时候也不能消停,我们"拉皮"去!

头上还有一块皮是有称呼的,比脸大。但它总不会单独使用,要和衍生物同时出现,那就是头皮(屑)。好像头皮屑的存在是为了提醒头皮的存在,因为在茂密头发的遮盖下,人们往往会忘记还有这个结构,以为头发直接在头骨上面发芽的,所以时不时要制造一场人工降雪。这么说并非没有依据,你看,但凡是和尚或者光头,头皮锃亮,灯光下亮晶晶,都没有头皮屑(我们的口号:报纸有头条,我们有头皮!)。另外一个有关的词就是"头皮发麻"了,其实这是一种局部概括。因为头皮发麻的时候,通常伴随着全身的鸡皮疙瘩涌起。因为头皮的疙瘩被头发盖着看不见,只能以"头皮发麻"来形容了。

要说身上的皮,就只能概括来说了,如前所述,它各个部位的皮没有简称,只能"背上的皮""膝盖上的皮"这样称呼。如果非要找出一块地方可以拿出来说,那就是肚皮。但说肚皮的时候通常指的也不是肚皮,而是肚子。比如"他的大肚皮""肚皮撑得圆鼓鼓的"。

当然，男人还有包皮，但这不是人类通有的结构，加上我对其也不太了解，所以这里不做讨论。

身上皮的厚度是不均匀的。有的地方皮厚，厚到根本捏不起来，比如说屁股（脸皮次之）；有的地方皮薄，比如说手背上的皮，两指一捏就能给提起来，也可以清楚地观察到下面的血管。身上皮的颜色也是不均匀的。有时候是晒的，沿着胳膊的类圆柱体旋转一圈，就可以看到明晰的渐变色；有时候是撑的，据我在浴室的观察，胸大的女人胸前的颜色往往比别的地方要白（"白花花"最爱的搭配是，白花花的银子和白花花的奶子），而胸小的女人就不会出现这种情况——同理，胖子一般都白白胖胖，黑胖子都是基因太强大。身上皮的纹理是不同的。眼角的纹理通常比脸蛋的清晰，腿上的纹理往往比胳膊上的清晰；一般情况下纹理都呈不规则的龟裂状，但手上的纹路相当特别，不仅有暗示命运的手掌纹，指尖还有"簸箕"和"斗"。身上皮的汗毛分布也不均匀。王朔有篇小说这么说：动物浑身长毛，人只有 3 处长毛。其实这不科学。人也大概是浑身长毛的，只是有的地方稀疏，有的地方稠密。偶尔有的地方不长毛，比如说手心脚心，那是因为劳作太辛苦，磨的。珍惜身边的长毛人，像费翔一样卖胸毛的人会越来越少的！以后大家都变成光头也不是梦想。

尽管皮肤覆盖了我们身体的大多数，禁锢了我们的灵魂，但总有突破口。光头上就有七窍。我们传递信息和接受信息，接来自此七窍，它们是我们灵魂的工具和出口。身上还有 22 个地方是皮肤没有覆盖到的。首先，手脚的指甲处。如果指甲是纯透明的，女生大概就不用涂指甲油了（本人亲测，指甲下面是没有皮肤的，掉过指甲的人表示下面就是一个血窟窿）。另外就是排泄器官。为避免不适反应，我就不分析了。有争议的是肚脐眼。但在出生之后，人类的肚脐眼就被扎起来了，既然扎起来，就不是洞了，不予考虑。

写到最后，我又要说题外话。其实本来的题目是简称版"人皮"。但这总容易让人联想到惊悚的东西，比如人皮面具，人皮灯罩，人皮嫁衣（电影《女蛹》广告词，噫，我觉得还蛮好看的）等等。虽然"我要扒了你的皮！"是一个常用语（亦有周扒皮），但这真是一句细思极恐的话，说这句话的人的仇恨要大于说"我要宰了你"的人，毕竟电视剧里最爱用的台词是：我不会让你死得那么痛快。

不过人类最好还是坐稳食物链顶端的宝座，否则成为其他物种盘中餐的时候，就免不了被扒皮的命运。想一想，我们吃东西的时候，几乎没有什么是不去皮的，一是因为皮不能吃，比如香蕉；二是因为皮不干净，比如苹果；三是因为皮上长毛，比如猕猴桃。别的物种吃人去皮，肯定是因为皮不干净和皮上长毛。皮不干净是因为人两天不洗澡，浑身就能搓出细长条的泥巴；皮上长毛，除了头部头发眉毛和胡子，身上还有三点式（但是据说，有人不长。我很羡慕不长腋毛的女人；不长阴毛的男女，分别称作"青龙"和"白虎"），再有，有洁癖的食人族，连汗毛也不放过，统统去掉。有人要说了，你这个类比不恰当，不能跟植物作比较，你大鱼大肉的时候也不会去皮啊。好吧，那皮就可以单独做一盘菜了，比如鸡皮、猪皮等。那时候就不光是扒皮那么简单了，还要把皮切成条。要是做成凉拌的，跟酱油醋调一调，就叫作"调皮"。这盘菜就命名为"人类的调皮"。

　　欢迎享用！

2015 年 12 月

身体·网

从头到脚，由表及里，我们的身体，处在无穷网络的交错与包裹之中。

头发是一张网。它们盘根错节地生长在身体的顶端，傲视群雄。它们最脆弱，最无力，甚至轻轻一拨便会脱落；可是它们又最刚强，既可生生不息，又可穿越千年。它们很容易被忽视，人们说要做别人的四肢（兄弟如手足），要做别人的牙齿（我疼你也疼），要做别人的眼睛（歌曲里：你是我的眼），要做别人的肋骨（亚当和夏娃），可是，没有人要做那风情万种的头发。但它们又是最具存在感的。地板上，衣服兜里，下水道中，头发无孔不入，懒洋洋地躺在各个你可以观察到的地方，独个儿，或者三五成群，时刻提醒着你它们的存在。

观察一下自己的手。观察一下老人们的脸。尽管有深有浅，有疏有密，皮肤的褶皱像蚕蛹一样，在身体的最外围，编织一道网。手心里的掌纹，藏着千变万化的秘密，曲曲折折地昭示着人们的命运；关节处的纹路，俏皮如湖面荡漾的水波，深刻如白杨树的眼睛，又像年轮般揭露着生命的本质；爬在脸庞上的皱纹，是岁月篆刻的印章，它们提示着你失去的青春，又彰显着你得到的经历。虽然这张网最"肤浅"，最易察觉，可也是最不容易骗人的。

拍过 X 光吗？大大小小的骨头，各司其职地连接在一起，也串联成一道网。它们好像凶神恶煞，你看那头颅和胸骨的样子，总是那么触目惊心，总是让人去怀疑自己：我，真的原本是如此丑陋的吗？可实际上，它们又最温柔。这 206 块骨头是身体最重要的支撑，带领我们去跑，去跳，去任何想去的地方；它们是身体最重要的保护伞，保护着我们的头脑，保护着我们的心灵。骨骼是一个松散的联邦，却又和谐地工作着。它们与我们的血肉相连。

血液是最大的一张网。它们血网恢恢，铺天盖地，延伸到身体的各个角落。它们滋润着身体的每一个器官，养育着身体的每一个细胞。它们青色的外壳下潜伏着红火的内核，不动声色的表面下暗流涌动，我们只有从脉搏和心跳的提醒中，才能洞穿事情的真相。这张网既可性命攸关：血压得不高不低，血脂得不稠不稀，脉搏得不快不慢，血栓不能有，大动脉的血管也要保护好；它们又可无伤大雅：做针线活戳破手指，跌跤蹭破膝盖，打架挫伤皮肤，

阿番,《婚姻之网》, 2022 年

血小板都会很快地发挥作用，迅速使伤口愈合。它们像水一样，都是生命之网不可缺少的液体。

　　我们的身体，就是由这些繁复的线索组成的。神奇的地方就在于，不管身体多么复杂，只要我们愿意，还是可以成为简单而纯粹的人类。

2015 年 3 月

嘴巴酸

当人们说"嘴巴酸"的时候，我们需要结合上下文的语境才知道他说的究竟是什么。不过需要提前声明一下，并没有一种类似胃酸尿酸传明酸一样的叫作嘴巴酸的物质。

第一种情况，可能是嘴巴附近的肌肉酸了。跟人吵架吵得时间太长，容易嘴巴酸；吹气球吹得太多，容易嘴巴酸；一口气嚼完一大包牛板筋，容易嘴巴酸；给你的男女朋友做一种不可描述之事的时候，时间过长也容易嘴巴酸。这跟"腿酸""胳膊酸"属于一种类别，肌肉疲劳所致，但是不至于出现拉伤的情况。不过这种说法是不太确切的，因为"嘴巴酸"酸的从来都不是嘴巴，而是嘴巴附近的肌肉。肌肉在哪呢？肌肉长在脸上，实际上是脸酸。但我也明白这种说法的原因。首先，脸太大了（没说你），不知道说的是哪个部位，说脸酸都不知道在说什么，还以为你颧骨酸呢，脸蛋子酸呢，语意模糊，所指不清楚；其次，虽然脸由骨头、肌肉、脂肪和表皮共同组成，但人们说"脸"的时候经常指的就是皮囊。因为皮肤不会酸，当你说"脸酸"的时候，人们可能以为你被掌掴了，不好意思说脸疼才说"脸酸"。所以，如果纠正一下说法，这种情况的正确描述为"嘴巴附近的脸部肌肉酸"。

第二种情况，指口腔里面酸。这种情况又包括两种情况：第一是你吃了山楂、喝了醋、嚼了柠檬，它们为你的口腔镀上了酸性的光辉，这是从味觉和主体层面讲；第二是你消化不好，或湿气大，或不刷牙，体内的微生物和口腔分解营养时散发出酸性气体，和着臭味就进入了口腔，这是从嗅觉和客体层面讲——反正大部分嘴巴酸臭的人，都不知道自己酸臭。比如，假如我的朋友看了这篇文章，可能会暗暗骂道："她还敢说别人，自己的嘴巴比男人的汗脚还要酸臭呢！"这真的有可能发生，因为我并不知道自己的口气是否清新，我只是知道，我是真的很喜欢吃大蒜呀。

第三种情况就有点高级了，"嘴巴酸"变成了一种修辞方式，既和嘴巴有关系，又和嘴巴没关系。"嘴巴酸溜溜"的，表面指用刻薄而阴腔怪调的言论挖苦别人，实际上指由自卑心而引发的嫉妒心。这种酸溜溜的说法，常见于古装剧中各位青楼姐姐的对话："哟，今儿生意不错吧，西门大官人又赏了你多少两银子？是不是马上就可以赎身了？你命真好，我看我得老死在这破地方咯～"或者宫斗剧中各位娘娘的对话："李贵人真的是好福气，皇上已经连着好几天翻了您的牌子呢，看来贵妃的空缺保准是您的了吧？"或者各种现代剧中拜金女的对话："你开的玛莎拉蒂啊？那我不借你车了，弄坏了我可赔不起，我还是回去取我那破奥迪吧～"发现没！说酸溜溜话的都是女性，男性的例子非常罕见。这是为什么呢？因为嘴巴酸的例子通常是要以抬高别人、降低自己的方式完成，对于打肿脸充胖子、不吹牛逼会死的男性，这种事情怎么可能会发生呢？他们如果真的赞扬了别人卑微了自己，请相信，他们说的是实话，或者就是为了吹捧别人以达到某种目的，绝非是因为嘴巴酸而已。比如官场里的某些话："杨科长，还是你厉害，能拿到这么大个项目！""不敢当，不敢当！李经理你们刚完成的那才是大买卖啊，我们这就是个小活，小活，哈，来来来干了……"虽然修辞手法类似，但是你可曾从男性的话中嗅出嘴巴酸的气息？

其实身体部位和"酸"还是经常搭配的，除了前面提到了"胳膊酸"之类的第一种用法，还有与"眼睛一红"配套的"鼻子一酸"，这个"酸"跟酸味和引起酸味都没有关系，大概跟吃酸的也会流出眼泪来有关系；还有就是"心酸"，实际是某种类型的心痛，在某种程度上也可以和"辛酸"通用。嗯，这大概就是我对"酸"和身体各部位的认识。好了不说了，我要去喝"酸酸甜甜就是我"的蒙牛酸酸乳了（给我广告费）。

末了补充一句，没错啦，不仅"刀子嘴豆腐心"说的是我，"人甜嘴巴酸"说的也是我 :-)。我嫉妒你们生活的都如！此！幸！福！

2017 年 6 月

嘴巴甜

　　之前写过一篇《嘴巴酸》，现在要写一篇《嘴巴甜》。我是要写我自己嘴巴甜——虽然乍一看，所有人都会不同意，你那小嘴哪甜啦？明明是臭嘴，明明是有毒，明明是死鸭子嘴硬。

　　这三个"明明"是我亲儿子，亲子鉴定在上，我不认都不行。我也承认在比喻义上，我的嘴巴并不甜。但是从物质状态上讲，它也经常是甜的。倒不是抹了蜜，吃了蛋糕或巧克力，而是——

　　喝了奶茶。

　　喝完奶茶后口腔里总是甜腻的质感，这种感觉特别没有文化，比吃完大蒜后的感觉还要空虚。虽然我不喜欢奶茶的残留感觉，但是喜欢它丝丝入口，环绕其间，继而滑过嗓子，进入食道的过程。

　　奶茶是我唯一能品出好不好喝的东西了。曾坐我旁边的前同事是品茶专家，每天上班都喝，红茶绿茶乌龙茶普洱铁观音，她都能说出个所以然来。她喝完一口茶之后，在细细品味时表现出的沉着，然后丢出一句"还不错"或"这个味道不行"时的果决，都让我这个弱鸡佩服不已。我想，等我上了年纪的时候（问：现在还不算？无法反驳），是过不了那种前面放一个茶案，摆上几个泥做的小杯杯，香茗置几上，谈笑有鸿儒的生活了。

　　身为一个拥有易兴奋体质之人，我被排除在了席卷都市的咖啡文化之外。当一个咖啡店没有奶茶和果茶时，我便只有两个选择：牛奶和热巧克力。我的另一位前同事，每天都要喝一杯冰美式。每当他约我去星巴克喝咖啡，他说出"冰美式"而我说出"热巧克力"的时候，我就知道我输了。我的味觉，既无法融入中国传统的古韵，也无法吸纳外来文化的洋气，表面上是个中立派，实际上则是"无产阶级"（余华：处在二者之间并同时被二者抛弃）。陈晓卿说三代出一个美食家，我的这种火候，估计连第一代都不算，得归到"前传"里面去。

　　品酒就更不要提了。三度脸红、七度发蒙（哎不是七度空间吗闭嘴）、十一度呕吐，说的就是我。我第一次喝啤酒是在大学的时候。因为过生日，逞能请大家到酒吧里喝酒，大概喝了两杯就吐了。红酒呢？倒是没吐，就是心慌得难受，随即掐表把脉，心跳每分140（我看网上还有人查每分钟200的，真是失敬了，赶紧送医院吧……）。白酒大概是抿过一点，杀伤力多少尚不可知。根据以上经验，我得出自己不能喝酒的结论，大部分场合下也不喝。不过，最近和好友们小酌的两次（鸡尾酒和福佳白），好像表现的还不错。也有可能是因为上了年纪（还是承认好了），肾上腺素惰怠，兴奋不是那么好调度了。我想我还是要练练，要是不品茶不喝咖啡不饮酒，我大概要和现代社交绝缘了—— 但作为一个凡俗之人，是注定需要酒肉朋友的。

在味觉的品味上，除了肤浅的甜、刺激的酸和生猛的辣，别的好像于我都差不多。这是一个非吃货的坦白，我也勇于承认自己在这方面的囊中羞涩。Silver lining 在于，我对于自己的视觉和听觉品味较为自信。系统地学习了视觉艺术之后，已经找到了自己眼睛的兴奋点，形成了逻辑和线索并不断深化。我不会听信权威怎么讲，也不管哪个艺术家在市场上风头正劲，我会下自己的判断并给出理由。听觉上是广撒网地听了各种风格的曲目，虽然没有音乐实践，也没有乐理知识傍身，但一些旋律（主要是旋律，现在很多歌的歌词能听吗？）就好像和自己的灵魂有着某种联结，再以情绪流露的外在形式表现出来。不过当然，很多时候，对于视听艺术的爱憎，不仅仅是停留在感官层面的。电影艺术的情节叙事、歌词里的彷徨和梦想，也都会成为我喜欢一件作品的理由。

2019 年 11 月

关于那些口字旁

——————————

口字旁的字，我们在日常生活中用的很多。比如，我经常说的连带3个口字旁的字就是"吃啥呀"，真是令人郁闷。饿了却不想吃饭是常态，我的人生一直在想法和行动的不契合中挣扎——我的很多朋友也是这样，但她们是吃饱了还想吃，所以跟我一起吃饭很倒她们的胃口。身为一个金牛座，我必须承认，我喜欢吃的东西不多，并且不喜欢尝试新的食物（因为总是失败），所以总是在为自己每天的饥肠辘辘忧虑。不过，虽然饲养我这头犟牛的饲料有限，但也并不阻挡我成为大胃王。

不好意思又剑走偏锋了，其实我主要是想说说有口字旁的字的，而不是有口字旁的行为。现在人们在网络上说话，经常不说人话的，所以滋生了一大帮口字旁字的非常规用法。比如，在表示受委屈的时候，会用"嘤嘤"这两个字代表哭泣。我个人觉得用"呜呜"更凄厉一点，对"嘤嘤"这种表达法有点反感，是因为小时候看周星驰的无厘头电影，有一部好像是和吴孟达一起演的，其中有一幕是那堆小混混在影院看成人电影，片名是《床上的嘤嘤声》。所以每当有人用那两个字，我不禁要产生画面感。还有表示大跌眼镜或喷饭的"噗"字，我也不喜欢，因为那是放屁的拟声词。上小学的时候，有一个女同学打喷嚏特别有意思，待她的鼻黏膜受刺激急剧吸气完毕，在最后气体喷薄欲出的时候，她总是要把嘴捂在胳膊上，发出巨大的"噗"声——只见过笑的时候哭的时候捂嘴的，还没见过打喷嚏的时候捂嘴的——那声音简直也如同放屁一样震撼。我们大家都被她的这项特异功能折服，由于是上课，想笑又不敢笑，大家的表情都变得怪怪的。

除却上面这些，网上还出现了备受鄙视的"呵呵"党，有点缺魂儿的"哈哈"党，喜爱卖萌的"么么哒"党。由于我是个武当派（无党派）人士，所以断然不站在他们的行列中。我比较喜欢"ABB"式表达法，比如"咦嘻嘻""哦哈哈""呜呼呼""唔呵呵"及"哟吼吼"等。怎么样，本人的造词水平是不是登峰造极？

说完了独立的语气助词，我们再来说说不独立的语气助词。"吧"字是经常会用到的，我对这个字没有什么意见,也经常用,但我更喜爱"罢"字,民国的文字里经常是用"罢"字的。举个例子大家揣摩一下意境的不同:"那好吧。""那好罢。""你来吧!""你来罢!"层次一下子上去了有木有?语气更果断,还有更深刻的思想感情包含在里面,好像看破红尘了似的。

研究生的班级里有两位韩国同学,一位中文好一点,另一位中文差一点。她们两个都是很认真学习的学生,跟其他在学校招摇过市的韩国留学生不太一样,所以我挺喜欢跟她们玩的。中文差一点的孟同学,给我发文字的时候特别有意思,因为她分不清楚"吗""呢""呀"怎么用。比如她经常跟我说:"那我是不是应该这样做吗?""我该怎么办吗?""我们一会儿见好呢?"我想教给她怎么用,才发现我也说不太清楚,大概就是一种约定俗成,只等她自己打入中国语言内部才能搞明白。

好了,到中午了,我的问题又来了,吃!啥!呀!呜呜呜……

2015 年 3 月

嘴唇与口红

在我看来，嘴唇可能是一种虚构的器官，它真正的名字是"口腔内壁外延"或者"标出性皮肤"，它是口腔内壁和皮肤的过渡地带，是皱纹版、外翻版的口腔内壁，也是无毛版、变色版的皮肤。

当舌头越过牙齿沿着边缘往外伸的过程中，先会经过光滑的口腔内壁，接着是有着竖向纹路的嘴唇，然后是长着汗毛或胡须的人体表皮。这就好像是从沙漠到戈壁，然后到了草原。在这个伸出的过程中，唇尖受到的阻力越来越大，感受也越来越不同。当然，不管摩擦力如何变大，致命的阻力仍旧来自它自身——舌根永远牵制着它，舌尖能碰到鼻底已经是最大的自由了。

嘴唇是口腔内壁外延这种认知，在抻开嘴唇看溃疡时的体会最为深刻：它们是一个颜色。嘴唇的颜色暗示了身体内部表层的颜色。对我而言，我没什么血色的嘴唇里面是同样没什么血色的口腔。那是一种稍微加深了点的肉色，这种肉色足以让它和皮肤分开，但其红润度却还远远称不上是"健康的嘴唇"。

所以，当我想要显得气色好时，我最好还是涂个口红。

口红只是一种泛指，除了无颜色的唇膏，唇蜜、唇彩、唇釉、唇漆，或者严格意义上的lipstick，都是我所谓的"口红"。现在我经常是唇彩和口红搭配着来，毕竟口红太干，而唇彩即便你涂到亮闪闪了，还是不够红。

涂口红是个技术活。首先，嘴唇要处在干湿得当的状态。太干需要涂点唇彩什么的，湿的话一般是近口腔处比较湿，这样不好上色。有些人会给嘴唇打个底。基础准备好之后，就可以上色了，往往只需要涂上面或下面的一瓣嘴唇，然后抿抿。当然，抿并不够，还需要相互地磨一磨，前后左右地蹭一蹭，这时，下颌要发挥它的巨大作用。最后是调整一下嘴唇边缘。关于最后这一点，我总是做得不太好，多一块儿或缺个角儿的，索性不是那么明显吧。还有进步的空间。

阿番，《口疮》，2022 年

每当早上化妆的时候，我总会犹豫，要不要完成整个化妆程序，即，要不要出门前把口红涂上。不，我不是认为口红不必要，毕竟口红是妆感最强的单品之一，尤其对我来说——我只是在犹豫，从出门到吃早饭这短短的时间里，要不要浪费覆盖几平方厘米的口红——毕竟，我在吃饭的过程中也会吃掉口红。这些被吃掉的口红，在咬第一口包子的时候最触目惊心：刚被咬一口的包子也好似长了一张嘴，而我的口红也成了它的口红。

吃完早饭擦完嘴，要打开小镜子，将口红补上。在疫情时代，这件事情也显得有些多余，虽然事实并非如此——我们只是为摘下口罩的那一瞬间做准备。不过，在这未雨绸缪的准备中，口红也印在了口罩上。那不是一个完整的唇印，只是我作为口罩支撑点的略微噘起的上唇的唇印。由于口罩的质地比较粗糙，所以那个残缺唇印的"唇印感"并不明显。

明显的是我喝水的杯子。尽管喝第一口水时我都会比较注意，呷一口，但下嘴唇的口红还是不可避免地留在了杯壁上（杯壁杯壁杯壁哦~）。我能够清晰地看到一些纹路。如果拿印章来比喻，这是某种形式的白文。不过，这白文会很快消失掉，因为我的第二口、第三口会让它持续分身，覆盖掉原本留白的部分。图案变得越来越丑了，我拿手指去抹掉它，它沿着手指蹭的路径延伸开来，这让我想到我用手指在嘴唇的相应部位涂抹时的效果。（哦，天哪，这种动作大概是被不喜欢的人强吻后才会有的。嘴：我脏了。）

唇印可否用来破案呢？这有点难。在一些桃色事件里，陌生女人的头发比较容易辨认，但要说一个不合法的唇印是哪里来的，却很难说清楚。虽然它跟指纹一样都有纹路，但是手指的纹路非常固定，嘴唇的纹路就不一样了。嘴唇有弹性，它的纹路可宽可窄；嘴唇还可以做动作，这个"软体动物"非常灵活，在做鬼脸时具有强烈的表现力，因而形状很难把控，比如嘟嘴的唇印和张嘴的唇印就很不一样。（建议亲嘴的时候不要把嘴嘟得太夸张，否则对方会像在亲鸡屁股）。所以，与其通过考察唇印来揪出当事人，还不如调查调查口红的牌子和色号。

每到卸妆的时候，我总是不需要卸口红（"卸"妆这种说法挺有意思，"卸"这个字好沉重，可见卸妆是个体力活，labor）。虽然在一整天的不同时刻，我总是要对嘴唇的颜色修修补补，但每每还未入夜，唇上的颜色就已经没了。食物、口罩、杯具、纸巾，它们一点一点地分走了我的亲吻。

（可是，我的亲吻不是应该属于人类吗？简直是暴殄天物。生气气！）

2021 年 5 月

标点的性格

现在网络上很多人标点符号都非常随性，身为一个资深的强迫症完美主义者，这是我所不能忍的。

比如很多人的签名以如下格式出现："心好累、、、""好饿,,,"，话到舌尖留半句的感觉，就好像等着别人下面接着说"心累了我是你心灵的港湾""饿了我请你吃饭啊"。每当看到这样的标点，我都感觉噎得慌。几个感叹号连在一起用，虽然不算是胡乱用，但这种咆哮体看起来，总是触目惊心的，耳朵里回旋着范伟那句"感叹号！杠杠的！！！"生活中哪有那么多事值得如此抓狂？连着的感叹号只有在"吐血大甩卖！！！！！"的时候才值得抛头露面。几个句号连在一起表示省略号还略能忍。省略号持续使用也有一种功效，比如"好……就这样……我知道了……"弥留之际用生命在说话的赶脚。不过也常见于各种漫画书籍，表示无语或短路或惊悚等。不加任何标点符号的超长句子表达法往往用在心情激动时，模拟吵架时的文不加点，比如有些人失恋了就会这么写"去你大爷的老娘对你这么好你还他妈的跟别人跑了真不要脸小婊子更不要脸你们狗男女去吃屎吧！"也有些人喜欢模拟小清新，虽然也不加标点，但他们会插入空格，以为自己写的是歌词，或者是诗句，比如"今天吃了一碗饭 又吃了一盘菜还吃了一包辣条 我怎么这么能吃 啊 大概我是猪吧 嗯 猪猪加油"每当我看到类似的句子（好吧前面那些都是我编的我就是举个例子），都会无比惆怅，人类还能不能好好说话了。

下面将要评选一些标点界的大奖。"最具屌丝精神奖"颁发给"~"这个符号（话说我一直写成趴着的S）。这个符号可以用，但是不能乱用。可以用的情况是：模拟唱歌，尤其是美声，或者一切颤呀颤的歌曲。比如"越来越好，来来来~""雨一直下~气氛不算融洽~~"荡气回肠的感觉有木有？特别开心的时候偶尔也可以使用。"好高兴~"什么的。女生可以用的多一点，男生要少用，因为屌丝气质暴露无疑。你看它的蛇形曲线，不像"|"一样顶天立地，也不像"—"一样刚直不阿，而是软绵绵疲沓沓，像蛆一样窜来窜去的，非软妹不可使用。"下

课后我等你~""好的~知道了~"男生用这种表达法，感觉有一点娘娘腔。

"最具高冷气质奖"颁发给句号。句号往句子后面一摆，太残酷了！太决绝了！没有余地了，再给个机会吧！试比较一下最土鳖的"~"与最海龟的句号。"再见~""再见。"前者的意思是"啊好想快点再见到你啊"，后者的意思是"操跟你绝交了后会无期"。四十五度角明媚忧伤的小说开头经常会这么写："初秋。微凉。叶子慢慢泛黄了。我站在天台上。天朗气清。我又想起了你。"真是忧伤啊，我都要掉眼泪了。我有一个同学平时都是"~"风格，失恋了就变成了句号风格，越发显得可怜巴巴。他问自己哪里可怜巴巴了，我说，你看你那些句号，就像晶莹的泪水。同学还不服气：靠，我的泪水都是空心的。他没有受过艺术熏陶，我原谅这种不解。泪水都是有高光的好吗？

最后用这些标点符号写一段话，你们感受下其中不同的况味。

1我爱你一直到天荒地老。（普通青年表达法）

2我爱你~ 一直到天荒地老~（屌丝青年表达法）

3我爱你，一直到，天荒，地老。（假正经青年表达法）

4我

爱你

一直到

天荒

地老（土豪青年不怕废纸表达法）

5我爱你！！一直到！！天荒地老！！！！！（视死如归一棵树上吊死青年表达法）

好了，今天的标点符号课就上到这里。我最后还有个疑问。"/"和"\"总是傻傻分不清楚。难道就是"八字没一撇"的"撇"和"八字还差一捺"的"捺"吗？谁来指点一下我这个文盲吧？

2015 年 3 月

非"借"之借

"借"这个字，本来用于财务和金钱的往来，按理说是一个非常烟火气的字——"借钱"，简单粗暴，俗不可耐。但是，当它以一种类似比喻的方式使用—— 并非真"借"时，事情就变得有趣起来。

比如，它在文人骚客的笔下，代表的是一种缥缈而深情的意象。

借一盏午夜街头 昏黄灯光

照亮那坎坷路上人影一双

这是毛不易新歌里面的一句。当然，在这首名为《借》的歌曲里，他不光借了灯光，还借了太阳、河水、土地什么的，好像是为了借来抒情，并且没有打算还的意思。相同的用法还出现在王菲的《百年孤寂》里。这首仙气十足的歌曲是这么唱的：

心属于你的 我借来寄托 却变成我的心魔

风属于天的 我借来吹吹 却吹起人间烟火

天属于谁的 我借来欣赏 却看到你的轮廓

正如读不懂的《百年孤独》一样，虽然不知道王菲在唱什么（大概是错过、孽缘、一见杨过误终生的那类意思），但这首歌的歌词是着实很吸引人的。那么这个"借"字，为什么文艺青年总爱用，还总能用出一种凄美之感？

首先，他们借的东西都不简单，不是平日里你想借就能借的。而出借者，往往是被人格化的神秘力量。借太阳、借河水、借风、借他人的心，那必须得有神明的旨意，需要有冥冥之中的安排。

为什么要"借"？因为"我"一无所有。—— 这让人对其状态感到同情。文艺青年，诸如梵高、海子之类，为何常常让人着迷，其中一个原因就是崔健唱的"一无所有"。他们因一无所有而变得纯粹。

那么，为什么非要"借"，而不是去"买"，去靠自己的努力"赢得"呢？对于文艺青年来说，借来的东西不是自己的，它们终究要回归原位，只是陪伴了人生的一段旅途。而通过各种方式的"得到"就不一样了，这个词充满了欲望。得到的东西成为了你的，你就需要去负责，它就成为了你的负累，让你赤条条来的人生无法赤条条去。既然不屑得到，那么不如去借。而这种借，与金钱无涉，来自你与出借者的精神互通。

讨论完文艺青年对"借"的用法，不如再来看一下市井中人对此字的改编。

我时常羡慕"社会上的人"面对这个世界时的那种随意感。他们在哪里都能随遇而安，与任何人都能成为兄弟姐妹。而最让我有这种感觉的，莫不是两个萍水相逢的人物，一个拍一下对方的肩膀，说："大兄弟，你抽烟不？借个火。"

这两个人最好有点距离，这厮从口袋里摸出火机丢过去，那厮点完烟后再将之丢回来。又或者，这厮早在美美地吞云吐雾了，那厮只需打声招呼，然后两人凑近了来，用香烟点燃香烟。——点烟之交，要比点头之交多了很多人情味。（掌声送给社会人儿。）

如果把"借火"的"火"理解为火机，那就是真正的借来用用，有点没有意思了。"火"就是火才别有一番风味。不管它来自火柴、来自打火机，还是来自另外一根香烟，它就是那传递着的火焰，是一种虽然不健康却拉近彼此距离的火种。这也就是为什么在电影《有话好好说》里，刘德龙向赵小帅借完火后翻脸不认人，赵小帅猝不及防的原因了。

当然，"借"也出现在不和谐的时刻。当两个甚至多个社会人儿起了摩擦时，总免不了一场腥风血雨。开战前的骂战是必不可少的，总得有理论指导实践。而常用语句就包括"你敢动老子吗？我借你几个胆子试试！"文艺青年和社会人儿借的身体部位不同。文艺青年是借别人的耳朵聆听，借别人的肩膀倚靠，借别人的怀抱依偎，而社会人儿则是要借胆子打架的。

关于"借"介个事儿，今天就讨论这么多。我最后想说的是，身为一个常年在雾里看花的人，请上天借我借我一双慧眼吧！

2018 年 10 月

九十度

90 度是最常见的有存在感的角度。

当然，有直线的地方就有 180 度，最常见它当之无愧。无论你选择哪里作为顶点，它都可以有无数个。但是，180 度没有存在感，视线可以一马平川地滑过去，没有一个契机让其停留。只有在量角器、完全打开的扇子和一字马的舞者等形象之中，你才会想起它的存在。而这种注意得益于非角度以外的提示。

90 度就不一样了。我现在坐在床上，目光所及，满眼的九十度。手机的 90 度，窗框的九十度，海报的九十度，箱子的 90 度，书本书桌的 90 度，纸币的 90 度，叠好的衣服的 90 度……它们甚至是满眼交错的，透过 90 度的窗子，是外面九十度的阳台，阳台的缝隙里，是九十度的电线杆，电线杆的后面，是 90 度的宿舍楼。虽然因为透视，它们朝向我或背对我，伪装成不同的钝角和锐角，但我知道，它们就是直的，直角的直。

它出现的意义是什么？

它代表着稳定。因为地心引力的垂直性，它是最简约的制造稳定的方式。想要达到平衡，前后左右得有相同的力。在同等情况下，左边的力多远，右边的力也得多远；前面的力多大，后面的力也得多大。而它们在垂直线中合二为一，因相遇而合体，而抵消。一根垂直线，总是要拒绝左摇右摆的诱惑。当我们在蒙德里安、莫兰迪的作品中看到平衡与永恒的时候，90 度便贡献着自己的一份力量。

它代表着尖锐。虽不是一度两度，但它依然尖锐。这种尖锐带来的，是含蓄的疼痛。0.5 度角的针，8 度角的剪刀，20 度角的匕首，带来的痛都是直抵心窝的。而 90 度的角，伤人于无形。它戳不破你的皮肤，却可以形成内伤，就像一口无法喷出的老血——正直本就是尖锐的。于是床角的扶手、儿童的桌椅、速写本的拐角，甚至垂直路的急转弯，都被削去了棱角——变成了由无数钝角拼接而成的类 90 度。这 90 度是不纯粹的，它是一种妥协。

有时候，90 度又代表着简单的重复——可以制作成单一的连续图案。圆可以吗？不管

阿番,《黑方块》,2022 年

怎样，连续的圆中间都有非圆形的缝隙。三角形可以吗？可以无缝拼接，却需要颠三倒四。六角形可以吗？蜂巢是无缝拼接并无须转换角度的。可是，遇到边缘却又要进行不完整的切割。更别说八角形、十角形。于是地砖、窗户、天花板，甚至床单、衬衫，很多都选用矩形作基本图案。

有时候，它竟又代表着精神和自由。自然物的生长和人类的直立行走虽都是垂直于地面，但个体物的形状本身包含 90 度，基本是没有的，更别说由四个 90 度组成的矩形。它只处于人类的发明物之中。在至上主义艺术家马列维奇的理念中，矩形象征着比世界的表象更加伟大的至高无上的世界。这也是他画了众多黑方块的原因之一吧。

2016 年 5 月

猴子

虽然最近猴赛雷很火，但此篇并不是要讨论它，我只是要就猴论猴的。（身为一个高冷的人，就是要避开一切热点。）

那些扬言"我要给你生猴子"的妇女，你们可要抓紧了，假如你正常妊娠280天生出小孩（不打胎不早产不之前月经不规律导致晚产不为了和谁谁谁凑一天生日强行催产），那么你就必须在2016年4月22日世界地球日之前也就是在将来的88天内（好吉利的数字）怀上老猴子的种。这个任务在我看来挺简单的，因为说这句话的人通常都很年轻，而我身边的年轻妈妈们好像都是在决定生小孩的一个星期内就如愿以偿的，甚至还有人推算过就是在决定生小孩的当天就怀上孕的。对于这件事我有如下感慨：一是他们真的很有执行力；二是他们的身体都好健康。

500年前，一块大石头对另外一块大石头说：我要给你生猴子！于是孙悟空—— 齐天大猴便蹦出来了，也算是生物史上的一个奇迹。围绕着齐天大猴发生了很多有意思的事情，比如一些网友总结的，不明白玉帝为什么让一个猴子去管蟠桃园；齐天大猴可以一举打败众多天兵天将却不可以分批打败一些妖魔鬼怪—— 原因是铁饭碗公务员的能力当然比不上优胜劣汰的创业者。这部名著还被翻译成了英文，名字叫《Monkey》。

那些把所有的事情都推到猴年马月做的人，百度百科告诉我们：今年6月5日至7月3日期间就是"猴年马月"，共计29天，啪啪打脸的时候马上就要到了，最近不要用去角质的护肤品，脸皮越厚越好，最好多磨磨，长点茧子；另外再买点消肿的药啊绷带啊什么的，以备不时之需。据说"猴年马月"这几个字可能是"何年嘛月"的谐音变体，我觉得这很鬼扯，因为"何"是文绉绉的词汇，比如"何罪之有""何患无辞""于心何忍""与你何干"；而"嘛"则是非常口语化的用法，"吃嘛嘛香""嘛呢嘛呢！"常出现在相声里，所以这两个字是不可能用在同一个成语里的。另外竟然还有解释说"猴年马月"又作"驴年马月""牛年马月"，好嘛，据我看来，"驴年马月"用起来最好，因为永无兑现的可能。

如果非要把猴子分个类，我想人们去公园见过最多的就是金丝猴。但是要说口口声声讲的最多的，那肯定是猕猴，因为猕猴—— 桃。虽然我并不知道猕猴桃在猕猴出现之前叫什么，就像我不知道眼镜蛇在眼镜出现之前叫什么一样，但是这都没有关系。因为虽然后者出现比前者晚，但是它们被发现得早啊（就像虽然你长得丑，但是你想得美啊）。好吧我们再说回来猴子分类的事情。虽然我们也有金丝猴奶糖，还是个挺大的企业，但是目标群体太小，又总是被冠以"吃糖坏牙！"的罪名。而猕猴桃就不一样了。小孩吃了防止消化不良增强免疫功能，大人吃了美白淡斑排毒养颜减肥健美，还治疗抑郁症；老人吃了治疗大便干燥预防白内障还防治癌症，简直老少皆宜皆大欢喜。

还有跟猴子读音相同的词汇"瘊子"，正规解释是一种皮肤病。但是在我们的方言里，瘊子就是毛主席脸上的那颗凸起的痣：半球体状，红褐色，甚至还有点透明，偶有上面长毛的。毛新宇将军曾经有"四个第一"：其中一个是"第一个提出毛泽东 1935 年才长痣"。我认为这是一个细致入微的发现，并且很好奇这个发现的始末—— 毕竟在 1935 年，并未出生的毛将军是无法目睹主席长痣的过程的。可能是在家翻着家庭相册，按时间顺序整理后发现的。

不过这种发现放在以前可以，现在就不太好办了。用了美图秀秀的祛斑祛痘（虽然没有祛瘊子，但真的可以祛瘊子），即便是五大三粗的男人，也会貌美如花水当当，就算脸上长了很多瘊子，也肯定会消失不见的。（美图秀秀快给我广告费！）

还有一点要做个预告。不久后，你的某个微信群里一定会出现："乔布斯属猴！奥巴马属猴！马化腾属猴！如果你属猴，或者你爱的人属猴，家中有人属猴，特别是 1968 年的猴、1980 年的猴、1992 年的猴、2004 年的猴，马上转发，属猴的人年年财源滚滚、平安健康、诸愿皆成！"类似的文字内容，不要怪我没提醒你！

2016 年 1 月

猪吃屎

我一直以为这是一条常识，哪里知道城市里长大的小孩都不知道这一伟大的事实。看来，有必要在这里科普一下——吃饭不要看。

我那些少见多怪的朋友，往往会这样反驳："不是说狗吃屎吗？"我们村里的狗也很多，路上也有一些野屎，但大概由于主人给的待遇不错，基本上没有狗吃屎。野狗也有一些，但是他们宁愿去翻垃圾堆，也不去吃屎，可能它们都比较有节操。因而在小的时候，我总是怀疑，狗根本不吃屎，只有猪才吃。不过大概在中学时的年纪，狗界终于出来一个败类，在我面前现场演绎了狗吃屎，我才知道这个说法不是假的。

对比完了，我们还是来讨论猪吃屎。旧式北方农村的猪圈（反正我们那是这样），是在地平面上挖一个大坑，坑上面给猪盖个棚，棚旁边就是厕所，排泄物直接进入猪经常活动的大坑里。由于大坑无法排水，所以下雨的水在里面会积上十几厘米，猪在下面活动时候的样子，怎么说呢，就好像是人类在水田里插秧。我们那里喂猪呢，经常就是一家一只或两只，养到过年，就可以宰了吃掉。所以通常养在猪圈里的猪，是不过夫妻生活的，为防止它们叫春，春天时会给它们节育。那时走在放学的路上，会听到猪们扯着童音嗓子叫，同它们生命结束时叫的一样凄惨。不过节育手术怎么做，给公猪做手术还是给母猪做手术，是阉割还是带环，我就一点 idea 也没有了——我问过我妈，但我妈拒绝告诉我。

以我的观察经验来讲，猪吃屎并不是一种饿晕了的无奈之举，而是它们的第一选择。童年时期奶奶家喂猪，剩饭剩菜给它吃，还会铡一些较有营养的野草掺点什么饲料给它吃，但它还是最爱吃屎。每每听到有人来厕所时的脚步声，即便它正在地上的棚里休息，也会连滚带爬地跑下猪圈来，兴冲冲地蹲在厕所坑边上，眨着可怜巴巴的小眼睛，等着上面的人赐给自己一顿美食。有时候，我真的很讨厌自己只是撒尿而已——白让人家跑一趟，这简直就是一种欺诈行为。当屎顺着坡道滑下去的时候，猪的两眼就会放光，尽力让自己的嘴准确地命中目标，然后带着鼻息声和畅快的咀嚼声开始了奋战。不过有时可能是它的反应不够

阿番,《莫兰迪色猪》, 2022 年

敏捷，可能是屎太多一下吃不完，反正美食就是滑到底了。需要说明的是，猪圈里会有几乎半米深的黑水（我也不知道黑水的成分是什么，雨水？总不至于我们尿了这么多尿吧），让屎滑到底，意味着猪要闭气进入水底寻找——这是一件多么忍辱负重的事情啊，然而它还是这么做了，因为它是个吃货。对此，我的城市同学表示惊骇，因为她觉得屎应该非常难吃，难以下咽。可是萝卜青菜各有所爱嘛，大概跟人喜欢吃臭豆腐是一样的。

我的老乡刘同学跟我讲，有一次她便秘，家里的猪迫不及待，就舔了她的屁屁。这是一个什么样的猪圈！厕所跟猪圈竟然没有海拔落差！起码我们家的猪不会离我那么近，它总是高高地仰视着我，以感激救世主一样的表情深情地望着我，绝无可能占我一丁点儿便宜。

所以一些人不吃猪肉原因之一是猪太污秽，就是可以理解的了。因为太不拘小节的原因，猪们也经常会得病。我还记得初中生物书上讲到寄生虫一节时，就讲到了猪肉绦虫（看！当时学得多么好！），通过猪传染到人身上的一种寄生虫，最长可达到四五米——当时深深地沉浸在自己身上可能寄生着这么长一条虫子的担心里，它们在我的肚子里蹿呀蹿，简直太可怕了。

现在我们村已经几乎没有人喂猪了，家家户户也都是抽水马桶，我担心我的堂弟都不知道猪吃屎这一嗜好。世界上大部分的知识，都是由"掌握在少数人手中"慢慢转变为常识的，而可怜猪吃屎这一常识，却要逐渐变成"掌握在少数人手中"了。

2014 年 2 月

卫生纸形式作用考

卫生纸最让我惊奇的，是它上可以抹嘴，下可以擦屁股，并且，起这两种作用的，可以是相同质地的卫生纸。它真正做到了入口和出口兼顾，上面与下面通吃，消灭了阶级和偏见，是真正共产主义的商品。这一点深深地吸引了我，让我想要好好研究一番。

首先，卫生纸的形式是多样的。在我还小的时候（那是很久以前的事了），卫生纸的形式还很有限，一般宽度大约20厘米（长度太长没量过），中间没有纸轴，堆在一起横截面呈椭圆形。那时的纸制作并不精良，有着竖条状的纹路，甚至偶尔镶嵌着细碎的草梗。摸它的感觉像摸我的手，很粗糙。每当我在厕所里便秘的时候，若手边有分量足够的卫生纸，我总要展开长卷，像皇帝阅读奏章一样，然后再灰溜溜地卷回去。既然卫生纸的形式这么像长卷，发明卫生纸卷的人可能是个搞水墨的。

后来，卫生纸的样子进行了多种演化。一种是中间有了纸轴。这可能是为了打肿脸充胖子。要是去了纸轴再卷起来，人们会发现，啊原来才这么薄，便不肯买了。另外有一种解释是，这样撕纸的时候比较方便，即便滚到最后，撕一截纸也不用滚很多圈，也方便了厕所等地卫生纸的悬挂和使用。第二种是抽纸。形式像拉链一样，一张纸咬着一张纸再咬一张纸再咬一张纸。我认为这种形式非常智慧。第三种是手帕纸，装在一个塑料小包里，每包里8-10张，跟一包卫生巾里的数量差不多。只不过，卫生巾总是在宣扬越薄越好，而手帕纸总是在宣扬越厚越好—— 我们有4层！其实我真的很讨厌4层的手帕纸，3层足够了。因为在擦屁股的时候，展开来用太薄，总是要折叠一下；而4层的折叠起来，又他妈老厚，浪费，心疼。其实在清理排泄出口的方法上，人类真的需要改进一下，毕竟出口只有那么点，每次都要用这么大面积的纸来处理，真的是很浪费。第四种是友情赠纸。当我走在大街上的时候，总有人硬塞给我一个像钱包一样左右折叠起来的粉色塑料小包，一边放着让你去他们医院打胎或者治不孕不育的优惠卡，另一边躺着几张卫生纸。每次我都不生气，不管是打胎的还是不孕不育的，至少他们都相信我是可以找到配偶的，这一点足以让我感受到人世温暖。而这些卫生纸,我也都欣然使用了。

在我看来,考察一个地方小不小气的标准,就是他的厕所里提不提供纸。高级酒店里都是提供纸的,餐厅里会提供,KTV里也有。不要小看这一点!据清华大学图书馆官方解释,图书馆里不提供纸,是因为每年的预算有 20 万,养不起那么多感冒的鼻孔和雨雪交加的屁股。所以图书馆是很小气的。我总是爱坐在离厕所比较近的一个位置,经常有行色匆匆的人跑来,面色焦灼地问我,同学你有纸吗?明知故问。明明是看见桌上的纸才问我的。我会借给他们,但是我是不情愿的,因为这些事不在我的预料之内。而他们又不知道我很小气,所以带了纸的时候也不想着还我。

而考察一个人是不是有修养,就是他是否会在提供免费纸的场合,扯超出自己需求范围的纸。有一次我去一个地方(其实是国家图书馆,怕你们夸我爱学习,我都不好意思说了嘻嘻,其实我去的次数很少,谁让这种事情总是发生在这种地方),前面一个女生,扯了 5 个回合的纸,团成一个大雪球,才进了厕所。我心想,她难道是要去厕所上吊吗?还是她有一种感知无力症,不知道自己什么时候结束,于是总是用一次力气,就擦一次屁股,再用力一次,再擦一次屁股,直到自己满意为止呢?这种猜想又引发了我的一声叹息:为什么排泄量,跟纸张的使用量不成正比呢?

当然,卫生纸的用途,不光是我在第一段说的两种,还有很多其他的作用。比如说,由于现在卫生纸的质地比较细腻,我都用它们来擦眼镜,真的不喜欢用眼镜布;晒鞋的时候,通常会在表面贴一层卫生纸,这样就不会泛黄。而根据不同的用途,卫生纸们也进行了针对性的改进,比如卸妆纸巾啦,洗甲纸巾啦,口红纸巾啦,等等。

但不管用途多么变化多端,最主要的作用,就是那句口号:我擦!

这也是我要对这个世界说的。

2015 年 12 月

隐形鼻罩

就全身的部位而言，人最喜欢"露脸"了。我们有上衣、裤子、鞋、手套遮蔽全身，却很少有人喜欢将脸蒙起来（虽然像抢劫犯那样头戴丝袜是一件很酷的事情）。从这个层面来讲，任何时代都是看脸的时代——毕竟除了某些猛男的胸肌可以扭动以外，只有人脸上的肌肉可以随意变化和抽搐——是谓表情——来交流情感。

可是变化总是逆潮流而动。在各种电子产品的刺激下，人们的眼神儿越来越不好，很多心灵的窗户镶上了玻璃；随着可吸入颗粒物的增加，人们的呼吸受到威胁，很多人出门都戴口罩。蒙面已成为普遍的都市场景。在路上见了面，先别说交流了，第一要务是认清谁是谁。人们打招呼都会跟骂人似的：你谁啊！

身为要面子的人类，绝不能坐以待毙。

为了克服戴框架眼镜的不美观，人们发明了隐形眼镜。其实戴眼镜还好些，毕竟镜片是透明的，虽然它反光，眼睛的神采还是可以看到的。即便这样，人们还是想方设法地不戴眼镜，做手术恢复视力，或者戴隐形眼镜。透明的东西尚且如此，何况不透明的口罩呢？

口罩的主要作用是防止可吸入颗粒物被吸入体内，即另一种形式的鼻毛（人要进化的话会变成钟馗那样，鼻毛疯长滋的到处都是，还有可能像藤蔓植物一样在脸上到处乱爬）。那么，可以借鉴隐形眼镜的形式，发明隐形鼻罩。因为体积小和具有针对性，我们就不把它叫口罩了，毕竟，我们可以不用嘴呼吸。

因为是"隐形"鼻罩，自然不会是露在外面。它应该被安放在鼻骨处——即，你挖鼻孔时能够触摸到的最深的地方（我指的是你用食指挖鼻孔的时候，不是指用小拇指挖鼻孔的时候，有人的小拇指很细，甚至能伸到鼻骨里面去……细思极恐），这样，正如"一叶障目，不见泰山"一样，它的体积是最小的，过滤效率是最高的。

说来简单，实际操作起来，会面对很多的技术难题。

首先是形状。隐形眼镜相对来说还是非常容易实行的。不管人们的眼睛形状多么千变万化，瞳孔都是圆的，大小也差不多，非常适合大工业时代隐形眼镜的批量生产。而隐形鼻罩则完全是个人化的，甚至需要量鼻定做：鼻孔大小不一，形状不规则，鼻梁高的和鼻梁低的需求也不一样，需要设计师认真研究一番才行。并且，鼻罩的形状还得有一定的弹性。因为有的时候人们会感冒，一感冒鼻黏膜就会发肿，鼻罩势必要缩小，这种微小的弹性还是要有的。如果真的有了这种技术，定做费和手工费肯定不便宜。那戴不戴得起鼻罩，就会像买不买得起某某豪车某某包包一样，成为鉴别土豪的标准。

其次是过滤效果。鼻罩的材质肯定不能和口罩一样的。它的孔洞要更大，同时又不让可吸入颗粒物进入体内。我是一个技术盲，不知道怎样实现，但我相信这种想象一定会实现，就像我相信英特纳雄奈尔一定会实现一样。据说清华大学已经研制出了防止颗粒物进入室内的窗纱，那个孔洞看上去就挺大的，设计师们可以参考一下。那么孔洞为什么要大呢？呼吸这个倒是其次，孔洞小一点也可以呼吸。主要问题是让鼻涕可以像往常一样顺利往外流。按我的这种说法，隐形鼻罩的作用特别像处女膜，既可以防止外面的细菌进入体内，同时还可以让体内的各种分泌物啊经血啊排出体外（虽然我也觉得这个类比有点那个什么，但是真的很贴切。这是很严肃的学术讨论啊喂）。

再次是可操作性。我们知道，鼻子里面有鼻毛，戴鼻罩的时候，需要穿过这层丛林才能到达目的地。穿越倒是无所谓，毕竟鼻毛很软，不是荆棘。问题是有的人鼻毛很长，在固定鼻罩的时候压着一两根鼻毛就不太好了（人们说，女人在床上说的最多话是：你压着我头发了），就算压着也并无大碍，知道有压着的鼻毛心里会感觉很别扭。那么，当人们选择要戴鼻罩的时候，是不是要先将鼻毛拔干净呢？鼻罩是永久固定好呢还是定时清洗和更换呢？如果要定时清洗和更换是不是要一直修剪鼻毛呢？这都是要考虑的问题。

最后就是固定效果。隐形眼镜固定起来很好实现。眼镜和眼球之间没有空气，形成真空后，它们自然就贴合在一起了。当然，它也不是完全固定不动的。我听闻学校有一女生戴隐形眼镜成为习惯，到了晚上也不摘，醒来后发现眼镜不见了，到医院检查眼镜已经跑到了接近太阳穴的位置……简直是不细思也极恐。不过总体上来讲，只要注意一些，它的位置大抵可以保持不变。但鼻罩就不一样了。它没有东西可依附，只能靠一个细边儿维持和鼻孔的关系。如果是这样的设计，结果很危险。不光是打喷嚏的时候可能将其喷出来，深呼吸的时候还可能被吸进肺里。因而，就像框架眼镜一样，它的周围要有辅助性的结构。按照我的想象，因为鼻孔越往里面越细，它应该是漏斗状的，像一个碗一样，而碗底就是鼻罩的核心结构，要卡在鼻孔里。这么说来，它应该是硬一点，要是能变形，还可能被吸到肚子里。但要是太硬，人们就无法捏自己的鼻翼，生气扩张鼻孔的时候又可能掉下来。真是一个难题啊！

　　总之，这个发明还很不成熟。不过我更希望的是，在这个发明还没有出来之前，人们已经不需要这个发明了。

2016 年 1 月

"叼着"的人

回想起来，第一次对"叼"这个动作有认知，大概是通过幼儿时唯二出名的关于乌鸦的寓言——"乌鸦喝水的故事"和"乌鸦和狐狸的故事"。第一个故事里的聪明乌鸦叼着小石子，第二个故事里的蠢货乌鸦叼着肥肉。那时候我以为，只有动物才会习惯性地叼着东西，除了乌鸦，还有小狗喜欢叼骨头，黄鼠狼喜欢叼小鸡，小鸡喜欢叼小虫（小虫喜欢叼……算了小虫的嘴叼不住），因为它们没有手，该拿的东西只能叼——而人是没有这个需求的。

但实际上这并不对，因为从刚出生，人最先练习的嘴部动作，除了哭，就是叼乳头了。这当然是一种功能性的动作，但它也为之后玩乐性地执行埋下了伏笔——毕竟有的时候，作为婴儿的我们，喝饱了还要叼着，奶嘴里没有奶还要叼着，看见爸爸微缩版的奶头也要叼着。这大概是人类在弗洛伊德所谓的"口唇期"，寻找自体享乐最重要的方式之一。

如果说婴儿时期靠"叼"享乐是没办法（因为手还不够灵敏），那长大后靠"叼"获得乐趣，则是一种主动的选择。但是由于"叼"实在是不符合人类的惯常行为方式，所以当人们叼着点什么时，总是显得有些不同寻常。

即便这东西是棒棒糖。棒棒糖当然是用来吃的。但是当它让脸上鼓出一个包，还有半截小棒露在外面，并且你在嘴里倒腾糖块，小棒在空中画出圈圈时，这个动作就显得有点酷——就像手可以舞剑一样，棒棒糖就是嘴巴舞的剑。当它呈45度角挂在嘴边时，不光是冒着一股邪气，甚至会冒出一股杀气。（当然，棒棒糖的"棒"，主要是方便人们全方位地舔。那种超大号的，一口气吃完会把舌头舔出血的叼不住的棒棒糖，明显不在我的分析之列。）

最常见的是叼着烟。叼烟这个动作，多么高级啊。高级指的不是这个动作表面的姿态，而是背后的哲学意涵。一根烟就那么长，总共也嘬不了几口。我这种吝啬鬼虽然不抽烟，但是如果抽的话，点上烟后就会猛嘬不止，每口烟都不能浪费，都得变成肺里的氤氲雾气，让它们以符合目的论的方式发光发热。但是，有的人就能做到，就是叼着，就在嘴边我也不抽，任烟卷自燃，直到燃出很长的烟灰。普世的价值观是，生命在于有意义，而浪费就是对人生

阿番，《叼烟斗的女演员》，2022 年

最大的反叛。这个道理不用明说，叼根烟你就理解了。这小小的动作，简直浓缩了所有厌世和虚无主义思想的精华。加缪那张叼烟的照片为什么如此迷人？不仅因为他长得帅，还因为这个动作本身的魅力。

相比于叼烟时而发作的文艺气息，叼牙签就显得市井多了。毕竟吃喝拉撒是生存的刚需，抽烟不是。搓麻将的时候，除了可以叼烟，叼根牙签也是不违和的。我爸是叼牙签的代表人物。他的牙跟他的头发一样稀疏，还有很多窟窿（感谢姥姥遗传给我妈一口好牙和还算浓密的头发）。所以，每吃完饭，他都要拿牙签剔牙，剔完了也不扔，就在嘴里叼着，还时不时地让牙签在不同的牙缝里切换，这也不妨碍他一脸严肃地去做正经事。前几年还没什么，这几年我妈对此很火大——因为我4岁的侄子，开始学他的爷爷了。学不学好另说，痞不痞气另说，我妈怕我侄子扎着嘴。

当然了，人类还会叼别的东西，比如男生喜欢叼着一枝花哄女生开心，女生喜欢叼着一根屌哄男生开心（？），但是，一是我不是男生，二是我没啥经验，所以在这儿就不具体分析了。

2019年12月

男厕的浪漫

_____

不要以为只有苍蝇会在厕所谈恋爱，人类也会。

影视作品里，厕所经常是推动男女故事发展的场地。但是，男厕和女厕的性质完全不同。女性进男厕所，往往不是故意的，表现的是一个神经大条的可爱女性，是"她好单纯好不做作跟外面妖艳贱货就是不一样连厕所都分不清她怎么可能有心机"的女性，接下来可能就要和男主角艳遇了；而男性进女厕所，绝对不可能是因为走错，而是要耍流氓，不是窥阴癖就是性侵犯，这往往是个惊悚片。当然这种设置并不是重女轻男，而是由生理上的主被动性决定的。就好比那个笑话：一个女的脱衣服不小心被男的看到了，会大喊"耍流氓"，而一个男的脱衣服不小心被女的看到了，还是女的喊"耍流氓！"（不过如果只是互相打嘴炮，便无须分性别。男男可以撕逼，女女可以撕逼，那男女当然也可以。只要不是打架等女的天生吃亏的事情，男的就没有必要让着女的。）

今天不讨论女厕所的惊悚话题，只谈谈男厕是如何被浪漫化的。

电视剧《幸福像花儿一样》第三集（到了暴露年龄的时候），杜鹃和白杨躲在男厕所里搞恶作剧，在这个封闭的小小空间，他们听着外面潺潺的流水声捂着嘴偷笑，两人因有了这样私密的经历而感情升温；在《我叫金三顺》的第一集（最爱的韩剧），三顺失恋了，进男厕所里痛哭成熊猫眼，衣衫不整地出来后被玄彬说成"是哪个大婶在男厕所里喂奶？"于是罗曼史开始上演。后面又有一集玄彬将三顺拽到男厕所里亲吻她。这类情节在浪漫爱情故事里很多，就不再一一列举了。

那么，"男厕爱情故事"为什么会如此浪漫？

浪漫的男厕一定是个整洁干净的男厕，绝对不是小广告遍地屎尿味混合的男厕，好听一点就叫男洗手间吧。这里是女性的禁足之地。女性无意进入时会显得自由而可爱，有意进入时会显得有冒险和求索精神（当然这两种情况都看年龄看脸，老太太进去估计是看看孙子有没有掉坑里，"我这么大年纪了什么世面没见过还稀罕看你们那玩意儿啊"），毕竟女孩子天生自带纯洁无瑕的光环，就算进去看了什么不该看的东西，也做不了什么。而男生不如大度一点，带女孩子们开开眼，比如分析一下小便池的构造啊什么的，显得多有好客精神。总之，女性和男厕，身份和场所的矛盾性为戏剧化的情节提供了良好的契机。

一个单独的卫生间一平方米左右，可以容下一对站着的男女（当然，一个站着一个坐着，或者一个坐在另一个身上也可以⋯⋯你们爱用什么体位用什么体位，再见！），二人距离最多不过几十厘米，就算不是壁咚也胜似壁咚。只要二人不是背对背呈面壁姿势，按照这距离站久了，没感情都能摩擦出感情来——反正为了避免别人发现，二人也不能交谈，只能眼神交汇、听别人的嘘嘘声、彼此的呼吸和心跳声，感情的小火苗就会蹭蹭往上窜。而其封闭性，又简直比优衣库的试衣间强多了。你在试衣间不能换半个小时衣服不出来吧？肯定会有人催你，再加上旁边别人试衣服的声音，外面商店人们挑选衣物时的交谈，都使得这不是一个谈恋爱的好场所；但在卫生间，你只要锁上门，我便秘不可以啊，两个小时不出来都没有问题。有了共同钻厕所的经验，两人就有了共同的秘密，不管以后成不成为男女朋友，这交情已经不简单了。但是，请注意，男厕之所以浪漫是因为他们在这里意识到了自己的感情并且克制住了自己的感情，这是纯洁的友情往纯洁的爱情升华的过程，绝对没有发生什么苟且之事。美国电影《父女情》（这简直是革命年代的翻译，虽然有奥斯卡最佳男主罗素克劳演爹，但也拯救不了一个无力的剧本）里，女主角因幼年发生很多事情丧失了爱的能力，希望借纵欲来唤醒自己。她与一个初次见面的男同学在学校厕所里发生了关系，结束后男生大概对她有意思，问她是否也一样。她说：哦我最近很忙，很久都没时间做运动了，正好借你做个运动。虽然情节很诙谐，但一旦出现此类情节，浪漫就成了浪，不复存在了。

当然了，其实这些浪漫都是不太好的行为。毕竟女孩子家家的，没事儿进什么男厕所啊？大千世界里，除了厕所和试衣间什么的，哪里不能大大方方地谈恋爱了？

2016年9月

那些当代写实油画

　　清除所有个人色彩的鉴赏是不存在的，就像所有的历史都是书写者的偏见一样。而鉴赏者的合法性偏见，又是人类宏大历史和个人微小历史的选择性总和。拿我来说，鉴赏时的个人色彩便尤其浓烈：从目光扫视到画面始，就以画布为原点，延伸出各种各样的触角。我要看到的，不仅是油画颜料、核桃油和亚麻布，还要看到画家的眼睛和头脑，看到历史时代和背景，看到我自己的情绪和想象，看到人类的有限与无限。而在某一绘画种类面前，我的触角没有什么新奇而乐观的发现，带动眼光冷峻而刁钻，这一种类就是当代写实油画。

　　两幅材料相同、技法类似、画风相近的古典油画和现代油画，我定是讨厌现代的那幅（那幅古典油画，要依情况而定）。因为人不能在两次踏入一条相同的河流，时空转换了，灿烂的遗产已被黄沙掩埋，技法可以传承，但不再需要大批拥趸来守护亡灵，更别说用亡灵来统治疆土。即便是众多"复兴"，众多前面冠之"Neo"的"主义"，也不仅仅是对历史的凭吊，而同时肩负着与现世呼应的历史使命——当然，其中也不乏众多滥竽充数的木乃伊之作。

　　古典油画之所以不那么讨人厌，有时候还讨人喜欢，一是当时没有照相术的存在，绘画就好比是历史资料，是科学探索（因还在探索，它总是误打误撞地与现实有所出入），于文于理，都有其存在的必要性。二是作品创作，总是需求先行。画家的动机也十分朴实，不牵强附会，所画即所得，更多意义上是一个传播美感和真实的手艺人，是王公贵族谦卑的奴仆。那些被描绘的显赫人物，当你在观赏画中人一丝不苟的表情和精雕细琢的衣饰时，仿佛可以体会到他被描绘时骄傲的心情，甚至联想到作品完成时其褒扬画家的场面。

　　我不喜欢很多以人物写生为基础的现代写实作品。首先，夸张动作类。这些姿势，如果不是看照片绘制，模特是很辛苦的。明明是连续动作中的一环，非要给人物点穴，摆出提线木偶的僵硬姿态。又由于写实绘画观者的代入感极为强烈，我也总会不自觉移情到模特身上，进而感觉全身僵直，肌肉抽搐，不知画家为何要对模特施以如此酷刑。陷入这种体会与揣摩之中，再也无暇顾及衣褶是如何符合人体转折，而动作又被作者赋予何种微言大义。这时，未来主义者对静止物体的嘲弄总会在脑海中浮现。然而，相同的移情不会在抽象绘画中出现。抽象绘画一上来就响亮地告诉观众，我不是现实生活的复刻，别拿我跟现实比较，我只存在于画家的大脑、观者的联想、微观与宏观的宇宙之中。而像印象派和后印象派等流派的绘画作品，虽有真实场景的影子，但其形式感早已转移了对现实本身的注意力，人们在浓烈的色彩与张狂的笔触中迷失了，一砖一瓦是否各司其职，不再那么重要。

其次，矫揉造作类。多见于各种美女图。作品名称往往感伤，你总会在一些言情小说的文本中发现它们的踪迹。这些女子穿戴与真实身份不符的衣物，做着非出于行动需要的动作，穿越到几十年前，cos 到数千里之外。我还知道，有些画家的御用女模特，过着纸醉金迷的生活，而到了画笔之下，戏服一穿，小动作一摆，即刻成了触感伤怀的清纯女郎。而很多画家，也不过是酒色之徒，卖弄点小情小调供附庸风雅之流把玩，继而又投入到追名逐利的滚滚红尘之中。写实本就是在二维画布上创造三维图像的欺骗了，而欺骗上的欺骗，与真实又有多遥远的距离？写实绘画，口口声声的口号，不是反映现实，保持真实吗？

纯写实的油画，是看不出什么笔触的，假如技术再高超一点，与照片没有太大的区别。在这个信息化图片泛滥时代，随便一部智能手机就能达到类似的效果，假若非要追求艺术性，优秀摄影师的镜头足以满足观众的眼球。写实油画，除了画布表面亮闪闪的上光油外，给不了我任何视觉上的刺激——又或者说，这些刺激，是真实的事物都可以给予的，不是绘画形式的独造。站在这样的油画面前，不知道观者除了惊叹作者的手艺之外，还能得到些什么。你很难从这严丝合缝的光滑表面体察到画家的情绪，也不能从真实的人物形象中透视出画家的创造力，甚至联想到作画的场景，画家逼近画布，间或使用放大镜，用小笔涂抹，抠抠索索，没有任何潇洒可言。

依本人愚见，写实油画在制作上耗时最多，而在思想上却鲜有创造，再平均到每个时间单位和画布的空间单位里，更没多少情怀可言，恰恰适合头脑简单、四肢发达的艺术家创作。当然，我这一家之言，自然有很多人不能同意，全国美展的评委要是看了，也要将我生吞活剥。我没有欣赏写实油画的天赋，还要出来一派胡言，想想也是应该关在小黑屋里偷偷哭。

2015 年 6 月

手稿的魅力

与艺术家的绘画成品相比，我似乎更热爱他们的手稿。

手稿的魅力，首先在于它的不完美。它可能是画家灵感来临时，随手画在一张抹平了的皱巴巴的纸上的，边框不太整齐，纸上甚至还有无法预知的污渍；它可能因画家知道它的作用不过是草图而逸笔飞舞，不甚精细；它可能因画家的不满意，被反复修改和涂抹了多次，留下思索的痕迹；它可能因画家怕忘记什么，周围布满了个性鲜明的备忘录；它还可能因为画家的遗忘，在角落里蒙上灰尘，甚至被香烟烫出个窟窿，留下鲜明的伤疤。

然而，我爱的就是这种不完美。

成品总是机关算尽的。它们来自贵族的订单，它们要用来送人，它们要参加展览，它们甚至打算名垂青史。艺术虽标榜自由，但企图成功的艺术品是不自由的。当明白作品最终的归宿是面见世人时，寻求认可的思维便开始作祟。即便没有任何外在的成分，只为表达心灵，艺术家也希望在画面中表达出自己的最高理想。所以，每一个线条都要恰到好处，每一块颜色都要摆放得当，~~每一个形象都要做到饱满有力~~。所有的元素都雄心勃勃，画面被意图封得死死的，而偶尔的漫不经心也是故作姿态——"超现实主义"所倡导的"无意识书写"，在成品中永不可能实现。

完美冰冷而空洞，因为完美的东西没有人性。"人性"在这里并不是常用的引申义（引申义代表句"你有没有人性！""人性"＝"天良"，泯灭人性，丧尽天良），而是与"神性"相对。只有神才是完美的，是人就不完美。所以，过于完美的东西显示不出人性。而在画家手稿的涂抹中，你也会发现他有不果敢的时刻；在他填满所有空隙的练习间，你也会发现他的成功来自日积月累；在他把色滴洒到错误的位置时，你也会发现他竟也如此草率。所有的不完美都如此有人情味，伟大的艺术家也恰如你我一样。

绘画作品的局限在于我们只能看到最后的效果，作画的过程全部被画布的表面一笔勾销。过程总是被隐匿在背后，不完美也被隐匿在背后（也因此，很多画家不愿将手稿公之于

阿番,《肖像画家》,2022 年

众）。手稿却是过程的一种证明，它是彷徨与推敲的阶段。而由不完美到达完美的过程，恰恰值得重视。而观察手稿，作者褪去了艺术家的光环，在追逐真理的道路上显得如此质朴，恰若一个孩童。这个时候是自由的，只有在不完美里才有真正的自由，而真正的自由总是在求索的过程之中。然而过程总是被遗忘，人们在乎的只是结果。就像人们总是羡慕成功人士，但他们在过程中忍受的寂寞和苦痛，又有多少人能体会和了解？

现在这个世界，有太多人爱把自己打造成完美的样子了。人人都光鲜靓丽，个个都完美无缺。然而依我的经验来看，大部分人绝非如此。这种"假大空"式的高大上让人疲惫。我期盼真实，并热爱人们展现平凡的属性，恰如我热爱手稿一样。

想起了跟主题不太相关的故事，作为此文的结尾（反正跑题是我的风格）。《闲人马大姐》中有一集，马大姐发现自己家的画被别人掉了包，找那人理论。那人百般抵赖，但马大姐认定对方手中的才是真迹。几个回合下来，那人终于败下阵来，并认定马大姐是鉴宝专家。但马大姐说："你说的那些东西我都不懂，但我知道我们家的画上面被我滴了一滴酱油。"

2016 年 3 月

苹果

——

每天最惊心动魄的时候，就是吃苹果的时候。

惊心动魄并不来自于苹果本身，也不来自于与苹果的互动，而是来自于与苹果互动时的环境。

图书馆。（好无聊啊这个学霸怎么老写图书馆她是不是没有生活？）

自诩为一个良民，书包里暗藏一个苹果，见到告示牌上"禁止饮食"的文字，心中打鼓却假装视而不见，掩耳盗铃地认为苹果既不属于"饮"，也不属于"食"——水果，其实就是"水"嘛，水还不让拿啦？要渴死我啦？有没有天理啦？

我承认这个逻辑相当不要脸，实际上就是因为我想吃，并且觉得苹果没有气味，危害不大——还有一个跟我一起自习的刁民，总是要带水果来补充维 C 美容养颜（她脸上的胶原蛋白明明都已经储存过量你看都有点肿了）（不要打我。哎哟），柚子啊枣子啊苹果啊，总不能她吃着我看着，或者等人家慷慨地说："来来，help yourself！"

于是我们两个在图书馆的欢乐时刻，就变成相约吃苹果。尽管有时为了防止互相说话坐很远，但一个眼神，一个响指，或者一声轻轻的口哨，都可以暗示：吃苹果时间到。于是默默拎起在桌上等候多时的苹果，朝厕所出发。这一行动，俨然已经变成一种仪式，而捧在手心里的苹果，成了一种圣物（虽然一会儿就会变成剩物）。

有时洗完苹果，还没有出厕所的门，刁民就将牛顿的苹果变成了乔布斯的苹果，我对她的这种做法持鄙夷的态度。她说："在我的概念里，坑那里才是厕所，这里不算，顶多算盥洗室。"我觉得很有道理，也咬了一口表明自己认同的立场。

但是回到座位上，刚才在路上大口咀嚼的理所当然突然就失去了合法性。

虽然对面的人在抖腿，旁边的人在敲键盘，图书馆总归还是静悄悄的。这个时候就觉得，她要是坐我旁边就好了，既有人壮胆，又觉得法不责众。然而要孤独享用苹果的事实已经无法改变。于是，每咬一口苹果，在我听来都是巨大的声响。这种声音通过血肉传到脑袋里，便更有了如雷贯耳的感觉。

咀嚼的时候还好一点，毕竟可以抿着嘴，汁液被挤压出的声音只不过是荡气回肠，或者在口腔里东奔西走四处碰壁——有这么厚的脸皮挡着，传递到外面的声音已经很微弱。但是咬的时候不行，牙齿慢慢嵌近苹果里，就像双脚踩在积雪上，发出沉闷的轰鸣；而将咬的部分掀下来，是整个咬苹果事件的高潮，它就像往暖水瓶里灌水一样，声调越来越高，最后可能还伴随着果皮垂死挣扎却不得不分离的撕扯声响。

不知道是不是我多心的缘故，我感觉旁边的女生皱了皱眉，抖腿小哥把伸直的腿缩了回去。

先停一停，安抚一下周围人的情绪，再伺机行动吧。我把吃成不规则月牙状的苹果放在桌上，继续手里的工作。由于咬的太过用力，一粒褐色的种子裸露在外，它周边的果肉由淡淡的象牙黄向赭色过渡。生锈的苹果是不好看的。

5分钟后，旁边的女生去打水了，对面的小哥开始继续他的抖腿事业，我也拿起了苹果。吃到最后的苹果最烦人，就像吃排骨很烦人一样，因为你要围绕那颗核进入小口而又持久的战斗。咀嚼退居到第二位，主要的工作就是咬，不间断地咬，沿着核的周边顺时针或者逆时针地咬。凑成一整口再嚼。这种频度和方式使发出的声音像一只小老鼠。但是我也顾不了那么许多了，战斗已经进入最后阶段，早点吃完早点升天。

吃完是心情最愉悦的时刻。不光是因为过足了嘴瘾，还因为被吃完的苹果就像个艺术品。它的腰身像个女人，梗边儿上果皮的颜色和架势又像中世纪某种礼服的立领，气势恢宏。谁能想到，土肥圆中间隐藏着这样一位有气质的淑女呢？如果任何物质都可以吃，恐怕雕塑的时候，不光可以使用双手，嘴和牙齿也是一种选择吧！差互的牙印儿也会造成不错的肌理效果吧！

You are the apple of my eye. 我总是要欣赏一会儿才会把它扔掉。

2016年1月

胰子

—————

是胰子，而不是小姨子的"姨子"。（题外话：感觉"小姨子"指代的人物，最具有洛丽塔的诱惑力。她们应该正是芳龄，比女儿大一点，具有脱离了稚气的清纯与机灵；又比老婆小一点，不像同龄女子般年老色衰食之无味。小姑子前面的形容词总是"多管闲事"的，小舅子前面的形容词总是"惹是生非"的，小叔子好像没有什么统一的印象，学习好的长得帅的拖油瓶的。对于"小姨子"，我们能想到的就是"王八蛋黄鹤带着小姨子跑了！"）

......

请适应我跑题的风格。

胰子是河北方言里肥皂和香皂的统称。在我们那里，肥皂和香皂是不一样的。肥皂是用来洗衣服的；香皂是用来洗身体的。小孩子洗手时，总要叮嘱一下"使点胰子"，就是要"涂点香皂"的意思。

肥皂总是方的，像个板砖儿一样。把衣服放在搓衣板上时，使用时也非常方便。黄色是肥皂最主要的颜色。就像不以结婚为目的的恋爱都是耍流氓，不以黄色为颜色的肥皂都是不正经的肥皂。我就非常看不惯我爷爷用的白色的肥皂。因为每当他把白色的肥皂跟我们的黄色肥皂搁在一起（他还总是搁在最上边），他的肥皂就非常像一个养尊处优的小白脸。

小时候，我们都喜欢吹肥皂泡。但很多时候，我们是买不到吹肥皂泡的玩具的，于是就 DIY。可奇怪的是，虽然叫作肥皂泡，但泡泡从来都不是用肥皂制作的。它可以是洗衣粉，可以是洗涤灵（其实我们一般叫作"洗洁精"，我就是觉得"洗涤灵"更好听一点。不过刷盘子的都叫作"精灵"了？），但就不是肥皂。因为它要等很久才能化开，吹泡泡的效果也一般。效果最好的泡泡是用洗涤灵制作的，弹性更足，在空中飞舞的时间也更持久；热水和洗衣粉的组合也不错；最差的就是冷水加洗衣粉了，吹出来的泡泡非常脆弱，上面有时还会有没化开的洗衣粉粒子。它们离开吸管不一会儿就炸裂，炸裂的一瞬间呈筛子状，炸到地上的水星非常细碎，仿佛形成了一个银河系。

香皂总不是方的。最常见的形状是丰满的骨头形，比如舒肤佳的系列产品，这样抓住它的腰身，不至于滑出手掌心；其次是将方形的边角削去的椭圆体，虽然揉搓的时候比较方便，但也很容易经常让你去做惊心动魄的动作：捡肥皂。如果无法避免，就双膝弯曲蹲到地上去捡，切不可直立作仰卧起坐的姿势——小心后面愤怒小鸟的攻击！

洗澡的时候（虽然我身材很好，但也请你不要联想，咱们就事论事公事公办好吧），我偏爱用香皂而不是沐浴露。首先香皂比沐浴露绿色环保，其次我总以为肥皂洗的比沐浴露干净。用完沐浴露后，浑身滑溜溜的，泥鳅似的，总感觉它们残留在皮肤表面，每洗一次残留一次，最后裹成木乃伊；而用完香皂之后，身体的摩擦力反而大了起来，洗过的地方竟然也可以再搓出白色的污垢，好像你一直搓下去，就能把皮搓破，搓出血肉，露出肠子。不过，我喜欢香皂不喜欢沐浴露还有一个原因：我太爱思考了。洗澡的时候也在思考，关于理想啊，人生啊，明天吃什么啊怎么有点想尿尿啊等等，所以有时会将沐浴露涂到头上。但换了香皂，即使不长脑子，也不会有这种事情发生。

不过，香皂也有不好的地方。它身上经常会裹上我的头发，黑白分明，使劲儿择也择不下，让人抓狂。另有一点是，常年放在洗澡篮子里，它经常被水蚕食。我总是怀疑，有一半的香皂其实是被水冲走了。这就好比每当我看别人抽烟时讲话，都很为他们着急。他们点燃了一支烟，抽了一口，就开始喋喋不休地说，烟在那里孤独地燃烧，细弱的烟雾升起来，烟灰慢慢地变长，向下低垂，然后折断。虽然抽烟有害健康，但是既然抽了，就专心地抽嘛！抽完再讲话行不行？你再不抽它，我就要抽你了。

最后一点就是，我觉得一个人身上最美好的味道，就是淡淡的香皂的味道，或者擦脸油的味道，或者洗发水的味道。它们那么淡，淡得就像自带的美好体味。虽然学艺术这么多年，但我对香水是一点也没有研究，并且觉得大部分的香水都很难闻。什么前味中味后味，也一概闻不出来。朋友们出去玩回来，最爱送我两样东西。一是唇膏，二是香水。唇膏我还用一用，香水几乎就只是拿回来时，喷一次闻闻味儿，剩下的等它慢慢蒸发掉。下次有谁再要送我香水，还不如送我香油。这样我在小黑屋里偷偷啃硬馒头的时候，滴上两滴，就能重新焕发对生活的希望了。

2016 年 4 月

一个勺子

写在前面：虽然借用了陈建斌电影的名字，实际上跟《一个勺子》没有一点关系——当然，《一个勺子》跟勺子也没有什么关系，"勺子"是"傻子"的方言版。陈建斌的处女作完成得很不错，王学兵虽然因吸毒被剪得很惨，但还是能看出影帝级的表演，以及，挺喜欢陈建斌蒋勤勤夫妻。

我要说的勺子，其实是掏耳朵勺。

在我们家那里，叫作掏耳挖。这个称呼很奇怪，并且有"病词"的嫌疑——即便最后的"挖"动词作名词用，"挖"和"掏"也有点同义反复。所以我拒绝用这种称呼。另外有"掏耳勺"，但我莫名觉得"掏耳朵勺"的叫法很萌。大概是"朵"字的魅力。比如，"大耳朵图图"就比"大耳图图"好听，"花骨朵"就比"花苞"好听，以及，"花千骨朵"一定比"花千骨"更受欢迎。说到这里，我必须承认，前面提到的"莫名"是在骗人，很明显我知道原因的啊。

掏耳朵勺和指甲剪一样，是我们的钥匙链上必备的凶器之一（好啦不要较真，你不备我也不怪你真是的）。每当我论文写不下去的时候，我就想拿出那一串丁零当啷的东西，把勺子伸到耳朵里捅捅。不一定能掏出什么，但我总是将疏通耳道等同于疏通思路，毕竟灵感可能通过耳朵传递到灵魂深处。然而掏着掏着就会上瘾，勺口朝下的挖掘方式绝不能满足，还得360无死角旋转，这也是一个优秀挖掘机应该达到的标准。假如彼时宝藏丰满，在掏出几次碎末后，会拽出一个大 boss。其实这时候应该停止了。然而人的贪欲是无限的，总觉得还能再幸运一次。于是勺子渐行渐远，几乎触碰到了鼓膜，还有痛感。这时候如果还能掏出点什么，这样的耳屎是潮湿的，颜色也自然深一些。

每当我在图书馆干这件事的时候，表面泰然自若，内心其实很紧张。一是这有点不文明，感觉蹲在大街上做这件事更合适一些，掏完了也能对着勺子潇洒地吹一吹。不过，更不文明的事情是在这里剪指甲，那清脆的修剪声让我抓狂（还有人在堂堂清华大学的图书馆吃

阿番,《掏耳朵》,2022 年

辣条,不见其人只闻其味。我只想说,给我也来一包好吗?)。二是被迫害妄想症会复发。说不定有刁民想要害朕,从我身边走过故意用胳膊肘捅我一下,这样耳朵勺直接插进了脑子里,血浆和脑浆一起顺着耳孔往外流—— 图书馆杀人事件!

所以,考验两个人感情深不深的方式之一就是,你是否安心地让对方给你掏耳朵。我是在路上见过情侣给对方抠眼屎的,但掏耳朵的桥段,好像只在电视上看到过。但我觉得这画面真的很美,比我爸给我妈剪脚指甲还要美。在小的时候,小姑经常给我掏耳朵。那总是一个冬日有暖阳的日子,我们坐在奶奶家宽阔的院子。小姑坐一个高一点的凳子,我坐一个矮一点的凳子，把头枕在她的腿上。这时奶奶家的猫或狗总会依偎在旁边，它们的眼睛眯着看太阳，很乖顺的样子。每当掏出大宝藏，小姑总会小心翼翼地把它捧到我面前，提醒我我的新陈代谢有多么旺盛。

小时候还有一个传说，那就是假如不小心吃了耳屎的话，就会变成哑巴。身为一个先行者，我大概吃过一点点，并得出"亲测无效"的结论。这个事情我并不能确定。也有可能是潜意识里有很极端的英雄主义，使我自以为我吃过。不过我有一个同学倒是很确定自己吃过真正的屎，直到现在他的态度好像还是很骄傲。这大概跟我的英雄主义类似，但我还是觉得有点不对劲儿。

虽然我很热爱掏耳朵勺，并保存了跟它相关的很多记忆，但有的人似乎真的不需要这种东西。尤其是在我们学画画的人中，不需要掏耳朵勺的人特别多——尤其是男生。因为他们的小拇指总会留很长很长的指甲，好像自己是老佛爷。他们小拇指的长指甲，美其名曰是画画的时候用来支住画面的，我看实际上就是为了掏耳朵。我想这也有可能是一种恋物癖。印度有个人左手的指甲一辈子都没有剪过，有9米多长，其中大拇指的指甲跟一盒卷尺一样（它们是弯曲着生长的）。为此他不能正常劳作，晚上不能随便翻滚，还保持了一辈子单身。我想小拇指留长指甲的男生很可能也会有这种命运，所以还是快快剪了吧。

还有就是，我的河北老乡铁凝曾经写过一部小说《玫瑰门》，里面的姑爸数十年如一日地收集着耳髓（"耳髓"是河北方言里耳屎的叫法，它还有个美丽的名字叫"耵聍"），然后装到一个小瓶子里。罗马尼亚一个老太太收集了自己20年的落发，然后织成了一件毛背心儿。其实我以前也想做类似的事，只不过更倾向于收集自己的指甲。然而又喜欢无拘无束地剪指甲，看它们在地上蹦蹦跳跳藏满角落最后找不到的样子。于是这项计划便没有实行。我在自己的小说中还写过收集鼻涕的想法，因为经常流鼻涕的小朋友人中处总会留下两道白印儿，我怀疑鼻涕有美白的效果——就像口水有治痘的效果、蜗牛原液有美白的效果一样。

综上，每当我在写一个物品的时候，我只不过是想写围绕它的记忆与情感，以及与它相关的胡说八道。

2016年3月

包装的空间

现实的情况往往是，我才吃了一顿外卖（一人份），垃圾桶就满了。

一份午饭的外卖，最低配的包装，是一个盒子加个塑料袋；通常的情况下，是一两个菜品、主食的盒子和一个打包袋；套餐要加一些小食或配料的包装盒，还有饮料罐；再算上一次性餐具，外卖单据……这就是一顿饭无法被消化，要被扔掉的部分。

吊诡的是，我们将之丢掉时，竟然比它们内存满满的时候还占空间。当打开的外卖盒再也合不上，当如同老式铅笔盒一样的暗层被取出，当你懒得将几个盒子如俄罗斯套娃一样机关算尽地叠加时，这些包装都放大地虚空着，失去了到来时"一家人整整齐齐"的秩序。它们膨胀，油腻，而食用者则需努力将之包容进相似属性的垃圾袋里。

不，只是功能上的相似，材质上并不相同。垃圾袋团一团，完全可以收紧；大部分 hardcover 的外卖包装则并不能。想多装点棉花，大不了把脚伸进去踩一踩；外卖包装或许也是有一定的伸缩空间的，但当你挤压完了，它们又会声音张扬地恢复过来——它们不仅是"讨人厌"物品，还是相当有骨气的压不垮的"讨人厌"物品。想要压缩空间吗？那就不得不从小到大排序，见缝插针地搪塞——如此一来，吃外卖就是因为怕麻烦的初衷却又减弱了几分——外卖到家，本就是"懒到家"的一种体现啊。

说完了硬包装，让我们来说说软包装——须知，这里的"硬"和"软"并不 literally mean"硬"和"软"，而是与"硬实力"和"软实力"中的 counterparts 对应，并且，"包装"一词的词性也从名词变成了动词。往往，一说到包装时，说的是提升逼格，提升品位，比如包装一家店，包装一位艺人，包装一个品牌。它是一种打造，一种公关，甚至是一种虚张声势。但有意思的矛盾是，"包装"的原意——拿英文单词来说更直观一点，"package"的"pack"是"压缩"的意思，是要让对象更加收紧，更加展示其精华，而"包装"的行为实则夸大了对应物原本的能量，如同前面提到的真实包装一样，当里面空无一物时，还是能保有一个稳定的架子，甚至让人觉得轻飘。

再说回来，尽管收拾起来麻烦，但人们（其实是"我"，我要强行代表大家突出权威性以包装自己）还是会喜欢多些盒盒罐罐的外卖，因为这样显得比较讲究，好像外卖也能吃出精致来。有些具有品牌意识的外卖，最大的外卖袋还要是纸袋或者硬塑料的，以突出一种高级感——尽管在实用性上，可能还比不上普通的塑料袋。这充分说明，真能装，比不上真能包装。

最后跑个题——请问，我的实力就是这么小小一坨了，那么，还有没有什么包装的空间呢？

2019 年 10 月

电线杆的使命

    它们是城市和乡村的新"树"种——现如今,马路边上可以没有树,但是不能没有电线杆。它们一排排,一趟趟,一个杆子一个坑。

    电线杆被制造出来的原因就是顾名思义地架电线。它们的脑袋上往往会有好多条横杠,天线似的,使得原本线性生长的电线杆伸展成一个平面;横杠上又水平方向连接起众多与之垂直的电线,三线谱、五线谱、七线谱似的,又使得占据平面的设备延伸成立体,蜿蜒成长龙,串联起整个世界。这么想来,假如电线杆和电线杆谈恋爱的话,还是挺浪漫的:"虽然我们八(电线)杆子打不着,但是我们藕断线连。""虽然离得远,但是我们还是可以随时放电。""我就是喜欢看你干不掉我,但又不得不和我建设明亮的社会主义的样子。"

    虽然建筑的经典柱式只有 3 种:多立克式、爱奥尼亚式、柯林斯式,但想必将它们在全世界的总量加起来,都不会有电线杆式多。和经典柱式一样的是,电线杆式也是下粗上细的(这和筷子与人类的腿都相反),以攒聚起更多的承受力。但是尽管如此,头顶上黑压压的横杠和电线,也会让它看起来头重脚轻——更何况,上边还是麻雀、乌鸦的歇脚处,它们音符似的停在上面,更显得电线杆子羸弱了。也怪不得人们常说,你看你瘦的,跟个电线杆子似的。

    不过,在我们目光常常光顾的视野里,电线杆和电线并没有什么太大关系——毕竟我们个个都脚踏实地,不是好高骛远之人。它常常起着广告牌的作用,小广告上的字还自带三维弧形艺术字效果。这些往往都不是什么高大上的内容——什么包小姐啦、治脚气啦、催奶啦、割痔疮啦,还有房屋租赁、寻人启事和寻狗启事。电线杆上的 flyer 们,总是撕了又贴贴了又撕,有时来不及撕就又贴上了。久而久之,就变成了拼贴画,辨别不出本来的面目。树的悲哀命运在于被人剥皮,电线杆的悲哀命运在于被人包皮(这个"包皮"是动词不是名词谢谢)。

    我有时候会在路边等人。有时候旁边还正好有根电线杆。假如是完整的小广告,我不会想要撕掉它。但是，要是已经被撕了一个大口子，我就会觉得，这个小贱货在引诱我去撕它；要是这剩下的部分还有边角已经被风吹起，或者压根儿是在张贴的时候就没有贴好，左右摇摆地招摇，我就更想撕它了，那就像想去撕我指甲盖下边的倒剪皮一样。这撕的过程可是超爽的，并且越撕越带劲儿，肾上腺素都飙升了起来，直到撕完才肯罢休——我做正经事，从来都没有过这种劲头。

电线杆刷新存在感的另一个原因就是路灯。夜晚，是不可能有树比电线杆的柱身还要亮的。它们齐刷刷地挺着自己的水泥肚，昭示着工业文明的成果。这个时候看起来，它们像马路长出的触角。在马路边上的电线杆，往往只有一边儿被安上路灯，像是手搭凉棚一样窥探着什么；在人行道和车道中间绿化带中的电线杆，往往是两边都有路灯，像硬撑着笔直地挑着担子。路灯下电线杆的影子，总是会因相邻路灯灯光的碰撞和交叠，长出多个脆弱的分身，在地上画出渐变的几何图案。

电线杆上还可以安装摄像头。虽然它们也像鸟儿一样静静地攀爬在电线杆上，但它们可不是什么好鸟儿。它们的眼睛比任何鸟儿的眼睛都贼，它们抓的不是虫子和老鼠，它们抓的是人。尽管它们有正面的作用，但是我不愿被人监视着。"司机请注意，前方有违章拍照。"我一定要找找前方到底是哪根电线杆上卧着这只幺蛾子。据说，已经有艺术家通过各地的监控，串联出一个出镜人的完整故事了，真是可怕。这意味着我在路上挖鼻孔提裤子犯花痴全都可能被记录下来，所以还是宅着最安全。卧在电线杆上的监控，你给我下来！

电线杆还可以用来铐人和拴驴。香港警匪片里总会让嫌犯拥抱电线杆，然后拿手铐铐上。在成龙主演的电影《A计划》里，他并没有被铐在电线杆上，而是被铐在了旗杆上。我只想说这是导演为了推动情节的发展而故意设计的，毕竟铐在电线杆上的概率更大，而且嫌犯还不可能逃脱。在电影里，成龙爬到了旗杆的顶端，将手铐掏出，才得以逃离敌人的追杀——要是被套在电线杆上，他爬上去也没有用！上面是纵横的电线，逃脱无门，还有可能被电死。电线杆拴驴就不多说了。假如周围场地够大，驴子说不定会走出拉磨的架势。

电线杆上面安了拴了这么多东西了，很害怕它不堪重负。但是就是在这样的情况下，还有不法分子动摇它们的根基——小狗总爱在电线杆子底下撒尿，造成土地松动。养狗人士！请管好你们家狗狗的生殖器！不光不要随便交配，也不要随地大小便啊。毕竟电线杆子倒了，可能会威胁生命安全，还有可能牵一发而动全身地造成大规模的停电事故。这样的结果是你我都不想看到的。

2018 年 9 月

论电扇

    和我妈一样，我在夏天也不爱吹空调。

    我妈是因为老寒腿。就算实在太热要开，这个精致的养生妇女也要将空调调到 26 度，然后捂上秋裤，盖上小毯子。

    在她潜移默化的影响下，我也经常将空调温度定在这个度数。但有次和我一位走在时尚尖端的法国海归同学吃饭时，她一边翻白眼一边说道："真不知道那些空调不开到 20 度以下的人是怎么想的，不会热死吗？"我被时尚人士鄙视了，手里的饭菜突然就不香了。（但是后来我发现，热爱寒冷只是时尚人士的一种态度。因为冬天又见面时，她露着大腿来找我，边走边哆嗦。）

    当然，能用电扇解决的情况，我一般不会吹空调——说是吹空调，大部分情况下是寒气悄无声息地逼来，在你鬓角眉头上染上霜，并不是真正地"吹"冷风。我还是不太喜欢空调制造的冷藏氛围，这让我觉得自己像需要保鲜的食物（啊虽然年过 30 的我确实需要保鲜）。于是不管哪年的夏天是在哪里漂泊，小台扇都是家用物品中必备的 item——就像赵本山的手电筒一样，无论多贫穷，这样家用电器还是要有的！每到晚上的入睡时分，舒适的风一波波地吹过来，旋转扇罩每转到一个位置就吱呀作响时，我会在一种生理愉悦中进入梦乡。

    和空调那个冰美人不同，电扇是一种烟火气的东西。

    这种烟火气首先表现在，存在感超强。越高级的空调越强调无声，明了自己仆人的身份，但电扇却选择了一条相反的路——毕竟，作为一股可以"空穴来风"的神秘力量，怎么能不大张旗鼓地显示威力呢？当你坐在吊扇下面听老师讲课时（取材我的童年记忆），总会担心上演《死神来了》，它掉下来将你脑袋削平；当你站在落地扇面前说话时，它会将你的幼稚嗓音变成性感电音；当它摇头扫射时，强大的气流变动让你闭着眼都知道它旋转到了哪个方向。前两天我和好朋友打电话，她的声音时有时无，我问是信号不好吗？她说，哦，我在吹电扇呢。

电扇的烟火气还表现在它出现的场合。国家领导人开会的会议室不可能有电扇；高大明亮的办公楼，一般也不会出现电扇（除非是清洁工在用电扇吹刚擦过的地板）。电扇只出现在那些好像不太正式，却又在生活中不可或缺的场合。小时候，整个家族十几口人围着拼起来的大桌吃饭，总是要讨论落地扇摆放的位置，因为要保证大家都能被吹着。于是，在各种家长里短，开瓶碰杯，夹菜扒饭，"你把那边的饮料递给我"和"不看这个节目换台"的众多声响中，还加入了电扇的呼呼风声。另外，在棋牌室打麻将，最好是吹电扇。当然可以吹空调，但是抽烟喝酒打麻将是一体的，要是关上窗户吹空调的话，屋里很快就会变成仙境，连手中的牌可能都看不清了。所以还是得光着膀子流着汗地吹电扇——尽管，这加快了烟蒂产生的速度。

尽管烟火如此，电扇又是人工制品中，最能让人联想起自然的东西。它来了，它来了，它带着舒服的流动气体到来了。这舒适的效果，和你在马路上骑车时遇到的、在湖边散步时拂来的风，并没有感受上的区别，甚至还能让你联想到口香糖广告和卫生巾广告里那种闭眼享受自然的画面。电扇里的风，是一种人造的自然之物。

最近，我还发现了电扇的一个新功能。有些女孩子会随身携带一个迷你小风扇，这样稍微有汗时吹一吹，脸上的妆就不会花掉了。如此说来，即便在新时代，电扇依旧保持着竞争力，不知道谁是下一个刘銮雄（八卦看多了），正在靠着电扇起家呢？

2020 年 7 月

杀马特的头发

没有人比杀马特更重视头发的个体性了。只有在他们的头上，每根头发才能看到自己被张扬的可能。

一直以来，生长在脑袋上的头发都是以群体的形式出现的。它们的自然生长，顺从而不受重视。如果有哪根头发想要反叛，想要得到注意，只能以自我毁灭的方式。

一种是变白，并且是个人英雄主义式的变白——假如它呼朋唤友，形成星火燎原的效应，便也达不到被重视的目的。经常性的，一个年轻人的头上也会不符合生长规律地冒出一两根白发。这根根分明的白发是刺眼的，刺眼到想让人伸手拔掉它。拔一根白发长十根？头上只有一根白发的秃头表示，没有那种好事。

一种是开叉。不留长发的人可能不会注意到这一现象。实际上，开叉在长发中非常常见。假如头发的主人是个完美主义者的话，他／她会在某个无聊的时刻，跷起二郎腿，操起剪刀，一根根地将开叉的头发挑出来，又一根根地将开叉的部分剪掉（是的，无聊时的长发的我经常这么干，但是我已经很多年不留长发了）。有的时候，不仅是开了一个叉，那细软发黄的末端，甚至开出了一棵狗尾巴草。

另一种是终极的毁灭——脱落。我们在公开场合见过最多的单根的头发，出现在影视剧里这样的狗血桥段：出轨的男人身上有一根不合法女人的头发。不过，在我们的日常生活中，更常见的是洗澡时，自己亲手暴力扯下的头发；梳头时，在地上自由落体成各种死状的头发；起床时，平静地安息在枕头和床单上的头发。它们在你的失去中验明正身，获得了个体存在的尊严。

但是，杀马特的头发不用这样做，因为，它们的主人和它们在同一阵营——他们也是反叛者，二者结成了同盟。其实，如果头发保持它们初生时的韧劲儿，一直坚硬，从不柔软和妥协，那么从脑袋这个可以被看作一个点的地方朝着不同的方向发射，它们中的每一根，最终都会被看到。可惜，长大的它们如同长大的人，最终变得妥协而从众，加入了柔软头

阿番，《Smart Guy》，2022 年

发的洪流中。但杀马特家族，宁愿受到不被认可且无人雇佣的惩罚，也不希望受到社会的规训，因此，他们也不允许自己的头发受到如此的规训。于是，尽管已经是长发，这些头发仍旧可以像冰凌一样立在脑袋上，或者像孔雀的尾羽，根根分明地开屏于头颅之上的某一弧面。

最小成本地彰显人类对身体的控制的方式被杀马特们捕捉到了——他们的感觉有着

如"杀马特"这个名字一般的锐利（罗福兴说他的染发剂是从两元店买的，当然现在肯定涨价了，但也不至于很贵）。我们身体的其他部位是很难被改造的。除了关节能让骨头串联的各个部分活动，各个部分本身的形状是固定的：你可以通过拧和捏的方式改变身体的形状，但这不过是一种暂时的变化。最具表现力的可能是肚子，它可以根据呼吸和吃撑挨饿来略微地改变形状。然而，这核心地带的变化，因为衣服的层层包裹，变得十分不可见。当然，还有另外一种明显的形状改变，但那需要付出很大的成本：整容，或者受伤（整容本质上也是一种受伤）。但是，整来整去也不过是那几种模板。杀马特的头发就不一样了。数亿根头发意味着数亿的 N 次方种造型，它们屹立在人体的制高点，也最容易被注意到。所以，用头发来表达反叛的态度，最有效也最经济。

在这里，我强调的是杀马特头发的造型，而并非颜色。造型是杀马特头发的灵魂，颜色只是打辅助。实际上，全染、挑染、漂染……大众早已接了各种颜色和颜色组合的头发，它们早已不再是另类和反叛的标识，它们是否代表着时尚，在当下的语境下也十分值得怀疑。然而，杀马特还是那个杀马特，十几年过去了，那种造型的不被接受依旧在延续。

对于汪民安在《我们时代的头发》中说的头发的"性意味几近于零"（尽管他说的是男女头发的生长规律没有区别）的观点，杀马特们不能同意。杀马特在找知心爱人时，对方也必须留有杀马特的头发。因为"头发这么普通，人家都不看你一眼"，在杀马特家族内部，杀马特的发型是性感的标志。我也不认为头发的"性意味几近于零"。男性在表达对女性的亲密时，总是喜欢充满暗示意味地捋过她的头发，或者拍拍她长着头发的蓬松的头（要是脑袋上寸草不生，男性也便没有了将手伸出的欲望）。但是，从另一种角度来说，头发的性意味确实等于零。当爱人们你侬我侬时，连脚趾头甚至都可能紧张起来，但性冷淡的头发却没有任何反应。它们在性活动中唯一的体现，或许只是那句"你压我头发了"。

总之，杀马特的头发是反叛的头发，也正是这种反叛，遭到了人们的围剿。如今，已经没有了真正的杀马特贵族，直播中出现的也不过是伪杀马特，他们是为了迎合，而不是为了反叛。我们的眼中，现在只剩下形形色色的，庸俗而诮媚的头发了。

2020 年 12 月

窗户与生活

"眼睛是心灵的窗户"这句名言我们小学时就听烂了,它几乎如同"知识就是力量"一般铿锵有力,毋庸置疑。然而,它实际上跟"世上只有妈妈好"一样没有道理。我们可以说"眼睛是大脑的窗户",因为眼观六路有助于思考的形成,但是,具有道德色彩的词"心灵",它在大多数情况下指代的是人性(大多数情况:《美丽心灵》,人美心善,心肠歹毒;极少数情况:心灵手巧。但在后一种情况下"心灵"不是名词)。有眼睛或者没眼睛,和人性的好坏没有对应关系。

上面这段有点跑题,这个 lead in 一如既往地失败。我其实是想将这种由人及物的说法转换为由物及人:对于一座房屋来说,窗户是眼睛吗?答案当然是肯定的,它是光可以照进去、可以接收信息的入口。当然,这不光是看向外面的眼睛,也是窥入内室的目光。(在希区柯克的《后窗》和李玉的《苹果》里,这窥视的目光成为故事的转折点。)但是,只把窗户比作眼睛,低估了窗户的功能。实际上,窗户是房屋的五官:它是鼻子,负责空气的流通;它也是耳朵和嘴巴,负责声音的传入和传出。(不过,这部分功能也被其同类——"门窗"的"门"所分有。但门主要负责固体之物的进出。)对房屋来说,这脆弱的部分必不可少。

假如我们想"迎接清晨的第一缕阳光",或者被"太阳晒到屁股",房间里则必须要有外窗,没拉窗帘或者留至少一条缝隙。从光束照进屋内的几何形状里,我们明确了它的路径,就连它披荆斩棘路上的浮尘,也被清晰地捕捉。当然,有些人的作息与那颗发光的星球并不同步,当并不想被阳光唤醒时,人们便会拉上窗帘。有些窗帘是纱质的,那只不过是为了模糊视线,或者营造一种浪漫的氛围,对遮挡阳光并不起什么作用;大多数窗帘会使光线的强度减弱,但并不会完全阻隔它们。被阻隔的部分奋力出击,它们将窗帘涂抹成氤氲的暖色,冲破屏障的部分则在屋内进行漫反射,由近及远地黯淡下去;当然也有无比厚实的窗帘,要不是穿窗帘的孔洞处透出丁点光线,待在这暗室里压根儿分不出黑夜白天。在拉开窗帘时,你也一定会因眯起眼睛而扭曲了脸庞。

除了采光，还有通风。和其五官的对应物一样，采光是有时间选择的，通风则是 24 小时无休。不管是大窗还是小窗，明窗还是暗窗，开着窗或者关着窗，你都无法阻止窗里和窗外空气间的通风报信，互通有无。窗的本质是无（墙体的缺失），因此，它总是在以"无"的形式制造"有"，那无法避免的缝隙和无孔不入的空气便是明证，我们也认可它的这种功能。不过，我们并不喜欢强烈的气体交换，当那看不见摸不着的东西突然有了存在感，晃着窗扇哼着歌，裹着浮尘扬着沙地入侵房屋时，我们会感受到一种冒犯。大抵，只有在夏天的晚上，能够让窗帘规律飘动，窗扇吱呀作响的微风，才是受人喜爱的。

除了通风，还有传声。外面的噪音便不用说了，无非是车水马龙的声音或者广场舞音乐扰民，本就是人人可以接收的声音资源（在公众场合打架这种好事又不是天天都有）。要了解邻居家的秘密，多半是要通过窗户。在家庭内部，偷听秘密要通过门；家庭与家庭之间，则需要通过窗户，特别是打开的窗户（偷听，趴在阳台上偷听）。我上次因邻居的家事而不堪其扰，还是因为其怒气冲天、边打边骂地辅导家庭作业。其中夹杂着小男孩的辩解声、哭声和奶奶的劝说声。不过，这些也不算什么秘密。毕竟能打开窗户说的，基本上都是亮话。

也有不速之客，那便是雨。名言中的"风能进，雨能进"，多半是从窗子里进的。在我的记忆里有一种非常生活化的片段，那便是一到疾风骤雨时，或是全家人集体出动，着急忙慌地将所有窗子关上，或是在上班的妈妈打电话来，叮嘱我做这件事（毕竟大雨通常在暑假）。在这个过程中，我们往往会被淋湿，尖厉的雨声也会随着窗户的关闭而变得闷声作响。在安宁的室内环境中听雨声，是一种幸福，只有做到了 waterproof，陋室才不至于是漏室（漏都是从房顶好吧，这锅窗子不背）。

还有更不速的不速之客——有人砸你家窗户（有人在外面开枪扫射的情况还是不讨论了吧）。前面说了，门是固体出入的合法场所，虽然窗在开着的情况下也可以输送固体，但基本上都是不得已而为之（逃生，赴死）。因此，当有固体与窗户接触时，基本上就是一种知其不可为而为之的行为，利用的是窗子的脆弱。这常常分两种情况。一种充满爱意。夜深人静门禁开启时，身为情侣的一方忍不住思念，朝对方家窗户上砸个小石子，告诉对方"我来了"，是非常浪漫的桥段，甚至还会有人爬上去或爬下来，再发展还可能"你妈就是那天晚上怀的你"；另外一种充满仇恨。往往是个小痞子或者生活不如意的人，想要报复却不敢大张旗鼓，只能偷偷丢石头。接下来是一句"他妈的谁呀？！"然后底下早就没了人影。

　　居住这件事情，本来就是生活的一件大事；而窗户的情况又对居住产生重要的影响。所以，"窗户是生活的窗户"，这句话说的没错吧？

2021 年 3 月

背影

　　一般情况下，无论是作画还是拍照，对静态人物的描绘，多以正面或侧面为主。单单的背影，即便刻画再精细，似乎也不能被归入"人物像"的行列。背影而已呀，微不足道吧。

　　然而，背影后面所传达出的多样的文化含义，又绝非表意明确的肖像画可比（当然，这种"表意明确"也是相对的，比如《蒙娜丽莎》，知其微笑而不知其所以微笑）。

　　很多情况下，背影表现的是悲戚。因为背影总是在离别的时候产生，最终的结果是消失不见。龙应台的《目送》，看着孩子离开自己的保护范围，最终要与自己渐行渐远；而提到背影两个字，但凡中学毕业的学生，都会想到朱自清的名篇《背影》，一个平凡老父的落寞——这是背影载体的失落；卞之琳《断章》里的名句"你站在桥上看风景，看风景的人在楼上看你"（这种现象用术语说就是"双重凝视"，double gaze），据说是写给未追求成功的张充和，这是背影接受者的失落。而不管哪种状态下，观看主体和背影之间，都是一种疏离的关系，不光是物理距离上的隔阂，还在于背影载体面对以及拥抱的未来世界里面，已经没

背影，Robert Jackson 摄　　　　　　　Rafael Soldi，《无题》，2013 年

有了观看主体的存在。可以说，背影代表着主客体世界间不可弥合的二元性分离。

有的时候，背影表现的是悲壮。在非静止的情况下，不管方向是东或西，动态为上或下，目的是赴汤抑或蹈火，背影若一直在视线范围之内，那背影载体就是观看主体的领路人，或者说是先行者。先行者肩上扛的是沉甸甸的责任，面对的是未知的险恶世界，而拥抱的又是从心所欲的梦想。在精神维度上，这样的背影是高大、丰满而悲壮的，而在观看者的眼中，背影代表的是信赖与安全感。

弗里德里希，《云端的的旅行者》，1818 年

背影又是偷窥欲和羞耻心的结合体。当我们想用镜头捕捉一个陌生人却又害怕被发现时，拍摄背影就成了折中的选择：要抓住他，同时要躲开凌厉与苛责的目光。而面对只有背影的图像，我们渴望知道，这"背后"的背后，究竟是什么？人们的玩笑话"看脸的世界"揭示了部分真理。不看脸的世界是虚无的世界、神秘的世界，同时也是想象的世界。本该囚禁在面部的注意力被打散，幽游到画面其他的位置，着陆点变得多样化，想象的触角也四散蔓延。

俄罗斯摄影师 Murad Osmann 的系列作品《Follow Me To》（即"拉着女友环游世界"系

勒内·马格利特,《玻璃房》,1939 年

列）就利用了背影的神秘性和大众的好奇心。这个身材火辣的"女友",面庞也一定姣好吧？他们平日里的生活,一定也如此诗意和浪漫吧？这种对美好肉体和美好人生的憧憬,在 Instagram 上吸引了一大批粉丝。而背影在这里的作用也不止于此。背影的出现及背影轮廓的多样化,不同于人们司空见惯的、一览无余式的风景构图,满足了眼球追寻新鲜视觉的本能。

　　而对于感知到被描绘、被观察的背影主体来说,背影是一种解放。艺术家 Mickey Kerr 说,他一直想要做自己,然而当坐在照相机前时,他知道这只不过是一种梦想。只有将脸转过来,他才会更轻松,更是自己。承认或不承认,人们在窥探下都有类似的反应。面对别人和面对自己,从来都不是一回事。

　　杨德昌的电影《一一》里面,小学生洋洋学习使用照相机时,一卷胶卷儿拍的全是人们的背影。爸爸问他为什么总拍背面,洋洋的回答虽然天真,却又不失准确:因为他们看不到,我就拍给他们看。在这里,背影代表着人们人性察觉不到的另一面。视线总是看到别人,

宋冬，《宋冬到此面壁》，1999 年

即便借助镜子，检查的也是自己的正面，背面似乎永远都是一个盲区—— 我们常常会看到别人的背影，但自己的背影总是被忽略。即便是面壁思过，背影也是交于他人保管。所以，即便有心查看，当我们转过头来，也不过是一段或长或短、虚虚晃晃、缥缥缈缈的影子。

2016 年 5 月

残余

生活中很多要被耗费的东西，比如说吃的，我们（食）用了，但没完全用。有的时候，这种没有完全用是因为各部分性质的不同：吃鱼前要"杀"鱼，是因为鱼胆等部分理论上是不能食用的；吃水果要去皮，果皮通常也被认为是不适合食用的。但另一些时候，则是来源于性质相同的情况下，对品质的不同要求：被割下来的韭菜，它甚至都没有别的菜不能吃的根，仍然需要择菜只是因为有些部分不新鲜了，或纯粹是因为这些部分"卖相不好"（折痕、细弱）；富人要喝几十块钱一瓶的矿泉水，袁世凯要吃一粒粒挑选出来的小米熬出来的粥，也都是同样的道理（袁世凯：为什么要在这样一篇文章里 cue 到我？我不"李姐"）。

如果上述被放弃的 residue 是因为人们要"取其精华，去其糟粕"，那么另外一些剩余物好像无处说理。无论从性质还是从品质上来讲，它们都不比别的部分差：粉笔头和铅笔头，手卷烟的烟头，缝补完最后的线头，you name it，这些被口口声声叫作"头"的东西，反而有着"尾"和"后"的命运。它们有用，但作用仅仅是为其他部分提供支撑，提供帮助，"这些工作总要有'人'做的"，没有没有笔头的笔，也没有没有线头的线。笔和线，都是由无数个笔头和无数个线头组成的。只有一部分充当了笔头和线头，其他的部分才不是笔头和线头。然而，它们也无用，因为它们没有完成自身的天赋所带来的使命——既然已是白色膏体，粉笔头也是用来与黑板摩擦的，而不是在空中画抛物线，丢不听课的学生的；既然已经被灌注石墨，铅笔头也是用来书写的，而不只是当笔"杆子"，用来挥舞的；既然都被缠绕在一个线轴上，线头也是用来缝合的，而不是为了穿针引线，并在最后被剪断丢弃的。仅仅因为位置和出场顺序，它们便被剥夺了被使用的机会；仅仅因为"好拿捏"，它们才有了不被重视的命运。

终究是因为太多了，终究是因为不贵重。尽管也是棒状，口红就没有所谓的"口红头"；大多数眉笔也变成旋转的了，你可以将材料用到丁点儿不剩。石墨、石膏、石灰石这些廉价的东西，多一点不多，少一点又不少，仿佛根本就没有专门为它们做一些辅助工具的必要。

阿番，《燃烧女子的肖像》，2022 年

（尽管铅笔有两种变体：自动铅笔和子弹头铅笔。但无论哪一种，还是有被剩下的部分：自动铅笔的铅，也不会被用到最后一厘米；而每个"子弹头"，也都要有和"子弹"连接的不被书写的部分。）

　　但是，我总会惋惜，觉得"物尽其用"才是上帝造物的目的，才是每一被造之物的使命。如同格林伯格的"媒介即艺术"一样，"天赋即使命"的想法似乎是现代主义的，可能早就过时了。按照后现代主义的思路——什么用处都是用处，存在即合理，作为"残余"的用处也是用处，那么为残余的叫屈，完全是没有必要的了。或许，残余之物自身也未觉得做残余不好——如果说"物尽其用"是上帝造物的目的，他大可"送佛送到西"，假若只"送到一半"，那很可能这就是他的目的了。这一对现代主义和后现代主义观点的权衡，恰是对"使命"和"宿命"两种人生观的权衡。可是，我终究还是有些 stubborn，总觉得后现代主义过于沉迷"打破"和"拆解"（尽管它没达到"过于"的程度时，我甚是喜欢），总有一些需要坚守的信念，人生才不至于虚无。

2021 年 12 月

搞笑女的失落

将自己定位为搞笑女，对也不对。

对在于，不结合语境来看，我大致可以落入"搞笑女的"类别—— 我自认为还挺幽默的，并且"搞笑女是没有爱情的"，那说的不就是我吗；不对在于，结合语境来看，应自媒体时代而生的"搞笑女"，"搞笑"并不完全对应幽默，它更多指女性以一种用力过猛的肢体语言来进行"不顾形象、不修边幅"的搞笑（在我看来，有一些并不惹人发笑，反而"当事人不尴尬，尴尬的就是观众"），而我主要是通过语言"耍宝"（多么古早的俚语）来进行搞笑的。另外就是，"搞笑女"虽然好像没加年龄限制，但它在应用中只用来形容年纪尚轻的女孩儿，像我这种"30+"的女性，更合适的名词该是"搞笑大姐"。

我以前也说过，我小时候是家里和同学中的开心果。我是蛮会说俏皮话的，这导致我在义务教育阶段的 9 年当班长的时候，总是在庄重和邪性中间反复横跳，人设统一又分裂。不过在非正式场合，我总是一个搞笑女。偶尔同学们会提议我出本语录。我也说过，其实我有过很多不开心甚至是痛苦的经历，只是比较善于在人群中伪装—— 又或者说，人群（对熟识的人，我也是直到最近几年才不怕生，"当官"的经历也没能去除我与生俱来的小家子气）像开关一样，会打开我的那一面。我也非常感谢我有这种（熟）人来疯的性格，让我可以在压抑的时候短暂地喘口气。

不过，搞笑女是不可以当官（不专指政府官员）的。如果我现在在当什么领导（想得美），那题目就不是"搞笑女的失落"，而是"搞笑女的消失"了。我对权力没有什么兴趣，倒不是因为我不贪婪，反而是因为我很自私，因为权力越大，责任也就越多，我不想承担那么多的责任，我还想做自己感兴趣的事。当然，还有一个微小的原因是，当官和做搞笑女是不兼容的，至少在我目前所处的环境是这样。我不喜欢正襟危坐地讲话，那样可真是一点儿也不灵动。

然而，我现在也不能像以前那样搞笑了。首先是因为在独居的状态下，没有环境供我搞笑。我总是在别人的措辞中寻找漏洞和时机，然后抖出我的包袱。这是一种评论式的搞笑，因而需要素材，当然，也需要观众。其次，我以前经常会在社交平台上表现我的搞笑。现在我很少发了，有些发出去的是分组可见。我倒不是要故意瞒着他们什么，只是因为我现在在读博士——倒也不是觉得从事学术研究就应该丧失搞笑的权利，而是我所在的网络社区，已经不再以分享生活趣事为主要基调。生活趣事反而像"奇怪的内容"，发得频繁的人就像二百五。当然，我也不喜欢一本正经地发很多东西，所以就选择少发。有一次，不记得为什么当时处在一个兴奋的状态了，我在给一个平时交流不算多的学弟分享的内容所写的评论里写下"吓尿了"三个字。发完之后我就陷入了纠结，一方面是"发都发了做你自己"，另一方面是要不要删掉好多同学可以看见我的形象啊。关键是，这学弟还没回我，是不是觉得我为老不尊！是不是感觉"这话我没法接"！反正，我就一整个尴尬住了，为在网络上留下"我会吓尿裤子"的印象而追悔不已。想要删掉，啊，对方会收到提醒，显得我对这件事好上心（事实如此，他最好懂点事把那条动态删掉），还是故作云淡风轻吧！

总之呢，我现在很少搞笑了，现实让我搞笑的土壤（虽然还有）变成了盐碱地。我的"接嘴瓢"才华很久没有用武之地了。不过呢，身为我 DNA 的一部分，只要时机恰当，它总会被唤醒（谁的 DNA 动了）。

2022 年 4 月